TERESA MEDEIROS

Rebellin der Liebe

Buch

Seinen Feinden ist er bekannt als Lord Bannor der Kühne – Stolz der Engländer und Schrecken der Franzosen. Ein Mann, der jeder Gefahr und jeder weiteren Ehe trotzt, bis er sich nach seiner Heimkehr unvermittelt mit seinen zwölf Kindern konfrontiert sieht. Kurz entschlossen lässt er eine unattraktive, aber sanftmütige Frau suchen, die er als Gemahlin – auf einem seiner weit entfernten Güter – und als Mutter für seine Kinder einsetzen kann. Lady Willow of Bedlington scheint die ideale Wahl zu sein. Leider ahnt der Lord nicht, dass die widerspenstige Schöne einer Heirat nur aus einem Grund zugestimmt hat – um endlich nicht mehr die »Dienstmagd« für ihre zahlreichen Stiefgeschwister zu sein. Als Lord Bannor die Auserwählte zum ersten Mal sieht, traut er kaum seinen Augen. Die hinreißend schöne Lady Willow mit den funkelnden Augen erweckt in ihm genau jene heißen Gefühle, die er sich strikt verboten hat. Jetzt plagt seine Lordschaft gleich ein doppeltes Problem …

Autorin

Teresa Medeiros wurde von *Affaire de Cœur* soeben mit dem Preis der »Zehn besten Romanautorinnen der USA« ausgezeichnet. Sie lebt mit ihrem Mann Michael und vier neurotischen, heiß geliebten Katzen in Kentucky.
Weitere Romane von Teresa Medeiros sind bei Blanvalet in Vorbereitung.

TERESA
MEDEIROS

Rebellin der Liebe

Roman

Aus dem Amerikanischen
von Uta Hege

BLANVALET

Die Originalausgabe erschien 1999
unter dem Titel
»Charming the Prince« bei Bantam Books.

Umwelthinweis:
Alle bedruckten Materialien dieses Taschenbuches
sind chlorfrei und umweltschonend.
Das Papier enthält Recycling-Anteile.

Blanvalet Taschenbücher erscheinen im Goldmann Verlag,
einem Unternehmen der Verlagsgruppe Bertelsmann

Deutsche Erstveröffentlichung Mai 2000

Umschlaggestaltung: Design Team München
Umschlagillustration: Agt. Schlück/Gignilliat
Satz: Uhl + Massopust, Aalen
Druck: Elsnerdruck, Berlin
Verlagsnummer: 35311
Lektorat: Maria Dürig
Redaktion: Petra Zimmermann
Herstellung: Heidrun Nawrot
Made in Germany
ISBN 3-442-35311-4

1 3 5 7 9 10 8 6 4 2

TERESA
MEDEIROS

Rebellin der Liebe

Roman

Aus dem Amerikanischen
von Uta Hege

BLANVALET

Die Originalausgabe erschien 1999
unter dem Titel
»Charming the Prince« bei Bantam Books.

Umwelthinweis:
Alle bedruckten Materialien dieses Taschenbuches
sind chlorfrei und umweltschonend.
Das Papier enthält Recycling-Anteile.

Blanvalet Taschenbücher erscheinen im Goldmann Verlag,
einem Unternehmen der Verlagsgruppe Bertelsmann

Deutsche Erstveröffentlichung Mai 2000

Umschlaggestaltung: Design Team München
Umschlagillustration: Agt. Schlück/Gignilliat
Satz: Uhl + Massopust, Aalen
Druck: Elsnerdruck, Berlin
Verlagsnummer: 35311
Lektorat: Maria Dürig
Redaktion: Petra Zimmermann
Herstellung: Heidrun Nawrot
Made in Germany
ISBN 3-442-35311-4

1 3 5 7 9 10 8 6 4 2

Prolog

England, 1347

Lady Willow of Bedlington hatte ihr Leben lang auf diesen Augenblick gewartet. Sie umklammerte die Hand ihres Papas und trat so aufgeregt, dass sie fürchtete, sie mache sich gleich in die Hose, von einem Fuß auf den anderen.

Endlich, nach sechs Jahren des Wünschens und Betens, bekäme sie eine eigene Mama.

Sie warf einen verstohlenen Blick auf ihren Papa. Er sah aus wie König Edward, wie er, zu seiner ganzen Größe aufgerichtet, die Tunika unter einem gegürteten, scharlachroten Umhang, im Hof ihrer Burg stand und reglos in Richtung des Tores sah. Sein Umhang mochte fadenscheinig sein, und die Scheide seines Schwertes wies zahlreiche Kerben auf, aber Willow war ihm auf den Schoß gekrabbelt und hatte ihm wenige Sekunden, bevor die Trompete des Herolds die Ankunft der Kutsche seiner Verlobten signalisiert hatte, den rötlich goldenen Bart gekämmt.

»Papa«, flüsterte sie, während sie darauf warteten, dass die Kutsche mit ihrem Gefolge den Hügel erklomm.

»Ja, Prinzessin?« Er neigte vorsichtig den Kopf.

»Wirst du Lady Blanche ebenso lieben, wie du meine Mama geliebt hast?«

»Ich werde niemals eine andere Frau so lieben, wie ich deine Mutter geliebt habe.«

Angesichts der bittersüßen Wehmut in seiner Stimme drückte Willow ihm die Hand.

Er zwinkerte ihr zu. »Aber es wird den König freuen zu sehen, dass ich eine noble Witwe wie Blanche zur Frau nehme. Ihr Herr wurde in derselben Schlacht getötet, die mich die Beweglichkeit meines Schwertarmes gekostet hat. Sie braucht also einen adligen Mann, und ich brauche die großzügige Mitgift, mit der sie vom König ausgestattet worden ist.« Er schwenkte ihren Arm. »Denk nur daran, wie wunderbar es sein wird, wieder in der Gunst des Königs zu stehen, Willow! Dein kleiner Bauch wird nie mehr knurren wie ein Bär. Wir werden jeden Abend frisches Fleisch auf dem Tisch haben. Wir brauchen nichts mehr von den Schätzen deiner Mutter zu verkaufen. Allein die Einnahmen aus Blanches Wäldereien werden dafür sorgen, dass unsere Schatztruhen in den nächsten Jahren überquellen.«

Willow heuchelte Begeisterung, aber die Einnahmen aus Holzverkäufen und überfließende Schatztruhen waren ihr vollkommen egal. Sie hoffte nur, dass Lady Blanche ebenso sehr ein kleines Mädchen brauchte wie sie selbst eine Mama. Sie hätte die lange Abwesenheit ihres Papas von der Burg während der letzten Monate nicht ertragen, hätte er während der Zeit nicht ihrer neuen Mutter den Hof gemacht.

Ihre Sehnsucht nach einer Mutter war das einzige Geheimnis, das sie je vor ihm gehabt hatte. Wenn sie ehrlich war, so war sie die meiste Zeit durchaus damit zufrieden, Papas kleines Mädchen zu sein. Zufrieden damit, die Risse in seiner schäbigen Strumpfhose mit ihren unbeholfenen Stichen zu nähen, zufrieden, ihn zu schelten, wenn er an einem verschneiten Wintertag ohne seinen Umhang die Burg verließ und ihm den eisverkrusteten Bart mit Küssen aufzutauen, wenn er schließlich wieder nach Hause kam. Zufrieden damit, vor Vergnügen zu kichern, wenn er sie »seine Prinzessin« nannte und ihr durch die dunklen Locken zauste. Selbst die Tatsache, dass ihre Bohnensuppe mehr aus Suppe denn aus Bohnen bestand, war ihr egal, solange sie in seinem Arm einschlafen durfte, nachdem er ihr eine Geschichte aus der handgeschriebenen Bibel ihrer Mutter erzählt hatte, dem einzigen Buch, das zu verkaufen er nicht übers Herz brachte.

Erst wenn Willow, umgeben von den Hunden der Burg, auf die Strohmatte vor dem Feuer gekuschelt lag, erging sie sich in Gedanken, wie schön es wäre, eine Mama zu haben, die ihr die Haare bürstete und ihr allabendlich ein Schlaflied sang.

Wieder zog sie an der Hand ihres Papas. »Wird Lady Blanche mich auch lieb haben?«

»Natürlich, mein Schatz. Wie sollte jemand Papas kleine Prinzessin nicht lieben?«

Aber dieses Mal sah Papa sie nicht an, sondern verstärkte seinen Griff um ihre Finger, bis es beinahe schmerzhaft für sie war.

Zweifelnd strich Willow mit ihrer freien Hand den Wollrock ihres langen Kleides glatt. Sie hatte das Kleid selbst aus Resten eines der Kleider ihrer Mutter genäht, hatte bei Kerzenlicht gearbeitet, bis ihr die Augen gebrannt hatten und bis aus den wunden, verkrampften Fingern Blut getropft war. In der Hoffnung, ihre neue Mama mit ihrem Geschick zu beeindrucken, hatte sie sogar den rechteckigen Ausschnitt mit Rosen bestickt. Obgleich der aus Norden herunterpeitschende Wind bereits den ersten Schnee versprach, zitterte Willow lieber vor Kälte, als in Kauf zu nehmen, dass ihre Handarbeit unter ihrem verblichenen Umhang nicht zu sehen war.

In einem Anflug von starrsinnigem Stolz hob sie den Kopf. Natürlich hatte Papa Recht. Wie sollte irgendjemand sie nicht lieben, dachte sie.

Aber als die strahlend weiße Kutsche in Begleitung eines dutzends Bannerträger über die Zugbrücke gerumpelt kam, wallte Panik in ihr auf. Was, wenn all ihre Mühe nicht ausreichte? Was, wenn sie selbst den Ansprüchen der Lady nicht Genüge tat?

Die Kutsche kam zum Stehen. Angesichts der prächtigen, reich bestickten Damastvorhänge und der weiß-goldenen Räder rang Willow ehrfürchtig nach Luft. Sechs schneeweiße Hengste stampften mit den Hufen, warfen die Köpfe in den Nacken und schüttelten ihre geflochteten Mähnen aus, wobei die an das lederne Zaumzeug gebundenen Glöckchen ähnlich einer hellen Fanfare klingelten.

Papa beugte sich herab und flüsterte: »Lady Blanche hat eine wunderbare Überraschung für dich.«

Die Kutschentür öffnete sich, und Willow hielt den Atem an, als sie einen schmalen Knöchel, einen mit Zobel eingefassten Ärmel und dann von einem silbernen Reif gehaltene weißblonde Haare sah.

Als Lady Blanche vollständig aus ihrem seidigen Kokon schlüpfte, machte Willows Herz vor Freude einen Satz. Ihre neue Mama war noch viel schöner als in ihrer Vorstellung.

Vor ihrem geistigen Auge tauchten all die Dinge auf, die sie gemeinsam tun würden – an verschneiten Winterabenden würden sie ihrem Papa fröhliche Lieder und Gedichte vortragen, sie würden Flachs an dem Spinnrad spinnen, das seit dem Tod ihrer Mutter stumm und reglos in der Ecke stand, und wenn der zarte grüne Schleier des Frühlings über die Wiesen herabschwebte, würden sie Schlüsselblumen und Bartnelken pflücken gehen.

Als die Lady nickte und Papa eines freundlichen Lächelns würdigte, wurden Willow vor lauter Verlangen, sich endlich an ihre süß duftende Brust werfen zu dürfen, die Beine schwach.

Ohne sich dessen bewusst zu sein, machte sie einen Schritt in ihre Richtung, aber sie erstarrte, als plötzlich hinter ihrer neuen Mama etwas aus der Kutsche purzelte. Zuerst dachte sie, es wäre ein Hund – eins der wuscheligen, plattnasigen Geschöpfe, die von adligen Damen gern als Schoßtiere gehalten wurden. Aber als es sich aufrichtete, eine Mähne weißblonder Haare aus den Augen schüttelte und sie herausfordernd anblickte, merkte sie, dass sie es nicht mit einem Hund, sondern mit einem Kind zu tun hatte.

Willow fuhr zusammen. Anscheinend brauchte Lady Blanche, da sie bereits ein eigenes kleines Mädchen hatte, sie gar nicht. Sie riss entsetzt die Augen auf, als ein zweiter plumper, kleiner Körper aus der Tür der Kutsche kegelte – dieses Mal ein Junge, mit rosigen Wangen und Beinen wie Würsten, wie sie fand.

Ihre Verwirrung steigerte sich noch, als immer mehr Kinder aus dem Wagen quollen. Sie kam kaum noch mit dem Zählen nach. Drei. Vier. Fünf. Und jedes Einzelne war zwar nicht so elegant, aber so blond und so robust wie Lady Blanche. Ähnlich einem Wurf kleiner weißer Wölfe stolperten sie jammernd um ihre Mutter herum.

»Ich habe Durst, Mama!«

»Ich bin müde!«

»Ich muss mal Pipi machen!«

»Warum mussten wir in diese grässliche alte Ruine ziehen? Ich will wieder nach Hause!«

Plötzlich ertönte ein Schrei, der Willow furchtsam zusammenfahren ließ.

»Papa Rufus!«

Der größte der Jungen ließ von seiner Mutter ab und rannte in Richtung ihres Papas. Als hätte er zum Angriff geblasen, begann eine wilde Hatz über den Hof.

Willow stemmte die Füße auf den Boden, aber die anderen Kinder schoben sie einfach achtlos zur Seite, während sie ihren Vater mit lautem »Papa Rufus! Papa Rufus!« umrundeten.

Um nicht von ihnen niedergetrampelt zu werden, nahm er drei von ihnen auf den Arm. Der älteste Junge und das älteste Mädchen, das ungefähr Willows Alter zu haben schien, hängten sich an seinen Hals, während sich die anderen seiner Arme und Beine bemächtigten.

Ein Bündel im Arm trat ihre Mutter mit einem nachsichtigen Lächeln hinter sie. »Sie haben Euch vermisst, Rufus. Während Ihr mir den Hof gemacht habt, haben sie Euch lieben gelernt. Ebenso wie ich.«

Die Stimme der Dame, voll und süß wie frische Sahne, rief in Willow neue Sehnsucht wach. Sie stellte sich auf die Zehenspitzen und versuchte, sich das Bündel ihrer Stiefmutter etwas genauer anzusehen. Vielleicht war es ja die wunderbare Überraschung, von der ihr Papa gesprochen hatte, dachte sie.

Seine eigene Last zwischen dem starken und dem schwachen Arm jonglierend, damit er nicht versehentlich eins der Kinder fallen ließ, beugte sich Papa vorsichtig vor, küsste seine Verlobte auf die Wange und sagte: »Ich hoffe, Ihr hattet eine angenehme Reise, Mylady.«

»Nicht halb so angenehm wie die Freude auf das, was mich hier erwartet«, antwortete sie.

Willow wartete darauf, dass ihre neue Mama sie wenigstens zur Kenntnis nahm, aber die Frau blickte weiter ihren Vater an, sodass es schließlich Papa war, der mit einem schmerzlichen Lächeln in ihre Richtung wies. »Willow, ich habe dir doch erzählt, dass deine Stiefmutter eine Überraschung für dich hat. Von nun an wirst du nie wieder deine Zeit damit verbringen müssen, dass du dich mit imaginären Freunden unterhältst. Von nun an wirst du richtige Brüder und Schwestern haben, mit denen du täglich spielen kannst.«

Die Kinder unterbrachen ihre Geplänkel und einzig vom gierigen Schmatzen eines am Daumen lutschenden Kleinkindes unterbrochene Stille senkte sich über den Hof.

Fünf Paar eisblauer Augen unterzogen sie einer unfreundlichen Musterung. Keins von Lady Blanches Kindern trug ein selbst genähtes Kleid. Sie alle wirkten in ihren Gewändern aus cremefarbener, mit goldenem Brokat gesäumter Wolle wie kleine Erwachsene. Der älteste Junge hatte sogar ein in einer mit Rubinen und Smaragden besetzten Scheide steckendes kleines Schwert.

Ihr Magen zog sich zusammen, als sie sich selbst durch diese hellen, kritischen Augen sah – ein linkisches Kind in den Lumpen einer toten Frau. Und die selbst gestickten Rosen sahen sicher eher wie Nesseln aus.

Das älteste Mädchen legte seinen Kopf an Papas Brust, klapperte mit den weißgoldenen Wimpern und stellte gehässig fest: »Ich habe noch nie so dunkle Haare gesehen, Mama. Tollt sie etwa im Ruß herum?«

Ihr Bruder stieß ein verächtliches Schnauben aus. »Wohl eher im Dung der Pferde. Deshalb ist ihre Haut so rau und braun.«

Papa runzelte die Stirn. »Mein Junge, ich lasse es nicht zu, dass du –«

»Mach dich nicht lustig über deine Stiefschwester, Stefan«, mischte sich Blanche eilig ein. »Das arme Kind kann schließlich nichts für sein Aussehen.«

»Willow klingt gar nicht wie ein christlicher Name«,

stellte Stefans Schwester argwöhnisch fest. »Ist sie etwa eine Heidin?«

»Willow« war Papas Kosename für sie gewesen, seit sie als Kleinkind unter den tief herabhängenden Ästen einer *willow,* einer Weide, eingeschlafen war, woraufhin ihr Papa und seine Leibeigenen sie die ganze Nacht hindurch verzweifelt gesucht hatten.

Ehe sie jedoch enthüllen konnte, dass ihr christlicher Name Wilhelmina war, brach Lady Blanche in leises, kehliges Lachen aus. »Natürlich ist sie keine Heidin, Reanna. Ihre Mutter war Französin.«

Immer noch lächelte die Frau, aber ihre leicht zusammengekniffenen Augen verliehen ihrem Lächeln eine gewisse Boshaftigkeit, woraufhin etwas in Willows Innerem sich beinahe furchtsam zusammenzog.

»Die Franzosen haben unseren Papa im Krieg getötet«, sagte Stefan kalt, wobei er mit seiner speckigen Hand über den Griff seines kleinen Schwertes strich.

Willow stellte sich dicht neben ihren Papa und tastete nach seiner Hand.

»Nicht jetzt, Willow«, fuhr der sie an, während er mit schmerzverzerrtem Gesicht versuchte, sein Ohrläppchen den Zähnen eines Kleinkinds zu entziehen, ohne dass sein schwacher Arm unter Stefans Gewicht zusammenbrach. »Kannst du nicht sehen, dass ich nur zwei Hände habe?«

Nie zuvor hatte ihr Vater derart unfreundlich mit ihr gesprochen. Willow zog ihre Hand zurück, als hätte sie sich verbrannt.

Die Frau drückte ihr ihr Bündel in den Arm, doch Willow würdigte es keines Blickes, sondern verfolgte, wie sich Blanche bei Papa einhakte und ihn entschieden mit sich zog. Die Kinder folgten ihnen in Richtung der Burg, und Reanna beugte sich über Papas Schulter und steckte Willow frech die Zunge heraus. Ehe sie alle in die Dunkelheit des großen Saals eintauchten, drehte sich Papa kurz hilflos zu ihr um.

Vielleicht hätte Willow den ganzen restlichen Tag traurig und verwirrt im Hof gestanden, hätte sie nicht plötzlich eine eigenartige Wärme vorn auf ihrem Kleid verspürt. Das Bündel in ihren Armen zappelte, und sie riss entsetzt die Augen auf, als langsam ein mit weißblondem Flaum bedeckter rosiger Schädel unter der Decke zum Vorschein kam. Das faltige Gesicht des kleinen Zwerges wurde puterrot, als er den Kopf nach hinten warf und ohrenbetäubend zu schreien begann.

Erst in diesem Moment erkannte Willow, dass sie einen weiteren der Welpen ihrer neuen Mutter in den Armen hielt. Erst in diesem Moment wurde sie sich des spöttischen Grinsens von Blanches Bannenträgern bewusst, die mit ausgestreckten Fingern auf sie zeigten und sich gegenseitig in die Rippen stießen. Und erst in diesem Moment wurde ihr klar, was ihr kostbares Kleid gewärmt hatte und langsam, aber sicher an ihren Beinen herunter bis in ihre Schuhe rann.

Obgleich sie am liebsten in das Heulen des Babys eingestimmt hätte, reckte sie das Kinn und bedachte die grinsenden Ritter mit einem strengen Blick. »Was guckt ihr so blöde? Habt ihr noch nie eine vollgepinkelte Dame gesehen?«

Während die Ritter eilig Haltung annahmen, raffte Willow den nassen Saum ihres Kleides und marschierte trotz der zappelnden Last in ihrem Arm würdevoll in Richtung der Burg.

Siehe, Kinder sind eine Gabe des Herrn,
und Leibesfrucht ist ein Geschenk.
Wie Pfeile in der Hand eines Starken,
so sind die Söhne der Jugendzeit.
Wohl dem, der seinen Köcher mit ihnen gefüllt hat!

Psalm 127
Die Bibel

1

England, 1360

Sir Bannor der Verwegene rannte schwitzend und mit hämmerndem Herzen durch die dunklen Steinflure der Burg. Er bog eilig um eine Ecke, tauchte in den Alkoven unter einem Fenster ein und versuchte verzweifelt, das heisere Keuchen seines Atems lange genug zu unterdrücken, um darauf zu lauschen, wo die Bande seiner Verfolger gerade war.

Während eines gesegneten Augenblicks herrschte wunderbare Stille, ehe wieder das unerbittliche Trampeln ihrer Füße und das wilde, seinen Untergang heraufbeschwörende Geschrei erklang.

Instinktiv fuhr seine zitternde Hand an den Griff seines breiten Schwerts, ehe er sich daran erinnerte, dass die Waffe gegen diese Feinde nutzlos, dass er vollkommen wehrlos war.

Hätte einer der Männer, die während der letzten vierzehn Jahre an seiner Seite gegen die Franzosen gekämpft hatten, den furchtsamen Schauder gesehen, der jetzt durch seinen hünenhaften Körper rann, hätte er seinen Augen sicher nicht getraut. Seine Getreuen hatten ihn mit den nackten

Händen Burgmauern erklimmen und dem dampfenden Öl, das wie Höllenfeuer vom Himmel heruntergeregnet war, ausweichen sehen. Sie hatten ihn von seinem Schlachtross springen und durch einen tödlichen Hagel feindlicher Pfeile rennen sehen, um einen gestürzten Mann auf seine Schulter zu hieven und an einen Ort zu bringen, wo er sicher war. Sie hatten ihn die Klinge eines französischen Schwerts aus seinem Schenkel ziehen sehen, ehe er sich mit derselben Waffe seines Angreifers entledigt hatte. Zu König Edwards großer Freude hatten seine Feinde ihre Waffen fortgeworfen und sich ergeben, wenn nur sein Name auf dem Schlachtfeld geraunt wurde.

Doch nie zuvor hatte er einen derart Furcht einflößenden, derart gnadenlosen Gegner gehabt, der nicht die Spur christlicher Nächstenliebe zu besitzen schien.

Als die Horde an seinem Versteck vorbeirannte, drückte er sich an die Wand und wandte sich mit einem stummen Stoßgebet an Gott, der bisher stets an seiner Seite gekämpft hatte.

Aber in dem Moment, seit der Friedensvertrag mit den Franzosen unterzeichnet worden war, hatte offenbar selbst Gott sich von ihm abgewandt. Es schien, als ob das triumphierende Geschrei, das an seine Ohren drang, von Luzifer persönlich kam.

Sie hatten ihn entdeckt! Zu panisch, um die Folgen zu bedenken, rannte er den Weg, den er gekommen war, zurück. Die Teufel hatten ihn beinahe erreicht, waren ihm so dicht auf den Fersen, dass er spürte, wie ihr heißer Atem den Rücken des Wamses versengte, das er statt seiner Rüstung trug.

Er stürzte die Wendeltreppe hinauf und hoffte, dass er den schützenden Nordturm erreichte, ehe sie ihn niedergestreckt und wie ein paar wilder Hunde in der Luft zerfetzt hätten. Die Holztür ragte vor ihm auf. Er griff nach dem eisernen Riegel und zerrte verzweifelt daran herum. Hoffentlich rutschte seine schweißnasse Hand nicht einfach ab! Etwas packte nach seinem Knöchel, und während einer schreckensstarren Sekunde fürchtete er, dass er verloren war. Da öffnete sich endlich die Tür.

Er sprang über die Schwelle, schüttelte das Ding von seinem Knöchel ab und warf die Tür hinter sich zu. Erst als der Riegel sicher zugefallen war, lehnte er sich müde gegen die Wand und atmete erleichtert auf. Wütendes Heulen und Forderungen nach seiner Unterwerfung wurden laut, ehe sich bedrohliche Stille über den Raum senkte.

»Bitte, lieber Gott«, murmelte er, noch nicht bereit, die Hoffnung aufzugeben, dass sein alter Verbündeter vielleicht doch noch auf seiner Seite stand. »Nicht *das.* Alles, nur nicht *das.*«

Er hatte einmal vier Monate in einem Folterkeller in Calais verbracht, angekettet an eine feuchte Steinmauer, mit Läusen und Ratten als einzigen Gesellschaftern. Als seine Peiniger ihm ranzige Schleimsuppe eingeflößt hatten, hatte er jeden einzelnen Löffel heruntergewürgt und einen Nachschlag verlangt. Nachdem sie ihn auf die Streckbank gebunden hatten, hatte er sie durch ein gemütliches Nickerchen verwirrt. Als sie ihn mit einem glühenden Eisen gebrandmarkt hatten, hatte er die Schmerzensschreie unterdrückt und ihnen in die Gesichter gelacht. Aber noch nicht einmal sein teuflischster Gegner hatte je eine ähnlich grausame Qual für ihn erdacht, um seinen Willen zu brechen und ihn dazu zu bringen, dass er um Gnade winselte, wie …

»Papa?«

Bannor stöhnte schmerzlich auf.

Wieder wurde die englische Stimme laut. »Papa? Kommst du heraus und spielst mit uns?«

Bannor unterdrückte mit Mühe einen Fluch. Es war typisch für den Racker Desmond, dass er seine sechsjährige Schwester zu den Verhandlungen über einen Waffenstillstand zu ihm schickte, dachte er. Keins seiner Kinder war so liebreizend wie die kleine Mary Margaret.

Oder Margaret Mary? Bannor versuchte sich daran zu erinnern, wie seine Tochter aussah, aber außer einem undeutlichen Bild von blauen Augen und goldenen Locken sah er nichts. Vater Humphries, dem Burgpriester, zufolge, sah sie genau wie ihre Mutter aus. Voller Scham musste sich Bannor eingestehen, dass er seine zweite Frau so selten gesehen hatte, dass er sich auch an deren Aussehen kaum mehr erinnerte.

»Geh weg, mein Herz«, flüsterte er. »Papa will nicht mehr spielen.« Er verabscheute den flehenden Ton, in dem er sprach, aber er konnte nichts dagegen tun.

»Wir wollen nur, dass du unser Pony bist. Ich verspreche, dass wir dich nicht noch einmal fesseln«, flötete sein Kind.

»Wir schütteln dir auch keinen Pfeffer mehr in deinen Helm«, wurde eine zweite hoffnungsvolle Stimme laut.

»Und wir zünden auch nicht noch mal deinen Schnurrbart an«, säuselte jemand anders.

Während sich Bannor über die Reste seines Bartes strich, erreichte der Chor der Stimmen mit Mary Margarets »Bitte, Papa!« seinen Höhepunkt.

Bannor atmete tief ein. »Verschwindet«, brüllte er. »Papa hat wichtige Dinge zu erledigen.«

»Zweifellos wichtigere Dinge als sich mit uns zu beschäftigen. Ich sage euch, scheißt doch auf den alten Kerl.«

Bannor presste die Lippen aufeinander, als er die zornige Stimme seines ältesten Sohnes und Stammhalters vernahm. Der dreizehnjährige Desmond hatte ein allzu freches Maul. Am liebsten hätte Bannor ihn am Kragen seines speckigen

Wamses gepackt und ihm für diese Frechheit eine gehörige Lektion erteilt. Aber dazu hätte er die Tür aufmachen müssen…

Desmonds Stimme hellte sich ein wenig auf. »Ich weiß was! Lasst uns den Blasebalg holen, den Blutpudding der Köchin mit Lampenöl voll pumpen und anstecken.«

Das enttäuschte Jammern der anderen wich lauten Jubelrufen, und schon stob die Satansbrut laut trampelnd die Treppe wieder hinab.

Als ihre Schritte verhallten, sank Bannor matt gegen die Tür. Das Ganze war einfach erbärmlich. Er, Lord Bannor der Verwegene, Herr von Elsinore, Stolz der Engländer und Schrecken der Franzosen, war ein Gefangener auf seiner eigenen Burg.

Gepeinigt von einer Armee von Kindern.

Seiner Kinder, musste er sich eingestehen.

Er schüttelte den Kopf, woraufhin ihm abermals eine Pfefferwolke in die Nase stieg. Als der Niesanfall vorüber war, richtete er sich wieder zu seiner ganzen Größe auf, tastete nach seinem Schwert und setzte eine derart grimmige Miene auf, dass sicher jeder Feind vor Schreck erstarrt wäre. Entschlossen, einen Weg zu finden, um seinen rebellischen Nachkommen zu zeigen, dass sie sich den falschen Gegner ausgesucht hatten, marschierte er ans Fenster, riss die hölzerne Lade auf und brüllte nach seinem Hofmeister.

Als ein keuchender Sir Hollis auf das Gebrüll seines Herrn am oberen Rand der Treppe auftauchte, stellte er zu seiner Überraschung fest, dass die Tür zum Turm verriegelt war.

In Sorge wegen der Stille hinter der Tür presste er den Mund gegen das Holz. »Mylord?«

»Seid Ihr allein?«, flüsterte Bannor verzweifelt zurück.

Er spähte über seine Schulter. »Ja.«

Die Tür ging einen Spalt breit auf, ein muskulöser Arm schoss durch die Öffnung, zerrte ihn in das Zimmer und schlug die Tür krachend wieder zu.

Hollis hatte kaum Zeit, Luft zu holen, als ihm der schreckliche Anblick seines Herrn abermals den Atem verschlug. Bannor stand mit gespreizten Beinen und geballten Pranken keuchend mitten im Raum. Sein dunkles Haar hing wirr um seinen Kopf, und seine Augen wiesen rote Ränder auf. Am erschreckendsten jedoch war der Zustand seines Barts. Oder dessen, was noch von ihm übrig war. Hollis beugte sich ein wenig vor und schnupperte. Nein, es war wirklich keine Einbildung. Sein Herr roch eindeutig nach Rauch.

»Großer Gott, Mann! Hat man Euch attackiert?« Hollis sah sich suchend um. »Lauert irgendwo zwischen den Burgmauern vielleicht ein gedungener Mörder auf Euch?«

»Nicht einer, sondern zehn«, kam Bannors grimmige Erwiderung. »Und sie alle sind mit nichts anderem bewaffnet als ihrem Einfallsreichtum und ihrem Talent zu jammern, wenn man ihnen auch nur eine Bitte nicht erfüllt.«

»Zehn?« Hollis runzelte die Stirn, doch schließlich nickte er verständnisvoll. »Oh, Ihr meint die Kinder.«

»Kinder?« Bannor stieß ein lautes Schnauben aus. »Das ist eine viel zu freundliche Bezeichnung für diese Höllenbrut. Hätte ich Desmonds Zehen und Finger nicht selbst gezählt, als er ein Baby war, wäre ich der festen Überzeugung, dass er einen gespaltenen Schwanz und gespaltene Hufe hat.«

Der Hofmeister war klug genug, sein Lächeln zu unterdrücken, ehe er erwiderte: »Ich nehme an, sie sind ein bisschen… wild. Sicher ist das nur der natürliche jugendliche Übermut.«

»Übermut? Ich bin sicher, es ist die reine Boshaftigkeit.«

Bannor warf sich auf einen Stuhl und fegte mit den Armen mehrere Pergamentrollen vom Tisch. »Zur Hölle mit diesem verdammten Frieden!«, brüllte er. »Ich wünschte, der Krieg gegen die Franzosen hätte hundert Jahre gewährt.«

Hollis stieß einen wehmütigen Seufzer aus. Hätte Edward den Vertrag von Brétigny nicht unterzeichnet, säßen er und Bannor nach wie vor in einem Zelt auf einem fernen Schlachtfeld und tränken auf ihren jüngsten Sieg. Nach jahrelanger Kameradschaft hatte das Ende des Krieges ihnen wieder die ihnen beiden unangenehmen Rollen von Herr und Diener aufgezwungen, und er fürchtete, dass er selbst als Verwalter eines so ausgedehnten Besitzes wie Elsinore ebenso wenig geeignet war wie sein Herr als liebender Papa einer ungehobelten Kinderschar.

Hollis blies den Staub aus einem Becher und schenkte Bannor etwas Bier aus dem auf dem Tisch stehenden irdenen Krug hinein. Für den Fall, dass sein Herr nicht ganz so einfach zu beruhigen war, gönnte er sich selbst ebenfalls einen stärkenden Schluck. »Ihr selbst seid bereits in den Krieg gezogen, als Ihr kaum größer wart als Euer Ältester, Mylord. Vielleicht mangelt es den Kindern einfach an etwas Disziplin.«

»Ihr versteht das nicht.« Bannor beugte sich über den Tisch und senkte seine Stimme auf ein heiseres Flüstern herab, als gestünde er eine schreckliche Sünde ein. »Sie haben einfach keine Angst vor mir.«

Hollis musste sich setzen und einen großen Schluck Bier trinken, um diese Enthüllung zu verdauen. Während der mehr als dreizehn Jahre, die er an Bannors Seite gefochten hatte, hatte er nicht einen Mann getroffen, der nicht furchtsam zusammengefahren wäre, sobald Bannor sich zu seiner vollen Größe aufgerichtet oder lauter als im Flüsterton etwas gesagt hatte. Erst heute früh noch hatte er einen der

Pagen in Tränen aufgelöst in die Flucht geschlagen, einfach indem er ihm einen guten Morgen gewünscht hatte.

»Nun, Ihr könnt Euch wohl kaum für den Rest Eures Lebens hier in diesem Turm einsperren«, sagte Hollis nachdenklich. »Vielleicht müsst Ihr einfach dafür sorgen, dass sie sich vor Euch ängstigen.«

»Und wie soll ich das Eurer Meinung nach anstellen? Soll ich sie in den Kerker werfen? Ihnen damit drohen, dass ich ihnen die Köpfe abschlage?« Bannor erhob sich, stapfte so wütend, dass bei jedem seiner Schritte Bier über den Rand seines Bechers schwappte, durch den Raum und blickte aus dem Fenster auf den Hof. Fasziniert von dem fröhlichen Geschrei, das der Wind an seine Ohren trug, trat Hollis schließlich neben ihn.

Unten im Hof war wieder mal die Hölle los. Die engelsgleiche Mary Margaret pumpte eifrig Lampenöl in die Schweinsblase mit dem Blutpudding, während zwei ihrer Schwestern ihren Puppen die Gliedmaßen einzeln ausrissen. Desmond und drei seiner Brüder hatten einen der jüngeren Pagen gefangen und hielten ihn kopfüber an den Knöcheln über einen Brunnenschacht.

»Desmond!«, brüllte Bannor außer sich vor Zorn. »Lass sofort den Jungen los!«

Ehe er sich seiner bedauerlichen Wortwahl auch nur bewusst wurde, drangen ein lautes Platschen und jämmerliche Schreie an sein Ohr.

Während einer der Junker hinübertrottete und den winselnden Jungen aus dem Wasser zog, machte Desmond eine spöttische Verbeugung in Richtung des Turms und rief: »Es ist mir immer wieder ein Vergnügen, Euch zu gehorchen, Sir.«

Bannor stieß ein leises Knurren aus. »Wisst Ihr, das ist der Fluch von Elsinore. Mein eigener Vater, herzloser Schurke, der er war, hat siebzehn eheliche Kinder und sechsunddreißig Bastarde gezeugt, zwei davon auf seinem Sterbebett. Man sollte meinen, das Familienmotto wäre nicht ›Sieg oder stirb‹, sondern ›Seid fruchtbar und mehret euch‹.«

Hollis brauchte nicht extra daran erinnert zu werden, dass Bannor einer der Bastarde war. Hätte er nicht bereits im zarten Alter von siebzehn dem König gegenüber seine unerschütterliche Loyalität und seinen Kampfesmut unter Beweis gestellt, dann wäre Bannor vielleicht immer noch ein bettelarmer, namenloser Soldat und nicht Herr über ausgedehnte, reiche Ländereien. Herr über einen Besitz, den er mit dem Segen des Königs dem ältesten legitimen Sohn seines Vaters abgerungen hatte. Sein Bruder und seine anderen Halbgeschwister hatten sich auf eine der weiter nördlich gelegenen Burgen ihres Vaters geflüchtet, als sie gehört hatten, dass Bannor der Verwegene, einer der gefährlichsten und angesehensten jungen Ritter des Königs, eine Armee um sich geschart hatte und mit ihr gen Elsinore zu marschieren beabsichtigte.

Bannor sah Hollis verzweifelt an. »Sicher straft mich Gott für meine Lust. Ihr wisst, dass sie mein einziges Laster ist. Ich habe noch nie zu viel getrunken, verliere nur selten die Beherrschung und fluche für gewöhnlich noch nicht einmal.«

»An der Existenz Eurer Kinder tragt nicht Ihr allein die Schuld, Mylord. Eure beiden Ehefrauen haben Euch angebetet, und selbst wenn Ihr versucht habt, ihnen Ruhe zu gewähren, kamen sie mitten in der Nacht zu Euch ins Bett gekrochen und bestanden auf der Erfüllung ihrer ehelichen Pflicht.« Er bedachte Bannor mit einem mitfühlenden, gleichzeitig jedoch neidischen Blick. »Es liegt einfach an Eurem Gesicht, dass Euch kein Weibsbild widerstehen kann.«

Bannor schüttelte seufzend den Kopf. »Wäre ich doch nur so hässlich auf die Welt gekommen wie Ihr…«

Hollis, der sich mit seinem eleganten Bart und seinem dichten braunen Schopf mehr als nur passabel fand, funkelte den Freund beleidigt an, ehe er das amüsierte Schimmern in Bannors Augen sah.

»Angesichts Eures attraktiven Äußeren, Mylord«, kam die grinsende Erwiderung, »ist natürlich zu befürchten, dass diese Kinder erst der Anfang sind. Schließlich seid Ihr erst zweiunddreißig Jahre alt, und ich habe von Männern gehört, die sogar noch mit fünfundsiebzig Jahren Nachkommen gezeugt haben.«

Bannor erschauderte. »Gott bewahre. Eher lege ich ein Keuschheitsgelübde ab.«

Es klopfte an der Tür, und in Bannors Augen blitzte nackte Panik auf. »Findet heraus, wer es ist, bevor Ihr aufmacht, Hollis. Desmond ist verschlagener als der Schwarze Prinz«, bezog er sich auf König Edwards Sohn, dem in Poitier die Gefangennahme des französischen Königs gelungen war. »Es könnte eine Falle sein.«

Hollis tat wie ihm geheißen. »Es ist Fiona, Mylord.«

Auf Bannors Nicken hin öffnete er die Tür und ließ die alte irische Kinderfrau herein.

Bannor leerte seinen Becher, ließ den Kopf auf die Hände sinken und murmelte: »Großer Gott, nicht schon wieder eins.«

»Ich fürchte doch, Mylord«, sagte Fiona und hielt ihm ein Bündel hin. »Die zweite in vierzehn Tagen. Ich habe sie in einem Korb neben dem Wachhäuschen entdeckt.«

»Lag eine Nachricht dabei?«

»Nein, Mylord. Nur eine Decke und der Korb.«

Bannor hielt sich auf Armeslänge von dem Bündel fern, aber Hollis gab der Versuchung nach, zupfte an dem fadenscheinigen Stoff und betrachtete das runzlige Baby neugierig.

Er runzelte die Stirn. »Das Kind kann nicht älter als ein paar Wochen sein. Wart Ihr nicht mit Edward in Gascogne, als –«

Bannor reagierte nicht. »Schickt ins Dorf nach einer Amme, Fiona. Und sagt dem Priester, dass er sie taufen und ihr einen Namen geben soll. Das arme Geschöpf hat wenigstens einen Namen verdient.« Er hob warnend den Finger und bedachte die strahlende Kinderfrau mit einem strengen Blick. »Aber nicht Margaret oder Mary. Wir haben bereits drei Margarets, eine Mary und eine Mary Margaret. Das ist mehr, als ein Mann auseinander halten kann.«

»Sehr wohl, Mylord.« Fiona machte einen unbeholfenen Knicks.

Als sie sich zum Gehen wandte, begann das Baby jämmerlich zu weinen, sodass sie es an ihre Schulter hob und besänftigende gälische Worte murmelte. Sofort ebbte das Jammern des Babys wieder ab, es gurgelte fröhliche Spuckebläschen und stieß wohlige Jauchzer aus.

Bannor sah den beiden nach. »Vielleicht brauchen meine Kinder nicht die strenge Hand eines Mannes«, überlegte er laut, »sondern die sanfte Führung einer Frau.«

»Fiona ist eine Frau«, stellte Hollis richtig fest.

»Ja, aber sie wird langsam alt. Und keine Berühung ist so sanft wie die von einer Mutter.« Bannors Stimme drückte eine ungeahnte Wehmut aus.

Als er sich allerdings umdrehte und Hollis musterte, wiesen seine Augen nicht mehr die geringste Weichheit auf. Stattdessen verriet seine Miene dieselbe Entschlossenheit wie zu Beginn einer Attacke oder bei der Planung eines Hinterhalts. Instinktiv machte Hollis einen Schritt zurück. Vielleicht war ja in diesem Moment er selbst das Ziel?

Und tatsächlich baute sich Bannor mit einem animalischen Grinsen vor ihm auf. »Nun, Hollis, ich glaube, Ihr seid genau der richtige Mann, um eine Mutter für meine Kinder zu finden«, sagte er.

»Ich?« Hollis stieß rückwärts gegen den Tisch und warf dabei den Bierkrug um. »A-aber, Mylord, wäre es nicht vernünftiger, Ihr suchtet Euch Eure Braut persönlich aus?«

»In Bezug auf Frauen bin ich ein hoffnungsloser Narr. Wäre mir die Wahl selbst überlassen, nähme ich sicher wieder eine dralle, süß duftende Schönheit wie Mary oder Margaret. Und ehe mir auch nur ihr Duft aus der Nase entwichen wäre, hätte ich weitere Bälger, die mir das Leben zur Hölle machen würden«, winkte Bannor ab.

Er marschierte auf die andere Seite des Tisches, suchte zwischen den Papieren herum und zog ein unbeschriebenes Stück Pergament hervor. Dann tauchte er die Feder in die Tinte und schrieb eilig los. »Es heißt, dass der König in Windsor ist und die Renovierung der Burg überwacht. Falls er meine Bitte positiv bescheidet, habt Ihr Vollmacht, eine Braut für mich zu suchen, mit ihrer Familie die Hochzeit zu vereinbaren und sie an meiner Stelle vor einem Priester zu heiraten.«

»Ihr wollt, dass ich Eure Frau heirate?« Hollis starrte ihn entgeistert an.

Bannor hielt lange genug im Schreiben inne, um seinen Verwalter tadelnd anzusehen. »Natürlich nicht. Ich möchte nur, dass Ihr an meiner Stelle steht, wenn der Priester der Ehe den Segen erteilt.« Er rollte das Schreiben zusammen, versiegelte es und drückte es Hollis in die Hand. »Wenn Ihr mit meiner Braut nach Elsinore zurückkommt, wird sie bereits vor Gott und dem König mit mir verheiratet sein.« Als er Hollis aufmunternd auf die Schulter klopfte, ging dieser in die Knie. »Ich lege meine Zukunft in Eure Hände, treuer Freund. Was ich brauche, ist ein mütterliches, möglichst plumpes Geschöpft, das keine Versuchung für mich ist.«

Hollis schob sich das Schreiben in den Gürtel und seufzte resigniert. Er wusste besser als jeder andere, dass Bannor sich nie von einem einmal in Angriff genommenen Vorhaben abbringen ließ. »Da man Euch überall im Königreich als Günstling König Edwards kennt, sollte die Suche nach einer Braut für Euch nicht allzu schwierig sein.«

Bannor zog eine seiner dunklen Brauen hoch. »Vielleicht schwieriger, als Ihr gerade denkt. Schließlich habe ich meine ersten beiden Frauen umgebracht.«

»Obwohl es nicht wirklich Eure Schuld gewesen ist, Mylord.«

Bannor kehrte ans Fenster zurück, verschränkte die Hände hinter seinem Rücken und blickte in den Hof. Das unschuldige, süße Lachen eines Kindes schwebte zu ihm herauf.

Bannors Miene wurde weich, sodass plötzlich die hinter seiner äußeren Härte verborgene Verzweiflung sichtbar war. »Findet sie für mich, Hollis. Findet die Frau, die meine Kinder so lieben wird, als wären es ihre eigenen.«

Die Trauer seines besten Freundes rührte Hollis' Herz. Er sank auf ein Knie und legte die Hand auf den Griff von seinem Schwert. »Ich werde sie finden, Mylord. Das schwöre ich bei meinem Leben.«

2

Bannor würde ihn umbringen.

Sein erschöpftes Ross am Zügel, trottete Hollis durch den moosbewachsenen Wald und dachte übellaunig darüber nach, in welch schrecklicher Gestalt ihn der Tod wohl heimsuchen würde. Ein einfacher Hieb mit dem Schwert seines Herrn wäre sicher eine allzu große Gnade. Er hatte nichts Geringeres verdient als ein Tauchbad in einem Fass kochenden Öls, von den Ratten im Kerker angeknabbert zu werden oder dass ihn der Mann mit der Axt um Mitternacht enthauptete. Vielleicht würde ihm Bannor zumindest die Bitte erfüllen und seinen abgetrennten Kopf zur Warnung für andere junge Ritter, die verrückt genug waren, eine solche Herausforderung anzunehmen, auf einem Stock aufgespießt zur Schau stellen.

»Sir?«, meldete schüchtern einer der beiden Soldaten, die hinter ihm her stolperten. »An dieser Eiche kommen wir jetzt schon zum vierten Mal vorbei.«

»Ich fürchte, wir haben uns verlaufen«, sagte der andere.

»Verlaufen ist noch nicht alles«, murmelte Hollis, immer noch in seine düsteren Gedanken vertieft. »Nein, ich sage euch, dass wir verloren sind.«

Bereits die Anstrengung, einen Fuß vor den anderen zu schieben, kostete ihn den letzten Rest von seiner Kraft. Er und seine Männer durchkämmten England nunmehr seit bereits zwei Monaten. Er hatte sämtliche adligen Häuser von Windsor bis Wales, in denen es Töchter im heiratsfähigen Alter gab, besucht, aber nirgendwo eine passende Braut für seinen Herrn gefunden.

Trotz Bannors trübsinniger Prophezeiung hatte es nicht an Vätern gemangelt, die ihm ihre Töchter mehr als bereitwillig anvertraut hätten. Aber wenn die älteste zu süß und hübsch gewesen war, hatte sich die jüngste als allzu säuerlich und hässlich herausgestellt. Wenn die eine eingestanden hatte, dass sie Kinder nicht ausstehen konnte, hatte die andere sich den Bauch gerieben und versprochen, den Haushalt ihres Herrn mit zahlreichen Söhnen zu beglücken. Einmal hatte er voller Freude die Tochter eines Grafen mit breiten Hüften und einem Schnurrbart gesehen, der dicker als sein eigener gewesen war, aber dann hatte sie unter dem Tisch die Hand auf sein Knie gelegt, mit den Wimpern geklappert und gekrächzt, wie bedauerlich es doch wäre, dass ein kraftvoller junger Mann wie er nicht selbst auf der Suche nach einer Gattin war. Und mit der schrecklichen Vision, wie Bannor zwischen ihren massigen Schenkeln zerquetscht wurde, hatte er mitten in der Nacht das Weite gesucht.

Er stieß einen abgrundtiefen Seufzer aus. Der Blätterteppich unter ihren Füßen wäre sicher bald mit dem ersten Schnee bedeckt. Er hatte keine Wahl. Er musste nach Elsinore zurückkehren und Bannor gestehen, dass seine Suche erfolglos verlaufen war. Vielleicht wäre er ja gar nicht so unattraktiv, trüge er bald sein Haupt unter dem Arm.

Plötzlich blieb er stehen und hob den Kopf. Anscheinend hatten seine Männer wirklich Recht gehabt. Sie hatten sich verlaufen, und das ganz offensichtlich schon vor geraumer Zeit. Die alten Bäume ragten majestätisch über ihnen auf, und durch ihre herbstlich rötlich-goldenen Kronen fiel diffuses Sonnenlicht.

Unmittelbar vor ihnen machte er einen schmalen Durchgang durch das Blattwerk aus. Vielleicht hätte er ihn als optische Täuschung abgetan, hätte ihn das schwache Echo hellen Gelächters nicht vorwärts gelockt.

Seine Männer fielen hinter ihm zurück und tauschten

zweifelnde Blicke aus. »Ich an Eurer Stelle würde mein Schwert ziehen, Sir«, warnte einer der beiden ihn. »Vielleicht ist es ja ein Waldkobold.«

»Oder eine Fee«, schlug der Zweite vor, während er sich eilige bekreuzigte.

»Genau«, pflichtete sein Freund ihm bei. »Und die Feen entführen sterbliche Männer gerne in ihre unterirdischen Verstecke und rauben ihnen ihren Samen, habe ich gehört.«

Hollis stieß ein verächtliches Schnauben aus. »Wahrscheinlich würden sie uns sofort wieder verstoßen und nach unserem Herrn rufen. Bannor könnte ein ganzes Feenreich beglücken, sage ich euch.«

Er sank auf ein Knie, teilte die Blätter und blickte auf eine Wiese, die halb im Schatten und halb in der Sonne lag. Die blonden, flinken Wesen, die sie bevölkerten, rannten und stolperten fröhlich durch das hohe braune Gras. Im ersten Moment meinte Hollis, sie hätten vielleicht wirklich ein Feenreich entdeckt – bis eins der Geschöpfe über eine Wurzel fiel und sein empörtes Kreischen zeigte, dass es wohl doch eher sterblich war.

Ehe Hollis auch nur daran denken konnte, dem Kerlchen zu Hilfe zu eilen, löste sich eine Schäferin aus der Herde tollender Kinder und lief zu ihrem gefallenen Lamm. Sie zog das schluchzende Kind in ihren Schoß, und Hollis versuchte, sie sich genauer anzusehen. Gegen das Sonnenlicht jedoch war er so gut wie blind. Obgleich sie sich mit der Geschmeidigkeit und der Schnelligkeit der Jugend bewegte, ließ ihre Kleidung keinen Rückschluss auf ihr Alter zu. Das Haar hatte sie unter einer rötlichen Wollmütze versteckt, und sie sah in ihrem fadenscheinigen Kleid und der Schürze wie eine Dienstmagd aus.

Es war weniger ihr Aussehen, das ihn faszinierte, als vielmehr die beschützende Art, in der sie das Kind an ihre Brust hielt. Sie waren zu weit entfernt, als dass er ihre Stimme gehört hätte, aber er stellte sich vor, wie sie leise besänftigende Worte murmelte.

Hollis fiel auf seine Fersen zurück. Vielleicht hatte er die Suche vollkommen falsch begonnen, dachte er. Schließlich hatte Bannor nie gesagt, dass seine Braut aus einer adligen Familie stammen sollte. Weshalb sollte er ihm also nicht einfach eine junge Fiona präsentieren – ein scheues, kräftiges Bauernmädchen, das sich seiner ungezogenen Brut gerne annehmen würde, ohne allzu viele Ansprüche an seinen neuen Herrn und Meister zu stellen?

Als er langsam zu grinsen begann, sahen die beiden Soldaten ihn argwöhnisch an. Einer von ihnen fuhr ihm mit der Hand vor dem Gesicht herum, aber Hollis blinzelte noch nicht einmal.

»Was ist los, Sir? Habt Ihr eine Erscheinung gehabt?«

»Ja, genau. Die Antwort auf meine Gebete, um genau zu sein.« Als die beiden Männer einander verwundert ansahen, machte Hollis' Grinsen einem seligen Lächeln Platz. »Eine Madonna«, flüsterte er.

Am liebsten hätte er sein Ross den Hügel hinunter mitten auf die Wiese getrieben, aber sicher würden die junge Frau und die Kinder dadurch nur verschreckt. Außerdem wäre es ein Leichtes, einfach das nächste Dorf oder die nächste Burg zu suchen, um sich dort nach dem Mädchen zu erkundigen.

Noch einmal teilte er das Blattwerk, unfähig, dem Wunsch zu widerstehen, einen letzten Blick auf seinen Fund zu werfen, ehe er ihn vorübergehend zu verlassen gezwungen war. Während er die junge Frau beobachtete, entwand sich der kleine Junge ihrem Griff und kletterte den knorrigen Stamm eines Apfelbaums hinauf. Sie rappelte sich eilig auf und stellte sich mit ausgestreckten Armen unter den Baum. Sicher wollte sie ihn fangen, rutschten seine kleinen Hände oder Füße ab. Mit ihren breiten Hüften wirkte sie tatsächlich angenehm bäuerlich.

Mit einem zufriedenen Seufzer stand Hollis schließlich auf, griff nach den Zügeln seines Pferdes und stellte sich vor, wie wohl ihre süße, schmeichlerische Stimme klang.

»Wenn du nicht sofort von dem Baum kletterst, du widerlicher kleiner Troll, dann komme ich rauf und werfe dich runter.«

»Ich komme nicht.«

»Und ob du kommst.«

»Ich komme nicht.« Ein halb verrotteter Apfel trudelte zwischen den Ästen hindurch, ehe er platschend auf Willows Schläfe traf. Die anderen Kinder brachen in brüllendes Gelächter aus.

Sie knirschte mit den Zähnen, stemmte ihren Fuß in einem Astloch ab und kletterte entschieden dem kleinen Angreifer hinterher.

Jaulend wie eine Katze rutschte der zehnjährige Harold den Stamm herunter und hatte den Boden fast erreicht, als sich sein Fuß in Willows Rock verfing und er zum zweiten Mal an diesem Tag der Länge nach auf die Nase fiel.

Ob seines jämmerlichen Greinens starrte Willow ihn zornig an. Während sie noch überlegte, ob sie ihn aufheben und abermals abklopfen oder ihn lieber erwürgen sollte, setzte er sich auf.

»Sie hat mich runtergeworfen!« Er rang nach Luft, und seine dicken Backen wurden röter als die Äpfel, die sie in den Taschen ihrer Schürze gesammelt hatte. »Willow hat mich vom Baum geworfen! Das werde ich Papa sagen!«

Die achtjährige Greta kam mit fliegenden flachsblonden Zöpfen angerannt. »Ich habe gesehen, dass sie dich runtergeworfen hat. Sie ist ein hässliches, widerliches Mädchen, und das werde ich Papa auch sagen.«

»Und Mama!«, flöteten die neunjährigen Zwillinge beinahe gleichzeitig. »Wir werden es Mama sagen. Vielleicht schickt sie sie dann wieder ohne Abendessen ins Bett.«

Ungerührt lehnte sich Willow gegen den Baum, kreuzte die Arme vor der Brust und sah die Bälger mit zusammengekniffenen Augen an. Als sie plötzlich boshaft lächelte, erstarrten die Kinder zu vollkommener Reglosigkeit. Selbst Harold hörte mit dem Jammern auf.

»Ich hoffe, dass sie mich ohne Abendessen ins Bett schicken wird«, sagte sie bedrohlich sanft. »Denn wenn sie das tut, habe ich sicher nach ein paar Stunden einen Bärenhunger. Und dann schleiche ich mich mitten in der Nacht aus meinem Bett und mache mich auf die Suche nach etwas Essbarem.« Sie senkte ihren Blick auf Harolds dicken, kleinen Bauch, ehe sie sich mit der Zunge über die schimmernd weißen Zähne fuhr. »Etwas Plumpem, Zartem, Saftigem …«

Als sie ähnlich einem Hund zu knurren begann, sprang Harold in Panik auf und rannte, gefolgt von seinen kreischenden Geschwistern, über die Wiese in Richtung der schützenden Burg davon.

Willow sank gegen den Stamm und brach in lautes Lachen aus. Als ihre Fröhlichkeit schließlich abebbte, setzte sie sich gemütlich hin, nahm einen Apfel aus ihrer Schürze und genoss die kurze Zeit der Einsamkeit. Alles, was sie den Kindern gegenüber tat – sei es schmeicheln oder locken, gut zureden oder drohen – kam ihr vollkommen sinnlos vor, denn all ihre Bemühungen, den Brüdern und Schwestern ein Mindestmaß an Benehmen einzubläuen, wurden von der unendlichen Nachsicht ihrer Stiefmutter umgehend wieder zunichte gemacht.

Während sie ihre Zähne in dem saftigen Stück Obst vergrub, erinnerte sie sich daran, wie sehnsüchtig sie Harolds Geburt erwartet hatte. Nachdem sie drei Jahre lang als Kindermädchen für ihre verwöhnten Stiefgeschwister fungiert hatte, hätte sie endlich einen Bruder oder eine Schwester von ihrem eigenen Blut. Aber Blanche hatte seine Geburt dazu genutzt und ihren Vater noch stärker gegen sie aufgehetzt. Als Willow sich dem Bett genähert hatte, um ihren neuen Bruder zu sehen, hatte Blanche ihren Papa sanft daran erinnrt, dass er von ihr und nicht von Willows Mutter mit einem Sohn und Erben beglückt worden war.

Willow biss wieder in den Apfel. Harold war ein süßes Baby gewesen, ebenso wie die drei nach ihm geborenen, aber seine natürliche Zuneigung zu ihr hatte bald der Verachtung, die auch seine älteren Stiefgeschwister für sie empfanden, Platz gemacht. Die Kluft zwischen ihnen beiden war einfach zu groß, als dass sie sich von seinen kurzen, dicken Kinderärmchen überbrücken ließ.

Sie alle waren kräftig. Sie war schlank. Sie alle waren blond. Sie war beinahe schwarzhaarig. Sie alle hatten blaue Augen. Ihre Augen hatten das stürmische Grau der aufgewühlten See. Sie hatten eisiges Sachsenblut in ihren Adern, während sie warm und leidenschaftlich wie ihre französische Mutter war. Sie wurden geliebt. Sie wurde…

Willow warf den halb gegessenen Apfel in die Wiese, denn ihre Überlegungen verschlugen ihr den Appetit. Seit allzu langer Zeit hatte ihr Papa sie nicht mehr seine kleine Prinzessin genannt. Blanche hatte Willow seit dem Augenblick, als sie auf Bedlington erschienen war, mit dem gnadenlosen Ehrgeiz der erobernden Königin von ihrem Platz verdrängt und ihre eigenen Erben auf den Thron gesetzt.

Anfangs war Willow zu überrascht gewesen, um zu erkennen, dass sie geschlagen worden war. Sie hatte versucht, auf den Schoß ihres Papas zu klettern, doch dort hatte es sich bereits eine boshafte Reanna oder ein grinsender Stefan gemütlich gemacht. Begierig nach einer Geschichte hatte sie sich in den Kreis der zu Füßen ihres Vaters sitzenden Kinder geschoben, doch immer wenn Papa einen Arm nach ihr ausgestreckt hatte, um sie näher an sich heranzuziehen, hatte Blanche ihre Hand wie eine bleiche Spinne auf ihre Schulter herabgesenkt und geflüstert: »Du bist doch schon viel zu alt für solchen Unsinn, Schatz.« Das süße Gift in ihrer Stimme hatte Willow stärker gelähmt als ihr beißender Griff. »Warum gehst du nicht nach oben und guckst, ob Beatrix vielleicht eine neue Windel braucht?«

Also war Willow aus dem großen Saal geschlichen, hatte dabei noch einen sehnsüchtigen Blick über die Schulter auf ihren Papa geworfen und mehr als einmal dieselbe hilflose Panik, die auch sie empfunden hatte, in seinen Augen entdeckt. Er hatte den Mund geöffnet, doch ehe er sie hatte zurückrufen können, hatten sich bereits Blanches Kinder über ihn hergemacht, nach seiner ungeteilten Aufmerksamkeit verlangt, und am Ende hatten die unausgesprochenen Worte einem ohrenbetäubenden Schweigen Platz gemacht, das nie wieder zu brechen gewesen war.

Manchmal wünschte sich Willow, sie könnte sich noch nicht einmal daran erinnern, von Papa geliebt worden zu sein. Vielleicht würde sie dann nicht ihre Zeit damit vergeuden, davon zu träumen, dass sie eines Tages wieder von einem Menschen geliebt würde. Ihr Verlangen, geliebt zuwerden, ging tiefer, viel tiefer, als die Sehnsucht nach einer einzigen freien Stunde nur für sich allein.

Angefüllt von diesem bittersüßen Traum, lehnte sie den Kopf gegen den Stamm eines Baumes, machte die Augen zu und dachte nicht an ihren Papa, sondern an einen anderen Mann.

Ihren Prinzen hatte sie ihn als junges Mädchen genannt,

als sie noch närrisch genug gewesen war, sich einzubilden, dass es wahre Prinzen gab.

Sein Haar war dunkel und schimmernd wie schwerer, mit Gold durchwirkter Seidenstoff, sein Kiefer war fest, und seine Augen blickten sie stets freundlich an. Es war egal, welche Farbe sie hatten, solange sie leuchteten vor Liebe ganz allein zu ihr. Und er würde sie nicht für wenige kurze Wochen lieben, sondern für alle Zeit.

Willow hätte nicht sagen können, wie lange sie auf der Wiese gesessen, seinem Flüstern im Rascheln des Grases gelauscht und seine Berührung in der Liebkosung der warmen Brise gespürt hatte. Ihr war noch nicht einmal bewusst, dass sie die Lippen zu einem imaginären Kuss gespitzt hatte, als plötzlich die ersten Regentropfen auf sie niederprasselten und sowohl ihren Prinzen als auch ihre Träume auflösten.

Sie sprang hastig auf. Vielleicht war sie allmählich zu alt, um ohne Abendessen ins Bett geschickt zu werden, dachte sie, aber sie hatte keinen Zweifel daran, dass Blanche sie auf eine andere, subtilere Weise für ihre Rebellion strafen würde. Sie schob sich eine Strähne ihrer Haare unter die Mütze und rannte los. Beim letzten Mal, als sie es gewagt hatte, ihrer Stiefmutter zu trotzen, hatte Blanche gedroht, sie schnitte ihr die wilden Locken ab.

Fest band sie ihre Schürze zu, damit sie die Äpfel beim Laufen nicht verlor, und rannte über die Wiese in Richtung der Burg, die früher einmal ihr Heim gewesen war.

Wenige Sekunden, ehe aus dem leichten Schauer ein wahrer Wolkenbruch wurde, stolperte sie durch die Küchentür, machte einen Bogen um den kleinen Wasserfall, der sich durch einen Spalt in der Decke in den Raum ergoss, und erschauderte, als sie sah, dass das Feuer im Kamin abermals erloschen war. Falls das Fehlen eines Feuers und das menschenleere Zimmer Zeichen waren, wäre sie wahrscheinlich nicht die Einzige, die ohne Abendessen schlafen gehen würde, dachte sie. Vielleicht wäre es vernünftig, sie nähme heimlich ihre Äpfel mit.

Blanches Ausgaben bluteten ihren Papa aus. Die überfließenden Schatztruhen, von denen er bei der Hochzeit mit der wohlhabenden Witwe geträumt hatte, waren schon seit Jahren leer, doch Blanche war es egal, dass die Burg zusehends verfiel und dass die Bauern und Soldaten ihren Vater auf der Suche nach wohlhabenderen, besser bezahlenden Herren im Stich ließen, solange es weder ihr noch ihren kleinen Lieblingen an Juwelen, Pelzen, teuren Seidenstoffen und feiner Wolle mangelte.

Sicher hätte sich auch der König längst von ihnen abgewandt, hätte Blanche nicht ihre beiden ältesten Töchter, Reanna und Edwina, mit wohlhabenden Baronen verheiratet, die, dem endlosen Jammern ihrer Frauen nachgebend, die Steuern für die Burg beglichen, die Blanche trotz wilder Drohungen und Erpressung ihrer Untergebenen nicht mehr zusammenbekam.

Willow und ihr Papa mochten vor seiner Hochzeit mit Blanche schon arm gewesen sein, aber zumindest hatten sie einander gehabt. Nun hatten sie nichts mehr außer Reue und angespanntem Schweigen, das sie miteinander verband.

Willow machte sich auf den Weg die Wendeltreppe hinauf, und hoffte, sie käme unbemerkt über die den großen Saal überblickende Galerie bis in ihrer und ihrer Schwestern Schlafzimmer. Statt wie erwartet von unten Harold zu hören, der die zahllosen von ihr begangenen Sünden aufzählte, nahm sie plötzlich dunkle Männerstimmen wahr.

Willow schlich lautlos in Richtung des Geländers und blickte angestrengt durch den von den Binsenlichtern verursachten Rauch in den großen Saal hinab. Seltsamerweise war keins der Kinder dort zu sehen. Drei Fremde standen vor dem Podest, von dem aus Papa auf Blanches Drängen hin sämtliche Besucher seiner Burg empfing. Papa saß zusammengesunken auf seinem baldachinüberdachten Stuhl. Sein einst rötlich-goldenes Haar hing in matten grauen Strähnen zu beiden Seiten seines faltigen Gesichts herab, und seine einst stolz gestrafften Schultern hatten sich unter der Last der Schulden und Forderungen seiner Frau müde gesenkt. Blanche lungerte neben ihm auf einer vergoldeten Bank. Sie residierte über den verstaubten, ungepflegten Saal wie eine legendäre Sachsenkönigin.

Der Mann, der gerade sprach, trug die goldenen Sporen eines Ritters. »Falls Ihr zu diesem Zeitpunkt eine Mitgift nicht aufbringen könnt, bin ich sicher, dass mein Herr gerne einen großzügigen Brautpreis zahlen wird.«

»Das ist ja wohl barbarisch! Ich will nichts davon hören!«, brüllte Papa und trommelte wütend auf seiner Stuhllehne herum.

»Was versteht Ihr unter großzügig?« Blanche legte Papa begütigend eine ihrer bleichen Hände auf den Arm, sah jedoch den Ritter an.

Der Fremde bedachte Willows Stiefmutter mit einem beinahe amüsierten Blick. »Großzügig genug. Mein Herr hat bereits die Zustimmung des Königs eingeholt. Er hat *sehr* großes Interesse daran, dass es zu dieser Hochzeit kommt.«

»Nun, aber wir hängen wirklich *sehr* an ihr«, erwiderte Blanche, ehe Papa auch nur die Gelegenheit einer Antwort bekam.

Willow schüttelte den Kopf. Sicher sprachen sie über die Hochzeit von Blanches jüngster Tochter aus erster Ehe, Beatrix. Aber Beatrix war noch keine vierzehn Jahre alt. Blanche musste wirklich sehr verzweifelt sein, wenn sie in Erwägung zog, sie jetzt schon mit dem Meistbietenden zu verheiraten. Eigentlich, wusste Willow, sollte sie froh sein, wenn das Mädchen ging. Nachdem sie vor all den Jahren in Willows Schuhe gepinkelt hatte, hatte sie ihr immer wieder jede Menge Scherereien gemacht. Willow legte eine Hand auf ihren Bauch. Vielleicht hatte sie nur deshalb plötzlich einen Stein im Magen, weil sie neidisch auf die Schwester war. Denn vermissen würde sie die verwöhnte kleine Göre sicher nicht.

Papa schüttelte Blanches Finger ab und blickte den Ritter argwöhnisch an. »Und weshalb will Euer Herr sie so unbedingt heiraten?«

Willow spitzte die Ohren, um die Antwort des Mannes zu hören, als plötzlich etwas glitschig kaltes über ihren Nacken fuhr.

»Bäh!«, stöhnte sie, als sie merkte, dass es sich um eine männliche Zunge handelte.

Sie wirbelte herum und drängte ihren Angreifer in die Dunkelheit der Galerie. »Ich würde vorschlagen, dass du diese Viper in deinem Mund behältst, bevor ich sie dir herausreiße.«

Grinsend zog ihr Stiefbruder die Brauen hoch. »Weshalb sollte ich sie wohl in meinem Mund behalten, wenn deiner so viel süßer ist?«

Auch wenn Stefan mit seiner schimmernd blonden Mähne und seiner muskulösen Gestalt bei den Dienstmädchen ganz sicher Eindruck machte, war er für Willow nichts weiter als der verwöhnte kleine Junge, von dem sie seit ihrer ersten Begegnung gnadenlos verspottet worden war. Nur, dass er inzwischen ein größeres Schwert an seiner Seite trug.

»Selbst die süßeste Beere kann durchaus giftig sein«, erwiderte sie, stemmte die Hände in die Hüften und sah ihn böse an.

Seine blauen Augen waren zwei schmale Schlitze, als er erwiderte: »Trotzdem denke ich, dass diese süße Beere ganz besonders saftig ist.« Er nickte in Richtung das großen Saals. »Ehe du allerdings allzu eingebildet wirst, solltest du vielleicht bedenken, dass dieser geheimnisvolle Herr dich für sein Bett kaufen will, als wärst du nichts weiter als eine kleine Dorfhure.«

Willow war zu überrascht, um beleidigt zu sein.

»Mich?« Sie tippte sich verwundert mit dem Finger gegen die Brust. »Dieser Herr will *mich* als Braut?«

Stefan runzelte erbost die Stirn. »Du brauchst gar nicht so kuhäugig zu glotzen. Mama lässt dich ganz sicher niemals gehen.«

Willows Verwunderung verflog, als ihr die bittere Wahrheit seiner Worte bewusst wurde. »Natürlich nicht. Wenn sie das täte, bräuchte sie schließlich ein neues Kindermädchen für ihre Brut.«

Unfähig mit anzuhören, wie ihr Papa die ernsthaften jungen Ritter wieder fortschickte, wollte Willow auf ihr Zimmer gehen, doch Stefan versperrte ihr den Weg. »Mama würde dich deshalb keinem anderen geben, weil sie weiß, dass ich dich haben will.«

Willow fuhr zusammen, als hätte er ihr einen Schlag versetzt. Nie zuvor hatte ihr Stiefbruder es gewagt, derart unverblümt zu sein. Sie zwang sich, ihn reglos anzusehen. »Tja, aber du bekommst mich sicher nicht. Auch wenn wir keine Blutsverwandten sind, sind wir doch miteinander verwandt. Der König würde einer Hochzeit demnach niemals zustimmen.«

Stefan packte sie schmerzhaft bei den Schultern und senkte seine Stimme auf ein heiseres Knurren herab. »Wer hat denn was von Heirat gesagt?«

Als er sich, wie in Erwartung eines besonders leckeren

Bissens, mit der Zunge über die feiste Unterlippe fuhr, bedauerte Willow es beinahe, dem im Grunde harmlosen Harold gegenüber so wenig nett gewesen zu sein. Sie zwang sich zu warten, bis die feucht schimmernde Zungenspitze nur einen Zentimeter von ihren Lippen war, ehe sie flüsterte: »Ich habe dir gesagt, dass du diese Viper von mir fernhalten sollst.«

Sie entwand sich seinem Griff und trat ihm so kraftvoll gegen seinen wattierten Hosenbeutel, dass er stöhnend vornüber sank.

Ehe er sich erholt hatte, war Willow bereits davongerannt. Da ihr ihr Schlafzimmer nicht länger wie ein Refugium, sondern eher wie eine Falle erschien, stürzte sie ohne nachzudenken die Treppe in den großen Saal hinab und kam stolpernd im Schatten des Balkons zum Stehen.

»Das ist eine beachtliche Summe, Rufus«, sagte Blanche, wobei ein träumerischer Schimmer das habgierige Glitzern weicher werden ließ. »Genug, dass du die Steuern der nächsten beiden Jahre bezahlen kannst.«

»Ich will nichts davon hören, Frau! Ich verkaufe meine Tochter nicht!«

In dem Verlangen, einer Zukunft zu entgehen, die ihr ebenso abscheulich wie das lüsterne Grinsen ihres Stiefbruders erschien, trat Willow einen Schritt nach vorn. »Und warum nicht, Papa?«, tönte ihre glockenklare Stimme durch den Saal. »Schließlich wäre es nicht das erste Mal.«

Hollis klappte die Kinnlade herunter, als seine züchtige Madonna, die Schultern kampfbereit gestrafft, den Saal durchschritt. Er blinzelte, um besser sehen zu können, da ihm der Rauch der schauderhaften Binsenlichter die Tränen in die Augen trieb. Die Mütze des Mädchens war auf die Seite gerutscht, sodass ihr Gesicht im Schatten lag.

Immer noch konnte er sein Glück nicht fassen. Sein geheimnisvoller Engel war nicht irgendein gewöhnliches Weibsbild aus dem Dorf, sondern die jungfräuliche Tochter eines verarmten Barons. Wahrscheinlich hatte sie sich bereits vor Jahren damit abgefunden, für den Rest ihres Lebens ihrer Familie zur Last zu fallen, dachte er. Zweifellos wäre sie fügsam und mehr als willig, einem mächtigen Herrn wie Bannor zu Gefallen zu sein. Vor allem, da Bannor ihren Mangel an Schönheit loben würde, der sie anderen Männern wenig begehrlich erscheinen ließ.

Hollis warf einen verstohlenen Blick in Richtung der Decke, die anstelle der farbenfrohen Banner, die sicher einst die Balken verziert hatten, ein dichtes Netz von Spinnweben aufwies. Sie sollte dankbar sein, dass sie einem solchen Ort entkam. Als sie sich der Burg genähert hatten, hatten er und seine Männer wegen des modrigen, aus dem Burggraben aufsteigenden Gestanks nur noch mit Mühe Luft bekommen. Regen tropfte durch die Risse in der Decke und lief in dunklen Rinnsalen die verfallenen Steinmauern herab. Das stinkende Stroh zu ihren Füßen war mit abgenagten Knochen und sowohl getrockneter als auch frischer Hundescheiße übersät.

Als das Mädchen in Richtung des Podestes marschierte, trat Hollis höflich einen Schritt zurück.

Er hätte erwartet, dass sich der Zorn des Vaters beim Erscheinen der Kleinen noch vergrößerte, doch der alte Mann spielte nervös mit den Falten seines mottenzerfressenen Umhangs, ohne die Tochter auch nur anzusehen. »Was machst du hier, mein Kind?«

»Ich bin kein Kind mehr, Papa. Wenn ich es wäre, würdest du wohl kaum mit diesem Fremden über meine Hochzeit sprechen, was meinst du?«

Er winkte ab. »Diese Sache geht dich nichts an.«

»Ganz im Gegenteil«, kam die entschiedene Erwiderung. »Sie geht mich sogar eine ganze Menge an. Ich hatte schon kein Mitspracherecht, als ich von dir im Tausch gegen das Wohlwollen des Königs und Blanches Mitgift verschachert worden bin. Vielleicht solltest du mir also wenigstens erlauben, selbst zu entscheiden, welchem Herrn ich als nächstes dienen will.«

Sie wandte ihrem sprachlosen Vater den Rücken zu, trat vor Hollis und zögerte. Obgleich er wegen des dichten Rauchs ihr Gesicht immer noch nicht erkennen konnte, nahm er bewundernd ihre würdevolle Haltung wahr. Sie hatte die Fäuste geballt und reckte stolz den Kopf.

»Stimmt, was Ihr gesagt habt, Sir? Euer Herr will mich zur Frau? Er will wirklich mich?«

In Erinnerung an die Wehmut in Bannors Augen, als er ihm aufgetragen hatte, eine Mutter für seine Kinder zu finden, nickte Hollis mit dem Kopf. »Ja, Mylady. Ihr könnt Euch gar nicht vorstellen, wie sehr er Euch will.«

»Dann soll er mich auch bekommen.« Sie straffte ihre Schultern noch ein bisschen mehr, und Hollis betrachtete sie fröhlich grinsend. Das Stöhnen ihres Vaters, das triumphierende Gelächter ihrer Stiefmutter und der zornige Aufschrei von der Galerie waren ihm vollkommen egal.

Das Mädchen hob die Hände und machte die Bänder seiner Schürze los. Als es den Stoff achtlos zur Seite schleuderte, regneten leuchtende Äpfel auf das Stroh hinab. Einer von ihnen rollte Hollis auf den Fuß, aber er merkte es nicht.

Sein Grinsen war gefroren, als sie die Schürze abgelegt hatte und sein Blick zusammen mit ihren grazilen Händen ihre schmale Figur hinauf, über die straffe Brust hinweg in Richtung der Mütze gewandert war, die sie sich vom Kopf zerrte. Sie schüttelte eine Wolke schimmernder rabenschwarzer Locken, öffnete den Mund und sah ihn mit einem Lächeln an, das zwei Reihen strahlend weißer Zähne blitzen ließ.

Hollis' Grinsen legte sich.

Er stöhnte schmerzlich auf.

Bannor würde ihn umbringen.

3

»Hammelkeule, Mylady?«

Willow wandte den Kopf vom Fenster der Kutsche und blickte auf das riesige Stück Fleisch, das Sir Hollis in den Händen hielt.

»Nein, danke«, murmelte sie.

Der Ritter verzog bekümmert das Gesicht, und am liebsten hätte sie »doch gern« gesagt. Aber ihre Hände zitterten, in ihrem Magen flatterten tausend Schmetterlinge herum, und sie wollte nicht riskieren, ihr wunderschönes neues Kleid durch einen Fettfleck zu verunzieren.

Während Sir Hollis abermals in den anscheinend bodenlosen Esskorb langte, den er in dem letzten Dorf, das sie durchfahren hatten, gekauft hatte, strich Willow mit den Händen über ihren Rock und freute sich über das Fehlen kleiner schmutziger Handabdrücke auf dem weichen grünen Samt. Sie wusste, dass sie, anders als Reanna und Beatrix, nicht gerade eine Schönheit war, aber in solch einem eleganten Gewand konnte sie beinahe so tun als ob. Sie war nicht mehr so glücklich gewesen seit dem Tag vor langen Jahren, an dem Blanche auf Bedlington erschienen und die Frau ihres Papas geworden war.

Willow lächelte über die offensichtliche Schicksalsironie. Heute war sie diejenige, die in einer prächtigen, von sechs kostbaren Rössern gezogenen Kutsche saß. Sie war diejenige, die von einer Gruppe Bannerträger ihres zukünftigen Herrn bewacht wurde. Sie war diejenige, die dem Mann entgegenfuhr, der sie zu seiner Frau gemacht hatte. Ihr Herz klopfte im Rhythmus mit den Trommeln der Pferdehufe, als sie sich aus dem Fenster lehnte und die milde herbstliche Nachmittagssonne genoss.

Im Verlauf der Fahrt nach Norden waren die hohen Bäume des Bedlingtonschen Waldes den sanften Hügeln und schroffen Felsen Northumberlands gewichen, und auf einer entfernten Bergspitze entdeckte Willow bereits den ersten Schnee.

»Feigentörtchen?« Sir Hollis hielt ihr die Köstlichkeit unter die Nase, als hoffte er, dass sie sich durch den Muskatnussduft verführen ließ.

Höflich lächelnd schüttelte sie abermals den Kopf.

Wieder wühlte er in dem vollen Korb herum, wobei er etwas murmelte, was seltsamerweise klang wie: »Sicher stellt er meinen Kopf im großen Saal zur Schau.«

Als die Kutsche einen steilen, gewundenen Hügel zu erklimmen begann, lehnte sich Willow auf ihrem Platz zurück und stülpte sich halb freudig und halb furchtsam die Kapuze ihres pelzgesäumten Umhangs über das Haar.

Von dem geheimnisvollen Herrn, mit dem sie verheiratet war, wusste sie einzig, dass er alles andere als knausrig war. Sobald sein Hofmeister ihm durch einen seiner Soldaten die Botschaft hatte überbringen lassen, dass sie mit der Hochzeit einverstanden war, hatte er nicht nur die Kutsche und die Bannerträger, sondern obendrein einen Wagen mit zwei riesigen Truhen geschickt – gefüllt mit prachtvollen Kleidern aus Samt, Seide und Damast, einem halben Dutzend aus weichstem Hirschleder genähten Schuhen, mehreren Flakons mit kostbaren Parfüms und seltenen Gewürzen.

Beim Anblick all dieser Reichtümer hatte Blanche wehmütig geseufzt, Stefan vor Eifersucht getobt und Beatrix vor Neid geweint. Blanche hatte die Tatsache bedauert, dass sie keinen höheren Brautpreis verlangt hatte, während Stefan geschmollt hatte und Beatrix die Treppe hinaufgeflohen war und gejammert hatte, Willow hätte den Mann gestohlen, der von Rechts wegen ihr hätte zustehen müssen.

Willow strich über die feinen Nerzpelerinen, die von den Ärmeln ihres Kleides herabhingen und lachte verloren. Ohne die Großzügigkeit ihres Mannes wäre sie mit nichts als einem mageren Bündel auf dem Rücken bei ihm aufgetaucht. Vielleicht hielt er sie für die Art Frau, die sich durch die Liebkosung zarter Seide oder das verführerische Aroma von Myrrhe umwerben ließ. Sie hoffte, es würde ihn freuen zu sehen, dass ihre Zuneigung wesentlich billiger zu haben war, dass sie ihn nicht mehr kostete als seine Ergebenheit.

»Zuckerkonfekt?«

»Nein «, antwortete Willow genervt. »Ich habe wirklich nicht den geringsten Appetit.«

Angesichts ihrer barschen Ablehnung verzog er beinahe verzweifelt das Gesicht. Willow bemerkte seine Musterung und folgte ihr. Ihr Kleid hing so lose an ihr herab, als hätte man es für eine wesentlich kräftigere Frau genäht. Verglichen mit ihren Geschwistern hatte sie noch nie viel hergemacht. Stefan hatte sie häufig verspottet, weil sie dürr und zweimal so knochig wie der Zweig von einer Weide war. Vielleicht zog auch Lord Bannor Frauen mit breiten Hüften und drallen Brüsten vor?

Das arme Kind kann nichts für sein Aussehen. Willow hörte das Murmeln ihrer Stiefmutter so deutlich, als säße diese wie ein bösartiger Troll oben auf dem Kutschendach.

Wütend riss sie dem Ritter den Zucker aus der Hand und schob ihn sich in den Mund. Er wirkte so erleichtert, dass sie auch das Feigentörtchen nahm, das er ihr schüchtern bot. Aber als er die Hammelkeule aus dem Esskorb zog und hoffnungsvoll durch die Luft schwenkte, verlor sie erneut jeden Appetit.

Sie fühlte sich wie das kleine Kind, das an der Hand seines Vaters gezerrt hatte.

Wird Lady Blanche mich lieben?

Natürlich wird sie das, mein Schatz. Wie sollte irgendjemand Papas kleine Prinzessin nicht lieben?

Damals war sie so naiv gewesen und hatte ihm gegelaubt. Hätte sie sich abermals getäuscht, so hätte sie jetzt den Rest ihres Lebens Zeit, ihre kühne Entscheidung zu bereuen, dachte sie.

»Erzählt mir mehr von Lord Bannor«, bat sie Hollis wenig hoffnungsvoll. »Ihr habt mir alles über seinen Kampfesmut und seine Ergebenheit gegenüber dem König und dem Land erzählt, aber ich weiß immer noch nicht, was für ein Mann einen anderen für sich auf Brautschau schicken würde«, sagte sie.

Sir Hollis nagte gedankenverloren an der Hammelkeule. »Ein vorsichtiger Mann.«

Ein kalter Schauder rann ihr über den Rücken. Vielleicht war nicht sie diejenige mit einem großen Makel, sondern ihr unbekannter Ehemann.

»Ist er…«, sie beugte sich etwas vor und brachte die Worte kaum heraus, »…möglicherweise irgendwie verunstaltet?«

Um ein Haar wäre Sir Hollis an seinem Stück Hammelfleisch erstickt. »Das würde ich nicht unbedingt sagen.«

Willow fand seine Reaktion alles anders als beruhigend. »Wurde er vielleicht im Krieg verletzt? Hat er ein Glied verloren? Ein Auge?« Sie erschauderte erneut. »Die Nase?«

Der Schnurrbart des Ritters zitterte, als kämpfte er gegen

einen Nieser an. »Ich kann Euch versichern, Mylady, dass sämtliche wichtigen Körperteile Lord Bannors vollkommen unbeschadet sind.«

Willow runzelte die Stirn. Sie fragte sich, welche Körperteile ein Mann als wichtig erachtete. »Was ist mit seinem Temperament? Ist er freundlich? Ist er nett? Oder ist er grüblerisch und unbeherrscht?«

Sir Hollis sah sie blinzelnd an. »Mein Herr wäre der Erste, der Euch versichern würde, dass er weder übermäßig trinkt noch zu Wutausbrüchen oder zu blasphemischen Äußerungen neigt.«

Willow lehnte sich wieder zurück und faltete sittsam die Hände im Schoß. »Ich nehme an, dass eine Frau mehr von ihrem Gatten nicht verlangen kann.«

Aber sie hatte einmal mehr gewollt. Viel mehr. Eine flüchtige Vision ihres Prinzen tauchte vor ihren Augen auf und rief bittersüße Wehmut in ihr wach. Nie wieder drängte das ansteckende Echo seines Lachens an ihr Ohr. Nie wieder würden ihre Lippen mit der Honigsüße seiner geträumten Zärtlichkeit benetzt. Nunmehr war es an der Zeit, dass sie ihre Mädchenträume gegen einen Mann aus Fleisch und Blut, Sehnen und Knochen eintauschte. Sie kniff die Augen zu und sagte ihrem Prinzen seufzend Lebewohl.

Sie würde Lord Bannor eine gute Frau sein, schwor sie sich. Egal, ob er alt und gebrechlich, durch eine Hasenscharte oder durch Kriegsverletzungen verunziert war. Wenn er bereit war, ihr, nur ihr allein treu zu sein, dann würde sie dasselbe tun.

Entschlossen klappte Willow die Augen wieder auf. Doch die Vision, die sie plötzlich durch das Kutschenfenster sah, entstammte sicher einem Traum.

Über den Klippen oberhalb des schillernden Flusses Tyne schwebte eine Burg. Mit dem verfallenen Gemäuer

Bedlingtons jedoch hatte sie nicht die geringste Ähnlichkeit. Elegante runde, von konischen grauen Schieferdächern gekrönte Türme ragten in den weiß bewölkten Himmel auf. Eine mit Zinnen versehene Mauer umringte den massiven, samtig braunen Sandsteinpalast in ihrem Inneren.

Willow blinzelte verwirrt. Dies war bestimmt nur ein Traum. Wer außer einem Prinzen hatte wohl ein derart majestätisch elegantes Heim?

Offenbar hatte sie diese Frage laut gedacht, denn Sir Hollis sagte: »Ihr.«

Sie starrte den Ritter mit großen Augen an, doch als sie sein angespanntes Lächeln bemerkte, wurde ihr kalt. »Dieses majestätisch elegante Heim ist Elsinore, und Ihr, meine Liebe, seid die neue Burgherrin.«

»Die Kutsche kommt! Die Kutsche kommt!«

Auf den lauten Schrei vom Wachturm und das Ertönen der Fanfare hin streckte Bannor gähnend seine langen Beine aus. Er rührte sich nicht vom Fleck, denn schon zweimal in der letzten Woche hatte Desmond ihn mit einem ähnlichen Ausruf aus seinem Turmzimmer gelockt. Beim ersten Mal war er in seiner Eile auf den eingewachsten Dielen ausgerutscht, kopfüber die Treppe hinuntergestürzt und hätte sich das Genick gebrochen, hätte die Wand ihn nicht gebremst. Beim zweiten Mal war er vorsichtiger gewesen und war die Treppe auf Zehenspitzen hinuntergeschlichen, bis das Schwein, das Mary Margaret mit einer Hand voll Maiskörner in den großen Saal gelockt hatte, ihn umrannte.

Bei der Verteidigung der königlichen Festungen in Guienne und Poitou hatte er zahlreiche Belagerungen überstanden, aber keine war so lange und gnadenlos gewesen wie die von Elsinore. Seit Hollis auf der Suche nach einer Mutter für seine Kinder losgezogen war, hatte Bannor den

Großteil seiner Geschäfte von seinem Turmzimmer aus geführt und sich nur im Schutz der Dunkelheit, wenn die Kinder schliefen, vor die Tür gewagt.

Eines Morgens, kurz vor Anbruch der Dämmerung, hatte er sich in die aneinander angrenzenden Zimmer der Gören geschlichen und sie alle zusammen wie einen Wurf Welpen in einem riesigen, baldachinüberspannten Bett entdeckt. Mary Margarets hatte, einen Daumen zwischen den rosigen Lippen, selig geschlummert, während Desmond, Mary Margarets Haare wie einen goldenen Fächer über seiner Brust, leise geschnarcht hatte. Bannor hatte die sommersprossigen Wangen und die Stupsnase seines Ältesten betrachtet und sich kopfschüttelnd gefragt, wie ein derartiges Engelsgesicht mit einem derart teuflischen Wesen in Einklang zu bringen war.

Das Gefühl der Hilflosigkeit, das ihn seit seiner Rückkehr plagte, war ihm vollkommen fremd. Er wusste alles, was es über Kriege zu wissen gab, aber als Vater war er total unbedarft. Wie kam es, dass er eine Legion von zwölfhundert der stärksten und gefährlichsten Männer des Königs zu befehligen verstand, zugleich jedoch nicht in der Lage war, einen mageren Jungen dazu zu bewegen, dass er ihm auch nur den kleinsten Gefallen erwies?

Gerade als er dem Jungen eine seiner kastanienbraunen Locken aus dem Gesicht hatte streichen wollen, hatte Mary Margaret ihre blauen Augen aufgemacht.

»Papa?«, hatte sie geflüstert. »Bist du ein Geist?«

»Nein, mein Schatz«, hatte er gemurmelt. »Nur ein Traum.«

Sie hatte die Augen wieder zugemacht und war mit einem zufriedenen Seufzer eingeschlafen, woraufhin Bannor lautlos den Raum verlassen hatte.

Da der Wachposten nicht noch einmal rief, lehnte sich

Bannor auf seinem Stuhl zurück und legte in der Hoffnung auf ein Nickerchen das Kinn auf seine Brust. Schlaf war etwas besonders Kostbares, seit er allnächtlich wie ein belagerter Geist durch seine eigene Burg zu schleichen gezwungen war.

Als er plötzlich ein Klopfen an der Tür vernahm, sprang er auf und griff instinktiv nach seinem Schwert.

»Mylord, Mylord!«, drang Fionas aufgeregtes Rufen durch das dicke Eichenholz. »Auf der Straße von Süden wurde weniger als drei Meilen von hier entfernt eine Kutsche ausgemacht! Ganz sicher ist es Eure Frau!«

Seine Frau. Langsam ließ Bannor sein Schwert sinken. Seit Margaret vor über sechs Jahren gestorben war, hatte er ohne Frau gelebt.

Er hörte das ungeduldige Schnalzen der Kinderfrau, als er die schwere Bank zur Seite schob, mit der er die Tür verbarrikadiert hatte. Fiona stand im Korridor und nestelte mit ihren knorrigen Händen an ihrer Schürze herum. »Es ist Eure Frau, Mylord. Endlich ist sie da!«

Bannor riss sein burgunderrotes Wams von der Stuhllehne und zog es eilig über sein Hemd. Während seine großen Finger mit den Elfenbeinknöpfen der eng geschnittenen Tunika haderten, wünschte er sich, er zöge mit Kettenhemd, Brustpanzer und Helm bewehrt in eine neue Schlacht, statt vollkommen unbewaffnet seiner neuen Braut entgegenzugehen. Da er wusste, wie verwundbar er ohne das vertraute Gewicht an seiner Hüfte war, blickte er voller Sehnsucht auf sein breites Schwert.

»Sind die Kinder wie von mir befohlen versammelt, um ihre neue Mutter zu begrüßen?«, fragte er in strengem Ton.

»Ja, Mylord. Sie sind alle da. Sogar die Babys.« Fiona sah ihn strahlend an. Die Vorstellung, dass es bald eine neue Herrin auf der Burg gäbe, erfüllte sie mit Begeisterung. Ihre vorherigen beiden Herrinnen hatte sie innig geliebt und ihren frühen, tragischen Tod ebenso betrauert, wie Bannor es getan hatte.

Er schlang sich eine Kette aus geflochtenem Silber um die Hüfte und strich sich die zerzausten Haare glatt. »Ich nehme an, dass ich mir den Trupp, ehe sie ankommt, besser einmal ansehe. Ein Krieger schickt seine Männer niemals in die Schlacht, ohne dass er zuvor ein paar ermutigende Worte zu ihnen spricht.«

»Ich bin sicher, darauf sind sie ganz versessen, Mylord«, antwortete Fiona.

Ein weniger argwöhnischer Mann hätte ihr sicherlich geglaubt, dachte Bannor, während er den inneren Burghof durchschritt und die dort versammelten Kinder musterte. Sie hatten sich tatsächlich beinahe ordentlich nebeneinander aufgereiht. Fiona hatte sich, die beiden jüngsten in den Armen, artig neben sie gestellt. Vom größten bis zum kleinsten Kind guckten sie alle reglos geradeaus, und keins von ihnen hatte viel mehr als einen Flecken oder Kratzer im Gesicht. Ihre unschuldigen Mienen riefen in Bannor deutliches Unbehagen wach.

Desmond wirkte nicht weniger engelsgleich als die anderen, aber die Krähe mit dem geschienten Flügel, die auf seiner Schulter hockte, bedachte Bannor mit einem bösen Blick, und der pelzige Schwanz, der aus dem Ausschnitt der Tunika des Jungen ragte, wackelte wütend hin und her.

Bannor kam zu dem weisen Schluss, dass er die Tiere besser übersah, faltete die Hände hinter seinem Rücken, beugte sich über den schlanken blonden Jungen, der unmittelbar vor ihm stand, und schnupperte an seinem schwarzen Hals. »Und wann hast du zum letzten Mal gebadet, junger Hammish?«, fragte er.

Der Junge zählte rückwärts an seinen Fingern ab. »Vor weniger als vierzehn Tagen. Aber ich bin nicht Hammish.« Er stieß den kräftigen, kleinen Kerl neben sich an, woraufhin diesem ein gedämpftes *Hmpfff* entfuhr. »Er ist Hammish, Sir.«

»Hmmmm...« Bannor verbarg seine Verlegenheit, indem er Hammish einer strengen Musterung unterzog. Der Junge hatte muskulöse Beine und dichtes, glattes zimtfarbenes Haar, das wie eine irdene Schüssel um seinen runden Schädel lag. »Du also bist Hammish?«, fragte er wenig geistreich.

»Ja, Mylord.«

»Es besteht keine Veranlassung, dass du mich als Mylord ansprichst. Du kannst Papa zu mir sagen.«

»Ja, Mylord.«

Bannor stieß einen Seufzer aus. Allmählich schwirrte ihm der Kopf. Er konnte wohl schwerlich die Kinder ihrer liebenden neuen Mutter vorstellen, wenn er sich noch nicht einmal an ihre Namen erinnerte. Also brachte er eine, wie er hoffte, überzeugende Lüge vor. »Vor jeder Schlacht ist es üblich, dass die Männer, die unter meiner Standarte kämpfen, laut ihre Namen brüllen«, sagte er. »Wollt ihr das vielleicht auch einmal versuchen?«

Die Kinder beugten sich vor, reckten ihre Hälse und blickten auf den Jungen, der am Kopf der Reihe stand. Er zuckte gleichgültig mit den Schultern, ehe er gehorsam »Desmond!« rief.

Die anderen machten es ihm nach.

»Ennis!«

»Mary!«

»Hammish!«

»Edward!«

»Kell!«

»Mary Margaret!«

»Meg!«

»Margery!«

»Colm!«

Die beiden Babys brachten pflichtschuldigst ein Brabbeln und Gurgeln vor, woraufhin Fiona mit einem Feixen, das ebenso zahnlos wie das der beiden Kleinen war, erklärte: »Wir nennen die beiden einfach Peg und Mags.«

Bannor rieb sich die Nasenwurzel. Das Schwirren in seinem Kopf nahm weiter zu, aber immer noch hätte er seine Kinder in einem Haufen Fremder nicht erkannt. Verdammt, sie *waren* ein Haufen Fremder für ihn.

Trotzdem setzte er ein, wenn auch gezwungenes, Grinsen auf. »Das habt ihr wirklich gut gemacht. Und, versuchen wir es noch einmal?«

»Spinner«, murmelte Desmond so leise, dass er ihn kaum verstand.

Bannor sah ihn mit zusammengekniffenen Augen an. »Was hast du gesagt, Junge?«

»Ich habe gesagt, immer.« Desmond sah ihn mit engelsgleichem Lächeln an.

Ehe Bannor ihn wegen seiner Frechheit zur Rechenschaft ziehen konnte, schmetterte plötzlich das Horn des Wachposten, die Ketten der Zugbrücke wurden rasselnd ausgefahren, knirschend senkte sich das Holz, und das musikalische Klirren von Zaumzeug und das rhythmische Donnern von Pferdehufen kündigten die endgültige Ankunft der Kutsche an.

Um seine Truppe nicht im Stich zu lassen, reihte sich Bannor zwischen Hammish und Mary ein. Als die herbeigeeilten Ritter zurücktraten und die Kutsche im Hof zum Stehen kam, zupfte er an seinem Wams und strich sich zur Beruhigung über den nicht mehr existenten Bart. Er hatte sich noch nicht daran gewöhnt, ständig glatt rasiert zu sein, aber angesichts der Tatsache, dass sein Bart, sobald er in die Nähe seiner Kinder kam, regelmäßig Feuer fing, hatte er beschlossen, dass es so das Beste war.

Als Fiona merkte, wie nervös er mit den Händen fuchtelte, drückte sie ihm das jüngste Baby in den Arm. Bannor hätte nicht entsetzter sein können, hätte sie ihm einen abgetrennten Kopf gereicht. Er hielt das glucksende Wesen auf Armeslänge von sich fort. Aber als es zu zappeln begann, streckte er es sich entschlossen unter den Arm, als wäre es nichts weiter als eine der getrockneten Schweinsblasen, mit denen seine Männer in ihrer Freizeit auf dem Hof spielten.

Resigniert rückte Fiona das Bündel in seiner Armbeuge zurecht. »Macht Euch keine Sorgen, Mylord«, flüsterte sie, während sie sich auf Zehenspitzen stellte und ihm aufmunternd in die Wange kniff. »Ich kann mir nicht vorstellen, dass irgendeine Frau einem prachtvollen Mannsbild mit einem Baby im Arm auch nur länger als eine Sekunde widerstehen kann.«

Bannor öffnete den Mund, um zu antworten, das Letzte, was er brauchte, wäre eine solche Frau, aber es war bereits zu spät.

Ein eifriger junger Ritter stürzte los und riss die Tür der Kutsche auf, sodass ein schlanker, in Hirschleder gekleideter Fuß zum Vorschein kam.

4

Als die Kutschentür geöffnet wurde, sah Willow Sir Hollis zögernd an.

Der Ritter lehnte sich zurück. »Vielleicht hätte ich doch nicht die ganze Hammelkeule essen sollen, meine Liebe. Am besten geht Ihr vor. Ich komme sofort hinterher.«

Willow atmete tief ein, ehe sie eins ihrer Beine auf den Boden schwang. Es würde sich nicht gut machen, wenn sie ihrem Gatten wie ein Mehlsack vor die Füße plumpste. Dankbar für die schützende Kapuze ihres Umhangs blickte sie stur auf den Boden, als sie aus dem Wagen stieg. Sie schwor sich, nicht zusammenzuzucken, egal wie deformiert oder hässlich ihr Gatte auch immer sein mochte.

Erst als sie sicher auf beiden Füßen stand, hob sie den Kopf. Höher. Und noch höher.

Bis sie das Gesicht ihres Prinzen sah.

Willow rang nach Luft. Bestimmt war auch das hier nur ein Traum. Süß und verführerisch wie nie ein Traum zuvor.

Die Gestalt, der sie sich plötzlich gegenübersah, hätte sie nie auch nur erfinden können. Nie hätte sie an die schmalen Linien um seinen Mund oder an die Andeutung des Schattens eines Barts an seinem Kinn, nie an die ausgeprägten Brauen, nie an die von der Sonne getönte goldfarbene Haut gedacht. Sein bis auf die Schultern fallendes, seidiges dunkles Haar war von wenigen silbrigen Fäden durchwirkt, in den Tiefen seiner dunkelblauen Augen blitzten Klugheit und Humor, und durch das winzige Grübchen in seiner rechten Wange wurde der sinnlich süße Schwung der vollen Lippen vorteilhaft betont.

Anders als in ihren Träumen war er breit und muskulös. Das feste Kinn verriet, dass er sich garantiert nicht mit einem scheuen Kuss zufrieden gab, sondern alles verlangen würde, was sie geben konnte, dachte sie.

Dies also war ihr Mann.

Verlegen senkte sie erneut den Blick, und erst jetzt bemerkte sie, dass er etwas in den Armen hielt. Vielleicht ein Geschenk? Zweifellos irgendeinen kostbaren Schatz als Zeichen seiner unerschütterlichen Zuneigung.

Willow setzte die Kapuze ab, legte den Kopf in den Nacken und lächelte ihn an.

Als Bannor auf die verhüllte Schönheit blickte, die seine Gattin war, wurde sein Verlangen einzig von einem Wunsch getrübt.

Dem Wunsch, Hollis an die Gurgel zu gehen.

Wären seine Hände nicht bereits anderweitig beschäftigt gewesen, wäre er sicher an der Frau vorbeigestürzt, hätte den Feigling beim Kragen gepackt und aus dem Gefährt gezerrt. So jedoch starrte er sein Gegenüber in sprachlosem Entsetzen an.

Mit einem schlichten goldenen Band unternahm sie den vergeblichen Versuch, die Wolke schwarzer Locken zu bändigen, die ihr zartes Gesicht rahmte. Sie hatte einen kleinen Mund, dessen Oberlippe unmerklich voller als die Unterlippe war – die perfekte Form, um während des letzten Atemzugs vor einem Kuss sanft daran zu nagen, dachte er. Ihre von dichten dunklen Wimpern gerahmten Augen waren groß und grau, aber es war weniger ihre Schönheit als vielmehr ihr Ausdruck, der ihn zusammenzucken ließ. Er hatte Frauen erlebt, die ihn mit Blicken angebetet hatten, von einer solchen Liebe angefüllt, dass sie kaum seinen Namen über die Lippen gebracht hatten. Doch nie zuvor hatte eine Frau ihn angeschaut, als wäre er die Antwort auf ihr innigstes Gebet. Ihr Blick war ebenso betörend wie beunruhigend.

Ehe Bannor sie auch nur begrüßen konnte, fragte plötzlich eine helle Stimme: »Bist du meine Mama?«

Die kleine Mary Margaret hatte einen Schritt nach vorn gemacht und bedachte die neue Frau mit einem hoffnungsvollen Blick.

»Bist du meine Mama?«, wiederholte sie. Sie zupfte die Frau am Ärmel ihres Umhangs, und ihre goldenen Ringellöckchen wippten fröhlich auf und ab.

Willow blinzelte das Kind verwirrt an, doch ehe sie auch nur auf eine Antwort sinnen konnte, hatte Desmond verächtlich festgestellt: »Natürlich ist sie nicht deine Mama. Deine Mama ist längst tot.«

In Mary Margarets blauen Augen stiegen Tränen auf.

Die fünfjährige Mary tätschelte ihr die Schulter, obgleich ihre eigene Unterlippe ebenfalls bedrohlich zitterte. »Wein doch nicht, Mary Margaret«, bat sie beinahe flehentlich. »Wenigstens hast du mal eine Mama gehabt. Ich und Margery und Colm, wir hatten nie eine Mama.«

»Das liegt daran, dass ihr alle Bastarde seid«, klärte Edward die Kinder unbekümmert auf. »Genau wie Peg und Mags.«

Kell ballte seine kleinen Fäuste und starrte den Bruder zornig an. »Wag es ja nicht, unsere Schwester einen Bastard zu nennen, du Blödmann«, schnauzte er.

»Es ist keine Schande, ein Bastard zu sein«, sagte Hammish ernst und zupfte an Bannors freier Hand. »Ihr seid schließlich auch ein Bastard, nicht wahr, Mylord?«

»Jawohl, mein Sohn, das bin ich«, murmelte Bannor und beobachtete, wie die Miene seiner Braut erst Überraschung, dann Verwirrung und schließlich blankes Entsetzen ausdrückte. Während sie der Reihe nach die miteinander streitenden Kinder betrachtete, schüttelte sie den Kopf, als erwache sie aus einem Traum.

Nein, das Ganze konnte nur ein Albtraum sein.

Trotz Megs Versuchen, sie zu trösten, fing Mary Margaret laut zu schluchzen an, und Margery und Colm, die vierjährigen Zwillinge, brachen ebenfalls in Tränen aus. Das allgemeine Wehklagen hätte eher zu einer griechischen Tragödie gepasst als zu der Farce, in die sich Bannors einst wohl geordnetes Leben immer mehr verwandelte.

Kell trat einen Schritt nach vorn und versetzte Edward einen Stoß. »Jetzt guck, was du gemacht hast, du Hornochse! Du hast sie zum Weinen gebracht.«

»Ich habe sie nicht zum Weinen gebracht«, protestierte Edward und erwiderte den Stoß. »Mary Margaret hat sie zum Weinen gebracht.«

Als sich der zwölfjährige Ennis geschmeidig zwischen die beiden Jungen schob, begann eine wilde Keilerei. Stöhnen und Flüche wurden laut, Desmonds Krähe erhob sich trotz ihres geschienten Flügels krächzend in die Luft und etwas Kleines, Pelziges kletterte an seinem Bein hinunter und an der kreischenden Meg wieder herauf. Hammish steckte zwei so harte Schläge ein, dass er rückwärts taumelte, aber als einziger stand er noch an seinem Platz und starrte reglos geradeaus. Die stoische Ruhe des Jungen erinnerte Bannor erschreckend an sich selbst. Das Baby auf Fionas Arm erhob ein schrilles Geschrei und schüttelte die Fäustchen.

Nur das Baby, das Bannor in den Armen hielt, schlummerte trotz des Getöses friedlich vor sich hin.

»Ruhe!«, brüllte Bannor streng.

Zum ersten Mal seit seine Rückkehr aus dem Krieg gehorchten seine Kinder ihm und verfielen in ein solch vollständiges Schweigen, dass er das Flattern der Krähe hörte, als sich diese wieder auf Desmonds Schulter niederließ.

Er bemerkte die entsetzte Miene seiner Braut, dachte an das, was Fiona gesagt hatte – *»Ich kann mir nicht vorstellen,* *dass irgendeine Frau einem prachtvollen Mannsbild mit einem Baby im Arm auch nur länger als eine Sekunde widerstehen kann«* – und drückte ihr in der Hoffnung, sie dadurch zu besänftigen, das Bündel in den Arm.

»Meine Kinder und ich begrüßen Euch auf das Herzlichste auf Elsinore, Mylady«, erklärte er.

Sie schob die Decke zurück und starrte reglos auf den mit weichen Flaum bedeckten Babykopf.

»Nein, danke, ich habe schon gegessen«, stellte sie entschieden fest, gab Bannor das Bündel zurück und bedachte ihn mit einem kühlen Blick.

Sie raffte ihren pelzgesäumten Umhang, machte auf dem Absatz kehrt, kletterte in die Kutsche zurück und zog mit einem lauten Knall die Tür hinter sich zu.

Bannor starrte ihr verwundert hinterher. Erst als die Kinder leise kicherten, wurde ihm bewusst, dass die Wärme seiner Lenden nicht von dem vom Anblick seiner Braut entfachten Verlangen herrührte, sondern von dem zahnlosen Baby, das ihn unbekümmert angriente.

5

Die Hände im Schoß ihres Umhangs, saß Willow in der Kutsche und hielt ihren Kopf reglos geradeaus. Sie hatte sich seit einer Ewigkeit nicht mehr gerührt, noch nicht mal in dem Moment, in dem ein dunkel behaarter Männerarm die Tür aufgerissen, Sir Hollis an seiner Tunika gepackt und aus dem Gefährt gezerrt hatte. Es hätte sie nicht überrascht, hätte ihr Gatte sie ebenso unsanft wieder herausgeholt, aber offensichtlich hatte er beschlossen, er ließe sie besser zunächst einmal allein.

Allein. Offenbar war es ihr Schicksal, ständig von anderen umringt und doch allein zu sein. Das stetige Pochen ihres Herzens war eine höhnische Erinnerung daran, wie unbedacht sie es hatte einem Fremden schenken wollen. Einem Fremden, dem anscheinend aus denselben Gründen wie ihrer Stiefmutter an ihr gelegen war.

Obgleich die Stimmen draußen vor der Kutsche längst verklungen waren, hallte ihr Echo noch laut in Willows Kopf.

Bist du meine Mama?

Natürlich ist sie nicht deine Mama. Deine Mama ist längst tot.

Wenigstens hast du mal eine Mama gehabt. Wir hatten nie eine Mama.

Das liegt daran, dass ihr alle Bastarde seid.

Um die Stimmen zum Verstummen zu bringen, schüttelte Willow den Kopf. Bei der Aufzählung all der Tugenden seines Herrn hatte Sir Hollis vergessen zu erwähnen, dass Lord Bannor ganz offensichtlich nicht nur auf dem Schlachtfeld sehr erfolgreich war.

Bei Gott, wie viele Kinder hatte der Mann bisher gezeugt? Zehn? Zwölf? Zwanzig? Sie war wie betäubt gewesen vor Entsetzen, bis er ihr das jüngste Baby mit einem so hoffnungsvollen Strahlen in den Arm gedrückt hatte, als erwarte er, sie bräche in mütterlichen Jubel aus. Dabei hatte nicht das leise Gurren des Babys ihre Knie weich werden lassen, sondern sein charmantes Lächeln. Ein Lächeln, das Versprechen gab und es sofort wieder brach.

Ihr seid schließlich auch ein Bastard, nicht wahr, Mylord?

Jawohl, mein Sohn, das bin ich.

Sein reuiges Geständnis hätte ihr bereits Warnung genug sein müssen. Er war kein nobler Prinz, der ihr sein Herz zu Füßen legte, sondern ein verruchtes Ungeheuer, das eine

Armee ungehobelter Zwerge befehligte. Willow strich sich mit der Hand über die schwarzen Locken und erinnerte sich an seine entsetzte Miene, als sie ihre Kapuze abgelegt hatte. Ohne Zweifel war er von ihr ebenso enttäuscht wie sie von ihm.

»Mylady?«

Willow fuhr erschrocken zusammen, aber die flehende Stimme gehörte weder einem Mann noch einem Kind.

»Ich habe Euer Zimmer vorbereitet. Falls Ihr also hereinkommen wollt?«

Willow hob den Vorhang an und sah hinaus. Eine gebeugte Gestalt hob sich vom Licht des Mondes ab. Sie konnte wohl kaum für den Rest ihres Lebens in der Kutsche sitzen bleiben, gestand sie sich zweifelnd ein. Ebenso wenig wie sie verlangen konnte, zurückgebracht zu werden in ein Heim, in dem sie nicht willkommen war. Ihr Papa hatte sie verkauft, und Blanche gäbe Lord Bannors Gold niemals zurück.

Falls sie nach Bedlington zurückfloh, würde Blanche sie wie einen Sack Mehl über den Rücken eines Pferdes binden und umgehend zu ihrem Mann zurückschicken. Bei dem Gedanken, von nun an für alle Zeiten an Lord Bannor gebunden zu sein, rann ihr ein seltsamer Schauder den Rücken hinab.

»Kommt, meine Liebe«, lockte die alte Frau. »Ihr habt wirklich nichts zu befürchten von unserem Herrn.«

Willow öffnete die Tür und kam heraus, obgleich sie wusste, dass nicht stimmte, was die Frau versprach.

Auf dem Weg durch die breiten steinernen Korridore der Burg sah das gebeugte alte Weib Willow mit einem zahnlosen Grinsen an. »Ihr braucht Euch für Eure Schüchternheit wirklich nicht zu entschuldigen. Als ich meinen lieben

Liam, Gott sei seiner wilden Seele gnädig, geheiratet habe, hat er zwei Tage und drei Krüge Bier gebraucht, um mich unter dem Bett hervorzulocken. Und dann war ich so betrunken, dass ich nur noch dagelegen habe, während er mir die Röcke über die Hüften schob.« Sie zwinkerte Willow fröhlich zu. »Aber das hat meinem Liam nicht viel ausgemacht.«

Erschaudernd stellte sich Willow, während sie hinter der Alten eine von fetten Bienenwachskerzen erhellte Wendeltreppe erklomm, vor, wie sich Lord Bannor an ihrem gefühllosen Körper gütlich tat.

»Schließlich kann man es einem Mann wohl kaum verdenken, wenn er sehen will, was seine Frau zu bieten hat. Aber Ihr braucht Euch wirklich keine Sorgen zu machen, Mylady. Auch wenn ständig davon die Rede ist, dass er einem Mann mit einer Hand den Kopf abreißen kann, ist unser Bannor doch sanft wie ein Lamm.«

Willow schluckte bei der Vorstellung, wie Lord Bannor sich an ihrem gefühllosen, *kopflosen* Körper gütlich tat.

»Ja, und falls es je einen Mann gegeben hat, der weiß, wie man eine Frau zufrieden stellt, dann ist das unser Herr.«

»Anscheinend hat er auch genug geübt«, kam Willows trockene Erwiderung.

Fiona blieb stehen und zog Willow mit einer ihrer knochigen Klauen dichter an sich heran. »Es heißt, er besäße genügend Manneskraft, um eine Frau bereits zu schwängern, wenn er ihr nur tief in die Augen schaut.«

Willow erschauderte erneut. »Dann werde ich versuchen, stets den Blick zu senken, wenn er in meiner Nähe ist.«

Die Alte brach in lüsternes Gelächter aus. »Ein solcher Schwur wäre sicher leichter einzuhalten, wenn der Junge nicht so hübsch wäre.«

Darauf fiel Willow keine Antwort ein, sodass sie sich

mit bleischweren Schritten die zweite Wendeltreppe hinaufschleppte. Es schien, als würde ihr Gefängnis ein Turmzimmer. Sie hätte eine spartanische Zelle oder vielleicht eine Strohmatte am Fuß eines der Betten seiner Gören erwartet, ähnlich der, auf der sie auf Bedlington zu schlafen gezwungen gewesen war, und so entfuhr ihr, als Fiona am oberen Ende der Treppe eine Tür öffnete, ein überraschter Schrei.

Blanche hatte sofort nach ihrem Eintreffen auf Bedlington sämtliche von Papa noch nicht verkauften Schätze für sich persönlich reklamiert. Sie hatte die verbliebenden Wandbehänge aus dem großen Saal gerissen und in ihr Schlafzimmer gehängt, hatte ihren Honigwein aus den früher einmal für das heilige Sakrament in der Kapelle verwendeten silbernen Bechern geschlürft und in dem perlenbestickten Nachthemd geschlafen, das einmal Willows Mutter gehört hatte. Willow selbst hatte im Verlauf der Jahre vergessen, wie verführerisch auch nur der geringste Luxus war.

Von den Wänden dieses Turmzimmers hingen purpurfarbene Seidentücher herab. Duftende Zweige süßen Fenchels und Poleiminze waren auf dem feinen norwegischen Tannenholzboden verstreut. Ein fröhliches Feuer flackerte in dem Kamin mit dem behauenen steinernen Sims.

Statt einer Strohmatte hatte sie ein großes, überdachtes, hinter bestickten Leintüchern verstecktes Bett. Am wunderbarsten aber war das tief in die dicke Steinmauer eingelassene Spitzbogenfenster, das anders als das schmale Fenster im Flur nicht mit unbehandelten Eichenläden, sondern mit Glas versehen war – einen so seltenen und kostbaren Schatz, dass Willow sich niemals hätte träumen lassen, es je in ihrem Leben auch nur zu sehen.

Das Zimmer sah aus, als wäre es für eine verwöhnte Prinzessin – oder aber für eine geliebte und verehrte Braut – gedacht.

Als Willow ihr überraschtes Gesicht im Glas des Fensters sah, hätte sie sich am liebsten wie ein glückliches Kind im Kreis gedreht.

»Ich hoffe, dass Euch das Zimmer gefällt, Mylady«, sagte Fiona und sah sie strahlend an. »Es hat schon Lady Margaret und vor ihr Lady Mary gehört.« Die Alte bekreuzigte sich. »Gott sei ihren Seelen gnädig.«

Willows Freude verflog. »Lady Margaret und Lady Mary?«, fragte sie.

»Die ersten beiden Frauen meines Herrn. Alle beide liebreizend und sanft wie zwei Engel.« Sie schüttelte den Kopf und schnalzte traurig mit der Zunge. »Der arme Junge hat sich immer die Schuld daran gegeben, dass die beiden so jung gestorben sind.«

»Womit er sicher Recht hatte«, murmelte Willow, denn zweifellos hatten die beiden bei der Geburt seiner Kinder in ebendiesem Bett ihr Leben ausgehaucht.

Durch die Worte der alten Frau verlor das wunderbare Zimmer seinen Reiz. Die frühreife Beatrix und ihre verheirateten Schwestern hatten sich manchmal flüsternd über Männer unterhalten, die ihre Männlichkeit an der Zahl ihrer Kinder maßen, die sie gezeugt hatten. Männer, die ihre Frauen als nicht viel mehr als fruchtbare Felder betrachteten, die so oft gepflügt werden mussten, bis ihr Samen Früchte trug. Vielleicht war dieser Lord Bannor so ein Mann? Vielleicht hatte er sie nicht als Kindermädchen, sondern als Lustsklavin gewollt.

Offensichtlich drückte ihre Miene diese Überlegung deutlich aus, denn Fiona nahm sie eilig in den Arm. »Falls Ihr versucht sein solltet, Euch so wie ich unter dem Bett zu verstecken, Mylady, dann lasst Euch gesagt sein, dass Lord

Bannor kein Bier braucht, um Euch in seine Arme zu locken. Es heißt, dass keine Jungfrau seinen Reizen widerstehen kann.«

»Genau das ist es, wovor ich Angst habe«, flüsterte Willow halb erstickt.

»Nennt mir einen guten Grund, weshalb ich Euch nicht erwürgen sollte«, fragte Bannor zum zwölften Mal, während er wütend durch den Nordturm stapfte und wie ein in die Ecke getriebener Hirsch auf der Suche nach einem Fluchtweg die runden Wände anstarrte.

»Ich bin Euer einziger würdiger Schachgegner«, schlug Hollis ohne große Hoffnung vor.

Bannor bedachte ihn mit einem eisigen Blick. »Bei den letzten elf Spielen habe ich Euch geschlagen«, knurrte er.

»Aber dafür habt Ihr mehr als fünf Züge gebraucht.«

»Nur, weil ich Mitleid mit Euch hatte. Eine Schwäche, der ich momentan ganz sicher nicht erliege.«

»Was wirklich zu bedauern ist«, antwortete Hollis trübsinnig, während er sich in der Zuversicht, als jämmerliche Gestalt kein gutes Ziel für Bannors Zorn zu bilden, auf seinem Stuhl zusammenkauerte.

»Ich habe Euch losgeschickt, damit Ihr mir eine fürsorgliche, bäuerliche Frau als Mutter meiner Kinder bringt, und Ihr kommt mit einer … einer«, Bannor unterbrach sich. Wie sollte er beschreiben, was für eine herrliche Gestalt sich aus den pelzbesetzten Tiefen des Umhangs geschält hatte? Seine Stimme wurde gleichermaßen rau und sanft, als er ihre feinen Züge und die Wolke dunkler Haare vor sich sah. »… Göttin an.«

»Nicht mit einer Göttin, sondern mit einer Madonna«, verbesserte sein Verwalter ihn. »Ihr hättet sehen sollen, wie sie mit ihren Geschwistern umgegangen ist. Sie war der Inbegriff der Zärtlichkeit und Fürsorge. Als ich sie sah, wusste ich, sie würde sich Eurer Kinder mit Freude annehmen.«

»O ja.« Bannor schlug sich gegen die Brust. »Und deshalb marschiere ich in nichts als Hemd und Hose durch mein Turmzimmer, während die Mädchen die Pisse aus meinem feisten Wams schrubben.«

Hollis seufzte traurig auf. »Als ich sie zum ersten Mal gesehen habe, hatte sie die Schürze voller Äpfel und eine Mütze auf dem Kopf.«

Bannor fuhr zu ihm herum. War er jetzt vollends übergeschnappt?

»Als ich sie dann richtig zu sehen bekam, war es bereits zu spät. Der Handel war abgeschlossen. Sie hatte sich ihrem eigenen Vater widersetzt, um Euch zu heiraten.«

»Also habt Ihr Euch ihr zu Gefallen mir widersetzt.«

Es war keine Frage, sondern eine Feststellung, und Hollis murmelte lediglich: »Ihr an meiner Stelle hättet sicher nicht anders gehandelt.«

Bannor kniff die Augen zusammen, doch Hollis hielt dem mordlüsternen Blitzen stand. »Wenn Ihr gesehen hättet, wie herzlos ihre Familie zu ihr war, während wir auf den Priester gewartet haben, hättet Ihr dasselbe getan. Ihr Vater hat sie ignoriert. Ihre Stiefmutter hat sie mit Verachtung gestraft, ihre Geschwister haben sie wie eine Sklavin herumkommandiert und ihr Stiefbruder…« Hollis presste grimmig die Lippen aufeinander und schüttelte den Kopf. »Der Blick, mit dem er sie taxiert hat, hat mir ganz und gar nicht gefallen, nein.«

Bei dem Gedanken, dass ein so hinreißendes Geschöpf wie Lady Willow nicht gut behandelt worden war, hätte Bannor am liebsten seine Faust gegen die Wand gerammt. Wäre am liebsten mit einer Armee gegen diesen Rufus of Bedlington marschiert und hätte seine Burg in Brand gesetzt. Hätte am liebsten diesen lüsternen Stiefbruder so lange verprügelt, bis dieser um Gnade winselte.

»Haben sie sie geschlagen?«

»Ich glaube nicht. Durch ihren Mangel an Freundlichkeit haben sie nicht ihrem Körper Schaden zugefügt, sondern ihre Lebensgeister verjagt. Doch gebrochen haben sie sie nicht.«

Bannor hatte erlebt, mit welchem Schwung sie ihm Mags wieder in die Arme gedrückt und ihm die Tür der Kutsche vor der Nase zugeknallt hatte. Während des Krieges hatte er sich so daran gewöhnt, dass jeder ihm gehorchte, dass er von seinem spontanen Wunsch, ihr zu ihrem Mut zu gratulieren, überrascht gewesen war.

Er hätte tatsächlich seinem Kriegerinstinkt folgen und zu ihrer ersten Begegnung in voller Rüstung erscheinen sollen – mit einem Helm, um sich gegen ihre Schönheit abzuschirmen, und einem Brustpanzer als Schutzschild für sein Herz.

Er fuhr sich mit den Händen durch das Haar. »Ich habe darauf vertraut, dass Ihr eine Frau für mich finden würdet, die mich nicht in Versuchung führt, und Ihr bringt mir ein Weib, das mich an nichts anderes mehr denken lässt. Wie lange meint Ihr, wird es dauern, bis ihr Körper meinen Samen trägt? Vierzehn Tage? Eine Woche? Eine Nacht?«

Hollis' Miene hellte sich auf. »Vielleicht solltet Ihr ein Keuschheitsgelübde ablegen. Ich habe keinen Zweifel daran, dass Gott dieses Opfer sehr beeindruckend finden würde, wesentlich beeindruckender, als hättet Ihr irgendein stämmiges, bärtiges Fischweib geehelicht.«

Bannor stützte beide Hände auf der Tischplatte ab und beugte sich drohend vor. »Falls Euch daran gelegen ist, Eure Zunge zu behalten, solltet Ihr vielleicht ein Schweigegelübde in Erwägung ziehen.«

Hollis klappte den Mund hastig zu.

Bannor richtete sich wieder auf und schüttelte den Kopf. »Ich fürchte, es gibt nur eine Möglichkeit, das Unglück abzuwenden, das Ihr heraufbeschworen habt.« Er ging zur Tür, aber öffnete sie erst, nachdem er aus dem Fenster gespäht und festgestellt hatte, dass seine Brut anscheinend zu Bett gegangen war.

»Wo wollt Ihr hin?«

»Ich werde meine Braut darüber informieren, dass Euch ein schrecklicher Fehler unterlaufen ist. Ich werde ihr sagen, dass wir Edward um die Annullierung der Ehe bitten müssen, ehe sie vollzogen werden kann.«

Hollis erhob sich von seinem Stuhl und richtete sich zu seiner ganzen Größe auf. »Der Gedanke ist mir unerträglich, dass sie zu einem derart elenden Leben, wie sie es bisher zu führen gezwungen war, zurückkehren soll. Falls Ihr sie nicht wollt, nehme ich sie zu meiner rechtmäßigen Frau.«

Bannor versuchte sich vorzustellen, wie Hollis die cremig weiche Haut seiner Braut streichelte, wie er mit den Fingern durch ihre dichten rabenschwarzen Haare fuhr, wie er ihre köstliche Oberlippe mit seinem Schnurrbart kitzelte. Anscheinend sah er während dieser Überlegung ziemlich missgelaunt aus, denn sein Verwalter trat furchtsam einen Schritt zurück.

»Ich weiß Euer nobles Angebot zu schätzen, Hollis, aber ein solches Opfer wäre eindeutig zu viel verlangt.« Der Sarkasmus in seiner Stimme machte ehrlichem Bedauern Platz. »Falls Lady Willow nach der Annullierung unserer Ehe nicht in den Haushalt ihres Vaters zurückkehren will, eskortiere ich sie zu den Schwestern in der Wayborneschen Abtei. Das ist der einzig angemessene Ort für eine solche Frau.«

Es schmerzte Bannor, sich vorzustellen, dass eine begehrenswerte Frau wie Willow ihr Leben frommer Tugend opferte, aber es erschien ihm immer noch besser, als dass ein anderer sie bekam.

Als er sich zum Gehen wandte, fragte Hollis leise: »Wart nicht Ihr derjenige, der gesagt hat, die Frau, mit der ich nach Elsinore zurückkäme, würde in den Augen Gottes Eure Gattin sein?«

Bannor zögerte, denn der Tadel seines Freundes drang wie ein winziger, Schmach bringender Pfeil durch den Panzer seiner Entschlossenheit. »Dann kann ich wohl nur beten, dass er mir das, was ich jetzt tun werde, verzeihen wird.«

Willow hätte nie gedacht, dass sie jemals Harolds Jammern oder Beatrix' herrischen Befehlston vermissen würde. Aber als sie sich in ihrem Schlafzimmer umschaute, fehlte ihr tatsächlich der gewohnte Lärm. Früher hatte sie sich nach Stille und Einsamkeit, nach wenigen kostbaren Momenten zum Denken und Träumen gesehnt, doch nun, da sie endlich einmal vollkommen allein war, wagte sie weder das eine noch das andere.

Ein vorsichtiger Blick hinter die Bettvorhänge verstärkte ihre Ängste noch. Der zurückgeschlagene Zobelpelz und das mit den Blütenblättern samtiger Rosen bestreute Leintuch bestätigten ihren dunklen Verdacht, dass Lord Bannor keine Zeit verlieren wollte, bis sie von ihm schwanger war.

Nachdem sie ihren Umhang abgeschüttelt hatte, hob sie die Leinenserviette von dem silbernen Teller auf dem Tisch, nahm die noch warme, duftende Fleischpastete in die Hand, nagte an der herzhaften Kruste und wanderte in Richtung eines hinter einem Vorhang verborgenen Alkovens, wo sie keinen Nachttopf, sondern eine dekadent luxuriöse Toilette fand. Rings um den einer Königin würdigen, mit einem

Holzsitz versehenen Thron war frisches Stroh gestreut. Am liebsten hätte sie wie ein kleines Kind in Erwartung eines Echos laut hallo in das dunkle Loch geschrien.

An der Wand gegenüber dem Bett stand ein reich verzierter Kleiderschrank. Willow schluckte den letzten Bissen der Pastete herunter und trat vor das beeindruckende Möbelstück. Der in die Türen geschnitzte, auf den Hinterbeinen stehende, röhrende Hirsch schien sie geradezu lüstern anzusehen, und sein mächtiges Geweih kam ihr wie eine Warnung für jede Jungfrau vor, die es wagen sollte, die Geheimnisse zu erforschen, die er so wachsam hütete.

»Es ist ein wahres Wunder, dass Lord Bannor nicht gleich einen brünstigen Hirsch als Wappentier genommen hat«, murmelte sie erbost.

Als sich die Tür des Schrankes knarrend öffnete, machte sie sich halb darauf gefasst, die zu Staub zerfallenen Knochen seiner bisherigen Frauen dort zu sehen. Doch in dem mit Seide ausgelegten Fach lagen einzig ein silberner Kamm und ein aus so feiner Seide gewobenes Nachthemd, dass sie durch zwei Lagen Stoff hindurch immer noch ihre gespreizten Finger sah.

Es lud einfach dazu ein, dass man es vorsichtig betastete. Aber als Willow das Hemd an ihren Körper hielt, sah sie nicht ihre Hände, die die zarte Seide streichelten, sondern die Hände eines Mannes – dunkel behaart und riesengroß.

Sie verfluchte sich für ihre allzu lebhafte Phantasie, warf das Nachthemd auf den Boden und stolperte einen Schritt zurück. Dabei stieß sie mit der Ferse gegen eine der Holzdielen und purzelte rücklings auf das Bett, wo die mit Daunen gefüllte Matratze sie gierig verschlang. Die Ledergurte des Rahmens jaulten vor Empörung auf, als sie sich eilig aus Lord Bannors parfümierter Falle zu befreien trachtete.

Bannor verlangsamte seine Schritte erst, als er den Fuß der Wendeltreppe des Südturms erreicht hatte. Das Entsetzen angesichts der Konfrontation mit seinen Kindern war nichts im Vergleich zu der Panik, die jetzt von ihm Besitz ergriff. Zahllose Male schon hatte er, ohne mit der Wimper zu zucken, dem Tod ins Auge gesehen, aber bei der Aussicht darauf, einer unschuldigen jungen Schönheit wie Willow gegenüberzutreten, schwitzten seine Hände, und sein Herz schlug ihm furchtsam bis zum Hals.

Er fürchtete sich weniger vor ihr als vielmehr vor sich selbst. Jedes Mal, wenn er während einer kurzen Gefechtspause die Stufen dieser Wendeltreppe erklommen hatte, um eine seiner Frauen in ihrem Schlafgemach zu sehen, hatte sie neun Monate später ein Baby auf die Welt gebracht. So ungern er es sich auch eingestand, schien er in dieser Beziehung genau wie sein Vater zu sein. Kein Herr von Elsinore hatte je eine Frau berühren können, ohne dass sie sofort von ihm schwanger war. Und Bannor fürchtete, dass er, hätte er seine neue Gattin erst einmal berührt, nie mehr damit aufhören könnte.

Entschlossen, dieser Lady Willow zu erklären, dass seinem Verwalter, wenn auch ohne jede böse Absicht, ein furchtbarer Fehler unterlaufen war, stieg er die Steinstufen hinauf, und hatte gerade den oberen Treppenrand erreicht, als plötzlich krachend die Schlafzimmertür geöffnet wurde und seine Braut herausgeschossen kam.

Bannor streckte instinktiv die Hände nach ihr aus, wobei er hoffte, dass keiner von ihnen beiden kopfüber die Treppe hinunterfiel. Als er sie fing, hob sie ruckartig den Kopf, und er sah tief in ihre von dunklen Wimpern gerahmten, rauchiggrauen Augen.

Dass sie überrascht sein würde, hatte er erwartet. Nichts jedoch hatte ihn auf den Schrei gefasst gemacht, der das Blut in seinen Adern gefrieren und ihn unmännlich juchzend rückwärts taumeln ließ.

6

Das Echo ihres spitzen Schreis noch in den Ohren, befreite sich Willow von dem dunklen Fremden, der ihr Gatte war.

Noch während sie die Augen abwandte und schützend eine Hand auf ihren Bauch legte, wusste sie, dass sie sich vollkommen lächerlich verhielt. Sie hatte zehn Geschwister. Sie war nicht so dumm zu glauben, dass ein Mann eine Frau schwängern konnte, einfach, indem er ihr tief in die Augen sah. Aber wie sollte sie sich das Kribbeln in ihrem Bauch erklären, das just dann eingesetzt hatte, als sich ihre Blicke begegnet waren?

Sie sah Bannor verstohlen von der Seite an. Er trug einzig ein über der schmalen Hüfte gegürtetes elfenbeinfarbiges Leinenhemd, eine schwarze Strumpfhose und kalbslederne Halbschuhe. Angesichts des *Vs* dunkler Brusthaare, das aus dem Ausschnitt seines Hemdes quoll, und seiner in die Hüfte gestemmten Hände hätte man beinahe glauben können, dass er ein verruchter Hexenmeister war. Willow hatte immer gedacht, blaue Augen wäre seelenlos und kalt, aber in den Augen dieses Mannes blitzte heiße Leidenschaft, und seine rabenschwarzen Brauen türmten sich wie bedrohliche Gewitterwolken über ihnen auf.

»Gütiger Himmel, Frau!«, donnerte er denn auch erbost. »Wessen Genick habt Ihr versucht zu brechen, meins oder Euer eigenes?«

Ohne ihn anzusehen, schob Willow ihre Hand von ihrem

Bauch hinauf zu ihrer Brust. »Verzeiht, Mylord. Ihr habt mich einfach überrascht.«

Er fuhr sich mit der Hand durchs Haar. »Nicht halb so wie Ihr mich. Wohin wolltet Ihr so schnell? Brennt vielleicht der Turm?« Er kniff die Augen zusammen. »Oder hat mein ungezogener Sohn eine Stinkbombe durch das Fallrohr der Toilette geworfen?«

Da es ihr peinlich war zuzugeben, dass sie vor nichts weiter als einer weichen Matratze und einem Nest weicher Rosenblätter geflüchtet war, schüttelte Willow den Kopf. »Ich habe die Angewohnheit, abends immer noch ein wenig an die frische Luft zu gehen. Ich wollte einfach einen... einen Spaziergang auf der Brustwehr machen.

Er zog seine linke Braue hoch. »Ohne Euren Umhang?«

»Wie dumm von mir«, antwortete Willow und sah eine Möglichkeit zur Flucht. »Am besten hole ich ihn noch.«

Sie wandte sich eilig zum Gehen, aber Bannor folgte ihr, wobei seine Gesten verrieten, dass er es sich nicht noch einmal gefallen lassen würde, schlüge sie eine Tür vor seiner Nase zu.

Als Willow ihm, wenn auch widerwillig, Einlass gewährte, traten sie beide auf den zu Boden gefallen Zobelpelz. Die Hälfte der Bettvorhänge war von den Stangen gerissen, sodass man das zerwühlte Laken und die wild verstreuten Blüten deutlich sah.

Bannor schlenderte in Richtung des Bettes, zupfte eine vorwitzige weiße Gänsefeder aus einem Kissen und hielt sie in die Luft. »Wäre ich von Natur aus eifersüchtig, würde ich jetzt wahrscheinlich unter das Bett gucken, ob dort nicht einer meiner Ritter liegt.«

»Ich habe ein kurzes Nickerchen gemacht«, log Willow verzweifelt. »Und ich wälze mich, wenn ich schlafe, sehr oft hin und her.«

»So sieht es aus.« Er ging in die Hocke, hob eins der Blütenblätter auf und schüttelte den Kopf. »Daran war sicher mal wieder Fiona schuld. Wenn sie nicht gerade Glucke für eins der Küken spielt, gibt sich die Frau einem geradezu schamlosen Hang zur Romantik hin.«

»Eine Leidenschaft, die Ihr nicht teilt?«

Das Blütenblatt segelte auf den Boden zurück, als er sich aufrichtete. »Ich bin ein Krieger, Mylady, kein altes, sentimentales Weib.«

Unter seinem direkten Blick zuckte ein weiterer Blitz durch Willows Bauch. Oder besser gesagt war es ein Gefühl, als ob ein ganzer Schwarm von Schmetterlingen gleichzeitig mit den Flügeln schlüge.

Verlegen tastete Willow zwischen den auf dem Bett verteilten Kissen herum. »Ich war mir sicher, dass mein Umhang irgendwo hier liegt.«

Bannor runzelte die Stirn. Ihm blieb nicht verborgen, dass sich Willow weigerte, ihm ins Gesicht zu sehen. Bei ihrer Ankunft hatte sie keine derartige Schüchternheit gezeigt. Vielleicht bedauerte sie die kühne Abfuhr, die sie ihm erteilt hatte, und fürchtete sich vor seinem Zorn.

Als sie ihn das nächste Mal verstohlen von der Seite musterte, lehnte er an einem der Bettpfosten und sah sie mit seinem jungenhaften Lächeln an, von dem er wusste, dass es selbst der schüchternsten Jungfrau ihre Ängste nahm.

Bei Willow jedoch bewirkte sein Lächeln das genaue Gegenteil. Sie wurde kreidebleich und senkte stirnrunzelnd die Lider. Verwundert nahm Bannor sie am Kinn und zwang sie sanft, ihn endlich einmal gerade anzusehen. Hätte sie nicht eilig die Augen zugekniffen, hätte er vielleicht der Versuchung widerstehen können, mit dem Daumen über ihre samtige Unterlippe zu fahren.

»Weshalb zittert Ihr so, Mylady?«, murmelte er einschmeichelnd. »Habe ich ein derart grausiges Äußeres, dass es Euch bereits von Ferne zurücktaumeln lässt?«

Sie riss die Augen auf, und Bannor stellte dankbar fest, dass das, was in ihren Tiefen glitzerte, nicht Furcht war, sondern Trotz. »Vielleicht laufe ich einfach Gefahr, dem Zauber Eurer Legende zu verfallen«, antwortete sie beinahe erbost. »Erst hat mir Eure Dienerin von Eurer eher schauerlichen Angewohnheit erzählt, Männern mit einer Hand die Köpfe abzureißen, und dann hat sie mich davor gewarnt, dass Ihr eine Frau bereits dadurch schwängern könnt, dass Ihr ihr in die Augen seht.«

Wieder zog er eine Braue hoch. »Und das habt Ihr ihr geglaubt?«

Willow sah ihn reglos an. »Ich würde sagen, nein. Auch wenn mein Verhalten im Moment sicher vollkommen idiotisch ist, lasst mich Euch versichern, dass ich nicht auf den Kopf gefallen bin.«

»Gut. Denn ich kann Euch versichern, dass ich beide Hände bräuchte, um einem Mann den Kopf abzureißen.« Als sie immer noch nicht lächelte, fügte er hinzu: »Und was Eure zweite Sorge betrifft, muss ich zugeben, dass selbst ich durch puren Blickkontakt eine solche Leistung nicht vollbringen könnte. Um eine Frau zu schwängern, müsste ich ihr mindestens zuzwinkern...«, ohne, dass er es gewollt hätte, beäugte er ihren vollen Mund, »... oder sie küssen«, beendete er seinen Satz.

»Macht Ihr Euch vielleicht über mich lustig, Sir?«

»Das würde ich mir niemals erlauben«, antwortete er fromm.

Als Bannor merkte, dass sein Daumen abermals in Richtung ihrer Lippen strebte, zog er entschieden seine Hand zurück und stapfte ans andere Ende des Turmzimmers.

Wie sollte er es ihr sagen, ohne dass ihr Stolz durch seine

Worte Schaden nahm? Wie sollte er ihr erklären, dass ihre Zukunft nicht an seiner Seite, sondern als Braut Christi in der Kirche lag?

Er holte tief Luft. »Ich fürchte, dass Fiona ein wenig übereilt gesprochen hat, Mylady. Denn Ihr werdet überhaupt nicht von mir schwanger werden.«

Plötzlich wurde Willows Mund von einem, wenn auch flüchtigen, so doch strahlenden Lächeln umspielt. »Seid Ihr während des Krieges schwer verwundet worden, Sir? Sir Hollis versicherte mir, Ihr wärt unbeschadet aus dem Krieg zurückgekehrt. Zumindest sämtliche *wichtigen* Körperteile wären unversehrt.« Trotz ihrer mitfühlenden Worte blickte sie beziehungsvoll an ihm hinab, und Bannor spürte, wie er hart wurde, als hätte sie ihn mit mehr als einem bloßen Blick betastet. »Natürlich hat Sir Hollis vielleicht –«

Bannor hob gebieterisch die Hand, ehe sie ihm einen weiteren Grund geben konnte, seinem Freund an die Kehle zu springen. »Ich kann Euch versichern, Mylady, dass tatsächlich alle wichtigen Körperteile nicht nur unbeschadet, sondern vollkommen funktionstüchtig sind.« Funktionstüchtiger, als es ihm im Moment lieb war, dachte er grimmig und war gleichzeitig dankbar für das weite Hemd.

In Willows Augen blitzte ehrliche Enttäuschung auf.

Bannor trat dichter an sie heran. »Ihr seid ein wirklich erstaunliches Geschöpf. Nie zuvor hat eine Frau bei dem Gedanken, von mir ein Kind zu bekommen, derart ablehnend ausgesehen.«

»Offensichtlich«, murmelte sie und sah ihn mit einem ironischen Lächeln an.

»Sollte ich jetzt beleidigt oder nur neugierig sein? Glauben nicht die meisten Frauen so wie die Kirche, dass das Gebären möglichst zahlreicher Nachkommen der von Gott gewollte Zweck der Ehe ist?«

»Falls dem so ist, Mylord, dann seid Ihr offensichtlich ein äußerst frommer Mann.«

Bannor riss überrascht die Augen auf. Seine Braut schien nicht nur schön, sondern obendrein tatsächlich schlagfertig zu sein.

»Ich nehme an, Kinder können durchaus ein Segen sein«, fügte sie eilig hinzu. »Aber es gibt Frauen, die aus anderen Gründen heiraten. Sicherheit. Reichtum. Ansehen.« Sie neigte den Kopf und sah ihn prüfend an. »Liebe.«

Bannor schnaubte verächtlich auf. »Von der Liebe verstehe ich nichts, Mylady. Mein Handwerk ist der Krieg.«

»Lady Mary und Lady Margaret habt Ihr doch sicherlich geliebt.«

Er runzelte die Stirn. »Ich habe meine beiden Frauen wirklich gern gehabt. Ich habe sie gewählt, weil sie über die von Männern an Frauen am meisten bewunderten Tugenden verfügten, und habe mich bemüht, ihnen ein treu sorgender Ehemann zu sein. Aber Liebe?« Er schüttelte den Kopf. »Liebe ist eine Krankheit, die nur Narren und Kinder befällt.«

»Ihr wart auch einmal ein Kind.«

»Und obendrein ein Narr.«

Als er eine zynische Fratze zog, wandte sich Willow traurig ab und hielt in der vergeblichen Hoffnung auf Wärme ihre Hände über die knisternden Flammen.

»Wir haben von den Gründen gesprochen, aus denen Frauen eventuell heiraten. Aber wie sieht es mit den Männern aus?« Sie wandte sich ihm wieder zu. »Wie steht es mit Euch, Mylord?«

Nun war Bannor derjenige, der sich abwandte, ans Fenster marschierte, wieder kehrtmachte und sich über die Reste seines Bartes strich. »Im Grund habe ich gar keine Ehefrau gesucht.«

Willow kreuzte die Arme vor der Brust. »Das ist aber normalerweise der Fall, wenn ein Mann einer Frau einen Heiratsantrag macht und sie dann, vertreten durch seinen Verwalter, von einem Priester mit ihr trauen lässt.«

»Das ist mir durchaus bewusst. Aber viel dringender brauche ich eine Mutter für meine Kinder. Nicht die Mutter irgendwelcher noch nicht geborenen Kinder, wie Fiona Euch vielleicht glauben gemacht hat, sondern für die Kinder, mit denen ich bereits gesegnet bin. Jemanden, der sie liebevoll umsorgt.«

Willows Stimme verriet nur den Hauch von Bitterkeit, als sie erwiderte: »Dann habt Ihr mit mir sicher die Richtige gewählt. Ich habe meine zehn Geschwister beinahe allein großgezogen.«

»Das hat mein Verwalter auch gesagt. Aber ich muss zugeben, dass ich Sir Hollis auf die Suche nach einer weniger… nun, einer…« Bannor hatte nie Probleme gehabt, irgendwelche Kommandos zu bellen, aber angesichts von Willows regloser Miene fiel ihm einfach nichts Passendes ein. »Jemanden, der nicht ganz so… der…«

»Jemanden, der nicht so ist wie ich?«, schlug sie vor.

»Genau!«, pflichtete er ihr geradezu erleichtert bei.

»Dann meint Ihr also, dass ich nicht die Richtige für Euch bin?«

Obgleich Willows Miene nicht die geringste Enttäuschung verriet, machte Bannors anfängliche Erleichterung ehrlicher Betrübnis Platz. In der Hoffnung, seinen unbeholfenen Worten die Schärfe zu nehmen, ergriff er tröstend ihre Hand.

Und erstarrte zur Salzsäule.

Hätte er nicht Willows liebreizendes Gesicht gesehen, hätte er geschworen, dass er die Hand einer Bäuerin hielt. Rau und aufgerissen, wies sie beinahe ebenso viele Schwielen wie seine eigenen Hände auf. Offensichtlich hatte seine Miene ihn verraten, denn sie entzog ihm ihre Hand und reckte in stolzem Trotz den Kopf.

In der Sekunde erkannte Bannor, dass dieser Stolz ihr einziges Besitztum war. Er könnte sie unmöglich gegen ihren Willen zu ihrer Familie zurückschicken oder hinter den Mauern eines Klosters einsperren. Er wägte kurz die Möglichkeit ab, Hollis doch zu gestatten, dass er sie als Gattin nahm. Aber wieder setzte sich sein Unterbewusstsein gegen das Bild von Willow in den Armen seines Verwalters vehement zur Wehr.

Nicht umsonst stand Bannor in dem Ruf, sowohl auf dem Schlachtfeld als auch beim Schach ein Meister der Strategie zu sein. Vielleicht gäbe es ja einen Weg, sie glauben zu machen, dass sie immer noch Herrin über ihr Schicksal war. Wenn er sie dazu brächte, dass sie sich von ihm lossagte, könnte sie Elsinore verlassen, ohne dass ihr Stolz oder ihre Unschuld dadurch litten.

Bei dieser Überlegung angekommen, nahm die Gestaltung sofort Konturen an. Wenn er die gegnerische Königin aus dem Feld schlagen wollte, schickte er am einfachsten seine Bauern in die Schlacht.

Vierzehn Tage in Gesellschaft seiner Kinder sollten ausreichen, um Willow dazu zu bewegen, dass sie die Treppe zu seinem Turmzimmer heraufgelaufen kam, um zu verlangen, dass er sie wieder gehen ließ. Dann würde er den Part des gekränkten Ehemannes spielen, ihr seine Liebe beteuern und sich am Ende widerwillig bereit erklären, die Annullierung ihrer Ehe zu beantragen. Genial!

Erneut umfasste Bannor Willows Hand, zu zärtlich, als dass sie sie ihm hätte entziehen können. »Ganz im Gegenteil, Mylady. Ich schlage einfach vor, dass wir uns etwas Zeit lassen, bis Ihr meine Kinder besser kennt.«

»Eure Kinder?«, fragte sie in jämmerlichem Ton.

»Und mich natürlich ebenfalls«, fügte er eilig hinzu, was er, noch während er es sagte, bereits bedauerte. Er könnte niemals hoffen, sie in dem einen Sinn kennen zu lernen, nach dem es ihn verlangte – dem biblischen. Um ihr zu entrinnen, bevor er sich mit einer geflüsterten Liebkosung oder einer beiläufigen Zärtlichkeit verriet, hob er ihre schwieligen Finger an seine Lippen und bedachte sie mit einem ritterlichen Kuss. »Verzeiht mir, dass ich Euch noch so lange belästigt habe, Mylady. Es ist spät und Ihr seid von der Reise sicher erschöpft. Ich wünsche Euch angenehme Träume und eine gute Nacht.«

Er zog bereits die Tür hinter sich zu, als Willow ihm so leise, dass er nicht sicher war, ob sie tatsächlich sprach, antwortete: »Für angenehme Träume ist es bereits viel zu spät, Mylord.«

7

Willow war sich sicher gewesen, dass sie lange vor Anbruch der Dämmerung vom Weinen eines hungrigen Babys geweckt werden würde. Dass sie aus dem Bett kriechen und blind in die Küche stolpern müsste, um dort Lord Bannors jammernden Gören lauwarmen Haferbrei auf die Teller zu löffeln, ehe sie den ganzen Tag über ihr Heulen ertragen und ihren bösartigen Tritten ausweichen müsste, würde ihnen auch nur die Erfüllung des kleinsten Wunsches verwehrt.

Außerdem hatte sie erwartet, dass ihr Schlaf ebenso traumlos sein würde wie ihr Herz, aber ständig drängte sich ihr ein dunkler Fremder auf, mehr Phantom als Prinz, der federleicht mit seinen Lippen über ihre Wangen strich, ehe er wieder im Nebel verschwand.

Willow rollte sich auf den Rücken und stöhnte, als sie tiefer in einer nach Rosen duftenden Wolke versank. Goldene Wärme fiel auf ihr Gesicht und warnte sie davor, dass sie auf ihrer Wolke der Sonne allzu nahe kam. Mühsam schlug sie die Augen auf. Sonnenstrahlen fielen durch das Glasfenster des Turmzimmers und tauchten den Raum in beinahe vorwurfsvolle Helligkeit.

Sie sah, dass auf dem Tisch ein Stapel frischer Leintücher lag neben einem tönernen Waschkrug mit dampfend heißem Wasser.

Sie kniete sich auf das riesige Bett und zupfte sich ein Blütenblatt von der Nasenspitze. Vielleicht hatte nicht das hungrige Weinen eines Babys sie geweckt, sondern Lord Bannors wütendes Gezeter, als er entdeckte, dass seine Braut nichts weiter als ein schamloses Faultier war, das seine kostbaren Nachkommen einfach verhungern ließ.

In dieser Sekunde öffnete sich knarrend die Zimmertür, und zwei Knappen schleppten eine riesige Truhe in den Raum. Sie zog sich die Decke bis zum Kinn und beobachtete erschrocken, wie der ältere der beiden Jungen sein Ende der Truhe auf den Boden krachen ließ.

»He, pass auf meine Zehen auf!«, jammerte der zweite Junge, während er schmerzlich nach Atem rang. »Schließlich habe ich nur zehn.«

Der erste Knabe schob sich eine verschwitzte Locke aus der Stirn. »Bitte tausendmal um Entschuldigung für die Störung, Mylady, aber das da kam eben aus Bedlington, und Lord Bannor dachte, dass Ihr vielleicht Eure Kleider braucht. Beeil dich, Rob«, bellte er seinen Kumpan an und nickte mit dem Kopf in Richtung Tür. »Schließlich steht unten noch eine zweite Kiste.«

Stöhnend rieb sich Rob das schmerzende Kreuz. »Vielleicht sollten wir einen Ochsen holen, um das Ding die Treppe raufzuhieven«, japste er.

Als die beiden wieder verschwunden waren, kletterte Willow aus dem Bett und trottete barfuß durch den Raum. Weshalb sollte die Truhe so schwer sein, wie die beiden Jungen behaupteten? Schließlich hatte ihre Stiefmutter ausreichend Gelegenheit zur Plünderung des Inhalts gehabt. Willow war sich sicher, dass die Truhe nichts außer ein paar Strohhalmen und jeder Menge Staub enthalten würde, käme sie hier an. Gerade als sie nach der Lederschnalle griff, drang aus der Truhe ein leises kratzendes Geräusch.

Sie erstarrte, lauschte angestrengt, nahm aber nichts außer ihrem eigenen leisen Atem wahr, sodass sie kopfschüttelnd wieder nach der Lasche griff – und ein so lautes Kratzen hörte, dass es unmöglich ihrer Einbildung entsprungen sein konnte. Sie hüpfte einen Satz zurück. Was, wenn eine der riesigen Ratten, die den Burggraben von Bedlington bevölkerten, in die Truhe gekrochen war?

Sie sah sich nach einer Waffe um, schnappte sich schließlich die verkohlten Überreste eines Holzscheits aus dem Kamin, schlich wieder auf die Truhe zu und zog vorsichtig die Lasche auf.

Die Kratzgeräusche hörten auf. Willow wollte gerade erleichtert aufatmen, als sich plötzlich mit lautem Quietschen der Deckel öffnete. Sie kreischte vor Entsetzen auf und hob die Waffe über ihren Kopf.

Als schließlich eine wirre weißblonde Mähne zum Vorschein kam, rang Willow abermals entsetzt nach Luft.

»Beatrix!« Während Willow langsam das schwere Holzscheit sinken ließ, tat es ihr ehrlich Leid, dass sie es ihrer Stiefschwester nicht über den Schädel geschlagen hatte.

Beatrix nieste zweimal und spuckte ein paar ihrer hellen

Haare aus, ehe sie eins ihrer wohlgeformten Beine über den Rand der Truhe drapierte. »Wo in aller Welt hat Lord Bannor diese erbärmlichen Schwächlinge her? Man hätte meinen können, sie schleppten ein ausgewachsenes Wildschwein die Treppe rauf.«

»Wohl eher eine Wildsau«, stellte Willow fest, während sie neidisch die üppigen Hüften ihrer Stiefschwester betrachtete. Sie warf das Holzscheit zurück in den Kamin, stemmte die Hände in die eigenen schmalen Hüften und sah die Kleine böse an. »Wie kommst du in die Truhe? Bist du vielleicht rückwärts reingefallen, als du dich gerade im Spiegel eines Kelchs bewundert hast?«

Kichernd kletterte Beatrix aus ihrem Versteck. »Red keinen Unsinn. Stefan hat mich in dem Ding versteckt.«

»Stefan?« Willow kam ein hässlicher Verdacht.

»Ja. Und ich kann dir sagen, dass der Kerl mir ein viel zu kleines Luftloch gebohrt hat.«

»Oder aber viel zu groß«, murmelte Willow, während Beatrix ihren weißen, schwanengleichen Hals reckte, um sich im Zimmer umzusehen.

Spontan griff Willow nach dem auf dem Tisch liegenden Handspiegel und hielt ihn der Stiefschwester hin. Sie wusste nur zu gut, wie eitel Beatrix in Bezug auf ihre langen Haare war. Schließlich war sie diejenige, die sie allabendlich fünfhundertmal hatte bürsten müssen, dachte sie.

Während Beatrix sich mit den Fingern durch die Mähne fuhr, tappte Willow ungeduldig mit dem Fuß. »Meinst du nicht, dass deine Mutter vielleicht etwas beunruhigt gewesen ist, als du plötzlich verschwunden warst?«

Beatrix ließ den Spiegel sinken und bewunderte den großzügigen Ausschnitt ihres eleganten Kleids. »Ich bin sicher, dass sie, als Stefan ihr alles erklärt hat, von der Brillanz unseres Plans begeistert war.«

Nachdem Beatrix jede Möglichkeit zu glänzen emsig nutzte, fragte Willow: »Warum erklärst du mir nicht diesen brillanten Plan?«

»Im Grunde ist es ganz einfach«, setzte die Kleine denn auch an. »Ich bin hier, um mich deinem wohlhabenden Gatten vorzustellen. Wenn er mich erst gesehen hat, wird er erkennen, dass er die falsche Schwester zur Frau genommen hat. Dann kannst du zu Stefan zurückkehren, und ich werde meinen rechtmäßigen Platz in Lord Bannors Bett einnehmen.« Beatrix unterzog Willow einer gehässigen Musterung. »Es sei denn, dass du diesen Platz schon eingenommen hast.«

Mit nichts als dem durchscheinenden Nachthemd aus dem Kleiderschrank am Leib, fühlte sich Willow plötzlich nackt. Beatrix trat spöttisch an das Bett, schlug den Zobelpelz zurück und quittierte das schneeweiße Laken mit einem zufriedenen Kopfnicken.

»Wie eigenartig«, zirpte sie. »Obgleich du letzte Nacht zum ersten Mal hättest in den Armen deines Gatten liegen sollen, findet sich auf dem Laken noch nicht einmal der kleinste Tropfen jungfräulichen Bluts.«

Willow sah sie reglos an, als sie zurückgeschlendert kam und mit einem ihrer korallenroten Fingernägel über ihre Wange strich. »Und was ist das? Ist das nicht die Spur von einer Träne? Arme Willow. Hast du dich etwa in deiner Hochzeitsnacht jämmerlich in den Schlaf geweint?«

Willow schlug ihre Klaue fort. »Wie kommst du überhaupt auf den Gedanken, irgendein Mann hätte gern ein Kind in seinem Bett?«

»Besser ein Kind als eine vertrocknete alte Jungfer. Hätte Mama gewusst, wie reich dein feiner Gatte ist, hätte sie ihn niemals für jemanden wie dich vergeudet. Das ist dir doch sicher klar.«

Die Worte hätten Willow nicht getroffen, hätte sie nicht gewusst, dass Beatrix die Wahrheit sprach. Sie sah ihre Schwester reglos an, ehe sie leise erwiderte: »Hüte deine Zunge. Hier hat deine Mutter nichts zu sagen, Beatrix.«

Sie nahm eins ihrer Kleider aus der Truhe, zog es über das Nachthemd und band die Schleifen an den Seiten zu. Dann machte sie auf dem Absatz kehrt und öffnete die Tür.

»Wo willst du hin?«, kreischte Beatrix erbost.

»Ich gehe zu *meinem* Mann, um ihm zu sagen, dass du von zu Hause fortgelaufen bist, und um darauf zu bestehen, dass er dich umgehend wieder nach Bedlington schickt. Ob in der Truhe oder auf dem Rücken eines Pferdes kannst du dir aussuchen.«

»Willow, warte!«, rief die Stiefschwester nun in flehentlichem Ton.

Obgleich das Zittern ihrer Stimme Willow hätte warnen sollen, hätte sie am liebsten laut gestöhnt, als sie die Tränen in ihren großen blauen Augen sah. Auch gegen das Zittern ihrer vollen Unterlippe war Willow ebenso wenig immun wie zu der Zeit, als Beatrix noch ein engelsgesichtiges kleines Mädchen gewesen war.

Mit einem abgrundtiefen Seufzer klappte Beatrix den Truhendeckel zu und ließ sich müde darauf nieder. »Ich habe Stefans verrücktem Plan nur deshalb zugestimmt, weil ich zu Hause deinen Platz einnehmen soll. Mama hat die Brut deines Vaters schon immer lieber gehabt als uns, und nun, da du fort bist, bin ich die Einzige, die übrig ist, um für die Bande da zu sein.« Der flehende Blick des Mädchens hätte sogar einen Block Granit erweicht. »Bitte, Willow, schick mich nicht dorthin zurück. Wenn ich meine Jugend damit vergeude, Mamas Gören großzuziehen, wer will mich dann eines Tages noch zur Frau?«

Willow wusste nur zu genau, wovon die Schwester

sprach. Sie könnte Beatrix unmöglich zurückschicken und sie demselben Schicksal ausliefern, dem sie so knapp entronnen war. Und wenn sie sich gegenüber ehrlich war, so musste sie sich eingestehen, dass sie nicht gern allein inmitten völliger Fremder war. Beatrix wäre, wenn schon kein geliebtes, so doch wenigstens ein bekanntes Gesicht.

»Also gut. Du kannst bleiben. Aber nur«, fügte sie streng hinzu, »wenn du versprichst, dich zu benehmen und alles zu tun, was ich dir sage. Ist das klar?«

Beatrix rannte durch den Raum, schlang ihre Arme um Willows Hals und lächelte sie unter Tränen an. »Oh, Willow, du bist einfach zu gut zu mir. Natürlich werde ich tun, was du mir sagst. Es tut mir Leid, dass ich früher oft so böse zu dir war. Weißt du, ich war einfach eifersüchtig auf dich. Weil du es geschafft hast, dir einen reichen alten Baron zu angeln, der nichts Besseres im Sinn hat, als dich mit seinem Gold zu überhäufen. Mit ein bisschen Glück ist er bald tot, und alles, was jetzt ihm gehört, gehört dann uns!«

Als sie plötzlich Schritte im Korridor vernahm, machte sich Willow eilig von der Schwester los. »Jetzt haben wir nur noch ein Problem. Wie in aller Welt soll ich Lord Bannor erklären, was du hier machst?«

Während Willow Beatrix in Richtung der Truhe drängte, um sie gegebenenfalls wieder hineinzustoßen und den Deckel zuzuwerfen, fuhr Beatrix mit dem Geplapper fort. »Es war ziemlich gemein von mir, neidisch auf dich zu sein. Dabei habe ich Stefan gleich gesagt, dass ein Mann, der bereit ist, eine Frau zu heiraten, die er noch nie gesehen hat, sicher furchtbar hässlich ist. Es ist zweifellos ein Segen, dass er letzte Nacht nicht in dein Bett gekommen ist.« Sie erschauderte. »Kannst du dir vorstellen, wie er seinen säuerlichen Atem in dein Gesicht bläst, ehe er mit seinen sicher nicht allzu zahlreichen, gelben, fauligen Zähnen an deinen

Lippen nagt? Außerdem bin ich sicher, dass er viel zu alt und runzlig ist, um –«

Ehe sie ihre schauerliche Beschreibung von Willows Gatten beenden konnte, schlenderte dieser, die zweite Truhe auf der Schulter, gemächlich durch die Tür.

8

»Verzeiht mir, wenn ich einfach so hier eindringe, Mylady«, sagte Bannor in seinem sonoren Bariton. »Aber ich kam zufällig gerade in den Hof, als die beiden Jungen sich darüber gestritten haben, wem von ihnen das Privileg zuteil werden sollte, Euch die Truhe hier bringen zu dürfen.«

Willow hätte in diesem Moment keine Probleme gehabt, sich Beatrix' Umarmung zu entziehen. Ihrer Stiefschwester waren nämlich gleichzeitig die Glieder schlaff geworden und die Kinnlade heruntergeklappt. Ihre Augen wanderten langsam von den Spitzen der Lederschuhe, die sich um seine muskulösen Waden schmiegten, über seine leuchtend blauen Augen bis hin zu seinem seidig dunklen Haar.

»W-wie nett von Euch, Mylord«, stammelte Willow und wartete furchtsam darauf, dass Bannors Miene sich beim Anblick der Kleinen sichtlich aufhellen würde. Darauf, dass ihm ebenfalls die Kinnlade herunterklappen und er, wie von Beatrix vorhergesagt, erkennen würde, dass er die falsche Schwester gewählt hatte.

Aber zu Willows Überraschung ging er an dem Mädchen vorbei, als wäre es Luft. Als er die Truhe auf den Boden stellte, spannten sich die prachtvollen Muskeln unter seinem Wams aus jadegrünem Brokat kurz an.

»Wer zum Teufel ist das?« Die Frage kam nicht, wie Willow erwartet hätte, von Bannor, sondern von Fiona, die, zwei dösende Babys in einem Tuch auf dem gebeugten Rücken, an der Tür erschien.

»Sie ist meine… meine…«, in dieser Sekunde hatte Willow eine herrlich boshafte Idee, »… meine Kammerdienerin.«

Beatrix' Kinnlade klappte noch weiter herunter, aber Willow drückte ihre Hand, um sie daran zu erinnern, was zwischen ihnen besprochen worden war.

»Sie heißt Bea«, fügte Willow in dem Wissen hinzu, dass ihre Stiefschwester diesen Spitznamen verabscheute.

Fiona kam hereingeschlurft, beugte sich über eine der Truhen und sagte argwöhnisch: »Das ist wirklich eigenartig, finde ich. Gestern Abend habe ich die Kleine nirgendwo gesehen.«

»Sie kam in…«, Willow räusperte sich, »*mit* dem Gepäck. Sie ist ein wahrer Schatz – treu und über alle Maßen pflichtbewusst. Nicht wahr, meine Liebe?«

Beatrix nickte wie betäubt.

Bannor bedachte sie mit einem gleichgültigen Blick. »Was hat sie denn? Ist sie etwa stumm?«

In der Erinnerung an das unaufhörliche Geplapper der Stiefschwester, das mehr als einmal den Wunsch in ihr geweckt hatte, ein Kissen zu nehmen und es ihr aufs Gesicht zu drücken, lachte Willow fröhlich auf. »Das nicht gerade.«

Ebenso wenig war Beatrix es auch nur ansatzweise gewohnt, dass man sie nicht beachtete. Früher hatte sie nur mit ihren flachsblonden Wimpern zu klappern brauchen, damit jedes männliche Wesen in Sichtweite ihr verfallen war. Ehe Willow Zeit hatte zu bedauern, dass sie ihren Griff gelockert hatte, schwebte ihre Stiefschwester denn auch leichtfüßig durch den Raum und machte vor Bannor einen so tiefen Knicks, dass sie unmittelbar seinen Hosenbeutel mustern konnte, der keines Futters zu bedürfen schien.

»Es wird mir eine Ehre sein, Euch dienen zu dürfen, Mylord«, schnurrte sie verführerisch. »Ihr braucht mir nur zu sagen, was ich tun soll, um Euch zu Gefallen… ah, gefällig zu sein.«

Bannor räusperte sich, wandte seine Augen von Beatrix' quellenden Brüsten ab und bedachte Willow mit einem amüsierten Blick. »Deine *Ergebenheit* in allen Ehren, liebes Kind, aber den größten Gefallen tust du mir, wenn du weiter deiner Herrin dienst.«

Willow packte Beatrix am Ellbogen und drehte sie zu der zweiten Truhe um. »Du hast Lord Bannor gehört, nicht wahr? Sei also bitte ein braves Mädchen und hol mir meine Pantoffeln, ja?«

»Soll ich sie in den Händen tragen oder im Mund, Euer Hoheit?«, fragte Beatrix giftig.

»Was von beidem gerade nicht beschäftigt ist«, kam die ungerührte Erwiderung.

Beatrix beugte sich über die Truhe, wobei sie absichtlich ihr üppiges Hinterteil in Bannors Richtung streckte.

Falls er den Austausch zwischen den beiden Frauen auch nur ansatzweise seltsam fand, so verbarg er es hinter dem ungerührten Lächeln, mit dem er sich an seine Gattin wandte. »Angesichts der ungewöhnlichen Wärme des heutigen Tages machen die Kinder ein Picknick auf der Wiese hinter der Burgmauer, Mylady. Ich bin sicher, Sie würden sich über Eure Gesellschaft wirklich freuen.«

»Werdet Ihr auch kommen?«, fragte Willow sehnsüchtig, was sie sofort bedauerte.

Etwas Ähnliches wie Bedauern flackerte über sein ansonsten regloses Gesicht. »Ich fürchte nein. Ich muss zusammen mit meinem Verwalter die Bücher durchsehen.« Er verbeugte sich knapp und verließ den Raum.

Beatrix richtete sich auf, drückte Willows Pantoffeln gegen ihre Brust und sah verträumt in die Richtung, in die Lord Bannor verschwunden war. »Kein Wunder, dass du dich letzte Nacht in den Schlaf geweint hast«, meinte sie. »Keine Frau sollte allein schlafen, wenn sie einen solchen Mann zum Gatten hat.«

Fiona schüttelte den Kopf und murmelte etwas wie »tolldreistes Weib« und »sollte eine Lehre erteilt werden«.

Willow nahm dem Mädchen die Pantoffeln aus der Hand. »Ihr habt vollkommen Recht, Fiona«, sagte sie. »Bea ist ein allzu lebhaftes Kind, und wenn sie sich zu lange selbst überlassen ist, stellt sie dauernd irgendetwas an. Wenn sie Euch beim Auspacken der Truhen geholfen hat, solltet Ihr sie vielleicht dazu veranlassen, dass sie ...«, Willow spitzte nachdenklich die Lippen und betrachtete Beatrix' Fingernägel, die sie auf deren Geheiß hin erst wenige Tage zuvor korallenrot gefärbt hatte, »... die Toilette schrubbt.«

Als sie leichtfüßig die Treppe hinunterlief, hatte sie noch das erfreulich empörte Kreischen der Stiefschwester im Ohr.

Bannor beobachtete vom Fenster des Nordturms, wie Willow hoch erhobenen Hauptes lächelnd über den Hof schlenderte. Ihr Name passte hervorragend zu ihr, dachte er missmutig, während er ihre sanft geschwungenen Hüften betrachtete. Sie wirkte so zart, als bräche sie bei der kleinsten Brise geräuschlos entzwei.

Als sie unter dem Bogen des Wachhauses hindurch in Richtung der Zugbrücke ging, musste er die Zähne aufeinander beißen, sonst hätte er ihr sicher eine Warnung hinterhergebrüllt. Sie unbewaffnet in das Gefecht mit seinen

Kindern zu schicken war ähnlich, als würfe man ein wehrloses Kätzchen einer Meute knurrender Hunde vor.

Besser einer Meute knurrender Hunde als einem alles verschlingenden Wolf, erinnerte er sich in dem Versuch, sein Gewissen zu besänftigen.

Er bedauerte bereits, dass er am Morgen einfach zu ihr hinaufgegangen war, aber er hatte befürchtet, sie würde vielleicht argwöhnisch, wenn er nicht wenigstens hin und wieder sein Turmzimmer verließ. Nicht einmal die Anwesenheit ihrer impertinenten kleinen Kammerzofe und der böse dreinblickenden Fiona hatte den Wunsch in seinem Innern zu bezwingen vermocht, sie rücklings auf das zerwühlte, mit Rosen übersäte Bett zu werfen.

Griesgrämig warf er die Fenster zu. Sein Turmzimmer erschien ihm inzwischen wie das Verließ, in dem er in Calais gefangen gewesen war. Aber er hatte keine Wahl. Er musste seine eigene Freiheit begrenzen, bis Willow ihre Freiheit von ihm forderte. Er wagte einfach nicht, während der endlosen Stunden zwischen Mitternacht und Anbruch der Dämmerung durch das Labyrinth der Burg zu schleichen, solange Willow in dem bequemen Bett in ihrem Zimmer lag, ihre Haare wie eine Wolke über die Kissen drapiert und ihren süßen Jasminduft verbreitete. Die Versuchung wäre selbst für einen Mönch zu groß gewesen.

Im Gegensatz zu dem Anschein, den er vielleicht zur Zeit erweckte, war er jedoch alles andere als ein Mönch. Er hatte seine ersten sieben Kinder in dem Bett in ihrem Schlafzimmer gezeugt, Desmond im süßen Alter von neunzehn in seiner ersten Hochzeitsnacht. Es war die einzige Nacht gewesen, die ihm und Mary vergönnt gewesen war, ehe Bannor zu den Truppen nach Frankreich befehligt worden war. Zehn Monate später war er zu einer strahlenden Gemahlin zurückgekehrt, die ein sommersprossiges, engelsgleiches

Baby in den Armen hielt. Gleichermaßen stolz und überrascht hatte Bannor kaum Zeit gehabt, die Finger und Zehen seines Sohnes zu zählen, ehe Mary den winzigen Kerl Fiona gegeben, ihn an der Hand genommen und die Treppe hinauf direkt in ihr Bett geführt hatte. Am nächsten Morgen schon hatte er sich, Desmond schlummernd in seiner Wiege und Ennis in Marys Gebärmutter gepflanzt, abermals verabschiedet.

Bannor ließ sich auf einen Stuhl sinken, warf eins seiner langen Beine über die Lehne und stieß einen abgrundtiefen Seufzer aus. Früher einmal hätte er sicher das Ende des Krieges und die Gelegenheit begrüßt, einer Frau wie Willow ein ergebener Ehemann zu sein. Aber all das hatte sich verändert, als vor fünf Jahren die Sünde des Vaters über ihn gekommen war.

Seine Entschlossenheit durch die bittersüße Erinnerung gestärkt, richtete Bannor sich wieder auf. Solange Willow auf Elsinore verweilen würde, hielte er sich von ihr fern.

Als Willow, das Gesicht der warmen Sonne zugewandt, die Haare von einer lauen Brise sanft zerzaust, über die Wiese schlenderte, verspürte sie ein Gefühl, wie sie es seit ewigen Zeiten nicht mehr gekannt hatte – leise Hoffnung wuchs in ihr.

Sie hatte nichts mit Bannors amüsierter Gleichgültigkeit gegenüber ihrer wunderschönen Stiefschwester zu tun, sagte sie sich streng. Es lag einfach an diesem herrlich milden Tag, der sich mitten im Herbst lieber der Freuden des Sommers erinnerte, als dass er sich der eisigen Umarmung des bevorstehenden Winters ergab. Ihre Schritte wurden immer länger, und ehe sie sich's versah, hatte sie ihre Röcke gerafft und rannte wie ein übermütiges Kind durch das raschelnde Gras. Auf Bedlington hatte sie immer nur laufen dürfen, um eins der Kinder einzufangen oder ihrer Stiefmutter einen Gefallen zu tun. Ob der reinen, süßen Freude über die pure Bewegung jubilierte ihr Herz.

Bis sie über einen Hügel kam und zehn stirnrunzelnde Gesichter zu ihr herumfuhren und sie daran erinnerten, dass ihre Freiheit eine Illusion gewesen war.

Willow kam stolpernd zum Stehen. Bannors Kinder hatten sich in einer kleinen Mulde verteilt – einige saßen mit gekreuzten Beinen da, andere lagen, das Kinn in die Hände gestützt, gemütlich auf dem Bauch. In ihrer Mitte stand ein Weidenkorb, aus dem sich ein Regen von Pasteten, Walnüssen, Datteln und Äpfeln über den herbstlichen Blätterteppich ergoss. Die Kinder schienen trotz der Vernachlässigung durch ihre neue Stiefmutter bestens versorgt zu sein. Sie wirkten plump und wohlgenährt, und sie bezweifelte, dass der Schmutz in ihren rosigen Hautfalten mit einem einzigen, gleich wie kräftigen, Schrubben zu entfernen war.

»Was haben wir denn hier?«, rief sie mit falscher Fröhlichkeit. »Sieht verdächtig nach einem Trupp Kobolde aus.«

Trotz ihres Scherzes hellten sich weder die Mienen der Kinder auf, noch brachen sie ihr eisernes Stillschweigen. Sie musterten sie weiter, als wäre sie ein kleiner grüner Wurm, der aus einem der Äpfel gekrochen war. Das regloseste Gesicht gehörte dem sommersprossigen Jungen, der sich mit dem Rücken gegen eine knorrige alte Eiche gelehnt hatte. Auf seiner Schulter hockte eine Krähe mit einem geschienten Flügel, während auf seinem Schoß ein riesiger, gelblicher Kater mit einem zerfetzen Ohr und einem böse blitzenden goldenen Auge lungerte.

»Ihr, Sir, müsst ihr König sein«, wandte sich Willow mit einem Knicks an ihn. »Wisst Ihr, in Anwesenheit des Königs muss man stets besonders höflich sein.«

Der Junge und der Kater sahen sie beide voller Verachtung an, und die Krähe neigte ihren schlanken Kopf und bedachte Willow mit einem gierigen Blick aus ihren schwarzen Knopfaugen, als wäre sie ein besonders appetitliches Stück Aas.

Sie senkte die Stimme auf ein Flüstern herab. »Falls ich Euch nicht den Euch gebührenden Respekt erweise, werft Ihr mich vielleicht in Euer Verließ oder brüllt alle gemeinsam: ›Schlagt dem Weib die Rübe ab!‹«

Das giftige Glitzern in den grünen Augen des Jungen zeigte, dass ihm die Vorstellung durchaus gefiel. Aber seine Lippen blieben weiter unbeweglich zusammengepresst.

Seufzend wandte sich Willow an das blauäugige, goldhaarige Püppchen, das mit gekreuzten Beinen in der Nähe des Baumes saß. »Falls dieser gut aussehende Jüngling Euer König ist, müsst Ihr wohl die Feenprinzessin sein. Aber wo habt Ihr Eure Flügel?« Sie blickte über die Schulter des Mädchens und runzelte gespielt betrübt die Stirn. »Habt Ihr sie vielleicht unter Eurem Bett liegen lassen?«

Das Kind hielt sich hastig die Hand vor den Mund, aber trotzdem brach sie in vergnügtes Kichern aus.

»Mary Margaret!«, fuhr sie der unter der Eiche sitzende Junge an.

Schuldbewusst senkte Mary Margaret den Kopf und flüsterte: »Tut mir Leid, Desmond.«

»Scheint ganz so, als wäre euer König ein Tyrann«, murmelte Willow, als Desmond sowohl den Kater als auch die Krähe verscheuchte und geschmeidig auf die Füße sprang.

Sie beobachtete, dass er dieses Manöver umgehend bedauerte, denn obgleich er kerzengerade stand, musste er den Kopf in den Nacken legen, um ihr ins Gesicht zu sehen. Doch seine Verärgerung darüber hielt ihn nicht davon ab, in unbewusster Imitation des Ganges seines Vaters dichter an sie heranzutreten und sich möglichst bedrohlich vor ihr aufzubauen.

»Seine Hoheit ist verärgert.« Willow kreuzte ebenfalls die Arme vor der Brust. »Vielleicht seid Ihr so gütig, mir zu sagen, wieso ich Euch zu nahe getreten bin?«

»Ihr habt unseren Vater geheiratet«, stellt der Junge tonlos fest, straffte die Schultern und atmete tief durch. »Wir haben schon sehr lange keine Mama mehr gehabt, und wir brauchen auch jetzt keine. Ich kümmere mich schon um die anderen. Eine *Mutter*«, er spie das Wort aus, als wäre es eine Obszönität, »die sich in unsere Angelegenheiten mischt, brauchen wir also ganz sicher nicht.«

»Genau!«

»Das stimmt!«

»Wir brauchen keine Mama!«

Als Letztes der Kinder erhob sich ein kräftiger kleiner, ungefähr neunjähriger Junge mit rehbraunen Augen und rötlichem Haar.

Willow ließ sich von dieser Demonstration von Einigkeit wenig beeindrucken. »Euer Vater glaubt, dass ihr eine Mutter braucht.«

Desmond stieß ein verächtliches Schnauben aus. »Wie zum Teufel will er wissen, was wir brauchen oder nicht? Er kann sich ja noch nicht mal an unsere Namen erinnern. Er treibt sich lieber irgendwo in Frankreich rum, reißt irgendwelchen Gegnern die Köpfe ab und leckt dem König die Stiefel, als auch nur einen einzigen Nachmittag mit uns zusammen zu sein.«

Die Frechheit des Jungen betrübte Willow weniger als das unmerkliche Zittern seines Kinns. »So solltest du nicht von deinem Vater sprechen«, antwortete sie ruhig. »Wenn er euch nicht gern hätte, hätte er mich nie geheiratet.« Dieses Geständnis tat ihr weh, aber trotzdem sprach sie die

Worte, in der Hoffnung, den verletzten Stolz des Jungen zu retten.

Desmond verzog boshaft sein Gesicht. »Wir haben gehört, er hätte Euch gekauft, nicht anders, als wenn seine Männer ein paar Münzen dafür ausgeben, dass sie mit der alten Netta im Dorf ins Bett dürfen.«

Seine Verwegenheit brachte ihm das Kichern sämtlicher Geschwister außer des Jungen mit den braunen Augen ein.

Willow spürte, dass ihr eigenes Lächeln gefror, aber immer noch hielt sie ihren Zorn in Zaum. »Mein Papa konnte es sich nicht leisten, mich mit einer Mitgift zu versehen, also hat euer Papa einen Brautpreis für mich bezahlt. Das ist ein, wenn auch etwas überholter, so doch ehrenwerter Brauch.«

Desmond zuckte mit den Schultern. »Weshalb sollte er für etwas bezahlen, was er jederzeit umsonst bekommen kann?« Er nickte mit dem Kopf in Richtung der drei jüngsten Kinder in der Schar. »Meg und die Zwillinge sind der Beweis dafür, dass jede Frau im Dorf von meinem Vater mehr als nur begeistert ist.«

Es gab Willow nicht gerade Auftrieb zu erfahren, dass Bannor offensichtlich den Reizen jeder Frau, der er begegnete, erlag. Jeder, außer ihr. Als ihr Lächeln schwand, drängten sich die Kinder dichter aneinander, als hätten sie Angst vor ihrer Reaktion.

Statt jedoch laut zu werden, beugte sie sich so weit vor, dass sie mit der Nasenspitze gegen die sommersprossige Nasenspitze des Anführers der Rasselbande stieß und sagte in gefährlich leisem Ton: »Vielleicht hast du tatsächlich Recht. Vielleicht brauchst du weniger eine Mutter als vielmehr jemanden, der dir endlich etwas Benimm einbläut.«

Sie machte auf dem Absatz kehrt, raffte ihre Röcke und marschierte entschlossen den Hügel wieder hinauf.

Als sie die Kuppe beinahe erreicht hatte, drang nochmals Desmonds hämische Stimme an ihr Ohr. »Was auch immer er für Euch bezahlt hat, war ganz sicher viel zu viel.«

Tief in ihrem Herzen glaubte sie, hatte der Junge eventuell Recht. Aus diesem Grunde ging sie, statt auf seine Häme einzugehen, hoch erhobenen Hauptes weiter, bis endlich das Geräusch von Desmonds höhnischem Gelächter nicht mehr in ihren Ohren klang.

Als Willow spät an jenem Abend ihr Schlafzimmer betrat, fand sie Beatrix bis zur Nasenspitze in nach Myrrhe duftendes, dampfend heißes Wasser eingetaucht.

Als der Mund ihrer Stiefschwester ebenfalls an der Wasseroberfläche auftauchte, bewegte er sich sofort. »Oh, Willow, Gott sei Dank bist du es bloß! Einen Moment dachte ich schon, dieser widerliche kleine Kobold wäre wieder da und hätte sich neue Qualen für mich ausgedacht. Kannst du dir vorstellen, dass sie mich gezwungen hat, mein eigenes Badewasser heraufzuschleppen? Sicher hätte sie mir selbst das Wasser nicht gegönnt, hätte ich nicht behauptet, es wäre für dich.«

»Du armes Ding. Es macht mich wirklich traurig zu sehen, wie schlecht es dir ergeht«, kam Willows trockene Erwiderung. Sie erinnerte sich lebhaft daran, wie oft sie auf Beatrix' Geheiß Eimer um Eimer kochenden Wassers die langen, gewundenen Treppen auf Bedlington hinaufgeschleppt hatte.

Ohne allzu großes Bedauern darüber, dass ihr eigenes Bad auf morgen verschoben werden musste, trat sie an den Schrank. Sie sehnte sich nur noch danach, in ihr Bett zu kriechen, sich den Pelz über den Kopf zu ziehen und so zu tun, als müsste sie nie wieder aufstehen.

»Sieh dir nur meine Fingernägel an«, jammerte Beatrix,

während sie ihre Klauen über den Rand der Wanne krallte. »Sie sind total kaputt. Natürlich ist das zum Teil deine Schuld, weil du darauf bestanden hast, dass diese bösartige Alte mich die Toilette schrubben lässt. Jedes Mal, wenn einer meiner Nägel abgebrochen ist, hat sie gehässig gelacht.« Beatrix verzog beleidigt das Gesicht. »Du hättest wirklich nicht so gemein zu sein brauchen, finde ich. Wenn du mich schon in die Rolle deiner Dienerin gezwungen hast, dann war es ja wohl nur angemessen, dass ich deinem Herrn ebenfalls die Treue geschworen habe, findest du nicht auch?«

»So, wie du dich ihm vor die Füße geworfen hast, hätte man meinen können, du wärst weniger an der Rolle der treuen Dienerin als an der der Mätresse interessiert«, antwortete Willow, während sie ein sauberes Nachthemd aus dem Schrankfach zog.

Beatrix stieß einen wehmütigen Seufzer aus. »Ein paar Stunden in der Gesellschaft eines Mannes wie ihm wären mir bereits genug.«

Willow zog sich ihr Kleid über den Kopf. »Das wäre mehr, als mir bisher vergönnt gewesen ist. Lord Bannor hat den ganzen Tag mit Sir Hollis in seinem Turmzimmer verbracht, während ich allein im Garten spazieren gegangen bin, allein in der Kapelle gebetet und allein im großen Saal zu Abend gegessen habe.«

Noch störender war das Gefühl gewesen, stets allein und doch nicht wirklich allein zu sein. Obgleich sie seit der katastrophalen Begegnung auf der Wiese Bannors Kinder nicht einmal mehr von weitem gesehen hatte, war sie während des endlosen Tages mehr als einmal herumgefahren, weil sie überzeugt war, sie hätte aus dem Augenwinkel eine Bewegung wahrgenommen oder das gespenstische Echo eines Kicherns gehört. Es war, als würde sie in einer verzauberten Burg von einer Bande unsichtbarer Kobolde verfolgt.

Während sich Willow das frische Hemd anzog, stieg Beatrix ohne eine Spur von Scham aus der Wanne, wobei sie mit der rosig weißen Haut, von der perlend das Wasser lief, einer heidnischen, aus dem Meer entstiegenen Göttin ähnelte. Willow zerrte ein Handtuch aus dem Schrank und schleuderte es der Stiefschwester an den Kopf.

Beatrix rubbelte behutsam ihre dichte flachsblonde Mähne damit ab. »Ich kann dir sagen, es war sicher besser, allein im großen Saal zu speisen, als in der Küche im Stehen eine Schale lauwarmer Hühnersuppe und einen alten Weizenpfannkuchen herunterwürgen zu müssen. Obwohl ich zugeben muss, dass die Küche der beste Ort ist, wenn man die neuesten Gerüchte mitbekommen will.« Sie schlang das Handtuch um ihre Hüften und sah Willow fragend an. »Ist es wahr, was man sich über Lord Bannor erzählt? Hat er wirklich ein Dutzend Babys gezeugt?«

Stirnrunzelnd zählte Willow die ihr bekannte Brut an den Fingern ab. »Ich glaube schon.«

»Willst du was wirklich Pikantes hören?«, fragte Beatrix. »Ein paar von Lord Bannors Kindern sind unehelich. Anscheinend wurden nach Lady Margarets Tod immer wieder Babys auf die Burg gebracht. Es heißt, sie wären das Ergebnis mehrerer Techtelmechtel des edlen Lord Bannor mit Mädchen aus dem Dorf. Bisher hat er fünf solcher Kinder anerkannt.«

Willow sah Beatrix reglos an. »Lord Bannor scheint keinen großen Unterschied zwischen seinen Kindern zu machen, egal, ob sie ehelich oder unehelich auf die Welt gekommen sind. Das finde ich wahrlich bewundernswert. Die meisten Männer erkennen ihre Bastarde noch nicht mal an, geschweige denn, dass sie sie bei sich aufnehmen.«

»Vielleicht fühlt er sich diesen Kindern besonders verpflichtet, weil er selbst nichts weiter als ein Bastard war?« Beatrix drückte sich in vorgetäuschtem Entsetzen die Hand vor den Mund. »Das hat er dir doch sicher verraten, oder etwa nicht?«

»Natürlich hat er das«, schnauzte Willow das Mädchen an, da sie die Boshaftigkeit der Stiefschwester kaum mehr ertrug. »Allerdings habe ich gedacht, mit dieser Bemerkung bezöge er sich weniger auf die Umstände seiner Geburt als vielmehr auf sein Temperament.« Sie strebte in Richtung Bett.

Beatrix trat an die andere Seite der Schlafstatt und streifte das Handtuch ab. »Weißt du, die Dienstboten schließen bereits Wetten darüber ab, wie lange es dauern wird, bis auch du ein Kind von ihm bekommst.« Sie bedachte Willows Bauch mit einem abwägenden Blick. »Da ihr Herr gestern Abend in deinem Zimmer gewesen ist, sind ein paar von ihnen der Ansicht, dass du vielleicht schon schwanger bist.«

Willow hätte sicher vor Verbitterung gelacht, hätte sie nicht plötzlich auf dem Laken kleine, dunkle Schatten ausgemacht.

»Fiona«, murmelte sie und schüttelte den Kopf. »Vielleicht lernt die sentimentale alte Närrin irgendwann, dass es, um ihren Herrn in *mein* Gemach zu locken, mehr als einer Handvoll Rosenblüten bedarf.«

Müde zerrte sie die Decke weiter zurück und versuchte verdutzt herauszufinden, weshalb sich die Blütenblätter plötzlich bewegten, als die erste Grille zum Flug ansetzte und Beatrix geradewegs in die Nase schoss.

Hoch über der Burg, im Schutz des nördlichen Turmzimmers, versuchte Sir Hollis verzweifelt ein Manöver, um seine Königin vor dem gnadenlosen Angriff von Bannors

Springer zu retten, als ein gellender Schrei die gemütliche Stille des Abends zerriss.

»Großer Gott!«, rief Hollis und sprang erschüttert auf. »Klingt, als würde jemand umgebracht!«

Als die Schreie – schrill, weiblich und von hysterischem Kreischen und lautem Trampeln untermalt – anschwollen, dachte er, Bannor würde nach seinem Schwert greifen und losstürzen.

Aber Bannor runzelte lediglich die Stirn. »Ihr seid dran.«

Hollis nahm langsam wieder Platz, griff beunruhigt nach seinem Turm, schob ihn ein Feld nach links und merkte, ehe Bannor »Schachmatt« murmelte, dass seine Königin dem weißen Springer und sein König einem von Bannors Bauern ausgeliefert war.

Obgleich Bannor ohne zu zögern die zart geschnitzte Königin zwischen Daumen und Zeigefinger nahm, merkte er, dass er den Sieg, anders als gewöhnlich, nicht genoss.

Denn im Gegensatz zu Hollis wusste er genau, dies war nicht das Ende, sondern erst der Anfang seines Spiels.

9

Bannor war frei.

Frei, mit seinen Rittern in der blendend hellen Herbstsonne Turniere auszutragen und zu fechten, wie es ihm gefiel. Frei, seine Garnison Soldaten unter dem von weißen Wattewolken übersäten strahlend blauen Himmel zu trainieren. Frei, auf seinem mächtigen weißen Schlachtross über die Stoppeln auf seinen abgeernteten Feldern zu galoppieren und die zufriedenen Leibeigenen dafür zu preisen, dass von ihnen eine derart reiche Ernte eingefahren worden war. Frei, jeden Abend am Kopf des langen Tischs im großen Saal zu speisen und die engelsgleichen Gesichter seiner Kinder zu betrachten.

Nie zuvor in seinem Leben hatte er sich derart elend gefühlt.

Vielleicht hätte er seine Freiheit genießen können, hätte nicht Willow den Preis dafür bezahlt. Nun, da seine Kinder ein dankbareres Opfer für ihren Schabernack gefunden hatten, kamen sie seinen Befehlen willig nach, murmelten bescheiden wie Heilige »Sehr wohl, Papa«, »Nein, Papa«, »Wie du wünschst, Papa«, während sie Willows Schrank, Bett und Badewanne mit genügend Käfern, Nagetieren und Reptilien vollpackten, dass sich die Plagen, die Gott den Ägyptern geschickt hatte, im Vergleich dazu geradezu harmlos ausnahmen.

Bannor zwang sich, ihr teuflisches Treiben nicht zu bemerken, da er sich sagte, dass jede Erniedrigung, die Willow durch seine Brut erfuhr, zur Rettung ihres Stolzes beitrug, wenn sie ihn am Ende voller Zorn verließ.

Als sie einmal genug Pfeffer in ihren Eintopf streuten, dass sie mindestens zwölfmal hintereinander niesen musste, reichte er ihr mit einer dezenten Feststellung über die angenehme Würze des Mahls ein Taschentuch. Als sie Mary Margarets Lieblingsschwein in ihr Schlafzimmer verfrachteten, stellte er sich seinem schrillen Quieken gegenüber taub und ging sogar so weit, gespielt geistesabwesend darüber hinwegzusteigen, als Willow und ihre stirnrunzelnde Dienerin es durch den großen Saal trieben. Als sie eine Stinkbombe durch ihren Kamin warfen, ignorierte er den beißenden Schwefelgestank, der tagelang in ihrer dunklen Mähne hing.

Nach der ersten Nacht hatte er keine Schreie mehr gehört. Unfähig, die angespannte Stille zu ertragen, stand

Bannor im Schatten der Burgmauern und wartete auf den Moment, in dem Willow die Läden ihrer Fenster öffnete, mit Daumen und Zeigefinger ihre schmalen Nasenflügel zusammendrückte, und gelassen die faulen Eier entsorgte, die Desmond in ihre Schuhe gestopft hatte. Ein- oder zweimal hätte er beinahe geschworen, dass ihr vorwurfsvoller Blick die Dunkelheit durchforstete, als spürte sie seine Anwesenheit.

Bannors Verzweiflung nahm weiter zu, als die ersten vierzehn Tage vorübergingen, ohne dass Willow auch nur die geringste Beschwerde äußerte. Bald fiele sicherlich der erste Schnee, und wenn er gezwungen würde, die langen, dunklen Winterabende in ihrer Gesellschaft zuzubringen, dann brächte sie, ebenso sicher wie auf den Winter der Frühling folgte, neun Monate später ein Baby auf die Welt.

Eines kalten, sonnigen Vormittags, als er umringt von seinen wohl erzogenen Kindern beim Frühstück saß, kam Fiona in den großen Saal marschiert und knallte wütend sein Essen auf den Tisch. »Ich fürchte, heute Morgen gibt es keinen Honig, Mylord. Ihr werdet Euer Brot also trocken essen müssen.« Unter ihren dichten Brauen blitzte sie ihn böse an. »Ich hoffe, dass Ihr nicht daran erstickt.«

Als Fiona in die Küche zurückstürmte, tauschten Bannor und Hollis müde Blicke aus. Seinem Verwalter hatte er sich anvertraut, aber sämtliche anderen Bewohner der Burg wunderten sich über seine Gedankenlosigkeit gegenüber seiner jungen, liebreizenden Braut. Selbst seine Ritter und Fußsoldaten, die seine Autorität auf dem Schlachtfeld niemals in Frage gestellt hätten, sahen ihn inzwischen missbilligend an. Wenn Willow ihn nicht bald verließ, stünde ihm sicher eine Rebellion ins Haus.

Bannor hatte gerade hungrig in sein Brot gebissen, als Willow auf der breiten, geschwungenen Steintreppe erschien. Einen Augenblick lang rang er tatsächlich, wie von Fiona prophezeit, mühsam nach Luft. Sein Röcheln war in der allgemeinen Stille deutlich zu hören, und die Augen sämtlicher Ritter, Knappen und Pagen wandten sich der Treppe zu.

Das Rätsel um den verschwundenen Honigtopf war gelöst.

Goldfarbene Rinnsale tropften durch Willows Haare, liefen über ihren Hals und ihre Schultern und legten einen schimmernden, bernsteinfarbenen Schleier über ihre alabasterweiße Haut. Bannor unterdrückte das absurde Verlangen, zu ihr zu laufen und sie so lange abzuschlecken, bis sie völlig sauber wäre.

Als sie die Treppe herunterkam, wobei jeder ihrer Schritte ein schmatzendes Geräusch auf den Stufen verursachte, tauchte Fiona aus der Küche auf. Die Alte schlug sich entgeistert die Hände vors Gesicht, sodass der irdene Teller, den sie getragen hatte, scheppernd auf den Boden fiel. »Jesus, Maria und Josef, Mädchen! Du siehst aus wie eine Todesfee!«

Der triumphierende Blick, den Desmond mit Kell und Edward austauschte, ließ keinen Zweifel daran, von wem der Honigtopf über Willows Zimmertür befestigt worden war. Bannor musste sich an der Tischplatte festklammern, sonst hätte er den Schädel seines Sohnes in den Haferschleim getaucht.

Die betretene Stille schien zu dröhnen, als Willow ans Ende des Tisches trat und reglos dort stehen blieb.

In dem Wissen, dass jeder im Saal, vom kräftigsten Ritter bis hin zum kleinsten Pagen, gespannt den Atem anhielt, schob sich Bannor seelenruhig ein Stück seines Brotes in den Mund. »Guten Morgen, Willow. Ich hoffe, dass Ihr gut geschlafen habt.«

Sie antwortete nicht. Sie stand nur reglos da, und ihr vorwurfsvoller Blick verriet, dass seine Schlacht gewonnen war. Endlich hatte er sein Ziel erreicht, dass seine Angetraute ihn verachtete. Doch seltsamerweise verspürte er, als sie ihm den Rücken zukehrte und hoch erhobenen Hauptes den Saal wieder verließ, statt eines Triumphgefühls eine geradezu überwältigende Trauer.

Willow stampfte in ihrem Zimmer auf und ab, während sie sich eine weitere klebrige Locke absäbelte und sie wie eine Standarte schwang. Der Honig hätte sich problemlos herauswaschen lassen, aber ihre Peiniger waren so diabolisch gewesen und hatten den widerlichen Sirup mit Harz vermischt. »Lord Bannor der Verwegene, haha! Ich habe noch nie einen feigeren, memmenhafteren, gemeineren, hinterhältigeren …«

»Verzagteren«, warf Beatrix begeistert ein.

»Verzagteren, hasenfüßigeren …«

Während Willow mit ihrer Tirade fortfuhr, nahm Beatrix ihr den Dolch aus der Hand und führte sie zu einem Stuhl. »Warum lässt du mich das nicht erledigen?«, fragte sie. »Wenn du so weitermachst, ist Lord Bannor der Verwegene bald mit Lady Willow der Geschorenen verheiratet.«

Willow warf sich auf den Stuhl und umklammerte die klebrigen Falten ihres Kleids. »Darüber brauchst du dir keine Gedanken zu machen. Ich würde mit dem Kerl noch nicht mal dann verheiratet bleiben, wenn er der letzte Mann auf der Erde wäre und wenn das Überleben der Menschheit davon abhinge, dass ich eins seiner grässlichen Blagen auf die Welt bringe.«

»Das kann ich durchaus verstehen«, antwortete Beatrix, während sie ihr eine weitere mit Honig und Harz getränkte Locke abschnitt. »Ich verstehe nur nicht, warum du das erst heute sagst. Ich hätte bereits, als sie den Eimer mit Ruß durch den Schornstein deines Zimmers gekippt haben, von ihm verlangt, dass er diese widerlichen kleinen Zwerge in den Kerker wirft.«

»Und hättest diesen kleinen Monstern die Genugtuung zuteil werden lassen zu wissen, dass ich sofort zu ihrem Vater renne, wenn mir was nicht passt? O nein. Außerdem haben Stefan und Reanna mir das Leben viel schwerer gemacht. Erinnerst du dich noch daran, als sie meine Schuhe auf dem Boden festgenagelt haben? *Während* ich sie trug?« Willow stieß einen wehmütigen Seufzer aus, als eine weitere klebrige Strähne ihrer Haare auf dem Boden landete. »Ich habe gedacht, irgendwann käme Bannor mir gegen diese widerlichen kleinen Drachen zu Hilfe, wie es sich für einen Ritter oder einen … einen …«

Beatrix beugte sich über Willows Schulter und sah sie grienend an. »Für einen Prinzen gehört?«

Willow fuhr herum und starrte die Stiefschwester verdutzt an.

»Ich habe dich mit deinem eingebildeten Geliebten reden hören, als du dachtest, dass ich schon schlief. Einmal habe ich sogar gesehen, wie du deine Hand geküsst und so getan hast, als wäre er es gewesen«, verriet Beatrix.

»Du hinterhältiges kleines Biest!«

Als Willow sie zu packen versuchte, tänzelte die Kleine leichtfüßig davon. Erst in diesem Augenblick bemerkte Willow, dass ihr eigenartig schwindlig war.

Vorsichtig betastete sie ihren Kopf. »Ein wirklich seltsames Gefühl. Seit dem Tag meiner Geburt haben meine Haare mich ständig gestört. Bis heute war mir nicht bewusst, wie sehr ich an ihnen hing.«

Beatrix drückte ihr einen Spiegel in die Hand. Willow hielt ihn sich vors Gesicht und starrte eine Fremde an. Eine

Fremde mit Haaren, die, wie die eines in die Ecke getriebenen Warzenschweins, in alle Richtungen abstanden, und mit riesigen Augen wie die der gezähmten Frettchen, die in besseren Zeiten im großen Saal von Bedlington Purzelbäume geschlagen hatten.

Beatrix wickelte sich eine ihrer eigenen langen flachsblonden Locken um den Finger, drängte sich neben Willow und betrachtete ebenfalls ihr Spiegelbild. »Nicht übel«, registrierte sie unbekümmert. »Du wärst wirklich ein hübscher junger Mann.«

Als Willow den Spiegel auf den Tisch knallte und auf die Füße sprang, machte Beatrix furchtsam einen Satz zurück.

»Wo willst du hin?«

»Ich werde den verdammten Drachen selbst töten.« Mit bleichem, aber entschlossenem Gesicht marschierte Willow Richtung Tür.

Beatrix folgte ihr, wobei sie die Röcke raffte, um den Honigpfützen auf dem Boden auszuweichen. »Wenn du Lord Bannor nicht mehr willst, meinst du, dass ich ihn dann vielleicht haben kann?«

Willow wirbelte herum und sah sie mit einem verkniffenen Lächeln an. »Mit meinen besten Empfehlungen!«

Das Echo von Willows wütenden Schritten war noch nicht verhallt, als Beatrix zum Schrank rannte und ein Blatt Pergament, eine Feder und eine Flasche Tinte aus einem der Fächer nahm.

Lieber Stefan, kritzelte sie schnell. *Sicher wird es dich freuen zu erfahren, dass Willow meiner Verbindung mit Lord Bannor ihren Segen gegeben hat. Es wird nur eine Frage der Zeit sein, bis ich dich nach Elsinore einlade.*

Beatrix setzte schwungvoll ihren Namen unter den Brief. Jetzt müsste sie nur noch einen der ihr treu ergebenen Knappen dazu bewegen, dass er die Botschaft zu ihrem

Bruder brachte. Während sie den Siegelwachs über der Flamme einer Kerze schmolz, unterdrückte sie das aufkommende Schuldgefühl. Schließlich betrog sie Willow nicht, sondern bemühte sich einzig um das Wohlwollen ihres Bruders, sagte sie sich, hielt den scharlachroten Wachs über den Brief und drückte ihr Siegel auf die in ihm verborgenen Geheimnisse.

Bannor krachte rücklings auf die Erde, als ihn die flache Schwertseite am Schädel traf. Er rappelte sich mühsam auf, zerrte den Helm vom Kopf und blickte zu dem ungläubigen Hollis auf. Er schüttelte den Kopf, um das Klingeln in seinen Ohren zu vertreiben, nahm widerwillig Hollis' ausgestreckte Hand und ließ sich von seinem Verwalter auf die Füße ziehen.

Das Dutzend Ritter und Fußsoldaten, die auf dem Turnierplatz versammelt waren, starrten ihn verblüfft an. Nie zuvor hatten sie gesehen, dass jemand Lord Bannor überlegen war, und sie waren sich nicht sicher, ob sie Hollis' Sieg bejubeln oder sich mit gezückten Schwertern auf ihn stürzen sollten, um die Ehre ihres Herrn zu verteidigen.

»Hervorragender Schlag«, krächzte Bannor, während er seinem Verwalter kraftvoll auf den Rücken hieb. »Wirklich hervorragend.«

Die Männer tauschten zweifelnde Blicke aus und riefen dann ein halbherziges Hurra.

»D-danke, Mylord«, stammelte Hollis und sah aus, als säße er lieber auf der Burg und rechnete die Höhe der zu zahlenden Steuern aus.

Während die nächsten beiden Kombattanten einander mit gezückten Schwertern umkreisten, lehnte sich Bannor matt gegen den Zaun.

Hollis trat verlegen neben ihn. »Ich hoffe, dass Ihr

mir verzeiht«, begann er vorsichtig, während hinter ihm Schwerter klirrten und heisere Aufmunterungsrufe erschollen. »Ich habe Euch ganz sicher nicht entehren wollen.«

»Wie man heute Morgen gesehen hat, schaffe ich das auch durchaus allein.« Bannor fuhr sich mit dem Unterarm über die schweißglänzende Stirn. »Ich hätte es verdient, dass Ihr mir den Kopf abschlagt. Dann hättet Ihr ihn in Honig tauchen und meiner Braut auf einem silbernen Tablett servieren können. Auf diese Weise hättet Ihr mein Verhalten süß gerächt.«

Hollis zog ein Taschentuch hervor und betupfte sich ebenfalls die Stirn. »Es ist mir eine große Erleichterung zu wissen, dass sich Euer Zorn nicht gegen mich richtet, sondern gegen Euch selbst.«

In der Erinnerung an den Blick, mit dem Willow ihn bedacht hatte, ehe sie den großen Saal verlassen hatte, murmelte Bannor: »Mein Zorn auf mich ist sicher nichts im Vergleich zu der Verachtung, mit der sie mich bedenkt.«

»Ihr vergesst, dass sie nicht weiß, dass Ihr sie aus den edelsten Motiven derart vernachlässigt.«

»Und sie wird es auch niemals erfahren, hoffe ich. Sie wird Elsinore verlassen und denken, ich wäre ein herzloser Schuft – zu kalt und zu gefühllos, um die Ehre meiner Frau gegen eine Bande rebellischer Kinder zu verteidigen.«

Noch vor vierzehn Tagen hätte Willows Verachtung Bannor nicht viel ausgemacht. Doch als er jetzt über den Turnierplatz in Richtung des grasbewachsenen Feldes schaute, auf dem die Kinder ihr eigenes Turnier veranstalteten, verriet seine Miene ehrliche Niedergeschlagenheit.

Ennis und Kell galoppierten, Mary Margaret und Margery auf ihren Schultern, einander entgegen, und die Mädchen hieben mit selbst gemachten Lanzen aufeinander ein. Da keiner von ihnen Hammish hatte dazu bewegen können, dass er sich schneller bewegte als im Kriechtempo, hatte er sich selbst zum Herold ernannt und meldete jeden Treffer mit einem schrägen Ton aus einem elfenbeinfarbenen Horn. Als der Junge einen versehentlichen Tritt gegen den Kopf bekam, ohne dass er dadurch auch nur ins Schwanken geriet, schüttelte Bannor voller Bewunderung den Kopf. Als sie des Spiels überdrüssig wurden, zog sich Desmond einen von Bannors alten Helmen über den Kopf und focht der Reihe nach mit allen anderen, wobei er, da er größer und stärker als sie war, keiner besonderen Fähigkeit bedurfte, um als Sieger aus dem Turnier hervorzugehen.

Vielleicht hätte Bannor den arroganten Zwerg selbst noch herausgefordert, hätten seine Männer nicht plötzlich aufgeregtes Murmeln angestimmt. Noch ehe er sich umdrehte, war ihm bewusst, dass der lang ersehnte Moment gekommen war. Die Stunde seines persönlichen Siegs.

Aber als Willow zielbewusst auf ihn zustrebte, empfand er einzig Furcht.

Er hatte bereits beschlossen, jeden Vorwurf, den sie ihm machen würde, wortlos hinzunehmen, aber als er ihre zerrupften Haare sah, ahnte er, dass er noch nicht einmal dann auch nur ein leises Wimmern ausstoßen würde, risse sie ihm sein Schwert aus den Händen und stieße sie es ihm geradewegs ins Herz.

Eigentlich hätte sie mit dem fleckigen Kleid und den struppigen Haaren lächerlich aussehen müssen, dachte er. Statt dessen wirkte sie majestätisch und würdevoll wie eine gefangene Königin, der zwar die Krone, nicht aber die Erhabenheit genommen worden war. Als sie sich ihm näherte, erkannte Bannor, dass die Farbe ihrer Augen, die er fälschlicherweise als kühles Grau bezeichnet hatte, in Wirklichkeit eher Kohle war, die nun, vor Zorn entfacht, zu lodern schien.

Instinktiv traten seine Männer einen Schritt zurück, als Bannor sich vom Zaun abstieß, die Hände in die Hüften stemmte und sich auf den Hieb vorbereitete, den sie ihm versetzen würde.

Ohne ihn jedoch auch nur eines verächtlichen Wimpernschlages zu würdigen, marschierte sie achtlos an ihm vorbei.

Sprachlos beobachtete Bannor, wie sie sich den Kindern näherte. Sie stießen sich alarmiert an und stürzten laut kreischend davon.

Alle außer Desmond, der soeben mit einem dicken Ast Edward die Füße weggeschlagen hatte und, während Edward in Sicherheit stolperte, in Triumphgeheul ausbrach.

»Wer ist der Nächste?«, kreischte er, Bannors zu großen Helm schräg auf dem Kopf. »Wer will als Nächster Sir Desmond den Unbesiegbaren herausfordern?«

»Ich«, sagte Willow milde und schnappte ihm den Ast aus der Hand. Ehe er durch die schmalen Sehschlitze des Helms seine neue Widersacherin auch nur erkennen konnte, hatte sie ihm bereits einen kraftvollen Schlag versetzt.

In der Erinnerung an einen ähnlichen Hieb, den er eben erst hatte einstecken müssen, wäre Bannor vielleicht vor Mitgefühl zusammengefahren, hätte er nicht statt dessen vor Überraschung laut gelacht.

»He!«, jaulte Desmond erbost. »Du kannst nicht schlagen, solange ich nichts sehe. Das ist nicht fair!«

Er zerrte sich den Helm vom Kopf, doch sein Stirnrunzeln verflog, als er sich dem Racheengel mit den in der Sonne schimmernden Haarstacheln gegenübersah. Etwas in Willows Blick musste ihn gewarnt haben, denn nachdem er sich hastig umgesehen und festgestellt hatte, dass er von seinen Geschwistern im Stich gelassen worden war, schob er sich rückwärts auf Fersen und Ellbogen durchs Gras.

»Fair?«, wiederholte Willow in drohendem Ton. »*Fair?*

Was versteht ein Tyrann wie du wohl davon, was es heißt, jemanden gegenüber *fair* zu sein? Typen wie dich kenne ich. Du und deinesgleichen habt einen Riesenspaß daran, Schwächere fertig zu machen. Aber wenn es darum geht, fair zu kämpfen, dann seid ihr nichts weiter als jämmerliche kleine Feiglinge!«

Als Willow den verängstigten Jungen am Ohr packte und auf die Füße zog, fragte sich Bannor, wie er jemals hatte denken können, sie wäre zartfühlend.

»Mary Margaret! Ennis! Kell! Helft mir!«, brüllte Desmond, als Willow ihn in Richtung der Burg zu zerren begann.

Seine Brüder und Schwestern kauerten reglos hinter einem Weißdornbusch, und selbst seine Krähe, die ihrer Schiene entledigt war, flatterte mit einem unbeteiligten Krächzen davon. Desmond heulte vor Empörung und wurde so rot, dass man kaum noch seine Sommersprossen sah. Willow jedoch hatte sein Ohr in einem derart festen Griff, dass er hinter ihr her zu stolpern gezwungen war.

Als sie sich Bannor näherten, wimmerte er herzerweichend: »Papa, o Papa, rette mich! In Zukunft werde ich auch immer brav sein. Das verspreche ich.«

Unmittelbar vor Bannor blieb Willow mit ihrem Opfer stehen. Da sie nicht wissen konnte, dass er ihr in diesem Moment niemals etwas hätte verwehren können, sah sie ihn reglos an.

»Dürfte ich vielleicht ein paar Worte mit Eurem Sohn wechseln, Mylord?«

Desmond umklammerte das gefütterte Wams, das Bannor über seiner Rüstung trug. »Bitte lass sie mich nicht mitnehmen, Vater«, jammerte er flehentlich. »Sie ist vollkommen verrückt!«

Bannor beugte sich zu seinem Sohn und flüsterte: »Im

Hinblick auf weitere Gefechte, unbesiegbarer Sir Desmond, rate ich Euch, Eure Gegner sorgfältiger auszuwählen.« Dann wies er mit ausgestreckter Hand in Richtung Burg. »Bitte tut, was Euch beliebt.«

Als Willow einen ungläubigen Desmond Richtung Hof zerrte, waren die jüngeren Pagen, die am häufigsten Opfer von Desmonds Tyrannei gewesen waren, die ersten, die das Schweigen brachen, indem sie begeistert jubelten. Und auch die Soldaten brachen kurz darauf in fröhliches Gelächter aus.

Hollis boxte Bannor spielerisch auf die Schulter: »Was zum Teufel hat sie vor?«

»Etwas, was ich bereits vor langem hätte tun sollen«, grunzte Bannor.

Ebenso gespannt darauf zu sehen, welches Schicksal seinem Sohn beschieden war, folge Bannor der Prozession. Als sie in den Hof kamen, strömten bereits die Dienstboten aus den umliegenden Gebäuden, um zu sehen, was der allgemeine Lärm bedeutete. Der Imker, der in die Nase gestochen worden war, als Desmond seine Stöcke umgestoßen hatte, klatschte ebenso begeistert in die Hände wie der Kerzenmacher, der, als Desmond hinter ihn getreten war und »Buh« gerufen hatte, in seinen Talgtiegel gefallen war. Auch die Dienstmägde, die gezwungen gewesen waren, sämtliche Laken noch einmal zu waschen, nachdem Desmond schmierige Erdklumpen gegen die frische Wäsche geschleudert hatte, brachen in vergnügtes Kichern aus.

Unter donnerndem Applaus marschierte Willow mit dem winselnden Jungen die Treppe zu der Plattform mit dem Galgen hinauf.

Aus Furcht, sie hänge den Jungen vielleicht tatsächlich auf, schob sich Bannor durch die Menge nach vorn. Doch sie zerrte Desmond am Galgen, am Stock und am Prügelpfosten vorbei in Richtung des Prangers, der im Allgemeinen für die Bestrafung harmloser Trunkenbolde, kleiner Diebe und ungezogener Bauernkinder benutzt wurde.

Sie zwang Desmond in die Knie, legte seine Finger in die Löcher, senkte ein zweites Brett über seine Knöchel und machte die Laschen schwungvoll fest.

Bannor lächelte. Sie hatte wirklich gut gewählt. Obgleich Desmonds Gefangenschaft vollkommen schmerzlos war, könnte er seine Finger, egal wie sehr er sich auch wandte oder wie laut er auch heulte, nicht aus den winzigen Löchern befreien.

Als sich Willow wieder aufrichtete, begegneten sich ihre Blicke über die Köpfe der applaudierenden Menge hinweg. Bannor legte als Zeichen seiner Würdigung ihres Triumphes kurz zwei Finger an die Stirn, und, ebenso erhaben im Sieg wie in der Niederlage, machte sie einen spöttischen Knicks.

Er riss seine Augen von ihr los und flüchtete geradezu gen Nordturm.

10

Willow vergrub ihre Zähne in dem Apfel, den sie dem Pagen abgenommen hatte, der ihn Desmond gegen den Kopf hatte schleudern wollen. Der Junge und seine Freunde hatten sich, nachdem sie von Willow entwaffnet und so des Vergnügens beraubt worden waren, ihren kreischenden Gefangenen mit angestoßenen Äpfeln und verrottetem Kohl zu bombardieren, murrend zum Gehen gewandt.

Als die Sonne allmählich hinter dem Westturm untergegangen und es merklich kälter geworden war, hatten sich auch die anderen Umstehenden verstreut, da sie das Schauspiel von Desmond, der Willow wütend anstarrte, und Willow, die den Jungen lächelnd ignorierte, zu langweilen begann. Inzwischen waren die beiden ganz allein, sodass durch die angespannte Stille entfernte Musik und fröhliches Gelächter aus dem großen Saal an ihre Ohren drang.

Desmonds Krähe hockte auf dem düsteren Arm des Galgens, schien jedoch eher Lust zu haben, ihren Kopf unter die Federn zu schieben und ein Nickerchen zu halten, als sich zornig auf Willow zu stürzen, die, gemütlich mit dem Rücken gegen den Prügelpfosten gelehnt, ihren Rock zwischen den Knien ausgebreitet, auf dem Boden saß und aus dem Augenwinkel beobachtete, wie Desmond hungrig die Spur frischen Apfelsafts verfolgte, die an ihrem Kinn herunterrann.

»Möchtest du vielleicht mal abbeißen?«, säuselte sie und hielt ihm den Apfel vors Gesicht.

Er bleckte die Zähne zum Zeichen, dass er ihr eher an die Kehle gehen würde, als dass er sich als Gipfel seiner Schmach noch von ihr füttern ließ.

Achselzuckend biss sie genüsslich in die verschmähte Frucht. »Ich nehme an, deine Brüder und Schwestern genießen gerade ein paar schöne, würzige Granatäpfel und gezuckerte Weintrauben. Falls du zu ihnen willst, brauchst du dich nur bei mir zu entschuldigen.«

»Lieber verrecke ich!«

Damit Desmond sie nicht lächeln sah, wandte sich Willow abrupt ab und warf die Reste des Apfels fort. Dies war das Erste, was er über die Lippen gebracht hatte, seit sein empörtes Jaulen beleidigtem Schweigen gewichen war. »Das lässt sich arrangieren«, versprach sie. »Obgleich ich annehme, dass dein Vater etwas dagegen hätte, wenn die Geier dir das Fleisch von den Knochen reißen würden.«

»Ha! Er wäre froh, mich endlich los zu sein.«

»Weshalb sagst du so etwas?«, fragte sie interessiert.

Statt sie länger wütend anzuglotzen, sah Desmond reglos geradeaus. Seine Zähne hatte er so fest zusammengebissen, dass es bereits wehtat, ihn nur anzusehen. »Weil es so ist. Wir alle sind ihm vollkommen egal. Er ist einzig am Krieg und an seinem König interessiert.« Nun, da die Schleuse endlich geöffnet war, schien es, als hätte Desmond die Flut seiner Worte nicht mehr in der Gewalt. »Während des Krieges musste es uns reichen, dass er alle paar Monate mit einem Sack voller Geschenke zu uns nach Hause kam, uns über die Köpfe patschte und sagte, was für nette Kinder wir doch wären und wie stolz unsere Mütter auf uns sein würden, könnten sie uns sehen. Als er dann endgültig nach Hause kam, dachte ich, dass es anders werden würde. Das dachten wir alle. Aber er hat sich in seinem blöden Turmzimmer verschanzt und uns, egal, was wir auch taten, nicht die geringste Beachtung geschenkt.« Er bedachte sie mit einem giftigen Blick. »Und dann kamt plötzlich *Ihr*.«

Willow hätte sich am liebsten abgewandt, aber sie musste hilflos mit ansehen, wie das feste Kinn des Jungen zu zittern begann. »Ihr mit Euren großen grauen Augen und Eurem weichen schwarzen Haar. Wir haben bemerkt, wie er Euch am Tag Eurer Ankunft angesehen hat. Wir wussten, dass er uns niemals lieben würde, wenn er Euch hätte, die er lieben kann!«

Eine einsame Träne purzelte über sein Gesicht, und er presste seine Wange gegen das kalte Holz, ohne dass er dadurch das jämmerliche Schluchzen vor Willow verbergen konnte, das seine schmalen Schultern erbeben ließ.

Willow atmete vorsichtig durch. Dann waren die Missetaten dieser Kinder also nicht verrucht und bösartig, wie die von Stefan und Reanna es gewesen waren. Diese Kinder versuchten einfach verzweifelt, die Aufmerksamkeit ihres

Vaters auf sich zu lenken. Das hieß, weniger seine Aufmerksamkeit als vielmehr einen Beweis der Liebe, die er für sie empfand. Sie wusste nur zu gut, wie sinnlos ein solches Vorhaben sein konnte.

Willow zerrte so vehement an den Laschen des Prangers, dass einer ihrer Fingernägel abbrach. Als sie schließlich das obere Brett anhob, machte sie sich darauf gefasst, dass Desmond wie von Furien gehetzt davonliefe. Stattdessen hockte er sich auf den Boden und vergrub sein Gesicht in der Armbeuge.

So wie früher Harold und Gerta rief Desmond in Willow das Verlangen wach, ihn tröstend in ihren Schoß zu ziehen. Stattdessen setzte sie sich wieder hin, umschlang die Knie mit den Armen und blickte reglos in Richtung des über der Brustwehr aufgehenden blassen Mondes, während der Junge schluchzend auf der Erde kauerte.

Sie wartete, bis er sich mit dem Handrücken die Nase wischte, ehe sie den Apfel mit den wenigsten Druckstellen von dem Haufen der konfiszierten Wurfgeschosse nahm und ihn dem Jungen gab.

Desmond bedachte sie mit einem argwöhnischen Blick.

»Auch wenn ich vielleicht eine böse Stiefmutter bin, lass mich dir versichern, dass der Apfel nicht vergiftet ist.«

»Ich könnte es Euch nicht einmal verdenken, wenn er es wäre«, stellte er lakonisch fest, ehe er den Apfel nahm und herzhaft seine Zähne in dem saftigen Fruchtfleisch vergrub. »Nicht nach dieser schrecklichen Sache mit Eurem Haar.«

»Die werden mit der Zeit wieder nachwachsen, hoffe ich zumindest.« Willow zog ihre Knie noch dichter an ihre Brust. Vielleicht würde das Geständnis ja weniger schmerzlich, wenn sie es möglichst schnell aussprach? »Du brauchst mich in deinem Kampf um die Zuneigung deines Vaters nicht als Rivalin anzusehen, Desmond«, sagte sie. »Obgleich er nobel genug ist, sich an seinen Treueschwur gebunden zu fühlen, hat Lord Bannor mehr als deutlich gemacht, wie enttäuscht er von Sir Hollis' Wahl gewesen ist.« Sie blinzelte. »Ich kann dir versichern, dass er mich niemals lieben wird.«

»Oh, das ist uns allen längstens klar«, kam Desmonds unverblümte Erwiderung. »Schließlich hat er uns erst auf die Idee gebracht, so lange ekelhaft zu Euch zu sein, bis Ihr freiwillig wieder geht.«

Willows Kopf ruckte herum und sie sah den Jungen versteinert an. »Ach, hat er das getan?«

»Jawohl. Zu Anfang wollten wir Euch nur ein paar harmlose Streiche spielen, aber dann ist Kell aufs Dach geklettert, um eine Stinkbombe durch den Kamin des Turmzimmers zu werfen und hat dabei zufällig mit angehört, wie Vater Sir Hollis erklärt hat, der beste Weg, Euch loszuwerden, wäre, indem er Euch so viel Zeit wie möglich mit uns verbringen lässt.«

Willow hatte das Gefühl, als hätte ihr jemand einen Schlag mit einem dicken Ast versetzt. Dass Bannor es bedauerte, sie geheiratet zu haben, war ihr bereits bewusst gewesen. Aber niemals hätte sie vermutet, dass er sogar seine eigenen Kinder benutzen würde, um sich ihrer zu entledigen.

»Ihr braucht gar nicht so aufgescheucht zu gucken«, stellte Desmond fest, während er das Kerngehäuse des Apfels über seine Schulter warf. »Für uns war das alles schließlich auch nicht gerade schmeichelhaft.«

Sie runzelte die Stirn. »Nein, ganz sicher nicht.«

»Aber zusammen mit dem, was Edward am Abend Eurer Ankunft hier auf Elsinore gehört hat, ergibt es durchaus einen Sinn. Edward ist ein bisschen dämlich, wenn es ums Spionieren geht, also haben wir damals gedacht, dass er einfach Blödsinn quatscht.«

»Und was genau hat Edward am Abend meiner Ankunft gehört?«, fragte Willow, obgleich sie sicher war, dass sie es lieber nicht wissen wollte.

»Tja, er war gerade dabei, durch den Spalt in der Wand des nördlichen Turmzimmers zu gucken, als –«

»Den Spalt?«

»Ein winziges Loch in der Wand zwischen dem Zimmer und dem Geheimgang«, klärte Desmond sie schulterzuckend auf. »Es gibt jede Menge Geheimgänge hier in der Burg, und von ihnen aus kann man in fast alle Zimmer sehen. Fiona hat uns erzählt, unser Großvater hätte die Gänge und Gucklöcher anlegen lassen, um seinen weiblichen Gästen beim Ausziehen zusehen und sie anschließend, wenn seine Frau im Bett lag, heimlich in sein Zimmer schmuggeln zu können.«

Aha! Das erklärte das eigenartige Gefühl, ständig beobachtet zu werden, und das gespenstische Kichern, das sie hörte, wann immer sie allein war. »Was für ein widerlicher alter Lüstling muss dein Großvater gewesen sein! Ich nehme an, ich sollte Bea veranlassen, dass sie ab sofort in einem Nachthemd schläft.«

»Muss das sein?«, fragte Desmond ehrlich enttäuscht. Doch zumindest hatte er genug Benimm, um zu erröten, als Willow ihn peinlich berührt musterte. »Tja«, fuhr er gesenkten Hauptes eilig fort. »Edward hat also gerade durch den Spalt gesehen, als er hörte, wie Sir Hollis sagte, ein Keuschheitsgelübde wäre sicher wesentlich angenehmer, als mit Euch oder irgendeinem bärtigen, fetten, alten Fischweib ins Bett zu gehen. Da Vater den Gedanken, sich für alle Zeiten von Frauen fernzuhalten, anscheinend nicht ertrug, bot Sir Hollis an, sich Eurer anzunehmen, aber Vater meinte, ein solch schreckliches Opfer könnte er nicht annehmen.«

Willow rang nach Luft. Nähmen die Beleidigungen je ein

Ende, die sie aus dem Munde dieses Widerlings hinzunehmen gezwungen war?

»Dann erwähnte Vater ein Konvent, und er und Sir Hollis kamen darin überein, dass ein Kloster für eine Frau wie Euch die einzig passende Bleibe sei.«

Willow hätte abermals nach Luft gerungen, wäre ihr die Luft nicht schlicht weggeblieben. Ein Kloster! Fand Bannor sie tatsächlich so abscheulich, dass er sie in ein Kloster sperren wollte? Dass er sie tatsächlich zu einem Leben der Frömmigkeit und Keuschheit zwingen würde? Dann würde sie niemals von ihrem Prinzen oder einem anderen Mann, würde sie niemals von ihm geküsst.

Desmond blickte in ihr bleiches, regloses Gesicht, und in seinen grünen Augen flackerte etwas Ähnliches wie Panik auf. »Ihr werdet doch wohl nicht anfangen zu heulen«, fragte er entsetzt. »Ich hasse es, wenn Mädchen weinen. Da wäre es mir lieber, wenn Ihr mir noch eine Kopfnuss gebt.«

»Nein«, antwortete Willow ruhig. »Ich werde dir keine Kopfnuss geben. Aber weinen werde ich ebenfalls ganz sicher nicht.«

Sie hatte nicht die Absicht, auch nur eine einzige weitere Träne auf den Schurken zu vergeuden, der sein Vater war. Ebenso wenig wie sie keine weitere Sekunde mit dem sinnlosen Bemühen vergeuden würde, die Liebe eines Mannes zu verdienen, der mit seiner Zuneigung derart geizig war, dass er nicht einmal seinen Kindern etwas davon gab. Sie hatte bereits zu viele Tränen und zu viele Stunden in dem Bemühen um eine Liebe verschwendet, die weder zu gewinnen noch zu verdienen sein würde.

Zorn wallte in ihr auf, reinigte ihr Herz vom Blut der frischen Wunden und machte es für die bevorstehenden Kämpfe hart.

Beunruhigt über ihre eiserne Haltung, stotterte Desmond: »B-bitte brecht nicht in Tränen aus. Wenn es Euch besser geht, könnt Ihr reden, so viel Ihr wollt. Ich halte mir dann einfach so lange die Ohren zu.«

»Ich erinnere mich gerade an etwas, was mein Vater mal zu mir gesagt hat«, stellte Willow, ehe er sein Vorhaben in die Tat umsetzen konnte, fest.

»Und was hat er gesagt?«

Sie zog den Jungen auf die Füße und gegen seinen Willen gebannt von ihrer plötzlichen Entschlossenheit hing er hilflos in ihrem Arm. Sie drückte seine dünne Sommersprossenhand, beugte sich zu ihm herab und flüsterte verschwörerisch: »Um aus Gegnern Verbündete zu machen, braucht man einfach einen gemeinsamen Feind.«

11

Als Bannor am nächsten Morgen sein Turmzimmer verließ, waren seine Schritte ungewohnt beschwingt. Er fühlte sich beinahe wie am Morgen nach einem überwältigenden Sieg gegen die französische Armee. Ein wirklich überraschendes Gefühl. Hätte er den gestrigen Kampf tatsächlich gewonnen, wäre seine Bitte um Annullierung seiner Ehe unterwegs zu König Edward und Willow wäre auf dem Weg zum Wayborneschen Konvent.

Er straffte seine Schultern, als er die Treppe hinunterschlenderte, und pfiff die ersten majestätischen Akkorde von »Die Macht, die über alles Böse siegt«. Sicher warteten im großen Saal eine zurückhaltende Willow, ein reuiger Desmond und eine durch das Beispiel ihres großen Bruders gefügig gemachte, ungewöhnlich brave Kinderschar auf ihren Herrn.

Doch niemand von seiner Familie war zu sehen. Auf dem langen Tisch fanden sich nur noch ein paar Brotkrumen.

Bannors Pfeifen erstarb. Was, wenn Willow als Strafe für seine Gleichgültigkeit ihr gegenüber in der Nacht davongelaufen war? Er sah sich suchend um, ohne dabei auf die neugierigen Blicke der Ritter und Knappen zu achten, die von emsigen Pagen bedient wurden.

Eins der Babys über der Schulter, kam Fiona in den Saal. Bannor sah das Kleine blinzelnd an, aber immer noch hätte er nicht sagen können, ob es sich bei dem Wesen um Peg oder Mags handelte.

»Wo ist Lady Willow heute Morgen?«, fragte er in einem Ton, von dem er hoffte, dass er möglichst gleichgültig klang.

Fiona zuckte mit den Schultern, worauf dem Baby ein kräftiges Bäuerchen entfleuchte. »Zusammen mit den Kindern unterwegs, Mylord«, antwortete sie. »Sie haben ihren Haferschleim verschlungen und sind dann, so schnell sie ihre Beine trugen, losgerannt.«

»Willow hat ebenfalls ihren Haferschleim verschlungen?«

»Ja, ich glaube sogar, dass sie als Erste fertig war. Sie war auch diejenige, die die Kinder zur Eile angetrieben hat.«

Bannor runzelte die Stirn. Ein normaler Mann würde sich freuen, wenn seine neue Frau sich gut mit seiner Brut verstand, aber Fionas Worte riefen Unbehagen in ihm wach. Er schüttelte den Kopf und sagte sich, das wäre einfach lächerlich. Er sollte sich darauf freuen, mit seinen Männern ungestört auf dem Turnierplatz zu trainieren, dachte er. Nun, da Desmonds Schreckensherrschaft durch Willow ein Ende bereitet worden war, hätte er endlich wieder Zeit für seine eigentlichen Aufgaben.

Er nahm sich ein Stück braunes Brot vom Teller eines Knappen, wandte sich zum Gehen und wäre beinahe über einen riesigen Haufen verschiedenster Dinge gestolpert, der auf dem Fußboden lag.

»Fiona! Was sollen diese Sachen hier?«

Fiona sah ihn strahlend an. »Das sind Geschenke für Eure Frau, Mylord. Dafür, dass sie sich des jungen Desmond angenommen hat. Der Imker hat zwölf Töpfe Honig geschickt, der Kerzenmacher ein Bündel Wachskerzen, der Metzger einen gesalzenen Schinken, der Weber ein –«

Bannor hob abwehrend die Hand. »Schon gut, Fiona. Ich glaube, ich habe verstanden.«

Er runzelte die Stirn. Außer an hohen Festtagen hatte keiner seiner Leute ihm je etwas geschenkt. Er war sich nicht sicher, ob ihm diese Ehrung *seiner* Braut gefiel. Vor allem, da eigentlich er derjenige sein sollte, von dem sie extravagante Geschenke bekam – einen Seidenwimpel als Krönung ihres neuerdings ungewöhnlich kurzen Haars, eine zarte Silberkette für ihren alabasterweißen Hals, eine Träne aus schimmerndem Rubin als Zierde ihrer üppigen, weichen…

»Kieks.«

»Hmm?«, murmelte Bannor geistesabwesend.

»Kieks!«, wiederholte das Baby in Fionas Arm und versetzte ihm einen Puff ins Gesicht mit seiner winzigen, rosigen Faust.

Bannor fuhr zusammen und das Baby gluckste vergnügt. Wandte er seine Gedanken nicht sofort anderen Dingen zu, wäre es nur eine Frage der Zeit, bis an Willows üppigen, weichen Brüsten ein Geschöpf wie dieses hing. Und dann noch eins und noch eins… Bannor erschauderte.

»Tut mir Leid, Mylord«, sagte Fiona und rückte das Bündel in ihrem Arm zurecht. »Die Kleine ist ziemlich lebhaft.«

»Ist ja nichts weiter passiert.« Bannor kniff dem Baby in die Wange. »Ich nehme an, ihr Nasenstüber sollte eine Warnung für mich sein.«

Auf dem Weg zum Turnierplatz kehrte der Schwung in Bannors Schritt zurück. Allein die Aussicht auf ein Gefecht, sei es echt oder gespielt, hellte seine Stimmung auf. Seine bebenden Nasenflügel sogen den herben Duft von Pferdedung und Leder ein. Nur auf dem Schlachtfeld waren die Gefechtslinien deutlich gezogen, nur auf dem Schlachtfeld konnte er sowohl seine Gewitztheit als auch seine Kraft uneingeschränkt zur Vernichtung des Feindes einsetzen. Er brauchte sich keine Gedanken darüber zu machen, dass einer seiner Männer in Tränen ausbrach, wenn er seine Stimme zum Brüllen erhob, oder dass ein plumper Hieb die Gefühle seines Gegners verletzte statt seines Kopfs.

Auf dem sandigen Feld übten sich seine Männer bereits in lässigen Schwertgefechten und halbherzigen Ringkämpfen. Das Klirren von Stahl verstummte, als er an ihnen vorüberging und ihrem gemurmelten »Mylord« und ihren ehrerbietigen Verbeugungen mit einem Nicken oder einem Lächeln begegnete. Er vermisste die unbeschwerte Kameradschaft aus Kriegstagen, in denen Mangel und Verzweiflung sie alle zu Brüdern gemacht hatten – Herren, Vasallen und die niedersten Bediensteten.

Ein schlaksiger Knappe kam aus dem an den Turnierplatz angrenzenden Stall. »Was soll es sein, Mylord? Was darf ich Euch bringen, die Lanze oder das Schwert?«

Bannor sah seine Männer an. »Was meint ihr?«, rief er ihnen heiter zu. »Wie wäre es mit einem Turnier?«

Als Antwort bekam er donnernden Applaus. Niemand konnte der Versuchung widerstehen, über tausend Pfund angespanntes Pferdefleisch mit bloßem Druck der Schenkel zu beherrschen oder den jüngsten, aus ihren beständigen Kabbeleien hervorgegangenen Rivalen in hohem Bogen in den Sand fliegen zu sehen.

Einige der Männer gingen sogar so weit, ihren Herrn

prüfend anzusehen. Zweifellos erinnerte sie sich daran, dass er am Vortag von Hollis geschlagen worden war. Bannor sah sie grinsend an. Heute würde er von keinem von ihnen derart mühelos besiegt.

Mit Lanze, Schild und Helm kam der Knappe aus den Stallungen gerannt.

»Mach langsam, Junge, sonst spießt du am Ende einen von uns beiden mit der Waffe auf.« Mit ausgestrecktem Arm hielt Bannor den Jungen fest.

Dann neigte er seinen Kopf, der Junge stülpte ihm den Helm über den Schädel, und umgehend wurde Bannor in eine atemberaubende Wolke weißen Staubs gehüllt. Er nestelte blind an seinem Helm herum, riss ihn sich herunter und schüttelte den Kopf. Mehl stob in alle Richtungen.

Außer sich vor Entsetzen wich der Knappe stolpernd einen Schritt zurück. »Oh, Mylord!« Es war unmöglich zu erkennen, ob sein Flehen an seinen irdischen oder seinen himmlischen Herrn gerichtet war. »Ich schwöre Euch, ich habe nichts damit zu tun.«

Bannor wischte sich Mund und Augen ab und wusste, er sollte dankbar sein, dass es sich bei dem widerlichen Zeug weder um Pfeffer noch um Honig handelte. Einer der Männer prustete leise.

»Ruhe«, brüllte er, riss dem Jungen die Lanze aus der Hand, rammte sie krachend in die Erde und musste mit ansehen, wie die Waffe in zwei Teile brach.

»Vielleicht ist das der Grund, weshalb seine Frau noch nicht schwanger ist«, murmelte einer der Umstehenden. »Scheint, als wäre seine Lanze nicht mehr so hart wie früher.«

Eine Woge ansteckenden Gelächters brach sich Bahn.

Bannor warf die zerbrochene Lanze fort und funkelte seine Männer finster an. Mühsam unterdrückten sie ihren

Heiterkeitsausbruch und nahmen Haltung an. Ein Schauder rann ihm den Rücken hinab, er wirbelte herum und blickte in Richtung der baumbestandenen Wiese, die an den Turnierplatz angrenzte. Er hatte das Gefühl, als würde er von unsichtbaren Augen beobachtet. War das etwa das Gelächter einer Frau, was er da hörte, oder einfach das spöttische Echo des Windes?

»S-soll ich Euch einen n-neuen Helm und eine n-neue Lanze holen, Mylord?«, stammelte der Knappe neben ihm.

Da er merkte, dass sich der arme Junge aus lauter Furcht beinahe in die Hose machte, senkte Bannor, ehe er antwortete, seine Stimme, wenn auch angestrengt, auf normale Lautstärke herab. »Hol mir nur mein Pferd, mein Junge«, brachte er knurrend heraus. »Das ist alles, was ich brauche.«

Er hatte kein Interesse mehr an einem Turnier. Er wollte nur noch fort von den amüsierten Gesichtern und ironischen Bemerkungen, denen er hier auf dem Exerzierplatz hilflos ausgeliefert war.

Die Hände hinter dem Rücken verschränkt, wartete Bannor versteinert auf sein Pferd. Seine Männer tauschten eindeutig nervöse Blicke aus, aber nur einer wagte es und räusperte sich laut. Schließlich war es das leise Klirren kleiner Glocken, das durch die lastende Stille brach, so hell und klar, dass Bannor halb in der Erwartung, plötzlich eine Gruppe tanzender Feen zu entdecken, abermals in Richtung Wiese sah.

Das Klirren wurde lauter, als der Knappe mit dem weißen Ross, das Bannor durch zahllose Schlachten begleitet hatte, aus dem Gebäude kam.

Galoppierender Tod hatten die Franzosen den hünenhaften Hengst getauft, da er wie geschmolzenes Mondlicht durch die finsterste Nacht geschossen kam und seine Feinde in blankem Entsetzen die Flucht ergreifen ließ.

Aber das war gewesen, ehe jemand rosafarbene Bänder durch seinen Schweif und seine Mähne geflochten und ein mit silbernen Glöckchen behängtes Band um seinen Hals drapiert hatte. Sie klingelten fröhlich mit jedem der schweren Schritte, mit denen er sich Bannor näherte. Als er den riesigen Schädel genervt sinken ließ, glitt eine Krone aus Chrysanthemen über sein rechts Auge, sodass er Bannor nur noch mit einem braunen Auge musterte.

Bannor tätschelte beruhigend die samtigen Nüstern des Tieres und ahnte, was es empfand.

»Ich habe ihn nur ganz kurz allein gelassen, Mylord, das schwöre ich«, röchelte der Knappe halb erstickt. »Ich kann mir einfach nicht vorstellen, wer so etwas Schreckliches tun würde.«

»Ich mir auch nicht.« Ohne auf das Klingen des Zaumzeugs zu achten, riss Bannor dem Jungen die Zügel aus den bebenden Händen und schwang sich auf das Pferd. »Aber ich sage dir, ich werde es herausfinden.«

Das Tier verfiel in einen flotten Trab, doch es hatte kaum mehr als ein paar Meter hinter sich gebracht, als der Sattel zur Seite rutschte und Bannor so hart auf seinen Hintern fiel, dass er sich auf die Zähne beißen musste, sonst hätte er vor Schmerz gestöhnt. Eine weiße Wolke entstieg seinen Haaren.

Lange Zeit saß er total bewegungslos da. Lange genug, als dass sein Ross den Turnierplatz einmal umrundete, dann zu ihm zurückkehrte und ihn aufmunternd anstupste. Bannor betastete die Ledergurte, die vom Rücken des Tieres baumelten. Sie waren nicht durchtrennt, sondern einfach so gelockert worden, dass sie, sobald das Gewicht des Reiters auf sie traf, hatten nachgeben müssen.

Als Bannor wieder auf die Beine kam, trat jeder seiner Männer unwillkürlich einen vorsichtigen Schritt zurück, und dem Knappen entfuhr ein jammervolles Aufstöhnen.

Abermals die Hände hinter dem Rücken verschränkt, baute sich Bannor vor seinen Mannen auf. »Heute«, sagte er so frostig, dass auch das leiseste Flüstern sofort erstarb, »werde ich euch die härteste Lektion erteilen, die es für jeden Krieger ungeachtet seiner Kühnheit vor einer Schlacht zu lernen gibt.«

Die Männer tauschten erwartungsvoll Blicke aus.

»Die Lektion hat den Titel: ›Wie trete ich möglichst würdevoll den Rückzug an‹.« Bannor machte eine kurze Verbeugung, drehte sich entschieden um und kehrte, sich Gras und Sand vom Hintern klopfend, auf die Burg zurück.

Abends tigerte Bannor durch sein Turmzimmer und war fast ebenso verzweifelt wie an dem Tag, an dem Hollis seine Braut nach Elsinore gebracht hatte. Nur hatte er sie damals möglichst umgehend wieder loswerden wollen, während er jetzt hoffte, dass er sie fand. Gegen seinen Willen angezogen von der Höllenglut, von der der Innenhof erhellt wurde, blieb er am Fenster stehen.

Über einem knisternden Feuer stiegen stinkende Schwefelwolken in den dunklen Himmel auf, und ein Haufen Kobolde sprang ausgelassen um die Feuerstelle herum. Ihre düsteren Schatten bildeten einen beunruhigenden Gegensatz zu dem fröhlichen Kichern, das an seine Ohren drang. Samhain, das keltische Fest zum Sommerende am 1. November, an dem die Götter für die Menschen sichtbar wurden und ihnen böse Streiche spielten, lag bereits über zwei Wochen zurück. Trotzdem hätte Bannor geschworen, dass seine Brut ein eigenes heidnisches Fest, ein ausschweifendes Gelage zu Ehren des Gottes ungezogener Kinder, veranstaltete.

Das polternde Klopfen, das plötzlich an seine Ohren drang, klang nicht weniger verzweifelt, als er sich momentan fühlte. »Schnell, Mylord. Ich bin es, Hollis!«

Bannor war gezwungen, drei Stühle, einen Tisch und eine Bank zur Seite zu schieben, eher er den Riegel zurücklegen und seinen Verwalter hereinlassen konnte.

Sir Hollis kam hereingeschwankt und schob sich an der Barrikade vorbei in den Raum. Sein Gesicht war rußgeschwärzt und die rechte Hälfte seines Schnurrbarts hing verkokelt herab.

»Wo zur Hölle ist sie? Warum habt Ihr sie nicht mitgebracht?«, fragte Bannor und hielt ihm einen Becher Wasser hin.

Hollis riss ihm den Becher aus der Hand und leerte ihn in einem Zug. »Sie ist einfach verschwunden«, krächzte er. »Ich habe überall gesucht. Selbst bei *ihnen.*« Er erschauderte.

Bannor schenkte ihm frisches Wasser nach und wies auf seinen Bart.

»Oh!« Hastig kippte sich Hollis das Wasser ins Gesicht.

»Könnte es sein, dass sie fortgelaufen ist?« Bannor empfand eine Panik, die nichts zu tun hatte mit der Tyrannei seiner Nachkommen. »Ist das der Grund für das im Hof stattfindende Fest?«

Hollis schüttelte den Kopf. »Den ganzen Tag über wurde sie immer wieder irgendwo gesehen. Aber wenn ich einen Dienstboten nach ihr geschickt habe, war sie schon fort. Es grenzt beinahe an Hexerei.«

Bannor kehrte an seinen Fensterplatz zurück und blickte mit wachsender Verzweiflung in den Hof. »Ihr habt gesehen, wie sie Desmond in seine Schranken verwiesen hat. Ich brauche ihren Rat. Ich bin der festen Überzeugung, dass sie die Einzige ist, die mir helfen kann, den Umtrieben meiner Brut ein Ende zu bereiten«, sagte er.

In dieser Sekunde kam ein Pfeil durch das geöffnete Fenster gesegelt und bohrte sich so dicht neben Bannor in den hölzernen Fensterladen, dass die an seinem Ende befestigten Federn ihn in der Nase kitzelten.

»Wir werden angegriffen!«, brüllte Hollis, warf sich auf alle viere und hechtete in Richtung Tür. »Soll ich die Wachen verständigen?«

»Noch … nicht«, erwiderte Bannor, während er das um den Pfeil gewickelte Stück Pergament auseinander faltete.

Während er die Botschaft las, rappelte sich Hollis einigermaßen verlegen wieder auf. »Solltet Ihr nicht vom Fenster zurücktreten, Mylord?« Als Bannor auf seine schüchterne Frage nicht reagierte, stellte er sich auf Zehenspitzen und lugte über Bannors Schulter, aber immer noch konnte er den Inhalt des Papiers nicht entziffern. »Was ist denn das?«

»Eine Liste mit Forderungen.«

»Forderungen? Großer Gott, Eure Feinde haben Lady Willow in ihrer Gewalt. Sicher haben sie sie als Geisel genommen. Was wollen sie von Euch? Gold? Juwelen? Waffen? Vielleicht sogar die Burg?«

Mit seltsam ausdrucksloser Miene reichte Bannor ihm das Pergament. Während Hollis es im Licht einer der Fackel las, wandte er sich dem Hof zu und durchforstete mit zusammengekniffenen Augen die Dunkelheit.

»Das ist einfach lächerlich.« Hollis runzelte die Stirn. »In Honig getauchte Granatäpfel und Feigenpudding zum Frühstück, Mittagessen und Abendbrot. Höchstens einmal im Monat ein Bad. Schlafenszeit frühestens um Mitternacht. Das müssen die Wünsche eines Verrückten oder …«, er hob den Kopf, denn allmählich dämmerte es ihm, »… eines Kindes sein.»

Bannor hörte ihm gar nicht zu. Es schien, als hätte er gefunden, was er die ganze Zeit gesucht hatte, denn plötzlich wurden seine Lippen von einem rätselhaften Lächeln umspielt.

»Falls das wieder einer der Scherze der Kinder ist, dann verstehe ich den letzten Punkt der Liste nicht«, stellte Hollis verwundert fest. »Den, der Euch auffordert, dass Ihr Euch bedingungslos ergebt.«

»Das werdet Ihr noch früh genug verstehen«, antwortete Bannor, während er gleichzeitig nach draußen deutete.

Hollis blickte blinzelnd in den Hof, da er durch den Rauch und die Dunkelheit hindurch kaum etwas sah. Wie sicher zunächst auch Bannor dachte er anfänglich, dass es sich bei der schlanken Gestalt nahe des Feuers um Desmond handelte. Erst als die Flammen höher schossen, machte er die sanften Rundungen unter der Tunika und die rabenschwarzen kurzen Locken aus. Lady Willow griente dreist zu ihnen beiden hoch, und unternahm nicht mal den Versuch, den Bogen zu verstecken, den sie in den Händen hielt. Hin- und hergerissen zwischen Empörung und Belustigung schüttelte Hollis den Kopf. »Dann entwerft Ihr wohl besser einen neuen Schlachtplan, Mylord, denn es scheint, als hätte Eure Braut beschlossen, von jetzt an mitzuspielen.«

Bannor spannte seine kräftigen Finger an. »Das ist kein Spiel, mein Freund.« Er wirbelte herum, und in seinen Augen leuchtete dieselbe Erregung wie vor jeder der Schlachten in dem jahrelangen englisch-französischen Krieg. »*Das hier* ist etwas, womit ich mich auskenne. *Das hier* ist der kalte Krieg.«

12

Am zweiten Tag der Belagerung marschierte Bannor durch den Hof und unterzog seine Männer einer strengen Musterung. Die Waffenträger, die Sir Hollis zusammengerufen hatte, blickten stur geradeaus, und ihre angespannten Gesichter machten deutlich, dass sie wussten, wie ernst die Lage war. Bannors Bauern hatten ihn an die schwarze Königin verraten und ließen ihm keine andere Wahl, als dass er seine Springer in die Schlacht schickte.

»Täuscht euch nicht, Männer«, sagte er in ernstem Ton. »Diese Burg wird von einem schlaueren, gnadenloseren Gegner attackiert, als ihr je zuvor gesehen habt. Unterschätzt ihn also besser nicht. Der Gegner, mit dem wir es zu tun haben, ist bar jeder Ehre und vollkommen gnadenlos.«

Die Männer, die er am Vortag losgeschickt hatte, um den Südturm zu stürmen, und denen die Leitern von einem goldhaarigen, eine Mistgabel schwenkenden Kobold unter den Füßen weggestoßen worden waren, nickten zustimmend. Immer noch taten ihnen alle Knochen weh und vor allem ihr Stolz war schwer verletzt.

»Ich würde euch niemals darum bitten, euch an einem derart gefährlichen Feldzug zu beteiligen, wenn ich nicht das Gefühl hätte, dass diese Schreckensherrschaft unbedingt sofort beendet werden muss.«

Die Wachmänner, denen die Wurfmaschine unter der Nase weggeklaut worden war und die sich anschließend mit frischem Kuhdung hatten beschießen lassen müssen, erschauderten. Seither hatten ihre Kameraden sich entweder möglichst von ihnen fern gehalten oder atmeten, wenn sich ein Zusammentreffen nicht vermeiden ließ, schnaufend durch die Münder ein.

»Wir müssen lernen, zu denken wie sie. Müssen lernen, ihre Schwächen auszunutzen. Wir müssen bereit sein, ihre Schwachstellen zu suchen und …« Bannor machte eine Pause, als er sich vorstellte, wie gern er Willows Schwachstellen persönlich untersuchen würde, und als er schließlich weitersprach, hatte seine Stimme einen merkwürdig heiseren Klang. »Wir müssen gewillt sein, jede uns zur Verfügung stehende Waffe zu nutzen, um ihre tiefsten, dunkelsten, verborgensten…« Wieder verstummte er, als er sich vorstellte, wohin seine Hände auf der Suche nach ebendiesen Stellen bei seiner Braut wandern würden.

Hollis räusperte sich.

Der Mann, der seit über elf Jahren der Befehlshaber über Bannors Truppen war, trat unsicher einen Schritt vor. »Verstehe ich es richtig, Mylord, dass das Hauptziel unseres Feldzugs die Unterwerfung der Bauern ist?«

»Das würde ich nicht sagen, Sir Darrin«, antwortete Bannor fest. »Unser Hauptziel ist die Gefangennahme ihrer Königin.«

Die Männer grummelten und Sir Darrin runzelte verwirrt die Stirn. »Wir sollen also in unseren Bemühungen erfolgreich sein?«

Bannor legte den Kopf in den Nacken und sah beziehungsreich in Richtung des Südturms. Die rot-goldene Standarte, die, seit Bannor seinem Bruder die Burg vor über dreizehn Jahren abspenstig gemacht hatte, über den Mauern von Elsinore flatterte, hing inzwischen verkehrt herum. Statt also mit den Vorderhufen in die Luft zu treten, hielt der mächtige Hirsch, das kraftvolle Herz von einem Weidenzweig durchbohrt, den Kopf scheinbar verlegen gesenkt.

Bannor setzte sein gnadenlos sanftmütiges Lächeln auf, das bisher noch jeden seiner würdigsten, tapfersten Gegner dazu veranlasst hatte, die totale Unterwerfung zu erflehen. »Ich will, dass ihr sie mir bringt.«

Trotz der durch das Fenster fallenden warmen Sonnenstrahlen zog sich Willow erschaudernd in die Dunkelheit des Turmzimmers zurück. Sie hätte sich beinahe gewünscht, einen Holzladen zu haben, der sich geräuschvoll schließen ließ. Das durchsichtige Glas war viel zu zart, um sie vor der animalischen Glut in Bannors Blicken zu schützen, dachte sie.

Obgleich sie die Befehle, die er seinen im Hof versammelten Männern erteilte, nicht verstand, konnte sie sich bestens vorstellen, was er zu ihnen sprach. Bannor war deutlich anzusehen, dass er das in die Tür ihres Kleiderschranks über dem röhrenden Hirsch eingravierte Familienmotto – *Sieg oder stirb* – beherzigte. Trotzig reckte sie das Kinn. Wenn er sie schon nicht durch seine Gleichgültigkeit hatte erobern können, so gewann er sie ganz sicher nicht durch seine offene Feindseligkeit.

Die Hände in die Hüften gestemmt drehte sie sich zu ihrem eigenen Trupp herum. Anders als Bannors Männer standen sie nicht in einer ordentlichen Reihe, hatten nicht die Schultern gestrafft und blickten nicht stur geradeaus. Sie alberten im Zimmer herum, erfüllten aber eifrig die ihnen von Willow übertragenen Aufgaben, wobei ihre Konzentration regelmäßig durch fröhliches Kichern oder ein kurzes Gerangel unterbrochen wurde, wenn man sich bezüglich einer Vorgehensweise nicht sofort einig war. Es war erst später Vormittag, und Willow hatte bereits zwei Faustkämpfe beendet und eine Flut trotziger Tränen zum Versiegen gebracht. Letztere war von Beatrix verursacht worden, da diese empört darüber war, dass sie mit ihren zarten Händen Tischbeine zu Pfeilen verarbeiten sollte.

Willow rollte die Augen himmelwärts. Bannors zarte ersten beiden Ehefrauen, Mary und Margaret, rotierten sicher entsetzt in ihren Gräbern, wenn sie sehen könnten, was Willow und die Kinder aus ihrem eleganten Schlafzimmer gemacht hatten.

Kell und Edward hatten die purpurnen Seidentücher von

den Wänden gerissen und machten breite, über den Tuniken zu tragende Schärpen daraus. Der feine norwegische Holzboden wies bereits zahlreiche Narben auf, denn Ennis und Hammish hatten sämtliche unwichtigen Möbelstücke aus dem Zimmer gezerrt und als provisorische Barrikade die Wendeltreppe hinuntergeschubst. Mary und Mary Margaret hatten die Bettvorhänge heruntergerissen und fertigten daraus Verbände an. Obgleich bisher keiner aus der Truppe etwas Schlimmeres als einen Splitter in einem Finger oder ein aufgeschürftes Knie davongetragen hatte, war Willow der Überzeugung, dass man besser auf alles vorbereitet war.

Die jüngsten Kinder puhlten die Federn aus der Matratze, um sie Desmond auszuhändigen, damit dieser sie zusammen mit einem Fass Pech zum Schmücken einer Gruppe schlafender Knappen verwenden konnte. Die Kinder brauchten keine Betten. Sie schliefen lieber, ganz die Soldaten, die sie so gerne wären, in Decken gehüllt auf dem blanken Fußboden.

Letzte Nacht hatte sich Willow dort zu ihnen gesellt. Es hatte etwas eigenartig Tröstliches, von ihren warmen, kleinen Leibern umgeben zu sein. Als sie in der Dunkelheit gelegen und auf ihr Schnarchen und Seufzen gelauscht hatte, hatte sie erkannt, dass sie etwas hatte, was ihr seit allzu langer Zeit verwehrt gewesen war – wirklichen Spaß.

Plötzlich brach zwischen Kell und Edward ein lautstarker Streit um eine der Schärpen aus. Willow wollte gerade vermittelnd einschreiten, als Desmond aus dem Schrank gepurzelt kam.

Es hatte sie schockiert zu entdecken, dass in ihrem eigenen Kleiderschrank der Zugang zu einem der von Desmond an jenem schicksalsträchtigen Abend am Pranger beschriebenen Geheimgänge verborgen war. Die überall in der Burg verteilten Gänge und Gucklöcher machten es ihnen jedoch möglich, unbemerkt zu kommen und zu gehen. Bannor mochte ein meisterhafter Stratege sein, aber bisher hatte er noch nicht herausgefunden, wie Willow und die Kinder von seinen Plänen erfuhren, noch während er sie schmiedete.

Willow setzte ein beinahe boshaftes Lächeln auf. Hätte er mehr Zeit mit seinen Kindern und weniger Zeit mit Kriegen und Frauen zugebracht, wüsste er vielleicht von den Gängen, in denen seine Kinder seit Jahren herumgeisterten.

Desmond sah längst nicht mehr verkniffen und beleidigt aus. Die Krähe auf seiner Schulter stieß ein triumphierendes Krächzen aus, als er sich mit einer übertriebenen Verbeugung an Willow wandte und verkündete: »Der Hauptmann der Wache meldet sich zum Dienst.«

Die zehnjährige Mary hielt lange genug in ihrer Arbeit inne, um ihn böse anzusehen. »Ich verstehe nicht, warum immer du der Hauptmann der Wache bist.«

»Weil ich der Älteste bin.«

»Das bist du nicht. Ich bin älter als du.« Mit vom Weinen roter Nase reckte Beatrix sich zu voller Größe auf. Trotz des nur unmerklichen Altersunterschieds überragte sie ihn deutlich.

Er wandte herablassend den Kopf, aber statt ihres Gesichts starrte er ihre Brüste an. »Du kannst nicht Hauptmann der Wache sein«, sagte er, wobei er zu seinem Leidwesen errötete. »Du bist schließlich ein Mädchen. Und obendrein eine einfache Bedienstete.«

Willow räusperte sich.

Desmond riss seine Augen von Beatrix' üppigen Formen los und wurde noch röter als zuvor. »Entschuldige, Willow. Aber du bist kein Mädchen, sondern unser Oberbefehlshaber.« Seine magere Brust schwoll merklich an. »Und außerdem habe ich wichtige Nachrichten für dich.«

Beatrix rümpfte entnervt die Nase, während die anderen Kinder ihren Bruder neugierig ansahen.

»Bitte sprich weiter.« Willow winkte huldvoll mit der Hand.

Desmond warf einen nervösen Blick über die Schulter, als fürchte er, die Spione seines Vaters kämen vielleicht hinter ihm aus dem Schrank gestürzt. »In der Hoffnung, vielleicht einen Hasen vom Bratspieß klauen zu können, habe ich mich in dem Gang hinter der Küche versteckt. Und dort habe ich gehört, wie eins der Mädchen gesagt hat, dass Va –«, seine Miene wurde hart, »dass der *Feind* den Befehl gegeben hat, sämtliche Lebensmittelvorräte in den Gewürzkeller einzuschließen.« Desmond machte eine dramatische Pause und sah seine Geschwister mit ernster Miene an. »Scheint ganz so, als wolle er uns aushungern.«

Die Kinder atmeten geräuschvoll ein, aber es war Hammishs jämmerliches Wimmern, das Willow am meisten zu Herzen ging. Der schüchterne Junge ertrug jede körperliche Qual, aber bei der Aussicht darauf, nichts mehr zu essen zu bekommen, wich ihm alle Farbe aus dem ansonsten rosigen Gesicht.

Willow nahm ihn tröstend in den Arm. Gerta oder Harold hätten sich sofort wieder freigezappelt, aber der Junge schmiegte sich zutraulich an sie. Was für ein Monster würde seine eigenen Kinder aushungern? Es schien, als wäre sie wider Erwarten doch mit einem Prinzen verheiratet, dachte sie erbost. Einem Prinzen der Finsternis.

»Mach dir keine Sorgen, Schatz.« Sie zauste Hammishs' rötlich-braunes Haar. »Wir werden etwas für dich zu essen finden. Das schwöre ich.«

Der Junge betrachtete Desmonds Krähe nachdenklich, woraufhin der ältere Bruder dem Vogel über das Gefieder strich und abwehrend die Augen zusammenkniff. »Vielleicht essen wir besser dich. Dann haben wir wenigstens genug.«

Ehe Willow ihn seiner Grobheit wegen schelten konnte, mischte sich Edward ein. »Wir brauchen keinen von uns zu essen«, piepste er. »Ich warte einfach, bis die Tauben heute Abend auf die Brustwehr kommen, und sobald sie eingeschlafen sind, schleiche ich mich von hinten an sie an und haue einer von ihnen einen Knüppel auf den Kopf.« Edward spielte ihnen die Szene vor. Kell taumelte unter dem Schlag des unsichtbaren Asts, fiel auf den Rücken und spannte die Finger wie starren Klauen an.

Beatrix stöhnte vernehmlich auf. »Ich esse bestimmt keine dreckige Taube. Das hält mein empfindlicher Magen niemals aus.«

»Du hast aber außerordentlich unempfindlich gewirkt, als du gestern die Lerchenpastete verschlungen hast, die ich dir gebracht habe«, erinnerte Desmond sie spitz.

Willow hoffte, dass ihr ihr eigener Ekel nicht allzu deutlich anzusehen war. »Eine hervorragende Idee, Edward. Und dann braten wir die Taube hier über dem Kaminfeuer. Margery und Colm können den Spieß drehen.«

Die vierjährigen Zwillinge strahlten pure Zustimmung aus.

Desmond wirkte plötzlich erstaunlich ernst. »Es gibt da noch etwas, was du wissen solltest, Willow«, sagte er.

Die Kinder hörten mit dem Balgen auf und wurden still, als Willow Desmond trotz des ahnungsvollen Schauders, der ihr über den Rücken rann, zum Weitersprechen aufforderte.

»Mein Vater hat seinen Männern gesagt, wenn es ihnen gelingen sollte, uns aufzubringen, wollte er nur eins.«

»Und das wäre?«

»Dich.«

Das einzelne Wort erschütterte Willow bis ins Mark. Die Kinder beobachteten sie furchtsam.

»Wir haben Geschichten darüber gehört, was Papa mit seinen Gefangenen macht«, flüsterte Mary halb erstickt.

»Das stimmt«, pflichtete Ennis der Schwester düster bei. »Es heißt, er schneidet ihnen die Köpfe ab und bindet sie an den Haaren mit einem Seil am Sattel seines Pferdes fest.«

»Oder er wirft sie in ein tiefes, dunkles Loch und begräbt sie bei lebendigem Leib«, fügte Kell schaudernd hinzu.

»Ich habe gehört, dass er sie in einen Topf mit kochendem Wasser wirft«, prahlte Edward gut gelaunt, »und dass er ihnen dann das Mark aus ihren Knochen saugt.« Er hob einen unsichtbaren Knochen an seine Lippen und machte ein lautes, schlürfendes Geräusch.

Mary Margaret stolperte zu Willow hinüber und vergrub ihr Gesicht in ihrem Schoß. »Oh, Willow«, schluchzte sie, »was, wenn Papa uns alle isst?«

Als Willow dem Mädchen tröstend über die Locken strich, hoffte sie, dass niemandem das Zittern ihrer Finger auffiel. Noch stärker jedoch hoffte sie, dass die Kleine nie erfahren würde, dass es noch wesentlich diabolischere Strafen für Frauen gab.

»Wenn er dich als Geisel nimmt«, verkündete Beatrix in edelmütigen Ton, der in deutlichem Kontrast zu der Begierde stand, mit der sie sich mit der Zunge über die vollen, rosigen Lippen fuhr, »dann biete ich mich im Tausch gegen dich an.«

Desmond schnaubte verächtlich. »Dann würde er uns sicher noch dafür bezahlen, dass wir dich zurücknehmen.«

Ehe Beatrix ihm einen Hieb versetzen konnte, mischte sich Willow in die Auseinandersetzung ein. »Das ist eine wirklich großzügige Geste, Beatrix, aber ich bin sicher, dass sie nicht erforderlich sein wird. Schließlich muss Lord Bannor mich zuerst einmal erwischen. Und ich habe nicht die Absicht, es so weit kommen zu lassen.« Sie setzte ein selbstbewusstes Lächeln auf. »Es ist nur eine Frage der Zeit, bis euer verruchter Papa gezwungen ist, sich zu ergeben«, prophezeite sie.

Desmond sah sie fragend an. »Und was wirst du dann mit ihm tun?«

Willow blickte in die erwartungsvollen Gesichter der blutrünstigen Kinderschar. Himmel, über diese Frage hatte sie bisher noch gar nicht nachgedacht.

Am vierten Tag der Belagerung kauerten Willow und Desmond in dem Geheimgang hinter dem nördlichen Turmzimmer. Um gemeinsam durch das schmale Guckloch sehen zu können, hockten sie Wange an Wange da.

Auch wenn ihr eigenes Schlafzimmer bei ihrer Ankunft behaglich und luxuriös gewesen war, schien es, als hätte Bannor selbst seit seiner Rückkehr nach Elsinore in größter Bescheidenheit gelebt. Keine der nackten Steinwände seines Zimmers wurde, so wie die Wände in allen anderen Räumen seiner Burg, mit hübschen Teppichen verziert. Die hölzernen Zähne der roh behauenen Fensterläden klapperten im eisigen Wind. Tisch und Stühle waren mit zerknüllten Pergamenten übersät, und überall im Zimmer waren todbringende Gerätschaften verstreut – eine alte Streitaxt, ein so großer Bogen, dass er sicher nur von zwei Männern gleichzeitig zu bedienen war, Keulen, Schilde und mindestens ein Dutzend breiter Schwerter, deren todbringende Klingen bedrohlich glitzerten.

Bannor leistete sich noch nicht einmal den Luxus eines Bettes, sondern hatte sich als Schlafstätte eine mit Stroh gefüllte Matratze unter eins der Fenster gelegt. Er sollte sie zumindest vor den Kamin legen, dachte Willow beinahe erbost, denn schließlich waren die Nächte inzwischen bitterkalt. Natürlich machte er sich die Hälfte der Zeit noch nicht einmal die Mühe, ein Feuer anzuzünden, sondern begnügte sich mit einer dünnen Decke, wusste sie. Es war beinahe, als sähe er Bequemlichkeit als Schwäche an und versage sich deshalb selbst den bescheidensten Komfort.

»Da kommt er«, zischte Desmond und stieß sie mit dem Ellenbogen an, als sich die Tür des Turmzimmers öffnete.

Willow rieb sich die schmerzenden Rippen. »Lass uns beten, dass Sir Hollis dabei ist, damit wir erfahren, was sie morgen vorhaben.«

Unweigerlich fragte sich Willow, was sie empfinden würde, wäre Bannor in Begleitung einer Frau. Zum Beispiel einer der Frauen aus dem Dorf, die ihn bereits in ihrem Bett willkommen geheißen hatte und Mutter eines seiner Kinder war.

Aber er war allein.

Er verriegelte die Tür und ging schleppend durch den Raum. Auf dem Weg zum Fenster bedachte er die Papiere auf dem Tisch mit einem müden Blick und rieb sich den Nacken, wobei er aussah, als wünschte er sich, jemand anders massiere ihn. Er öffnete die Fensterläden, blickte zu den Sternen auf und stieß einen leisen Seufzer aus. Willow fragte sich, ob er wohl eine seiner verstorbenen Frauen oder aber die Frau, die ihm als unschuldigem Jungen beigebracht hatte, dass Liebe nichts weiter als eine Krankheit war, betrauerte.

Als er die Läden wieder schloss und müde die Knöpfe seines Wamses zu öffnen begann, sank Desmond schnaubend auf die Fersen zurück. »Wir können ebenso gut wieder gehen. Heute Abend gibt es hier nichts mehr zu sehen.«

Willow war sich nicht so sicher, ob die Behauptung ihres Schützlings richtig war. Als Bannor sein Wams abschüttelte, wallte beim Anblick seiner straffen Muskeln warmes Verlangen in ihr auf und beraubte sie sowohl ihrer Kraft als auch ihres Willens, sich zu erheben und zu gehen.

»Geh schon mal vor«, murmelte sie, das Auge immer noch gegen das Guckloch gepresst. »Vielleicht wäre es gut, ihn noch eine Weile zu beobachten. Vielleicht lässt er sich ja noch irgendeine Schwäche anmerken, die sich gegen ihn verwenden lässt.«

Als Bannor sein Leinenhemd über den Kopf zog und achtlos auf den Boden warf, ehe er seinen Fuß auf eine Bank stellte, um seine Strumpfhose herunterzurollen, musste sie zugeben, dass – leider – keine Schwäche zu erkennen war. Selbst bei dem trüben Kerzenlicht war deutlich zu erkennen, dass seine dunkel behaarte, muskulöse Brust zusammen mit den ebenso dunkel behaarten, muskulösen Schenkeln und Waden ein perfektes Ganzes bildete.

Desmond zuckte mit den Schultern. »Mach, was du willst. Aber lass dich nicht erwischen, nein?«

Als der Junge auf allen vieren davonkrabbelte, war Willow zu verdrossen, um sich einzugestehen, dass es sie bereits erwischt hatte. Der bronzefarbene Schimmer von Bannors Haut, die drahtigen schwarzen Haare auf seiner breiten Brust, die Melancholie seiner Gesichtszüge lockten sie geradezu magisch an.

Die Spur von Verwundbarkeit, die er trotz aller Kraft erkennen ließ, zog sie derart in ihren Bann, dass sie zunächst gar nicht bemerkte, dass er bis auf einen Tuchstreifen in der Breite der von Mary Margaret aus den Bettvorhängen angefertigten Verbände inzwischen vollkommen unbekleidet war. Willows Augen weiteten sich, als er geistesabwesend auch an diesem schmalen Stoffstück zog. Genau in der Sekunde, in der der Stoff zu Boden fiel, drehte er ihr jedoch den Rücken zu, trottete nackt zur Matratze und streckte sich wie ein prachtvolles Raubtier, das nicht weiß, dass man es beobachtet, auf seinem Lager aus.

Erst als er sich auf die Seite rollte, ihr seinen breiten Rücken zuwandte und sich die Decke über die Hüften zog, konnte Willow ihre Augen von dem Guckloch losreißen. Sie lehnte sich erschöpft gegen die Wand. Ihre Kehle war wie ausgetrocknet, und ihr Atem ging stoßweise, als hätte sie heute Nacht nicht die Rolle der Jägerin, sondern der Gejagten innegehabt.

Während sie darauf wartete, dass sich ihr Atem beruhigte und sie wieder zu Kräften kam, erkannte sie unbehaglich, dass sie nicht Bannors, sondern ihre eigene Schwäche entdeckt hatte.

13

Am fünften Tag der Belagerung lauerte Bannor in der Dunkelheit der Speisekammer und lauschte mit zunehmendem Ärger dem schamlosen Rascheln der Ratte, die wenige Minuten vor ihm die Treppe zum Gewürzkeller hinuntergeschlichen war.

Er konnte es nicht länger leugnen. In seinen Reihen war ein Verräter. Sein Verdacht hatte sich am frühen Abend bestätigt, als ein zerknirschter Sir Darrin zur Berichterstattung ins Turmzimmer gekommen war.

»Es ist genau, wie Ihr vermutet habt, Mylord«, hatte der kampferprobte alte Ritter gleich beim Hereinkommen gesagt. »Bei der letzten Zählung haben zwei Käse, sechs rohe Schinken, fünf Laib Brot, ein Fass gesalzener Stockfisch und ein Räucherschinken gefehlt.«

»Ich habe es gewusst!«, hatte Bannor ausgerufen und

triumphierend die Faust auf die Tischplatte sausen lassen. »Andernfalls hätten diese verwöhnten Gören bereits am ersten Abend ohne Feigenpudding die weiße Flagge gehisst. Sie hätten niemals drei Tage durchgehalten, wenn sie nicht von irgendwoher etwas zu essen bekommen hätten.« Giftig vollendete er: »Oder von irgendwem.«

Unwillkürlich trat Sir Darrin einen Schritt zurück. »Der Gewürzkeller war abgesperrt, Mylord, genau wie Ihr es befohlen habt. Niemand ohne Schlüssel hätte dort hineingekonnt. Soll ich vielleicht eine Wache dort postieren?«

Bannor rieb sich das Kinn und dachte über die Worte des Mannes nach. »Ich glaube, das ist nicht notwendig. Ich kümmere mich lieber persönlich um diese Angelegenheit.«

Als der Ritter kehrtmachte, um sich eilig zu entfernen, hatte Bannor verblüfft seinen Hinterkopf gemustert. »Was in aller Welt habt Ihr da in Eurem Haar?«

»Eine Gänsefeder, Mylord«, hatte der Ritter geknirscht. Er zerrte an dem weichen Flaum herum, aber er war dank dem Teer mit seinen grauen Locken innigst verbunden. »Letzte Nacht, als die Wachen schliefen, wurde das Wachhaus überfallen.« Das geknurrte Geständnis des gestandenen Soldaten hatte Bannor in seinem Entschluss bestärkt, den gewitzten Dieb zu überführen.

Plötzlich verstummte das Rascheln im Gewürzkeller, jemand zog leise die Tür ins Schloss und drehte verstohlen den Schlüssel herum. Bannor drückte sich an die Wand und umfasste den Griff seines Schwertes.

Eine lustige irische Melodie auf den Lippen, erklomm sein Opfer arglos die Treppe. Bannor klappte die Kinnlade herunter, doch dann wurde sein Mund zu einem Strich.

Er wartete, bis die Diebin an ihm vorbeigeschlichen war, ehe er, die Arme vor der Brust gekreuzt, ins Licht einer der Fackeln trat. »Hungrig, Fiona?«, säuselte er.

Die alte Frau schrie vor Entsetzen auf, wirbelte herum und ließ dabei ihre Armladung voller gestohlener Lebensmittel auf den Boden fallen.

Bannor stieß mit seinem Fuß gegen ein zerbrochenes Ei. »Gott sei Dank hattet Ihr nicht gerade eins der Babys auf dem Arm.« Er musterte die Köstlichkeiten und schüttelte beim Anblick mehrerer zerquetschter Fleischpasteten, einer Scheibe eingepökelten Rindfleischs und eines Sacks Äpfel den Kopf. »Wie gedankenlos von mir. Scheint ganz so, als hätte ich Euer Abendessen ruiniert.«

Der Schmollmund der Alten hätte sicher selbst Mary Margaret zur Ehre gereicht. »Meine Mum hat immer gesagt, auf mir laste der Fluch eines allzu großen Appetits.«

Bannor zog eine Braue hoch. »So sieht es tatsächlich aus. Obgleich ich gedacht hätte, dass selbst der größte Hunger durch zwei ganze Käse, sechs rohe Schinken, fünf Laib Brot, ein Fass gesalzenen Stockfisch und« – seine Stimme schwoll zu einem bedrohlichen Dröhnen an –, »einen Räucherschinken gestillt wäre!«

Fiona wedelte mit den runzligen Armen durch die Luft. »Also los«, greinte sie. »Ruft Eure Soldaten. Lasst mich in Ketten legen und in das Verließ werfen. Ich gehe widerstandslos mit. Dafür, dass ich den Feind mit Lebensmitteln versorgt habe, habe ich es sicher verdient, wenn man mich den Ratten zum Fraß vorwirft.« Sie betupfte sich die Stirn mit dem Saum ihrer Schürze. »Ich bin eine alte Frau. Ich hätte sowieso nicht mehr lange gelebt.«

Angesichts ihrer Theatralik verdrehte Bannor die Augen. »Macht Euch doch nicht lächerlich. Ich habe nicht die Absicht, Euch in den Kerker zu werfen, weil Ihr meine Kinder gefüttert habt. Schließlich seid Ihr diejenige, die sie praktisch ganz allein aufgezogen hat, während ich all die Jahre für den König in den Krieg gezogen bin.«

»Die Kinder?«, echote Fiona, und ihre Miene verriet plötzlich aufkommenden Zorn. »Diesen Kindern habe ich vom Tag ihrer Geburt an beigebracht, für sich selbst zu sorgen. Edward allein könnte sie monatelang mit nichts als Tauben durchbringen.« Die alte Frau richtete sich zu ihrer gesamten Größe auf, sodass ihr Haarknoten Bannor bis zur Brust reichte, und tippte ihn wütend mit dem Finger an. »Das, was ich getan habe, habe ich nicht für die Kinder getan, sondern für *sie*.«

»Sie?«, wiederholte Bannor schwach, da er Fionas Antwort bereits kannte.

»Jawohl, *sie* – Eure Frau! Ich bin auf der Seite dieses armen Mädchens, und ich kann Euch sagen, dass ich nicht die Einzige bin. Nachdem sie erlebt haben, wie herzlos Ihr gegenüber Eurer Gemahlin seid, haben sich die meisten Frauen auf der Burg mit ihr solidarisch erklärt.«

»Ich nehme an, das erklärt, weshalb mein Wams ohne Knöpfe aus der Wäsche kam.«

Fiona legte den Kopf schräg und sah ihn mit ähnlichen Knopfaugen wie Desmonds Krähe an. »Erinnert Ihr Euch noch an die Nacht, in der wir uns zum ersten Mal begegnet sind?«

»Das zu vergessen fiele mir sicher ziemlich schwer.« Bannor rieb sich mit dem Handballen die Stirn. »Schließlich habt Ihr mir einen Eisenkessel über den Schädel geschlagen.«

In der Nacht, in der er Elsinore erobert hatte, hatten er und seine Männer die halbherzige Gegenwehr der Waffenträger seines Bruders problemlos überwunden, aber als sie die Küche der Burg betraten, hatte eine heulende Todesfee ihnen den Garaus gemacht. Als Anführer war er als Erster zu Boden gegangen, hatte sich die klingenden Ohren gehalten und seine Angreiferin verdattert angesehen.

Fiona schüttelte den Kopf. »Diejenigen von uns, die lange genug auf Elsinore waren, um sich daran zu erinnern, was Euer Dad getan hatte, waren sicher, dass Ihr gekommen wart, um die Burg in Brand zu setzen und uns alle abzuschlachten. Als ich Euch den Kessel über den Schädel geschlagen habe, habe ich dabei am ganzen Leib gezittert. Ich wusste, es wäre nur eine Frage der Zeit, bis Ihr wieder bei Sinnen wärt und mir den Kopf abreißen würdet für meine Dreistigkeit.«

»Ihr gebt also zu, dass Ihr damals ebenso tolldreist und treulos wart, wie Ihr es heute seid. Ihr habt mit dem Fuß aufgestampft und mir Vorhaltungen gemacht, weil ich Euren guten Kessel zerbeult habe.« In dem Moment hatte Bannor den Kopf in den Nacken geworfen und schallend gelacht. Die Erinnerung zauberte ein Lächeln in sein zuvor angespanntes Gesicht. »Ich werde nie vergessen, wie Ihr auf die Knie gegangen seid, meinen Kopf in Euren Schoß gezogen und geflötet habt: ›Armer Junge! Jetzt bist du taub, nicht wahr?‹«

»Und als Ihr die Burg erobert hattet«, setzte Fiona nach, »war da nicht ich diejenige, die sich für Euch verwendet hat? ›Er mag durch seine Geburt ein Bastard sein‹, habe ich zu den anderen gesagt. ›Aber anders als sein Bruder ist er von seinem Wesen her ein guter Mensch.‹«

Bannors Halbbruder war ein mordlüsterner Tyrann gewesen, ebenso wie sein Vater, und die meisten Bewohner dieser Burg waren selig, ihn endlich los zu sein. »Ohne Eure Fürsprache hätten sie mich niemals als ihren neuen Herrn akzeptiert.«

Fiona nickte vehement. »Ich habe Euch stets wegen Eurer Freundlichkeit und Sanftmut gegenüber Euren liebreizenden Gattinnen gerühmt. Und in all den Jahren, seit ich Euch zum ersten Mal begegnet bin, habt Ihr mir nie Grund gegeben, meine Loyalität zu bedauern oder mich zu schämen für das, was Ihr tut.« Sie fuchtelte mit einem gichtigen Finger vor seinem Gesicht herum. »Bis jetzt!«

Um ein Haar hätte Bannor wie ein gescholtener Page betrübt den Kopf gesenkt. Er hätte sich lieber durch den König seiner Sporen berauben lassen, als dass er eine von Fionas Predigten ertrug. Und seine Betrübnis steigerte sich noch, als er sah, dass Fionas Unterlippe zu zittern begann.

»Jetzt schäme ich mich für Euch! Ihr lasst das arme Mädchen von Euren Kindern verspotten, während es sich die ganze Zeit um nichts anderes bemüht hat, als Euch eine gute Frau zu sein. Wenn ich an den Gesichtsausdruck des armen Kindes denke, als es, über und über mit Honig verschmiert, in den großen Saal herunterkam, und Ihr nichts Besseres zu tun hattet, als es herablassend anzusehen... tja, da habt Ihr mich an Euren Vater erinnert, diesen Schuft.«

Fiona sah aus, als bräche sie sofort in Tränen aus, doch als Bannor hilfreich die Arme nach ihr ausstreckte, warf sie sich die Schürze über den Kopf, brach in lautes Schluchzen aus und floh den dunklen Korridor hinab.

Als das letzte Echo ihres Weinens verklungen war, sank Bannor erschüttert gegen die Wand. Er hatte stets versucht, dem Erbe seines Vaters zu entfliehen, aber es schien, als würde er immer noch vom Geist des Alten verfolgt.

Bannor bedauerte es über alle Maßen, dass sein Vater nicht lange genug gelebt hatte, um die Spitze seines Schwerts an seiner Kehle zu spüren und sich anhören zu müssen, wie Bannor ihn aufforderte, dass er sich ergab. Diesem Schicksal war er entronnen, indem er in den Armen eines drallen Dienstmädchens gestorben, das hieß, gleichzeitig gekommen und für alle Zeit gegangen war. Später hatte man gehört, wie sie erzählt hatte, der geile alte Bock wäre im Tod noch steifer gewesen als zu Lebzeiten, und tatsächlich hatte neun Monate nach seinem Ende der letzte seiner zahlreichen Bastarde das Licht der Welt erblickt.

Seine unehelichen Kinder waren in ganz England verstreut, und Bannor konnte nie auch nur dem niedersten Bauern oder Dienstmädchen in die Augen sehen, ohne sich zu fragen, ob es sich bei diesem Menschen vielleicht um eines seiner unzähligen für alle Zeiten unbekannten Geschwister handelte.

Er fuhr sich mit den Händen durch das Haar. Vielleicht dächte Fiona nicht so schlecht von ihm, wenn sie wüsste, wie sehr er sich darum bemühte, die Sünden seines Vaters wieder gutzumachen, und wie viel ihn dieses Bemühen kostete.

Bannor war immer stolz gewesen auf sein ausgeprägtes Ehrgefühl, aber falls er den Konflikt mit Willow je würde beenden wollen, dann konnte er es sich einfach nicht leisten, fair zu sein. Mit zusammengekniffenen Augen spähte er in den dunklen Korridor, der Fiona und ihr Schluchzen verschluckt hatte. Es schien, als hätte Willow eine treu ergebene Alliierte in seinem Lager ausfindig gemacht. Vielleicht wäre es ja nicht zu spät, dass er eine Alliierte in ihrem Lager fand?

Am sechsten Tag der Belagerung hob Beatrix das Eisengitter in der Decke über der Toilette in Willows Schlafzimmer, streckte den Kopf heraus und blickte vorsichtig in beide Richtungen. Nachdem sie sich vergewissert hatte, dass nirgends auf der Brustwehr einer von Bannors Männern zu sehen war, raffte sie ihre Röcke, kletterte ins Freie und sog gierig die frostige Frischluft ein.

Sie hielt es keine Minute länger in Gegenwart dieser schrecklichen Gören aus. Wenn sie nicht wenigstens für kurze Zeit entkäme, rupfte sie der ach so süßen Mary Margaret sicher alle Haare aus oder stopfte Edward einen ihrer Strümpfe in sein grauenhaftes Plappermaul.

Sie marschierte über die Brustwehr und steigerte sich noch stärker in ihren Zorn hinein. Desmond war der Schlimmste von allen, er scheuchte sie herum, als wäre er bereits der Herr über die Burg und nicht einfach ein tölpelhafter Junge, der nicht älter war als sie. Seine Stimme kickste eigenartig jedes Mal, wenn sie in seiner Nähe war, sodass er, immer wenn er sich bemühte, besonders herablassend zu sein, wie eine jämmerliche Kröte klang.

Erst gestern hatte er sie wieder einmal derart herumkommandiert, dass sie ihn hatte niederringen und sich auf ihn hatte setzen müssen, bis er nach Willow gerufen hatte, und während eines wunderbaren Augenblicks hatte sie ernsthaft vergessen, dass ein derart kindisches Gebaren unter ihrer Würde war.

Und Willow? Wer verstand schon ihre Stiefschwester? Beatrix verlangsamte ihren Gang und stieß einen abgrundtiefen Seufzer aus. Falls Lord Bannor sie erobern wollte, ergäbe sie sich ihm ohne Gegenwehr und legte sich ohne den leisesten Protest willig in sein Bett.

»Bea?«

Das heisere Wispern sandte einen Schauder über ihren Rücken, der nichts mit der winterlichen Kälte zu tun hatte. Trotzdem hüllte sie sich fester in ihren Umhang ein, als das Objekt ihrer verruchten Phantasien hinter einem der Schornsteine hervorgeschlendert kam. Mit einem Instinkt, der ihren jungen Jahren sicherlich nicht angemessen war, erkannte Beatrix sofort, dass sie in diesem Augenblick nicht Bannor, dem Soldaten, sondern Bannor, dem Mann, gegenüberstand. Dem Mann, der ein Dutzend Kinder von wer weiß wie vielen Frauen hatte. Dem Mann, der seinen Charme ebenso gnadenlos einzusetzen verstand wie seine Lanze und sein Schwert.

Sie trat vorsichtig einen Schritt zurück, doch Bannors sanftes Lächeln und seine ausgestreckte Hand hinderten sie wirksamer als eine ganze Garnison Soldaten an der geplanten Flucht. Seine dunkelblauen Augen leuchteten sie freundlich an. »Du brauchst dich nicht zu fürchten, liebes Kind. Im Gegensatz zu dem, was man dir vielleicht gesagt hat, bin ich nämlich nicht dein Feind.«

Beatrix blinzelte ihn verlangend an. Am liebsten hätte sie ihm die Wahrheit gesagt. Hätte ihm gesagt, dass sie nicht Willows Kammerzofe, sondern ihre Schwester war. Die Schwester, die von Anfang an seine Liebe und Zuneigung verdient hätte. Aber irgendeine ihr unerklärliche Loyalität gegenüber Willow hielt sie davor zurück.

Diese Loyalität ging allerdings nicht so weit, sie davon abzuhalten, dass sie sich mit der Spitze ihrer Zunge über die vollen Lippen fuhr oder dass sie ihre Kapuze nach hinten schob und ihre silbrigen Zöpfe in der kalten Brise flattern ließ. Schließlich, dachte sie, und unterdrückte den Anflug eines Schuldgefühls, hatte Willow ihr mangelndes Interesse an ihrem Gatten mehr als deutlich gemacht.

»Wie könnte ich vor Euch Angst haben, Mylord, wenn Ihr mir gegenüber stets nur freundlich wart?« Sie lockerte ihr Umhängetuch, damit ihr Busen vorteilhaft zur Geltung kam, und Bannor quittierte ihre Bemühungen mit einem amüsierten Blick. »Habt Ihr vielleicht eine Botschaft, die ich meiner Herrin überbringen soll?«

»Oh, ich habe sogar mehrere Botschaften für sie.« Sein voller, sanft geschwungener Mund nahm Beatrix vollends für ihn ein. »Aber ich werde mich gedulden, bis ich sie ihr persönlich überbringen kann.«

»Warum habt Ihr mir dann aufgelauert?«, fragte die Kleine atemlos, wobei sie jedes Wort genoss.

»Weil ich dir einen Waffenstillstand vorschlagen möchte.«

Er beugte sich vor und zwinkerte ihr zu. »Nur zwischen uns beiden, falls du verstehst, was ich damit sagen will.«

»Nur zwischen uns beiden?«, wiederholte Beatrix, vom Gedanken an die sich daraus ergebenden Möglichkeiten wie betäubt. »Zwischen Euch und uns?«

Als er nickte, sah sie sich eilig um. Es wäre typisch für Kell oder Edward, hinter ihr durch die Öffnung über der Toilette gekrabbelt zu kommen und zu sehen, wie sie mit dem Gegner plauderte.

Da er spürte, dass sie zögerte, winkte Bannor in Richtung des Schornsteins, hinter dem man vor neugierigen Blicken sicher war.

Beatrix zögerte, hin- und hergerissen zwischen ihrer Treue gegenüber der Frau, von der sie großgezogen worden war, und dem unwiderstehlichen Grübchen, das sie plötzlich in Lord Bannors Wange entdeckte.

14

Am siebten und letzten Tag der Belagerung krabbelte Willow auf Händen und Knien durch einen dunklen Tunnel im zweiten Stock der Burg und sammelte zum dritten Mal die von ihrer Stiefschwester fallen gelassenen Pfeile wieder ein.

»Was in aller Welt ist heute Abend los mit dir, Beatrix? Du bist nervös wie ein Karnickel«, fauchte sie.

Beatrix blickte ängstlich über ihre Schulter und verstreute in ihrer Nervosität mehr Pfeile, als sie aufklaubte.

Willow steckte das letzte der Geschosse in den Köcher zurück und drückte ihn der Schwester wieder in die Hand. »Wenn ich es nicht besser wüsste, würde ich denken, *wir* wären diejenigen, denen man auflauert.«

Der Köcher glitt Beatrix aus der Hand und wieder fielen sämtliche Pfeile heraus. Willow atmete tief ein und stieß einen abgrundtiefen Seufzer aus.

»Tut mir leid«, flüsterte Beatrix ungewohnt zerknirscht.

Als Willow erneut die Pfeile einzusammeln begann, zitterten ihre Hände kaum weniger als die von Beatrix. Als der Köcher wieder voll war, hängte sie ihn sich selber über die Schulter, wo bereits Desmonds kleiner Bogen hing, und machte sich auf den Weg den dunklen Gang hinab. Sie hatten in den letzten vierzehn Tagen vieles bewerkstelligt, aber dies würde die bedeutendste Attacke sein. Heute Abend würden sie weder die Garnison mit Pech und Federn angreifen noch eine Stinkbombe durch den Kamin in den großen Saal werfen. Heute Abend träfen sie Bannor mitten in sein kaltes Herz.

Während Beatrix die Führung übernahm, runzelte Willow in Gedanken an Bannor wütend die Stirn.

Seltsamerweise hatte Beatrix die Idee zu dem Angriff gehabt. Sie war diejenige gewesen, die gesagt hatte, dass Bannors Turmzimmer, da es keine geheimen Zugänge hatte, zwar nur schwer zu nehmen war, dass jedoch der Weg, den er dorthin gehen müsste, relativ ungeschützt verlief. Wenn sie sich also irgendwo entlang seines nächlichen Weges aufbauten, könnten sie ihn vielleicht überwältigen. Und wenn Bannor erst einmal in ihren Händen wäre, hätten seine Männer keine andere Wahl, als die Waffen niederzulegen und sich ihnen zu ergeben, hatte sie erklärt.

Die Aussicht darauf, Bannor als Geisel zu haben, rief in Willow Furcht und Freude wach.

Beatrix tastete sich vorsichtig an der dunklen Wand entlang. »Hier«, sagte sie schließlich und tauchte ihre Fingerspitzen in eine flache Vertiefung in der Holzvertäfelung. »Das hier muss es sein.«

»Bist du sicher?«, flüsterte Willow in besorgtem Ton.

Ihre Stiefschwester glitt an der verkleideten Wand entlang, öffnete lautlos eine verborgene Tür und streckte schließlich den Kopf in einen von Fackeln erleuchteten Korridor. Willow folgte ihr eilig und sie sahen sich vorsichtig um. Der schmale Gang wirkte geradezu ideal für ihr Vorhaben. Willow brauchte sich nur in einem der Alkoven unter den Fenstern zu verstecken, während Beatrix hinter der Eichentür am Ende des Korridors in Deckung ging. Wenn Bannor durch die Tür geschlendert käme, würde Willow mit gezücktem Bogen aus ihrem Versteck springen und ihn auffordern, dass er sich ihr ergab.

Willow hätte gern Desmond und Ennis den Auftrag gegeben, in dieser Sekunde ein riesiges Netz über den Feind zu werfen, aber sie durfte nicht riskieren, dass einer der beiden in dem unweigerlich folgenden Handgemenge Schaden nahm. Ganz sicher ergäbe sich Bannor niemals ohne vehemente Gegenwehr. Was genau der Grund dafür war, dass sich Beatrix, während Willow ihn ablenkte, auf Zehenspitzen von hinten an ihn anschleichen und ihm mit dem unter ihrem Rock versteckten Sandsack über den Schädel schlagen würde.

Ehe sie ihren Posten bezog, nahm Beatrix Willows Hand und drückte sie so, wie sie es als kleines Kind häufig getan hatte. »Pass gut auf dich auf, Willow. Bitte versprich mir, vorsichtig zu sein.«

Von der Sorge der Stiefschwester gerührt setzte Willow ein ermutigendes Lächeln auf. »Lord Bannor ist derjenige, der heute Abend besser vorsichtig sein sollte«, antwortete sie.

Während sich Beatrix hinter der Tür aufstellte, drückte sich Willow gegen den breiten steinernen Fenstersims, zog einen der Pfeile aus dem Köcher und betete, dass sie sich nicht selbst in einen ihrer Füße schoss, ehe Bannor auftauchte. Hinter dem Eisengitter des Fensters war der Mond in dichten Nebel eingehüllt, sodass sie ganz sicher nicht zu sehen war. Es blieb ihr nichts weiter zu tun, als mit zum Zerreißen gespannten Nerven darauf zu warten, dass der Feind erschien.

Plötzlich wurden Schritte laut. Schwere und zugleich beschwingte Schritte, wie sie nur einem Mann gehören konnten, dachte Willow und hielt gespannt den Atem an. Himmel, sicher würde er hören, wie ihr Herz so laut wie Trommelwirbel schlug! Sie zwang sich zu warten, bis er die Tür, Beatrix und jede Möglichkeit zur Flucht hinter sich gelassen hatte, ehe sie auf die Füße sprang und ihm zum ersten Mal, seit sie von seinem Verrat erfahren hatte, Auge in Auge gegenübertrat.

»Ergebt Euch«, rief sie mit einer Stimme, die wesentlich ruhiger als ihre Hände war. »Rührt Euch nicht vom Fleck!«

Bannors schiefes Grinsen war beunruhigender, als hätte er gebrüllt. Es wäre ihr viel leichter gefallen, ihn zu verachten, hätte er statt blitzend blauer Augen und einem Grübchen in der Wange zwei Hörner und einen dunklen Schweif gehabt. »Was soll ich Euch zu Füßen legen, Mylady? Mein Schwert oder mein Herz?«

Willow atmete geräuschvoll ein. Sie wusste nicht, ob eine derart ungezügelte Arroganz zu verachten oder eher zu bewundern war. »Euer Herz ist, auch wenn es sicher vielen Frauen wie der größte Preis erscheint, für mich ohne großen Wert. Ich verlange Euer Schwert.«

»Dann sollt Ihr es auch haben.« Er zog die Waffe aus der Scheide, legte sie auf den Boden und nickte in Richtung des auf ihn gerichteten Pfeils. »Ihr würdet doch sicher keinen unbewaffneten Mann erschießen, oder etwa doch?«

»Nicht, solange er mir keinen Grund gibt, es zu tun.« Die

Leichtigkeit, mit der er sich ergab, empfand Willow als beunruhigend, aber die Ehre gebot es, dass sie die Spitze ihres Pfeils von seinem Herzen auf den Boden wandern ließ.

»Ich muss gestehen, ich bin ein wenig neugierig.« Bannor sah sie unbekümmert an. »Nun, da Ihr mich in Eurer Gewalt habt, was habt Ihr mit mir vor? Wollt Ihr Lösegeld für mich? Oder werft Ihr mich vielleicht lieber in mein eigenes Verlies?« Er zog eine seiner diabolisch schwarzen Brauen hoch und das verruchte Blitzen seiner Augen vertiefte sich, ehe er fragte: »Oder behaltet Ihr mich vielleicht zu Eurem Vergnügen, damit ich Euch zu Willen bin?«

Dass Willow den Bogen wieder anhob, schien ihn nicht weiter zu beunruhigen, denn er schlenderte gelassen auf sie zu. Willows erster Instinkt war, einen Schritt zurückzugehen, aber der Anblick von Beatrix, die sich Bannor lautlos von hinten näherte, gab ihr neuen Mut.

Sie schüttelte den Kopf, eine Bewegung, die ihr nun, da sie sich an ihre kurzen Locken gewöhnt hatte, zunehmend gefiel. »Ich nehme Eure Unterwerfung tatsächlich mit Vergnügen an.«

»Tja, manchmal kann eine Unterwerfung für den Unterworfenen ebenso süß sein wie für den Unterwerfenden.«

Als er mit einem geradezu zärtlichen Lächeln weiter in ihre Richtung kam, wich Willow denn doch unweigerlich vor ihm zurück. Wenn Beatrix nicht bald handelte, wäre sie gezwungen, entweder auf ihn zu schießen oder diejenige zu sein, die sich unterwarf.

Als er sie beinahe erreicht hatte, hob Beatrix den Sandsack über ihren Kopf. Willow unterdrückte den absurden Wunsch, Bannor zu warnen, aber sie zuckte zusammen, als der Sandsack mit einem dumpfen Aufprall auf seinen Schädel niederging und er geräuschlos in sich zusammensank.

Kreidebleich vor Entsetzen sah Beatrix die Schwester an. »Großer Gott, ich glaube, ich habe ihn umgebracht!«

»Red keinen Unsinn«, fuhr Willow sie ungehalten an, während sie neben Bannor auf die Knie sank. »Nach allem, was Fiona mir erzählt hat, ist er vollkommen unempfänglich für Schmerzen jeder Art. Ich bin sicher, du hast ihn nur betäubt.« Sie packte ihn an seinem Wams, rollte ihn mühsam auf den Rücken und sah ihm prüfend ins Gesicht.

Mit dem halb geöffneten Mund und den dunklen Wimpern auf den schmalen Wangen sah er so ungewohnt verletzlich aus, dass Willow schmerzlich um Atem rang.

Wie oft hatte sie von ihrem Prinzen in einer derart süßen Pose geträumt? Wie oft hatte sie sich vorgestellt, sie streiche ihm die Haare aus der Stirn, beuge sich über ihn und gebe ihm einen sanften Kuss ...

Mit instinktiv geöffneten Lippen beugte sie sich vor, als Beatrix' jämmerliches »Ist er tot?« an ihr Ohren drang.

Willow fuhr zusammen, als hätte man ihr einen Schlag versetzt. »Nein«, stieß sie knurrend hervor. »Er ist nicht tot. Er ... schläft.«

Beatrix drückte sich an die Wand. »Ich werde Desmond holen gehen. Er weiß sicher, was wir tun sollen.«

Willow sank auf ihre Fersen zurück und sah die Stiefschwester verwundert an. »Erst heute Morgen noch hast du zu mir gesagt, Desmond wäre ein Trottel, der sogar zu blöd ist, um sich an den eigenen Hintern fassen zu können.«

Beatrix zuckte mit den Schultern und blickte nervös zwischen Bannor und der Tür des hinter den Paneelen verborgenen Geheimgangs hin und her. »Vielleicht hat er ja seitdem etwas dazugelernt.«

»Warte!«, rief Willow, als Beatrix das Holz zur Seite schob und in der Wand verschwand. »Geh nicht. Lass mich ...« Die Tür schlug zu und ihre Stimme erstarb zu einem Flüstern. »... nicht allein.«

Das Seufzen von Bannors Atem an ihrer Wange erinnerte sie daran, dass sie keineswegs allein war. Erneut hockte sie sich auf die Fersen und sah ihren Gefangenen wehmütig an. Sie hatte davon geträumt, ihn in ihrer Gewalt zu haben, dachte sie, aber sie war sich nicht sicher, dass sie ertrüge, ihm irgendetwas anzutun. Mit halb offenem Mund und ausgestreckten Armen auf dem Rücken liegend, sah er so erstaunlich ... nobel aus.

Ihr Atem beschleunigte sich, als sie schuldbewusst über ihre Schulter sah. Was könnte es schon schaden, wenn sie eine Minute so tat, als wäre er der Mann, von dem sie ihr Leben lang geträumt hatte?

Mit zitternder Hand strich sie ihm die seidigen Haare aus der Stirn, atmete keuchend ein und beugte sich vor, um eine kurze, süße Kostprobe dessen zu stehlen, was hätte sein können.

Eine warme, raue Hand senkte sich schwer auf ihr Genick. In einem Atemzug küsste sie ihn, im nächsten war es umgekehrt. Aber dies war nicht die von ihr erwartete züchtige Kostprobe zärtlicher Freude, sondern nur eine hungrige Forderung, die sie ihm durch eine Reihe heißer, samtig weicher Zungenschläge unterwarf. Doch statt sich an ihrer Unterwerfung zu ergötzen, hieb er weiter gnadenlos auf ihren inneren Schutzwall ein, bis er unter seinem Angriff zu feinem Staub zerfiel.

Er küsste sie, bis alle Gegenwehr aus ihr gewichen war, bis sie wehrlos auf ihm lag und sich ebenso eifrig und willig in Gefangenschaft begab, wie sie zuvor vor ihm geflohen war.

Als Bannor schließlich Gnade walten ließ, hatte sie kaum noch die Kraft, den Kopf zu heben und ihn anzusehen.

Seine sich unter ihrem Körper hebende Brust war der Beweis dafür, dass er ebenso wie sie verwirrt nach Atem rang.

Ihrer beiden Verhalten schockierte sie zutiefst, sodass sie ihn mit bitterem Blick maß. Er jedoch verzog die Lippen, von denen sie eben noch leidenschaftlich erobert worden war, zu einem triumphierenden Lächeln, ehe er ihr die wirren Locken aus der Wange strich und murmelte: »Schachmatt.«

15

Bannor zerrte Willow die Treppe hinauf, wobei sein Griff so unerbittlich wie Handschellen aus Eisen war. Mit jedem seiner Schritte nahm er zwei Stufen gleichzeitig, sodass sie gezwungen war, würdelos hinter ihm herzustolpern, wenn sie nicht wollte, dass er sie einfach hinter sich herschleifte. Am liebsten hätte sie die Füße in den Boden gestemmt und sich nicht mehr von der Stelle gerührt, aber sie wusste, dass er sie dann wahrscheinlich einfach über seine Schulter werfen würde wie einen Sack Mehl.

Immer noch machte ihr die Erkenntnis zu schaffen, dass tatsächlich nicht Bannor, sondern *sie* in eine Falle gelaufen, also betrogen worden war. Beatrix' Nervosität war demnach kein Zeichen ihrer Angst gewesen, sondern ihrer Scham. Sie hätte dem kleinen Luder einfach nicht trauen dürfen, dachte sie erbost. Vor allem, wenn der Feind ein Mann wie Bannor war.

Vor ihnen ragte drohend die Tür des nördlichen Turmzimmers. Bannor stieß sie unsanft auf, zerrte Willow über die Schwelle und ließ sie mitten im Zimmer stehen, während er den Riegel vorlegte und eine schwere Eichenbank mit einer Leichtigkeit vor die Tür wuchtete, als wäre sie nichts weiter als ein kleiner Stuhl. Nach kurzem Nachdenken schob er auch noch den Tisch dazu.

Seine Botschaft war eindeutig. Es gab keine Rettung. Keine Erlösung. Keine Hoffnung auf eine Befreiung aus ihrer plötzlichen Gefangenschaft.

Als er sich wieder zu ihr umdrehte, war sein grüblerisches Schweigen schlimmer als jeder vorstellbare Wutanfall. Er war ihr Herr. Sie war seine Frau. Wenn er sie für ihren Trotz verprügeln wollte, gäbe sowohl der König als auch die Kirche ihren Segen zu seinem willkürlichen Tun. Und ebenso wenig könnte ihn irgendjemand davon abhalten, falls er sie für den Rest ihres Lebens einsperrte, falls er sie lebendig in die Tiefen seines Kerkers begrub. Und wenn ihm das zu mühsam wäre, könnte er problemlos dafür sorgen, dass sie einen Unfall hatte. Vielleicht fiele sie aus einem Fenster, stürzte in einen Brunnen oder einfach die Treppe hinab. Aber keins dieser tragischen Schicksale reichte an das heran, was sie am meisten fürchtete.

Vielleicht gäbe er ihr noch mal einen Kuss.

Ein unerträglich süßer Schauer der Furcht und des Verlangens rann ihren Rücken hinab. Ein Kuss wäre die einzige Strafe, der sie hilflos ausgeliefert sein würde. Nähme er sie erneut in die Arme, verriete sie sicher bereitwillig nicht nur ihre Kameraden, sondern auch ihr Herz. Ein Herz, das zu schützen sie sich in dem Moment geschworen hatte, als ihr klar geworden war, dass er selbst kein Herz besaß.

Aber auch wenn er sie weiter einfach böse anstarrte, hielte sie die Stille bald nicht mehr aus. Sie würde ihm sämtliche Geheimgänge und versteckten Gucklöcher verraten, die sie während der letzten Tage zu ihrem Vorteil genutzt hatten. Sie würde zugeben, dass es ihre Idee gewesen war, die Mähne und den Schweif seines Streitrosses mit Mary Margarets rosafarbenen Haarbändern zu verunzieren. Sie würde gestehen, dass sie ihn beim Ablegen seiner Kleider beobachtet hatte, und würde die schmutzigen Einzelheiten ihrer fiebrigen Träume preisgeben, von denen sie als Strafe für ihren Mangel an Diskretion allnächtlich geplagt wurde. Willow biss sich auf die Unterlippe und betete, dass sie seinen zornigen Blick weiter schweigend ertrug.

Auf die vorwurfsvolle Frage, die er ihr schließlich stellte, war sie dennoch nicht gefasst: »Warum habt Ihr mich geküsst?«

Es wirkte beinahe, als hätte ihr Kuss ihn stärker getroffen als jede andere ihm widerfahrende Schmach. Da Willow nicht wagte, diese Frage zu beantworten, hatte sie keine andere Wahl, als dass sie erwiderte: »Warum habt *Ihr mich* geküsst?«

»Weil Ihr, auch wenn Euer Betragen anderes vermuten lässt, zu alt seid, als dass man Euch einfach den Hintern versohlen kann.« Seine Augen wanderten langsam an ihr hinab. »Zumindest dachte ich, dass Ihr es wärt…«

»Wenn Euer Kuss nichts weiter als eine Strafe ist, dann läuft es mir bei dem Gedanken, was Ihr mit Frauen macht, die Euch ernsthaft beleidigen, eiskalt den Rücken hinab.«

Er machte einen Schritt in ihre Richtung, und in seinen Augen blitzte es gefährlich auf. »Würdet Ihr es vielleicht gern herausfinden?«

Willow trat einen Schritt zurück. »Habt Ihr auch Bea geküsst, damit sie mich verrät?«

Er zuckte mit der Schulter. »Nicht jede Frau empfindet meine Küsse als Folter, die es zu erdulden gilt.«

»Wenn Ihr sie angerührt habt, bringe ich Euch um«, platzte es aus Willow heraus, ehe sie sich der Tatsache bewusst wurde, dass sie es wirklich ernst meinte.

Bannor sah sie mit einem spöttischen Lächeln an. »Eifersucht steht Euch gut zu Gesicht, fall ich das so sagen darf. Sie zaubert eine verführerische Röte auf Eure Wangen und entfacht in Euren Augen eine durchaus reizvolle Glut.«

Die unerwartete Schmeichelei überraschte sie derart, dass sie ein paar Sekunden brauchte, um zu erkennen, dass er nicht geleugnet hatte, mit ihrer Stiefschwester zusammen gewesen zu sein. »Ich bin nicht eifersüchtig, sondern entsetzt! Ihr solltet Euch wirklich schämen, Mylord!«

Sein Lächeln verschwand. »Wenn ich Eure Dienerin verführen wollte, würde ich das sicher tun. Aber ich kann Euch versichern, dass sich meine fleischlichen Gelüste nicht auf frühreife Kinder beziehen.« Er ging langsam um sie herum. »Ihr wagt es, mich für meine Sünden zu schelten, aber was ist mit Euch selbst, Mylady? Kurz nachdem Ihr nach Elsinore gekommen seid, habt Ihr meine Kinder zur offenen Rebellion gegen mich aufgehetzt. Ihr habt ihre Herzen gegen mich kalt gemacht.«

»Das war nicht notwendig!«, keifte sie ihn an. »Ihr selbst habt sie gegen Euch aufgebracht. Ebenso wie mich. Durch Euren Mangel an Aufmerksamkeit, durch Eure erschreckende Gleichgültigkeit.« Willow wandte sich verlegen ab. Ganz eindeutig hatte sie bereits mehr gesagt als sie gewollt hätte.

Er umfasste vorsichtig ihr Kinn, zwang sie beinahe zärtlich, ihm ins Gesicht zu sehen, und sagte in erstaunlich sanftem Ton: »Das sind Sünden, die ich nicht leugnen kann. Aber inzwischen tut es mir aus tiefstem Herzen Leid.«

Unfähig, die spöttische Zärtlichkeit seiner Berührung zu ertragen, trat sie entschieden einen Schritt zurück, sah ihn jedoch weiter reglos an. »Ebenso wie es Euch Leid tut, dass Ihr mich zur Frau genommen habt?«

»Weshalb sollte mir das wohl nicht Leid tun?« Er ballte

seine Hand zur Faust. »Seit ich Euch zum ersten Mal gesehen habe, habe ich keine Sekunde Ruhe gehabt.«

Willow erstarrte. Zumindest hatte er ihr eine unverhohlene Lüge oder auch nur eine gestammelte Entschuldigung erspart. »Dann nehme ich an, dass Ihr jetzt nur noch über mein weiteres Schicksal zu entscheiden habt.« Sie begann wütend auf und ab zu gehen. »Da Ihr mich nicht reizvoller findet als ein fettes, bärtiges Fischweib, solltet Ihr vielleicht doch das Keuschheitsgelübde ablegen, das Ihr bereits in Erwägung gezogen habt.« Sie bedachte ihn mit einem gespielt mitfühlenden Blick. »Aber es wäre natürlich bedauerlich, wenn Ihr dann auf all die drallen Weibsbilder verzichten müsstet, deren Charme Ihr bisher offenbar so bereitwillig erlegen seid.« Sie marschierte in Richtung des Kamins und machte kehrt. »Ihr könntet natürlich auch Sir Hollis erlauben, mich Euch abzunehmen, aber wir wollen doch nicht, dass der arme Kerl ein derart *großes Opfer* bringen muss.« Sie wirbelte herum und schnippte mit den Fingern. »Ich hab's! Warum sperrt Ihr mich nicht einfach in irgendeinem Kloster ein, in dem ich eines Tages als alte, vertrocknete Jungfer in Frieden sterben kann? Schließlich ist das der einzig angemessene Ort für ein jämmerliches Geschöpf wie mich.«

Bannor war die Kinnlade heruntergeklappt, doch Willow drückte sie ihm entschieden wieder hoch. »Es besteht keine Notwendigkeit zu leugnen, dass Ihr all diese Dinge in Erwägung gezogen habt. Euer eigener Sohn hat alles mit angehört.«

Er wandte sich von ihr ab und stützte die Hände auf den Sims des steinernen Kamins. Zumindest besaß er so viel Anstand, verlegen den Kopf zu senken, stellte Willow verbittert fest.

»Aber warum musstet Ihr Eure Kinder benutzen, um mich zu vertreiben?«, fragte sie betrübt. »Wenn Ihr mich unbedingt loswerden wolltet, warum habt Ihr mir das nicht einfach gesagt? Ich hätte Euch nicht an Euren Treueschwur gebunden, sondern Euch freigegeben, wie Ihr es wünscht.«

Bannor drehte sich langsam zu ihr um. Statt dass der Schurke vor Verlegenheit im Boden zu versinken trachtete, lachte er über das ganze Gesicht! Seine Augen blitzten vor Vergnügen, und das verführerische Grübchen in seiner Wange hatte sich sichtlich vertieft.

Außer sich vor Zorn marschierte Willow Richtung Tür, wo die von Bannor errichtete provisorische Barriere bedrohlich vor ihr aufragte. Sie zerrte mit aller Kraft an dem riesigen Tisch, aber er rührte sich einfach nicht vom Fleck. Erst kurz darauf erkannte sie, dass Bannor ihn von der anderen Seite mühelos mit einer Hand an Ort und Stelle hielt.

Inzwischen war seine Miene nicht mehr amüsiert, sondern ernster, als Willow sie je zuvor erlebt hatte. »Als ich zu Hollis gesagt habe, dass ich unmöglich das *Opfer* von ihm verlangen kann, Euch mir abzunehmen, habe ich mich über *ihn* lustig gemacht, nicht über Euch.«

Willow ging hinüber ans Fenster und maß prüfend den Abstand zum Hof.

Bannors Stimme folgte ihr, gnadenloser als seine Berührungen, verführerischer als sein Kuss. »Ich habe deshalb kein Keuschheitsgelübde abgelegt, weil ich wusste, dass ich einem so liebreizenden Geschöpf wie Euch niemals auf Dauer widerstehen könnte«, hörte sie.

Da das Fenster keine Möglichkeit zur Flucht zu bieten schien, tastete sich Willow auf der Suche nach einer verborgenen Tür zu dem an das Zimmer angrenzenden Geheimgang an der Wand entlang.

»Und ich hätte Euch beinahe in ein Kloster eingesperrt, weil ich den Gedanken, dass ein anderer Mann als ich Euch je berühren könnte, beim besten Willen nicht ertrug.«

Willow vergaß zu atmen, vergaß, *wie* man atmete, und sah ihn reglos an. Sie hatte das Gefühl, als befände sie sich plötzlich mitten in einem süßen Traum.

Aber Bannor war noch da, lehnte noch immer mit vor der Brust gekreuzten Armen an dem großen Tisch. Er bedachte sie mit einem Blick, wie ihn Willow, seit ihr Papa ihr zum letzten Mal die Haare gezaust und sie »seine Prinzessin« genannt hatte, nicht mehr gesehen hatte – halb sehnsüchtig und halb erfüllt von der schmerzlichen Erwartung eines Verlustes, der sich einfach nicht verhindern ließ.

Willow warf den Kopf in den Nacken und brach in schallendes Gelächter aus.

Bannor war von ihrem Lachen halb verwirrt und halb gebannt. Es war nicht süß und perlend, wie er erwartet hätte, sondern tief und rostig wie das Geräusch einer Eisenkette, die man lange nicht mehr bewegt hatte.

»Ich wusste, dass Ihr Euch an mir rächen wollt«, gluckste sie und ihr kehliges Lachen rief ein beinahe schmerzliches Verlangen in ihm wach. »Aber das hier ist ein wesentlich grausamerer und gemeinerer Scherz, als ihn Desmond sich je hätte einfallen lassen.«

Bannor schüttelte den Kopf. »Ihr scheint diejenige zu sein, die sich einen Scherz mit mir erlaubt, Mylady, denn mir ist nicht bewusst, was an meinen Worten lustig ist.«

»Haltet Ihr mich denn für derart blöd? Vielleicht haben wir auf Bedlington nicht in derselben Pracht gelebt wie hier auf Elsinore, aber wir hatten durchaus Spiegel auf der Burg.« Sie zerrte brutal an ihrer dunklen, weichen Lockenpracht. »Mein Haar hat die Farbe von Ruß. Meine Haut ist so rau und schwielig wie die eines Trolls. Meine Arme und Beine sind so dünn wie die Äste eines Weidenbaums. Und meine Brüste!« Sie hob die Objekte ihrer Schande mit beiden Händen an. »Seht sie Euch doch nur mal an!«

Bannor räusperte sich. Es war ihm unmöglich, die beiden kleinen, doch vollen Kelche *nicht* anzusehen, die sie so verführerisch in ihren Händen hielt.

Sie ließ sie achtlos wieder los und blickte verzweifelt an sich herab. »Sie sind nicht der Rede wert. Kaum halb so groß wie die von Beatrix.« Ihr Gesicht drückte eine seltsame Mischung aus Stolz und Wehmut aus. »Bea ist einfach wunderschön. Sie hat große blaue Augen, langes flachsblondes Haar und eine Haut wie frische Sahne. Wenn Ihr mir erklären würdet, dass Ihr einer Schönheit wie Beatrix nicht widerstehen könnt, dann würde ich Euch glauben, aber so …«

»Sie ist doch noch ein Kind!«, widersprach Bannor vehement. »Und ich möchte wirklich nicht unfreundlich sein, aber ist sie nicht ein wenig … plump?«

Willow starrte ihn mit großen Augen an, ehe sie schließlich leise feststellte: »Ich glaube, etwas Netteres hat noch nie ein Mensch zu mir gesagt.«

»Tja.« Bannor trat entschlossen auf sie zu, und auch wenn sie ihn argwöhnisch anblickte, wich sie nicht vor ihm zurück.

Vielleicht gab es tausend Spiegel auf Bedlington, aber anscheinend hatte sich Willow nie wirklich in ihnen, sondern immer nur in den herablassenden Blicken der anderen gesehen. Bei diesem Gedanken empfand Bannor hilflosen Zorn. Vielleicht sollte er es sich noch einmal überlegen und die Burg ihres Vaters doch niederbrennen.

Bannors wütende Miene hätte Willow sicher alarmiert, hätte nicht gleichzeitig der zärtliche Schimmer in seinen Augen sie vollkommen gefesselt. Reglos wie eine Marmorstatue schien sie nur darauf zu warten, dass seine Berührung sie ins Leben rief.

Und sie wurde nicht enttäuscht. Seine Hand berührte

zärtlich ihren Kopf, und als er eine ihrer Locken um seinen Finger wickelte und mit seinen breiten, schwieligen Fingerspitzen über ihren Nacken strich, musste sie sich von ihm abwenden, damit ihr kein seliger Seufzer entfuhr.

»Euer Haar«, flüsterte er und die würzig-süße Wärme seines Atems streichelte ihr Ohr, »ist eine Wolke aus weichem Zobelpelz. Es lädt das Gesicht sicher jeden Mannes zum Verweilen ein. Eure Haut...«, murmelte er und umfasste behutsam ihr Gesicht, »ist so golden und süß wie sonnenwarmer Nektar. Eure Glieder...« Er fuhr mit den Händen über ihre Arme, bis er schließlich ihre Finger sanft umschloss und sie liebevoll an sich zog, »sind zart und zugleich kräftig genug, um mich an Euer Herz zu binden.«

Allmählich reute Willson ihre Offenheit. Sicher würde er doch nicht, sicher könnte er doch nicht...

O doch, er konnte...

Banner eroberte ihre Brüste ebenso kühn wie den Rest ihres Leibes, umfasste sie zunächst durch das raue Leinen ihrer Tunika hinduch, wog sie dann in seinen Händen und rieb mit seinen Daumen über ihre harten Spitzen, bis sich das unwiderstehliche Pochen heißen Begehrens und eine dickflüssige Woge süßen Verlangens ihrer bemächtigten.

»Und Eure Brüste...«, Bannors heiseres Flüstern wich einem wortlosen Stöhnen, das mehr besagte als jeder je von einem Poeten oder Barden der irdischen Schönheit geleistete Tribut. Er neigte seinen Kopf und bedachte jede der wundervollen Halbkugeln mit einem ehrfürchtigen Kuss.

Willow vergrub ihre Hände in seinem dichten Haar und lenkte seinen Kopf zu sich hinauf. »Ich dachte immer, mein Mund wäre eher... schlicht«, raunte sie, bedachte ihn jedoch zugleich mit einem herausfordernden Blick.

»Nun, da habt Ihr Euch geirrt«, antwortete er ernst, während er mit seinen Fingerspitzen über ihre Lippen strich. »Er ist sogar ungewöhnlich schön.«

Sie schloss die Augen, als er seinen Mund auf ihre Lippen drückte, zärtlich an ihnen sog und schließlich an ihrer Unterlippe nagte, bis sie nach der Süße seiner Zunge dürstete. Bald schon löschte er den Durst, und sie stöhnte selig auf, als er ihre eigene scheue Zunge mit rauen, vollen Schlägen lockte, bis sie die intime Zärtlichkeit erwiderte. Sie umfasste seinen Nacken und zog ihn dichter an sich heran.

Bannor folgte ihrer Einladung und drückte sie knurrend mit dem Rücken an die Wand. Seine Erregung presste sich in den Stoff ihres Kleides. Dieses im Grunde schockierende Zeugnis seines Verlangens führte bei Willow zu der verwunderten Erkenntnis, dass dieses Prachtexemplar von einem Mann – dieser kriegerische Prinz – sie tatsächlich zu begehren schien.

Er schlang seine Arme um ihren Körper und schob sie langsam an der Wand hinauf, bis der unleugbare Beweis für alles, was er ihr gesagt hatte, zwischen ihren instinktiv gespreizten Beinen lag. Sie nahm ihn ebenso willig und natürlich, wie zuvor ihr Mund seine Zunge willkommen geheißen hatte, zwischen ihren Schenkeln auf. Die raue Wolle ihrer Hose verursachte eine köstliche Reibung, als er ihr Hinterteil sanft umfasste, sie noch ein Stückchen höher schob und seine Männlichkeit zurechtrückte.

Aus Sorge, dass er seinen Samen wie ein unbeholfener Jüngling im Stoff seiner Kleider vergießen würde, zerrte Bannor Willow die Hose über die schmalen Hüften bis zu den Knien herab. Sicher wäre sie, sobald ihr Leib mit einem seiner Kinder reifte, voller und runder als jemals zuvor. Statt mit Panik erfüllte diese Vorstellung ihn plötzlich mit ungeahntem, wildem Stolz.

Trotzdem ließ er fluchend von ihr ab, sodass sie verdutzt

in sich zusammensank. Er stolperte zum Fenster, krallte seine Hände an den steineren Sims und hoffte, vergeblich, die winterliche Kälte kühlte sein fiebriges Gesicht.

Wenn er sich jetzt wieder zu Willow umdrehte, könnte er ihren feuchten, geöffneten Lippen und dem einladenden Leuchten ihrer rauchiggrauen Augen unmöglich widerstehen. Eventuell war es ja noch nicht zu spät, sie glauben zu lassen, dass seine Zärtlichkeit Teil eines verruchten Racheplans gewesen war. Aber noch während er darüber nachdachte, war ihm klar, dass das vollkommen sinnlos war. Wenn auch sein Leib ihn nicht verriete, dann auf jeden Fall seine Augen. Fiona hatte schon immer gesagt, dass er ein schlechter Lügner war.

Er blickte in Richtung eines fernen Sterns und wusste, dass seine einzige Rettung vielleicht noch in der Wahrheit lag. »Ich habe nicht versucht, Euch von Elsinore zu vertreiben, weil ich Euch nicht wollte, Mylady, sondern weil ich Angst hatte, ich begehre Euch zu sehr.«

»Und was wäre daran so schlimm?«, krächzte Willow, immer noch wie betäubt von der Erkenntnis, dass überhaupt jemals ein Mann sie begehrte.

»Es wäre entsetzlich«, antwortete er, wobei sein Gesicht bleicher als der Winterhimmel war. »Denn jedes Mal, wenn ich Euch berühren würde, brächtet Ihr neun Monate später ein Kind von mir zur Welt.«

Willows Atem stockte, als sie erkannte, wie falsch sie Bannor bisher beurteilt zu haben schien. Sie trat neben ihn ans Fenster und legte ihm zärtlich eine Hand auf den Arm. »Ihr dürft nicht zulassen, dass Eure Trauer und Eure Schuldgefühle Euch allen zukünftigen Glücks berauben«, sagte sie sanft. »Schließlich hätte sicher jeder Mann Bedenken, mit seiner Braut das Bett zu teilen, nachdem er seine ersten beiden Frauen bei der Geburt seiner Kinder verloren hat.«

Bannor starrte sie mit großen Augen an. »Wer hat Euch denn so etwas erzählt?«

»Das brauchte mir niemand zu erzählen«, murmelte Willow und hob ihre Hand an sein Gesicht. »Fiona hat gesagt, dass Ihr Euch die Schuld am frühen Tod von Mary und Margaret gebt.«

»Und sicherlich zu Recht. Wenn Mary nicht nach der Schlacht von Guisnes vor der Burg auf mich gewartet hätte, hätte sie nicht am Ufer des Burggrabens gestanden, als die Kette der Zugbrücke riss. Und wenn ich zu Hause bei meiner Familie gewesen wäre, statt zu versuchen, den Franzosen Poitier streitig zu machen, hätte ich nie erlaubt, dass meine liebreizende Margaret gedankenverloren Wildblumen auf der Wiese pflücken geht, während sich meine Knappen im Bogenschießen üben«, erklärte er in traurigem Ton.

Willows Hand sank schlaff herab. »Wollt Ihr mir damit etwa sagen, dass keine Eurer Frauen im Kindbett gestorben ist?«

»Ganz bestimmt nicht. Nach der Geburt ihrer Kinder waren sie beide stets so gesund und munter wie Zuchtstuten. Sie hätten sicher jede problemlos mindestens ein Dutzend Kinder von mir auf die Welt gebracht.« Er erschauderte.

Als er begann rastlos im Zimmer auf und ab zu gehen, sank Willow auf den Fenstersims und betrachtete ihn sprachlos.

»Auf den Männern unserer Familie hat schon ewig der Fluch gelastet, allzu potent zu sein«, erklärte er und fuhr sich müde mit den Händen durch das Haar. »Mein eigener Vater hat bis zu seinem Tode dreiundfünfzig Kinder gezeugt. Und sein Vater hat es sogar auf stolze neunundsechzig direkte Nachfahren gebracht. Ihr seht also, Willow, es ist nicht so, dass ich Euch nicht begehre. Ich will nur einfach keine verdammten Kinder mehr!« Als sie auf seinen Ausbruch mit einem verwirrten Blinzeln reagierte, ging er vor ihr in die Knie, umfasste ihre Hände und sah ihr mit der gleichen ernsten Miene wie der junge Hammish ins Gesicht. »Das, was sich jede Frau am meisten wünscht – ein eigenes Kind –, kann ich Euch einfach nicht geben, so Leid es mir auch tut.«

Zu seiner Überraschung lachte Willow amüsiert auf. »Meint Ihr tatsächlich, dass es das ist, was ich von Euch will – ein Kind? Irgendein winselndes Geschöpf, das mir ständig am Schürzenzipfel hängt? Irgendein verwöhntes Balg, das jammert und schmollt und Wutanfälle bekommt, wenn man ihm nicht seinen Willen lässt? Ich kann Euch versichern, ich kann diese widerlichen kleinen Monster nicht ausstehen!«

Bannor wirkte ehrlich verwirrt. »Mit meinen widerlichen kleinen Monstern kommt Ihr aber anscheinend durchaus gut zurecht.«

Willow runzelte die Stirn. Verblüfft erkannte sie, dass das die Wahrheit war.

»Tja, mit *Euren* Kindern komme ich tatsächlich erstaunlich gut zurecht. Aber mit anderen Kindern nicht. Kinder sind so entsetzlich selbstsüchtig.«

Er nickte zustimmend. »Und habgierig.«

»Sie zappeln ständig herum.«

»Und streiten sich um nichts.« Er verzog schmerzlich das Gesicht.

»Und essen einem immer die besten Sachen weg.«

»Sie sind ständig klebrig.«

»Und unhöflich.«

»Und roh.«

»Und kleinlich!«

»Und gemein!«

Nase an Nase, Mund an Mund, mit vermischtem Atem brachen sie beide plötzlich ab und unterzogen einander einer argwöhnischen Musterung. Zum ersten Mal seit sie sich kannten, schienen sie vollkommen einer Meinung zu sein, was vielleicht noch gefährlicher als ihre bisherige Feindschaft war.

»Gott sei Dank hat sich Fiona geirrt«, murmelte Willow, unfähig, sich aus der Verzauberung zu lösen. »Zumindest könnt Ihr mich nicht bereits dadurch schwängern, dass Ihr mir in die Augen seht.«

»Dazu bedürfte es zumindest noch eines Zwinkerns«, stimmt er ihr mit ernstem Nicken zu.

»Oder eines Kusses«, wisperte sie, öffnete sehnsüchtig den Mund und stöhnte leise auf, als er sie in die Arme nahm.

Ohne auf die verführerische Süße ihrer Lippen einzugehen, küsste er sie sanft auf Nase, Augenlider, Brauen, Stirn. Es war ein so warmes, so zärtliches Gefühl, dass das schändliche Verlangen in ihr aufwallte, von ihm an Stellen geküsst zu werden, an denen nie zuvor ein Mensch sie auch nur berührt hatte, und aus der Tiefe ihrer Kehle stieg ein wohliger Seufzer auf.

Dieses Geräusch war alles, was er brauchte, um sich über sie zu beugen und ihr einen so tiefen, süßen Kuss zu geben, dass ihr vor Verlangen die Knie weich wurden.

Sein schmerzliches Stöhnen war der Beweis dafür, dass Bannor niemals die Absicht gehabt hätte, sie auf seine Matratze zu ziehen, dass er niemals die Absicht gehabt hätte, sich auf sie zu legen, dass er niemals die Absicht gehabt hätte, seine Männlichkeit zwischen ihre Schenkel zu schmiegen und sich mit ihr zu vereinigen.

Als er dennoch plötzlich genau das alles tat, konnte sie sich, statt ihm Vorwürfe zu machen, nur noch an seine

Schultern klammern, sich ihm entgegenwölben und ihren Hals der feuchten, glühend heißen Liebkosung seiner Lippen preisgeben.

War es ein Wunder, dass sie das rhythmische Klopfen, das sie mit einem Mal vernahm, fälschlicherweise für das leidenschaftliche Pochen ihres Pulses hielt? Dass sie meinte, bei dem Geräusch herabrieselnden Sandsteins handelte es sich um das Flüstern der unter Bannors Ansturm zu Staub zerfallenen Mauer um ihr Herz?

Aber das ohrenbetäubende Krachen, das auf das leise Flüstern folgte, und Mary Margarets schriller Schrei holten sie abrupt in die Wirklichkeit zurück. »Oh, Desmond, er beißt sie in den Hals! Mach, dass er aufhört, bevor er sie ganz verschlungen hat!«

16

Bannor rollte von Willow herunter, doch seine kriegerischen Instinkte waren eine Sekunde zu spät geweckt. Während eines verwirrten Moments war alles, was Willow sehen konnte, ein Wald aus kleinen Füßen mit kurzen, dicken Zehen. Ein Paar Füße machten unmittelbar vor der Matratze Halt. Sie waren größer und schmutziger als die anderen, aber nicht so schmutzig, dass sie die Sommersprossen unter der Dreckschicht nicht sah.

Ihre Augen kletterten an den kantigen Füßen über zwei sommersprossig, weißknöchlige Hände hinauf zu einem Paar zusammengekniffener grüner Augen, und dann wieder hinab zu der auf Bannors Herz gerichteten Spitze des Pfeils.

Instinktiv warf sich Willow mit ausgestreckten Armen über Bannors Brust und rief: »Stellt das Feuer ein!«

Erst als sie Desmonds gleichermaßen schockierte und angewiderte Miene sah, wurde ihr bewusst, dass sie nicht nur die Kinder verraten hatte, sondern auch sich selbst. Der Junge brauchte einen Herzschlag länger, als sie es sich gewünscht hätte, ehe er den Bogen sinken ließ.

»Ich hätte den Schurken erschießen sollen, während er auf dir gelegen hat«, schnauzte er.

»Dann wäre ich wenigstens glücklich gestorben«, flüsterte Bannor an ihrem Haar.

Desmonds Geschwister waren ebenfalls bewaffnet in dem Zimmer aufgetaucht. Ennis schwang eine Sichel, Mary eine Schafschere, Edward einen Knüppel, Kell eine Ahle und Mary Margaret eine Heugabel. Hammish umklammerte etwas, das überraschenderweise aussah wie ein großer Knochen, und Meg und die Zwillinge balancierten einen Miniaturrammbock. Angesichts der Menge des durch die Luft wirbelnden Staubs war es offenbar der Rammbock, mit dem sie sich einen Weg durch die Mauer gebahnt hatten.

»Wie habt ihr mich gefunden?« Willow sah die Kinder an.

Desmond steckte den Pfeil in den Köcher zurück, schulterte seinen Bogen, griff hinter sich und zerrte eine puterrote, zerzauste Beatrix ans Licht. Vielleicht hätte Willow sogar geglaubt, dass ihre Stiefschwester von Gewissensbissen geplagt zugegeben hatte, dass sie von ihr verraten worden war, aber die gefesselten Hände und der Knebel im Mund des Mädchens besagten etwas anderes. Durch leichtes Wackeln mit den Fingern winkte sie Willow dennoch zu.

»Als Bea ohne dich zurückkam, habe ich gespürt, dass etwas nicht in Ordnung war.« Desmond bedachte das Mädchen mit einem giftigen Blick. »Es war nicht weiter schwierig, die kleine Verräterin dazu zu bewegen, dass sie alles gesteht. Hammish hat sich auf sie drauf gesetzt, und ich habe sie an den Füßen gekitzelt, bis sie alles zugegeben hat.«

Hammish senkte verlegen den Kopf, und Beatrix funkelte Desmond derart gefährlich an, dass das Rache für sein Tun versprach.

Ennis ließ die Sichel sinken. »Du kannst dir sicher vorstellen, wie besorgt wir waren, als wir hörten, dass du von Vater gefangen genommen worden warst.«

»Ich wünschte, ich hätte noch viel mehr mit Euch getan«, wisperte Bannor, und sein satanisches Lachen prickelte an Willows Ohrläppchen.

Willow rammte ihm ihren Ellbogen in die Magengrube, doch die war hart wie Stein.

Edward schwenkte seinen Knüppel, als schlage er auf einen unsichtbaren Gegner ein. »Ich habe dich gefunden. Ich habe durch das Guckloch in der Wand gespäht, als Papa sagte, dein Haar wäre weich wie Hundefell, deine Haut wäre so klebrig wie etwas, das den ganzen Tag draußen in der Sonne gelegen hat, und Bea wäre ein kleines, fettes Schwein.«

Trotz des Knebels war deutlich zu hören, wie Beatrix ein empörtes Schnauben entfuhr.

Willow errötete, denn sie fragte sich, was Edward vielleicht alles *gesehen* hatte, während er in dem Gang versteckt gewesen war.

»Er ist ein ziemlich beredeter Spion, nicht wahr, mein kleines Fischweib?«, raunte Bannor an ihrem Ohr.

Mary Margaret rammte die Spitze ihrer Heugabel in den Boden und runzelte die Stirn. »Wenn Papa dich nicht gebissen hat, was hat er dann getan?«

Willow löste sich aus Bannors schützender Umarmung und stand so würdevoll wie möglich auf. Als sie Desmonds argwöhnischem Blick begegnete, war sie sich ihrer zerknitterten Tunika, der zerzausten Haare und der rauen, vom Küssen geschwollenen Lippen allzu bewusst. »Euer Papa und ich, wir haben… hm, wir haben…«

Bannor sprang nun ebenfalls von der Matratze auf. »Wir haben Waffenstillstandsverhandlungen geführt.«

»Waffenstillstandsverhandlungen?«, echote Desmond ungläubig.

Die anderen Kinder stöhnten vor Enttäuschung auf.

Willow jedoch sah sie alle mit einem listigen Lächeln an. »Ich kann es eurem Vater nicht verdenken, dass er versucht, einen Rest von Stolz zu retten, aber worüber wir wirklich verhandelt haben, war seine bedingungslose Kapitulation.«

»Meine Kapitulation?« Bannor starrte sie wütend an.

Desmond wirkte nicht überzeugt. »Wenn er sich ergibt, was gibt es dann noch zu verhandeln?«, fragt er.

»Die Bedingungen, zu denen er sich ergibt.« Sie wagte es und tätschelte Bannor begütigend die Brust. »Schließlich ist der Kompromiss das Wesen der Kapitulation, nicht wahr, Mylord?«

»Das kann ich nicht sagen, Mylady. Bisher habe ich noch niemals vor irgendjemandem kapituliert«, quetschte er zwischen zusammengebissenen Zähnen mühsam beherrscht hervor.

»Das hatte ich mir schon gedacht«, murmelte sie. »Was der Grund dafür ist, dass wir uns bemühen werden, das Ganze so schmerzlos wie möglich hinter uns zu bringen.« Wieder strahlte sie die Kinder an. »Es wird euch freuen zu erfahren, dass euer Vater sämtliche Bedingungen ohne Widerrede angenommen hat.«

»Den Teufel habe ich –« Bannors Prodest erstarb, als Willow ihm kräftig auf die Zehen trat.

»Aber dafür hat er«, schränkte sie, ehe die Kinder in Jubelgeschrei ausbrechen konnten, eilig ein, »ebenfalls eine Bedingung gestellt.« Sowohl Bannor als auch die Kinder hielten in Erwartung ihrer nächsten Worte gespannt den

Atem an. »Er möchte, dass ihr in Zukunft mehr Zeit mit ihm verbringt.«

»Ach ja?« Desmond brach in ungläubiges Gelächter aus.

»Ach ja?«, fragte Bannor ebenfalls, wobei ihm die Panik deutlich anzuhören war.

Ohne die beiden zu beachten, fuhr Willow munter fort. »Es wäre ihm eine große Freude, wenn ihr es ihm erlauben würdet, sämtliche Mahlzeiten mit euch gemeinsam einzunehmen und euch jeden Abend ins Bett zu bringen.«

»Um Mitternacht«, stellte Kell die Ehrlichkeit seines Vaters auf die Probe.

»Ja, um Mitternacht«, stimmte ihm Willow zu.

Beatrix rollte mit den Augen, als sich die Kinder umeinander scharten, um zu beraten, was von der Kapitulation ihres Vaters zu halten sei. Am Ende kam es zwischen Kell und Edward wieder einmal zu einer Keilerei, und als die beiden Streithähne endlich getrennt waren, war Mary Margaret diejenige, die sich Bannor näherte.

»Eins noch«, verkündete sie, die Heugabel wie ein königliches Zepter in ihrer kleinen Faust.

Bannor schoss Willow einen argwöhnischen Blick zu, ehe er vor seiner Tochter in die Hocke ging. »Und was soll das sein?«

»Wir wollen, dass du mit uns spielst.«

Bannor rollte genervt die Augen, ehe er reumütig zu lachen begann. »Also gut, Prinzessin. Es wird mir eine Ehre sein.«

Beim Anblick von Bannors inzwischen vertrautem, sanftem Lächeln zuckte Willows Herz in schmerzlichem Verlangen. Als er seiner Tochter zärtlich über die blonden Ringellocken fuhr, wandte sie sich traurig ab.

Wie sonst seine Krähe funkelte Desmond Willow stur an, und sein Mund wies erneut das alte, unfreundliche Lächeln auf. »Sag mir, Vater«, bat er dann und kreuzte seine dünnen Arme vor der Brust. »Was genau hat Willow von diesem Kompromiss? Schließlich war sie diejenige, die dich dazu bewogen hat, dass du dich ergibst.

Bannor richtete sich auf. Er sah in Willows Richtung, ehe er schließlich erwiderte. »Willow hat ihre Freiheit gewonnen, falls sie sie haben will.«

Mary Margaret ließ ihre Heugabel auf den Boden fallen und schlang ihre Arme um Willows rechtes Bein. »Du wirst uns doch nicht verlassen, oder etwa doch? Du hast versprochen, mir beizubringen, wie man Bänder in Pferdeschweife flicht und wie man mit Pfeil und Bogen schießt. Oh, Willow, sag, dass du nicht gehst!«

Während eines schmerzlichen Augenblicks brachte Willow keinen Ton heraus. Dann jedoch nahm sie die Kleine innig in den Arm. »Der einzige Ort, an den ich jetzt gehen werde, ist mein Bett. Wo ihr alle hingehört, denn schließlich ist es bereits weit nach Mitternacht.«

Ohne auf Mary Margarets Protestgeheul zu hören, drückte sie sie ihrem Vater in den Arm. Bannor hielt das zappelnde Wesen auf Armeslänge von sich fort, ehe er es sich wie einen Mehlsack über die Schulter warf. Das Schreien des Mädchens machte vergnügtem Kichern Platz. »Und was genau soll ich mit diesem Zwerg jetzt anstellen?«, fragte er Willow nervös.

»Ins Bett bringen.« Lächelnd wies Willow in Richtung der neu entstandenen Tür. »Wenn Ihr dem Geheimgang folgt, kommt Ihr direkt vor ihrem Zimmer an.«

Desmond wartete, bis sich sein Vater zusammen mit Mary Margaret durch das Loch in der Wand gequetscht hatte, ehe er einen gefährlich aussehenden Dolch aus einem seiner Strümpfe zog. »Du magst eine Verräterin sein, Bea«, sagte er, während er ihre Handfesseln durchschnitt. »Aber wenigstens schläfst du nicht mit dem Feind.« Mit einem letzten bösen Blick in Willows Richtung verließ auch er den Raum.

Willow stieß einen abgrundtiefen Seufzer aus. Sicher hatte sie einen treuen Verbündeten für alle Zeit verloren, dachte sie betrübt.

Als spüre er ihre Traurigkeit, drückte ihr plötzlich Hammish tröstend die Hand. »Achte einfach nicht auf Desmond«, riet er ihr. »Ich finde, dass du wirklich sehr mutig warst, Papa auf seinem eigenen Terrain dazu zu bringen, dass er sich uns bedingungslos ergibt. Ich bin sicher, es war ziemlich schrecklich für dich, als er dich plötzlich in seiner Gewalt hatte.«

»Einfach grauenhaft«, murmelte sie wehmütig, während sie sich an den warmen Druck von Bannors Händen auf ihrem Körper, an den köstlichen Geschmack seines Kusses und die hilflose Trauer in seinen Augen erinnerte, als er ihr gestanden hatte, voll des Verlangens nach ihr zu sein.

17

Als sich Willow am nächsten Morgen über die Zugbrücke kämpfte, wurde ihr der Umhang von einem eisigen Wind um die Knöchel gepeitscht. Es war ein freundlicher und heller Vormittag, aber die Sonnenstrahlen riefen kaum mehr als die Erinnerung an sommerliche Wärme in ihr wach. Als sie am Wachhäuschen vorüberging, zog sie sich die Kapuze über den Kopf und wich den neugierigen Blicken der Wachmänner verlegen aus. Sicher wäre es höchst unangenehm, wenn sie als Burgherrin bei einem derart schockierenden Vorhaben ertappt würde.

Sie wandte sich in Richtung Dorf und nahm den schweren Weidenkorb von einer Hand in die andere. Sie hatte einige der Geschenke, die ihr die dankbaren Burgbewohner gemacht hatten – Honigtöpfe, Pökelfleisch, duftende Wachskerzen, die sicher für jemanden, der den fauligen Geruch von Talg gewöhnt war, den Inbegriff von Luxus bedeuteten –, in ihren Korb gepackt, denn auch wenn die Last ihre Schritte eindeutig verlangsamte, hatte sie gedacht, dass sie besser nicht mit leeren Händen im Haus einer Fremden auftauchte. Vor allem, wenn sie mit einer Bitte kam.

Sie wanderte durch ein Labyrinth schmaler, schmutziger Gassen und wurde sich der Tatsache bewusst, dass sie gar nicht wusste, wo genau sich das von ihr gesuchte Haus befand. Als eine Gruppe übermütiger Jungen an ihr vorbeirannte und ihr beinahe den Korb entrissen, packte sie den Kleinsten von ihnen am Arm und hielt ihn fest.

Ohne auf sein verzweifeltes Zappeln zu achten, beugte sie sich zu ihm hinab und flüsterte ihm etwas ins Ohr. Er errötete und wies in Richtung einer Reihe identischer, mit Lehm beworfener und mit Strohdächern versehener Flechtwerkhütten, ehe er eilig seinen Freunden hinterherrannte.

Willow überlegte, in welcher der Hütten sie zuerst ihr Glück versuchen sollte, als die Tür der letzten Behausung in der Reihe aufgestoßen wurde und ein Mann auf die Straße stolperte. Sein Gesicht war puterrot, und das Band seiner Strumpfhose hing lose zwischen seinen Beinen herab. Willow verbarg sich im Schatten einer der Hütten und stellte ehrlich verwundert fest, dass es offenbar tatsächlich Menschen gab, die sich ihren verruchten Gelüsten zu einer Zeit hingaben, zu der die meisten Bewohner der Burg noch pflichtgemäß in der Kapelle ihre Morgengebete hielten.

Der Mann taumelte trunken im Kreis. »Himmel, Weib,

du hast mich derart verwirrt, dass ich nich' mehr weiß, ob ich komme oder gehe«, stammelte er.

»Du hast weder für das eine noch für das andere Talent«, kam die trockene Antwort aus dem Inneren der Hütte. »Also kannst du ebenso gut gehen.«

Krachend fiel die Tür ins Schloss.

»Tolldreistes Weibsbild«, grummelte er und brachte endlos damit zu, an dem baumelnden Band seiner Hose herumzunesteln, ehe er schließlich, immer noch Flüche murmelnd, die Straße hinabschlurfte.

Willow wartete, bis er um eine Ecke verschwunden war, ehe sie sich vorsichtig der Tür näherte. Als Reaktion auf ihr schüchternes Klopfen brüllte die Frau: »Wenn du dir für deinen Schilling nicht die Blattern oder sonst was holen willst, lässt du mir wenigstens kurz Zeit zum Waschen, ja?«

»Tja«, murmelte Willow, dankbar, dass niemand in der Nähe war, um zu beobachten, wie ihr die Röte in die Wangen kroch. »Ich glaube, dass ich hier tatsächlich richtig bin.«

Sie hatte noch genügend Zeit, um den schweren Korb dreimal zwischen ihren inzwischen schmerzenden Händen und lahmen Armen zu wechseln, ehe eine hoch gewachsene, knochige Frau die Tür einen Spaltbreit öffnete und sie argwöhnisch musterte. Da Willow nicht wusste, was sie sagen sollte, reichte sie ihr wortlos den mit einem Tuch bedeckten Korb.

Sofort wurde der Argwohn im Blick der Frau durch unverhohlene Verachtung ersetzt. »Frauen wie Euch kenn ich zur Genüge. Frauen wie Euch habe ich schon öfter vor meiner Tür stehen gehabt. Ihr hüllt Euch in Euren warmen Umhang, kommt aus Eurer gemütlichen Hütte gekrochen und zieht Euch die Kapuze über den Kopf, damit niemand außer Gott erfährt, dass Ihr Euch der armen Dorfhure erbarmt. Tja, Ihr könnt mitsamt Eurer christlichen Nächstenliebe zum Teufel gehen«, schnauzte sie. »Ich brauche Euer Mitleid nicht!«

Sie hätte Willow die Tür vor der Nase zugeworfen, hätte Willow nicht geistesgegenwärtig den Korb zwischen Tür und Angel geschoben. »Bitte schickt mich nicht einfach wieder fort! Ich bin nicht nur aus Mitleid oder Nächstenliebe hier. Ich bin diejenige, die etwas von Euch will. Ich bin diejenige, die Eure Hilfe nötig hat.«

Immer noch starrte die Frau sie wütend an, sodass Willow schließlich verzweifelt ihre Kapuze nach hinten schob und sich zu erkennen gab.

Die Frau erstarrte, ehe sie beinahe geistesabwesend über Willows abgesäbelte Locken strich, mit einem rätselhaften Lächeln zur Seite trat und in Richtung des Inneren der Hütte wies. »Schließlich soll niemand sagen, die alte Netta hätte die Braut ihres Herrn vor die Tür gesetzt.«

Das Licht des Feuers in dem lange nicht mehr gereinigten Kamin enthüllte, dass die »alte Netta« wahrscheinlich höchstens zehn, zwölf Jahre älter als Willow war. Mit ihren schmalen Hüften und der Mähne honigfarbenen Haars war sie sicher einmal durchaus hübsch gewesen, ehe die Zeit und die Enttäuschung über ihr Leben ihre Mundwinkel herabgezogen und hohle Vertiefungen unter ihre hervorstehenden Wangenknochen gemeißelt hatten.

Obgleich die Waschschüssel und das feuchte Tuch auf dem Hocker vor dem Kamin darauf hinwiesen, dass die Frau tatsächlich frisch gewaschen war, war die Luft von einem unverkennbaren Moschusduft erfüllt. Willow bemühte sich, nicht auf das zerwühlte Bett zu sehen und sich vorzustellen, wie viele Männer dort bereits ihr Vergnügen gefunden hatten, doch das war alles andere als leicht, denn Netta ließ sich unbekümmert darauf sinken und stützte sich rücklings auf ihren Ellenbogen auf.

Während die Frau sie stumm betrachtete, nahm Willow die Schüssel von dem Hocker, setzte sich vorsichtig hin und stellte den Korb vor sich auf dem Boden ab.

»Und? Wie geht es den Herrschaften auf der Burg?«, fragte Netta schließlich. »Eurem Herrn? Seiner Brut?«

Auf diese Frage war Willow nicht vorbereitet. »Es geht ihnen allen sehr gut, vielen Dank. Und sie sind genau der Grund, weshalb ich heute hierher gekommen bin.« Sie spielte nervös mit dem Ärmel ihres Kleides. »Mir wurde berichtet, dass Ihr eine Frau mit einiger… hm… Erfahrung seid.«

Netta zog eine ihrer gezupften Brauen hoch.

»Was der Grund dafür ist, dass ich gehofft habe, Ihr könntet mir vielleicht…« Willow brach verlegen ab.

»Zeigen, wir Ihr Euren Herrn am besten zufrieden stellt?«, beendete Netta ihren Satz. »Wisst Ihr, es besteht kein Grund, deshalb verlegen zu sein. Ihr seid ganz sicher nicht die erste und auch nicht die letzte Braut, die meinen Ratschlag sucht.«

»Oh, ich glaube nicht, dass es allzu schwierig werden wird, meinen Herrn zu befriedigen«, antwortete Willow und errötete noch stärker als zuvor. »Was ich brauche, ist ein Rat, wie ich ihn zufrieden stellen kann, ohne dass ich im Anschluss daran von ihm schwanger bin.«

Netta sah sie verblüfft an, ehe sie den Kopf in den Nacken warf und heiser zu lachen begann. »Ich bin eine Hure, keine Zauberin, mein Kind. Ich habe weder irgendein Gebräu, noch kenne ich irgendeinen Spruch, der den Samen eines Mannes daran hindert, dass er im Leib seiner Frau Wurzeln schlägt. Vor allem nicht den Samen eines Mannes wie des Euren.«

»Ich suche weder ein Gebräu noch einen Spruch«, erwiderte Willow, »sondern einfach einen vernünftigen Rat. Ihr tut doch ganz sicher auch irgendetwas? Wenn nicht, liefen doch bestimmt überall hier in der Hütte Kinder herum.«

Nettas Lächeln schwand. Sie starrte in die Flammen im Kamin und legte den Kopf auf die Seite, als höre sie das gespenstische Lachen all der Kinder, die niemals hier spielen würden. »Ja, ich nehme an, da habt Ihr Recht«, sagte sie schließlich rau.

»Ich kann Euch bezahlen.« Willow tastete nach dem in ihrem Ärmel steckenden Geldbeutel.

Netta erhob sich vom Bett und ihre Miene drückte Widerwillen aus. »Ihr könnt Eure Münzen behalten, Mylady. Ich werde es nicht tun. Das ist ein viel zu gefährliches Spiel, was Ihr da spielen wollt. Ich werde Euch nicht helfen, Euren Gatten zu hintergehen.«

»Aber ich habe gar nicht die Absicht, ihn zu hintergehen. Ganz im Gegenteil glaube ich, dass Lord Bannor begeistert wäre, wenn er wüsste, dass Ihr mich beraten habt. Gleich heute Abend werde ich ihm sagen, dass ich bei Euch gewesen bin!«

Netta stemmte die Hände in die Hüften und blinzelte verständnislos. »Dann stimmt also, was man sich im Dorf erzählt. Ihr habt Eurem Herrn tatsächlich den Krieg erklärt und seine Kinder als Geiseln genommen. Ihr seid verrückt, nicht wahr?«

»Würdet Ihr mir helfen, wenn ich einen Geliebten hätte, den ich derart hintergehen wollte?«, fragte Willow in ihrer Verzweiflung unerwartet kühn.

Netta schnaubte verächtlich auf. »Das würde ich Euch niemals glauben«, antwortete sie. »Weshalb sollte eine Frau einem Mann wie Lord Bannor jemals untreu sein?«

Willow öffnete den Mund und sprach die Frage aus, die sie sich vorgenommen hatte, sie ganz bestimmt nicht zu stellen. »Hat Lord Bannor jemals…? Habt Ihr und er…«

Netta musterte sie lange schweigend, und als sie ihr schließlich die Antwort gab, drückte ihr heiseres Lachen ehrliches Bedauern aus. »Ich riskiere vielleicht meine Knochen in den Armen eines betrunkenen Soldaten, aber ich bin nicht verrückt genug und setze je eines Mannes wegen mein Herz aufs Spiel. Knochen wachsen wieder zusammen, aber Herzen…?«

Willow senkte ihre Lider, denn sie gestand nicht gerne ein, dass sie eine Närrin war.

Netta streckte ihre Hand aus. »Habt ihr einen Schilling da?«

Willow sah verwundert auf. »Ich dachte, Ihr hättet gesagt, dass ich mein Geld behalten soll?«

»Habe ich auch«, antwortete Netta und sah sie nun mit einem vergnügten Grinsen an. »Denn jetzt werde ich Euch zeigen, wo Ihr es am besten aufbewahrt.«

»Vierhundertfünfundneunzig. Vierhundertsiebenundneunzig. Vierhundertachtund–«

»Oh, Beatrix«, unterbrach Willow mit freundlicher Stimme das gelangweilte Zählen ihrer Stiefschwester. »Ich glaube, du hast dich gerade verzählt. Vielleicht fängst du besser noch einmal von vorne an. Oder zumindest bei vierhundert, ja?«

Während Beatrix wütend in den Spiegel starrte, den Willow in den Händen hielt, blickte Willow verstohlen aus dem Fenster ihres Schlafzimmers. Der Mond kroch schmerzlich langsam über das dunkle Firmament.

Beatrix knirschte mit ihren strahlend weißen Zähnen und zerrte lieblos mit der silbernen Bürste an Willows dunklem Haar.

»Aua!«, schrie Willow und hüpfte von ihrem Stuhl. »Du hast wohl kaum das Recht, beleidigt zu sein. Mein Haar fünfhundertmal zu bürsten ist wohl noch eine ziemlich milde Strafe dafür, dass du mich gestern Abend an Lord Bannor verraten hast.«

»Ich habe mich nur deshalb bereit erklärt, dich ihm auszuliefern, weil er mir geschworen hat, dir ganz bestimmt nicht wehzutun.« Beatrix feixte Willow an. »Und es scheint, als ob du seine grausame Folter erstaunlich schadlos überstanden hättest.«

Und tatsächlich hätte sich Willow, als sie sich nun im Spiegel betrachtete, mit den schimmernden dunklen Locken, den leuchtenden Augen und den geröteten Wangen beinahe nicht erkannt. Es war fast so, als sähe sie sich selbst mit Bannors Augen an.

Während Willow ihren Gedanken nachhing, riss ihr Beatrix den Spiegel aus der Hand. Das Mädchen hatte immer schon nur für seine eigene Eitelkeit Verständnis aufgebracht. Als es jetzt jedoch den Spiegel drehte und wendete, um ihr Gesicht, ihre Brüste und ihre üppigen Hüften aus allen erdenklichen Winkeln zu mustern, legte sich der Schatten eines Zweifels über seine gewöhnliche Selbstzufriedenheit. »Hat Lord Bannor wirklich gesagt, ich wäre fett?«

»Natürlich nicht«, versicherte die große Schwester ihr. Da Bannor gesagt hatte, Bea wäre plump, hoffte sie, dass Gott ihr diese kleine Notlüge verzieh. »Du kennst Edward doch gut genug, um zu wissen, dass er häufig dummes Zeug erzählt. Lord Bannor hat gesagt, du wärst nett. Sehr nett.« Als die vertraute Selbstgefälligkeit in Beatrix' Augen zurückkehrte, konnte Willow der Versuchung jedoch nicht widerstehen hinzuzufügen: »Wenn auch ein noch nicht allzu reifes Kind.«

Ohne auf das wütende Schnauben des Mädchens zu achten, nahm Willow wieder Platz. »Ich glaube, dass du bei vierhundert warst.« Sie sah Beatrix mit einem zuckersüßen

Lächeln an. »Oder vielleicht erst dreihundertfünfzig? Ich weiß es nicht mehr so genau.«

Während Beatrix widerwillig abermals mit der Bürste an ihren Locken zu rupfen begann, musste sich Willow alle Mühe geben, nicht vor Schmerz aufzuquietschen. Eigentlich sollte sie nach allem, was sie am Nachmittag getan hatte, vor Erschöpfung umfallen, aber die Vorfreude auf das, was sie erwartete, machte selbst den Gedanken daran, schlafen zu gehen, vollkommen absurd. Beatrix' beleidigte Stimme hatte vierhundertzwanzig erreicht, als die Glocke der Kapelle zu läuten begann.

Willow sprang so abrupt auf die Füße, dass Beatrix' Hand mitten in der Bewegung in der Luft hängen blieb. Willow rannte Richtung Tür.

»Wo in aller Welt will sie denn so plötzlich hin?«, murmelte Beatrix, als die Glocke der Kapelle zum zwölften Male schlug.

Erschöpfter als je nach einer Schlacht schleppte sich Bannor die Treppe zu seinem Turmzimmer hinauf. Sein Schädel dröhnte, seine Knie pochten und egal, wie sehr er sich darum bemühte – der Schmerz zwischen seinen Schulterblättern ließ sich einfach nicht abschütteln.

Dass seine Knie wehtaten, war kein Wunder. Schließlich war er während der letzten beiden Stunden auf Händen und Knien über die harten Steine im großen Saal gekrochen, und Meg, Margery und Colm waren abwechselnd auf seinem Rücken geritten, hatten an seinen Haaren gezogen, ihm ihre spitzen kleinen Fersen in die Rippen gebohrt und gerufen: »Schneller, Papa, das ist noch nicht schnell genug!« Hätte sich die Glocke der Kapelle nicht gerade noch rechtzeitig erbarmt, hätte er bestimmt einen der Quälgeister einfach abgeworfen und wäre in die Freiheit galoppiert.

Es hatte nicht lange gedauert, bis er erkannt hatte, dass es ein Fehler gewesen war, auf Mary Margarets Forderung einzugehen. Das Kind war keine von goldenen Ringellöckchen gekrönte Prinzessin, sondern eine blauäugige Tyrannin, zu der sich im Vergleich Attila der Hunne sicher ausgenommen hätte wie ein frommes Lamm. Nach nur einem Tag, an dem sie beinahe alles, was sie in die Hände nahm, gnadenlos zerstört hatte, konnte er verstehen, weshalb kaum noch eine ihrer Puppen einen Kopf, zwei Arme oder zwei Beine besaßen.

Kells und Edwards ständige Streitereien hallten ihm noch im Ohr. Ennis und Mary hatten den Großteil des Tages damit zugebracht, dass sie ihre Näschen hochmütig in die Luft gereckt hatten, um zu zeigen, dass sie mit ihren zwölf und zehn Jahren zu alt und erhaben waren, um alberne Kleinkinderspiele zu unternehmen. Nur der gutmütige Hammish hatte Bannors verzweifelte Versuche, die Gören zu unterhalten, mit Applaus quittiert. Vor allem der Krieg zwischen den Spielzeugsoldaten, die Bannor aus grünen Äpfeln und Zweigen gebastelt hatte, hatte es ihm angetan. Bis er am Ende die ganze französische Armee verschlungen und anschließend fast eine Stunde stöhnend und würgend, von seinem Vater gehalten, über einer der Toiletten verbracht hatte. Bannor erschauderte.

Zumindest waren ihm Desmonds beständige Sticheleien erspart geblieben, dachte er mit einer gewissen Dankbarkeit. Der Junge hatte all seine Versuche, ihn in die verzweifelte Belustigung einzubeziehen, mit Missachtung gestraft. Bannor hatte mehr als einmal den Kopf gehoben und gesehen, dass er, seine Krähe auf der Schulter, auf der Brustwehr hockte und wie ein griesgrämiger Wasserspeier versteinert auf sie herabblickte.

Und Willow hatte sich noch rarer gemacht. Bannor hatte

sie während des gesamten endlosen Tages nur einmal flüchtig von weitem gesehen. Ehe er ihr jedoch hatte nachlaufen können, hatten sich die Zwillinge an seine Arme gehängt, und Mary Margaret hatte einen weiteren Befehl zum Spielen gekräht.

Er gähnte, als er endlich das obere Ende der Treppe erreichte. Glücklicherweise war es nicht mehr weit zu seinem Bett. Obgleich die Kälte sicher Gift für seine schmerzenden Knochen war, würde er sich nicht die Mühe machen, ein Feuer zu entfachen. Kälte hatte ihm noch nie etwas ausgemacht. Dafür hatte er zu viele Nächte auf dem gefrorenen Boden in irgendeinem Dickicht in einem der Wälder Frankreichs zugebracht und war morgens in eine Schneedecke gehüllt aufgewacht.

Unter Auferbietung seiner letzten Kräfte öffnete er seine Zimmertür.

Das würzige Aroma von brennendem Holz überraschte ihn ebenso wie das gemütliche Prasseln der Flammen im Kamin. Sofort wurde er in einen unsichtbaren Umhang aus Wärme gehüllt, und der eisige Atem des Windes heulte vergeblich hinter den mit dicken, burgunderroten Samtvorhängen verstecken Holzläden.

Vor dem Kamin lag eine Decke aus Wolfspelz, der Boden war mit Winterbohnenkraut und frischer Minze bestreut, und auf dem Tisch lag außer seinem Schachbrett, auf dem jemand die handgeschnitzten Soldaten in militärischer Präzision nebeneinander aufgereiht hatte, nur noch eine ordentlich zusammengebundene Pergamentrolle. Das Loch, das seine Kinder in die Wand geschlagen hatten, war hinter einem goldroten Wandteppich versteckt, auf dem ein sich vor seiner Braut verneigender Ritter abgebildet war.

Bannor rieb sich die müden Augen und fragte sich, ob er sich in seiner Erschöpfung vielleicht die falsche Wendeltreppe hinaufgeschleppt hatte. Aber nein. Die ordentlich an der Wand neben der Tür aufgereihte Waffensammlung war eindeutig seine eigene. Geistesabwesend strich er mit den Fingern über die Klinge des breiten Schwerts, das ihm der König nach seiner triumphalen Rückkehr aus der Gefangenschaft in Calais überreicht hatte.

Ein leises Knarren lenkte seinen Blick in Richtung des Eichenbetts, das anstelle seiner Strohmatratze unter dem Fenster stand. Auf der dicken, gefederten Matratze waren warme Decken ausgebreitet, aus deren Tiefen eine Frau in einem mit Nerz gesäumten dunkelgrünen Samtkleid auftauchte. Eine Frau, deren kurze Locken und schüchternes Lächeln ihrem herzförmigen Gesicht einen mädchenhaften Charme verliehen, dem zu widerstehen vollkommen unmöglich war.

Als sie sich ihm behutsam näherte, griff Bannor ohne zu zögern nach dem riesigen Schwert, richtete seine Spitze auf ihr Herz und knurrte: »Keinen Schritt weiter, Mylady, oder ich durchbohre Euch.«

18

Nicht sicher, ob sie lachen oder eins seiner Schilde von der Wand reißen sollte, um sich zu schützen, starrte Willow ihn ungläubig an. Das wilde Glitzern seiner Augen wirkte noch gefährlicher als seine grimmige Entschlossenheit.

Zögernd machte sie erneut einen Schritt auf ihn zu. Bannor zuckte einen Schritt zurück, als reiche selbst der Meter eisigen Stahls, der zwischen seiner Hand und ihrem Herzen lag, zu seiner Verteidigung nicht aus.

»Habt Ihr unseren Waffenstillstand beendet, Mylord?«,

fragte sie leise, während sie sich ihm unerschrocken weiter näherte.

»Nein, das habt Ihr getan«, brachte er zwischen zusammengebissenen Zähnen knurrend heraus. »Und zwar durch diesen teuflischen Hinterhalt.«

Sie machte einen dritten Schritt und legte kühn ihre Fingerspitzen auf die Spitze seines Schwerts. »Ganz im Gegenteil. Ich bin hierher gekommen, um meine Waffen niederzulegen«, antwortete sie. »Weshalb tut Ihr das nicht auch?«

Bannor starrte sie unter seinen dichten Wimpern misstrauisch an, während sie ihre Finger über die blitzende Klinge bis zu seiner geballten Faust hinuntergleiten ließ. Ohne den heißen Hauch seines Atems in ihrem Haar hätte sie geschworen, dass er aus demselben unnachgiebigen Stahl geschmiedet war. Doch seine verkrampften Finger lösten sich und ließen zu, dass sie ihn mit überraschender Leichtigkeit entwaffnete.

Ehe ihr das schwere Eisen aus den Händen fallen konnte, fing Bannor es geschickt auf und hängte es wieder an den Haken an der Wand. »Ich hätte wissen müssen, dass ein Schwert nicht ausreichen würde, um Euch abzuschrecken«, grunzte er. »Vielleicht hätte ich mir besser ein Kruzifix und einen Strang Knoblauch besorgt.«

Seine Miene war so grimmig, dass Willow ein Lachen nicht unterdrücken konnte. »Das ist nicht erforderlich. Ich versichere Euch, dass ich vollkommen harmlos bin.«

»Hat das nicht auch die Schlange gesagt, als sie Eva dazu verführt hat, in den knackigen, rotbackigen Apfel zu beißen?«, fragte Bannor erbost, trat vor den Schrank und riss die schweren Türen auf. Indem er den Inhalt des Schranks minutenlang fluchend durchforstete, gab er Willow genügend Zeit, den Krug Bier, nach dem er suchte, vom Kaminsims zu nehmen, wo sie ihn erwärmt hatte. Als er die

Tür des Schranks wieder zuknallte und zornig herumwirbelte, hielt sie ihm bereits mit einem einladenden Lächeln einen bis zum Rand mit dem bernsteinfarbenen Getränk gefüllten Becher hin.

Ihre Finger berührten sich, als er den Becher widerstrebend nahm und durstig an seine Lippen führte. »Ich dachte, ich hätte Euch Eure Freiheit gewährt. Weshalb also seid Ihr noch hier?«

»Ihr habt mir meine Freiheit gewährt für den Fall, dass ich sie will. Aber vielleicht will ich sie ja gar nicht«, antwortete sie.

Er zog sich ans andere Ende des Turmzimmers zurück, sodass der schwere Tisch als Barrikade zwischen ihnen stand. »Was genau wollt Ihr, Mylady?«, fragte er. »Wollt Ihr mich auch in meinem letzten Refugium heimsuchen? Wollt Ihr mir keinen Raum mehr lassen, wo ich vor Eurem Lächeln, Eurem Duft«, seine Stimme wurde sanft, während er die Samtbänder um eine der Schriftrollen befingerte, »Eurer Berührung sicher bin?«

Prickelnde Wärme breitete sich in Willow aus. »Wenn Ihr erst einmal gehört habt, was ich Euch zu sagen habe, seid Ihr vielleicht gar nicht mehr so versessen darauf, vor mir zu fliehen«, stellte sie leise fest. »Ich glaube, ich weiß, was Euch plagt, Maylord. Und ich glaube, dass ich vielleicht die Lösung für Euer Problem habe.«

Er bedachte sie mit einem argwöhnischen Blick, als sie den Tisch umrundete. »Wusstet Ihr, dass es Mittel gibt, mit denen eine Frau eine Schwangerschaft verhindern kann?«, brachte sie mit dem Mut der Verzweiflung hervor.

»Wie zum Beispiel, indem sie ihren Mann zwingt, den ganzen Tag in Gesellschaft seiner Kinder zu verbringen?«

Willow sah ihn stirnrunzelnd an.

Bannor sank auf einen Stuhl, legte die Beine auf den Tisch

und stieß einen müden Seufzer aus. »Natürlich habe ich bereits von derartigen Tricks gehört. Schließlich bin ich kein Narr. Aber ebenso weiß ich, dass es eine Sünde wäre, würden wir sie anwenden.«

Willow pustete verächtlich. »Weshalb sollte eine solche Sache nicht im Sinn des lieben Gottes sein?«

»Weil er das Ehebett für die Fortpflanzung und nicht fürs Vergnügen vorgesehen hat.«

Angesichts der bisherigen Lebensweise ihres Gatten konnte sie diese Antwort nicht kommentarlos hinnehmen. »Und falls ein Mann sein Vergnügen außerhalb des Ehebettes sucht? Muss man das dann nicht ebenfalls als Sünde sehen?«

Bannor sah sie mit Unschuldsmiene an. »Unzucht ist eine lässliche Sünde, aber die Verhinderung der Empfängnis ist eine Todsünde.«

Willow blinzelte verblüfft. »Allmählich fange ich an zu verstehen, weshalb Ihr ein Dutzend Kinder habt.«

Er trank den Rest seines Bieres und senkte beinahe verschämt den Kopf.

Willow schlenderte gedankenverloren durch den Raum. »Wenn wir die Ehe nicht vollziehen, kann man uns wohl kaum des Missbrauchs des Ehebetts bezichtigen.«

»Bitte fahrt fort…«, murmelte Bannor und hob den leeren Becher an seinen Mund.

»Aus diesem Grund werden wir in den Augen Gottes auch nicht sündigen«, schloss sie strahlend ihre Ausführungen und stützte ihre Hände auf die Tischplatte.

Bannor räusperte sich. Es schien, als fiele ihm die Wahl der rechten Worte ungeheuer schwer. »Ich nehme an, dass Ihr Euch nicht von Vater Humphries habt beraten lassen.«

»Nein.« Jetzt wandte Willow ihre Augen ab. »Wenn Ihr es unbedingt wissen müsst: Ich habe die Dorfhure besucht.«

Bannor fielen die Füße von der Tischplatte, und er richtete sich kerzengerade auf. »Ihr habt mit Netta gesprochen?« Willow hätte schwören können, dass er für den Bruchteil einer Sekunde schuldbewusster wirkte als sie selbst.

»Genau. Und sie war sehr hilfsbereit.« Willow beugte sich über den Tisch und senkte ihre Stimme auf ein Flüstern herab. »Wusstet Ihr zum Beispiel, dass ein Mann einer Frau Vergnügen bereiten kann, ohne selbst die letzte Erfüllung zu finden?« Als Bannor sie sprachlos anstarrte, stieß sie einen Seufzer aus. »Nein, ich nehme an, das habt Ihr nicht gewusst.«

Eine geradezu liebliche Röte kroch ihm ins Gesicht. »Es gehört sich nicht für einen Mann und eine Frau, derart offen über diese Dinge zu sprechen«, schalt er sie. »Auf alle Fälle habe ich das nie zuvor getan.«

»Noch nicht einmal mit Mary oder Margaret?«

Offenbar rief die bloße Vorstellung blankes Entsetzen in ihm wach. »Ganz bestimmt nicht. Über solche Dinge unterhält man sich, wenn überhaupt, höchstens im Flüsterton.« Als Willow nach wie vor nicht überzeugt wirkte, fügte er hinzu: »Im Dunkeln. Unter der Bettdecke.« Seine Hand wedelte vage durch die Luft. »Eine Berührung, ein Lächeln, ein zufriedener Seufzer sollten den Gefühlen zwischen Mann und Frau genügend Ausdruck verleihen.«

»Wie Ihr meint, Mylord. Dabei war ich in der Absicht gekommen, Euch Freude zu bereiten, nicht, Euch zu erzürnen.« Willow zuckte mit den Schultern, stieß einen leisen Seufzer aus und wandte sich zum Gehen.

Ehe sie jedoch die Tür erreicht hatte, bellte Bannor: »Was hat diese Frau Euch noch alles gelehrt?«

Mit einem unterdrückten Lächeln drehte sich Willow langsam wieder um. »Netta hat gemeint, sie wolle mich bei meinem ersten Besuch nicht völlig durcheinander bringen, und deshalb hat sie mir nur einen ihrer Tricks verraten.« Willow nestelte in ihrer Rocktasche herum, zog schließlich eine schimmernde Münze hervor und hielt sie Bannor hin.

»Ein Schilling?« Er zog fragend eine seiner dunklen Brauen hoch. »Und was wollt Ihr damit machen? Wollt Ihr ihn vielleicht in Eurem Ohr verschwinden lassen?«

Willow kicherte vergnügt. »Redet doch keinen Unsinn. Netta hat mir erzählt, wo genau ich diese Münze hintun muss, damit Ihr mich nicht schwängern könnt. Und das bestimmt nicht in mein Ohr.«

Bannor zog auch die zweite Braue hoch, als sich Willow züchtig auf den Rand des Bettes setzte und ihren Rock elegant zu raffen begann. Als erst ihre schlanken Fesseln und dann ihre wohlgerundeten Waden zum Vorschein kamen, entglitt Bannor der schwere Becher aus der Hand. Sie bauschte den Rock bis über ihre Knie, und Bannor atmete zischend ein.

Fasziniert starrte er sie an, als sie ihre Beine spreizte und die Münze …

… zwischen ihre Knie platzierte.

»So«, erklärte sie und presste ihre Knie zusammen, damit die Münze nicht herunterfiel. »Netta hat mir geschworen, dass kein Mann je eine Frau geschwängert hat, während sie einen Schilling zwischen ihren Knien hatte.«

Bannor stieß einen abgrundtiefen Seufzer aus. »Diese Netta scheint tatsächlich eine weise Frau zu sein«, stellte er halbwegs belustigt fest.

»Und ob! Sie hat gesagt, Ihr könntet machen, was Ihr wollt, solange Ihr nur darauf achtet, dass der Schilling zwischen meinen Knien bleibt.«

»Alles, was ich will?« Wäre Bannor ein Wolf gewesen, hätte er sicher die Ohren aufgestellt, als er sich jetzt erhob und tatendurstig den Tisch umrundete. Als er sich Willow geschmeidig wie ein Raubtier näherte, rann ihr ein furchtsamer Schauer den Rücken hinab. »Wirklich alles, was ich will?«

»Innerhalb vernünftiger Grenzen«, korrigierte sie nervös.

Ihre Anspannung steigerte sich noch, als er unvermittelt aus ihrem Gesichtsfeld entschwand und sich schwer hinter ihr auf die Matratze plumpsen ließ.

Sein heiseres Flüstern wärmte ihr das Ohr. »Dann nehme ich an, dass es nicht schlimm ist, wenn ich das hier tue«, sagte er, fuhr mit der Hand unter die Haare in ihrem Nacken, hob sie vorsichtig an und drückte seine feuchten Lippen auf ihr nacktes Fleisch. Willow stöhnte hingebungsvoll auf, als alle Anspannung aus ihren Gliedern wich, bis sie so schlaff wie eine von Mary Margarets Puppen war.

Der Schilling fiel klirrend zu Boden.

»Tut mir Leid«, murmelte sie, hob ihn hastig auf und warf einen verstohlenen Blick über ihre Schulter, während sie ihn wieder zwischen ihre Knie klemmte. »Ich habe das Gefühl, dass die Sache vielleicht doch schwieriger ist, als ich gedacht habe.«

»Das hoffe ich«, flüsterte er und nagte an der empfindlichen Stelle hinter ihrem Ohr.

Willow kniff die Augen zu und presste die Knie zusammen, als seine Lippen zärtlich über die fedrig weichen Härchen an ihrer Schläfe, über ihren glatten Wangenknochen und die empfindsame Rundung ihres Kiefers bis an die Stelle wanderten, an der durch die seidige Haut an ihrem Hals hindurch ihr Puls zu spüren war.

Willows Appetit wurde durch das köstliche Gefühl seines Mundes auf ihrem Fleisch verstärkt. Sie drehte ihren Kopf und spitzte blind die Lippen, woraufhin er leicht mit der Zunge, die sie tief in ihrem Inneren zu kosten trachtete, über ihre Mundwinkel flatterte. Der sanfte Druck seiner Hände fing sie in einer wunderbaren Qual, bis seine Finger schließlich über ihre Schlüsselbeine bis unter den Stoff ihres Kleides wanderten.

Willow riss die Augen auf. »Was tut Ihr da?« Die kühne Wanderung seiner Hände ängstigte und erregte sie zugleich.

»Nichts, was Ihr mir nicht gestattet hättet, Mylady«, wisperte er an ihrem Ohr. »Ich tue alles. Alles, was ich will.«

Er beugte sich über ihre Schulter und schmiegte seine Wange an ihre weiche Haut. Erregung flackerte in ihr auf, deren pulsierende Flamme durch das zarte Pieksen seiner Bartstoppeln, den berauschenden, würzigen Duft des Biers in seinem Atem, das wilde Klopfen seines Herzens an ihrem Rücken genährt wurde.

Ihrer beider Herzen setzten einen Schlag lang aus, als Bannor ihr Kleid mit einer einzigen Bewegung über ihre Brust hinunterschob.

Nichts hätte Willow auf den heißen Schauder vorbereiten können, der sie erfasste, als er ihre nackte Haut zum allerersten Mal im Feuerschein betrachtete.

Andächtig sog er ihren Anblick in sich auf.

Dann füllte er seine Hände mit dem reichsten Schatz, den es auf Erden gab, strich mit seinen rauen Fingern über die kieselharten Knospen ihrer Brust und stieß ein glückseliges Ächzen aus.

Willow wollte ihre Augen schließen, aber wie gebannt verfolgte sie Bannors harte Fingerkuppen, die sanft, aber entschlossen, an ihren festen Nippeln rieben. Ein sehnsüchtiges Stöhnen schwoll in ihrer Kehle an, und sie presste ihre Beine noch fester aneinander – nicht aus Furcht, dass ihr die Münze abermals herunterfiel, sondern in dem vergeblichen

Versuch, das süße Prickeln zwischen ihren Lenden zu beschwichtigen.

Es war dasselbe Prickeln, das sie im Bauch verspürt hatte, als sie seinem Blick zum ersten Mal begegnet war, ähnlich einer glühend weißen Flamme, die mit jedem Druck von Bannors Fingern tiefer und heißer in ihr züngelte und alles, was ihr in den Weg kam, gierig verschlang.

Als sie den fieberheißen Kuss der Flamme nicht länger ertrug, legte sie seine Finger mit ihren kleinen Händen fester um ihre Brust. Niemals hätte sie erträumt, dass er ihre stumme Bitte als Einladung verstehen würde, seine Hände zu befreien und unter den Saum ihres Kleides zu schieben, so wie er es tat. Selbst als er zärtlich über ihre Schenkel tastete, erwartete sie nicht, dass er so verwegen sein würde, zu ergründen, woher das sengende Prickeln ihrer Lust kam.

Was den Schock über die verwegene Liebkosung der weichen Locken zwischen ihren Beinen noch größer werden ließ. Die Flamme, die in ihrem Innern züngelte, wurde zu einem blendend grellen Blitz, als er einen Finger tief in die pochende Spalte zwischen ihren Beinen gleiten ließ.

»Der Schilling, Willow«, erinnerte er sie mit einer Stimme, deren Drängen ihrem Gemütszustand entsprach. »Denk daran, dass du den Schilling nicht verlierst.«

Es war eine wunderbare Qual, die Beine zusammenzupressen, obgleich ihr Instinkt sie anzuflehen schien, dass sie sie ihm weit öffnete, damit sie seine Finger tiefer in den warmen Honig einsaugen konnte, der sich aus der Quelle ihrer Weiblichkeit ergoss.

Der Schilling mochte ihn daran hindern, dass er den Boden des vollen Kelchs ergründete, aber die kostbare Perle, die zwischen ihren feuchten Locken lag, war in seiner Reichweite. Mit nichts als einem leichten Streicheln seines Fingers brachte er sie dazu, dass sie schmolz. So sehr sich

Willow auch unter seiner Fingerspitze wand, gab es doch kein Entkommen vor dem süßen Wahn, von dem ihr Unterleib mit einem Mal befallen war.

Sie klammerte sich wie eine Ertrinkende an seine starken Unterarme, als die Woge des Verlangens wie das Bersten eines Sternenhimmels über ihr zusammenschlug und sie taub gegenüber ihrer eigenen wollüstigen Schreie wurde – und des melodiösen Klirren des Schillings, der zu Boden fiel. Bannors Hand massierte sie so geschickt, dass sie keine Wahl hatte, als in einer erneuten Welle der Glückseligkeit zu versinken.

Noch ehe sie wieder Luft bekam, zog er sie eng an seine Brust und vergrub seinen Kopf in ihrem Haar.

»Himmel!«, keuchte sie erschöpft. »Ich hätte ... ich hätte nie ... ich hätte nie auch nur geträumt ...« Sie drehte den Kopf und funkelte ihn böse an. »Ihr seid wirklich ein widerlicher Schuft! Ihr habt gewusst, dass es möglich ist, einer Frau Vergnügen zu bereiten, ohne selbst die letzte Erfüllung zu finden, stimmt's?«

Bannor strich ihr eine feuchte Locke aus der Stirn und sah sie mit einem schiefen Lächeln an. »Euch zu Gefallen zu sein, Mylady, war eine der größten Erfüllungen, die mir je zuteil geworden sind.«

Willow wurde warm ums Herz. Sie presste ihren Mund auf seine Lippen und küsste ihn mit heißer Leidenschaft.

Als er seine Stimme schließlich wieder fand, hatte sie einen unüberhörbar atemlosen Klang. »Was den Schilling betrifft, Willow, so gibt es noch eine Sache, die Ihr tun müsst, damit der Erfolg nicht gefährdet wird.«

Immer noch trunken von der machtvollen Süße des Kusses sah sie ihn blinzelnd an. »Und was soll das bitte sein?«

»Ihr müsst gehen.«

»Ich muss gehen?«

»Ja, gehen. Und zwar jetzt. In diesem Moment.«

Ehe sie ihre Gedanken oder auch nur den Schilling einsammeln konnte, hatte Bannor sie bereits vom Bett auf die Füße gezerrt, sie so nüchtern in ihr Kleid manövriert, als zöge er eins von seinen Kindern an, und in Richtung Tür geschoben. Er gab ihr einen heißen, harten, Schwindel erregenden Kuss, schob sie in den Flur hinaus und schlug ihr die Tür vor der Nase zu.

Ehe sie jedoch in Richtung der Treppe wanken konnte, riss er die Tür noch einmal auf. »Oh, Willow?«

»Hmmm?« Sie sah ihn mit einem träumerischen Lächeln an.

Bannor lehnte im Türrahmen, und mit seinem wirren Haar und dem verhangenen Blick wirkte er so köstlich verrucht wie der Satyr, für den er einst von ihr gehalten worden war. »Kommt morgen Nacht wieder zu mir. Ich habe ebenfalls ein paar Tricks, die ich Euch zeigen will.«

19

Willow schlang ihren Umhang eng um ihren Körper und hastete in der Hoffnung, bis zur Zugbrücke zu gelangen, ehe die Wachen ihren Schlaf beendeten, über den Hof. Trotz ihrer Eile gab sie der Versuchung nach und spähte kurz in Richtung von Bannors Turmzimmer. Ihr Mund wurde von einem Lächeln umspielt, als sie sich vorstellte, wie er mit zerzaustem Haar und nach Schlaf duftender Haut auf der weichen Matratze lag. Sie hoffte, dass das Feuer, das sie geschürt hatte, noch nicht erloschen war und dass eine Glut ihn beim Erwachen daran erinnern würde, was vor wenigen Stunden zwischen ihnen beiden geschehen war.

»M'lady! M'lady!«

Willow presste eine Hand auf ihr stolperndes Herz, als Fiona aus dem morgendlichen Nebel vor ihr auftauchte. »Gütiger Himmel, Fiona, ich dachte schon, Ihr wärt ein Geist.«

Und tatsächlich sah die alte Frau so aus. Trotz der morgendlichen Kälte hatte sie nichts außer einem fadenscheinigen Umhang über ihr weißes Kleid geworfen, und ihr ordentlicher Knoten hatte sich gelöst, sodass ihr Haar in dünnen Strähnen über ihren Rücken hing. Nie zuvor hatte Willow die resolute Frau so aufgelöst gesehen.

»Verzeiht mir, M'lady. Ich habe Euch durch das Fenster des Kinderzimmers gesehen und wusste, ich müsste mich beeilen, wenn ich Euch noch erwischen will. Mags hatte die ganze Nacht durch Koliken, und die kleine Peg hat kaum ein Auge zugemacht. Jedes Mal, wenn das arme Geschöpf am Einschlafen war, ist Megs schreiend aufgewacht, und am Ende haben sie sich beide schier die Lungen aus den Leibern gebrüllt.« Fiona drückte Willow den Korb, den sie gehalten hatte, in die Hand. »Ich hatte gehofft, Ihr könntet mir das arme Würmchen eine kurze Weile abnehmen.«

Unwillkürlich trat Willow einen Schritt zurück. »Oh, Fiona, ich glaube wirklich nicht –«

»Ich könnte natürlich auch eins der Dienstmädchen bitten, die Kleine zu nehmen, aber sie können einfach nicht so gut mit Babys umgehen wie Ihr.« Die Unterlippe der Alten zitterte so jämmerlich, dass Willow fürchtete, sie bräche gleich in Tränen aus.

Sie stieß einen abgrundtiefen Seufzer aus. »Also gut. Gebt sie her.« Sie hängte sich den Korb über den Arm. »Schließlich ist es nicht so, als hätte ich nicht bereits vorher oft genug mit schreienden Babys zu tun gehabt.«

»Gott segne Euch, M'lady!« Als der Schrei eines zweiten

Babys die morgendliche Stille durchbrach, legte sich Fionas zahnloses Lächeln, sie rannte in Richtung der Burg zurück und ließ Willow mit ihrem Schützling allein.

Eigentlich wollte Willow die von Fiona angefertigte winzige Kapuze weiter über das kleine Köpfchen ziehen, aber aus irgendeinem seltsamen Impuls heraus schob sie den Stoff ein Stück zurück und sah das Baby an. Sie hätte gedacht, die Kleine schliefe, doch stattdessen begegnete sie einem hellwachen Blick.

»Tja, hallo«, murmelte sie, von den neugierigen Augen des winzigen Wesens einigermaßen verwirrt.

Pegs rosige Wangen wurden bereits voller, und sie sah weniger runzlig als vielmehr koboldhaft, weniger wie ein Greis als vielmehr wie eine fröhliche kleine Elfe aus. Der Kopf, der noch vor vierzehn Tagen kahl gewesen war, war von weichem, blondem Flaum bedeckt, und unweigerlich strich Willow ihn mit ihren Fingerspitzen glatt.

Das Baby brach in so ansteckendes, vergnügtes Glucksen aus, dass Willow zu ihrem Erstaunen darin einstimmte.

»Du bist wirklich ein gutmütiges kleines Ding«, stellte sie fest und kitzelte vorsichtig die kleine Stupsnase.

Das Baby schob sein Fäustchen aus der Decke und hielt sich kraftvoll an Willows Zeigefinger fest. Als Willow das heitere kleine Gesichtchen betrachtete, empfand sie auf einmal eine bittersüße Zärtlichkeit. Dies war nicht irgendein Baby. Dies war Bannors Baby. Ein Baby, das er mit irgendeiner namen- und gesichtlosen Frau gezeugt hatte, einer Frau, der das ganze Ausmaß seines Verlangens zuteil geworden war.

Willow schob das Ärmchen des Babys unter die Decke zurück und stülpte ihm zum Schutz gegen den kalten Wind die Kapuze über den Kopf. Früher einmal hätte Willow die Mutter der Kleinen vielleicht Leid getan, aber während sie jetzt, den Kopf an ihre Brust gedrückt, in Richtung der Zugbrücke ging, fürchtete sie, dass sie eher so etwas wie Neid empfand.

Als Netta die Tür aufriss und Willow mit der kleinen Peg auf ihrer Schwelle stehen sah, wurde sie kreidebleich.

Sie starrte lange stumm auf den Korb, ehe sie schließlich ihre Stimme wieder fand. »Wenn ich schon nicht Eure Honigtöpfe oder Eure teuren Kerzen wollte, frage ich mich, weshalb Ihr meint, ich wollte vielleicht *so etwas.*«

Willow machte sich darauf gefasst, dass Netta ihr die Tür vor der Nase zuschlagen würde, aber die Hure marschierte wortlos in die Hütte und ließ die Tür offenstehen.

Es war eine nicht gerade herzliche Einladung, aber Willow beschloss sie anzunehmen. Sie trat vorsichtig ein und sah, dass Netta, ihr den Rücken zugewandt, mitten im Zimmer stand. Sie hatte die Arme um den Leib geschlungen, als wäre ihr plötzlich eiskalt. Ihr Haar hing offen über ihre Schultern und sie hatte keine Schuhe an. Ihr Bett war glücklicherweise leer.

»Ich hoffe, es macht Euch nichts aus, dass ich das Baby mitgebracht habe«, begann Willow in bemüht fröhlichem Ton, als sie endgültig den Raum betrat. »Fiona hat mich gebeten, mich um das Kleine zu kümmern, solange sie mit einem der anderen Babys beschäftigt ist.«

»Stellt sie neben den Kamin«, wies Netta sie an, ohne sich umzudrehen. »Sonst verkühlt sie sich noch.«

Willow tat, wie ihr geheißen, ehe sie ihren Umhang ablegte und sich auf den Hocker sinken ließ. »Woher wisst ihr, dass es ein Mädchen ist?«, fragte sie erstaunt.

Netta zuckte mit den dünnen Schultern. »Ob Mädchen oder Junge, ist doch völlig egal. Ihnen allen ist das gleiche traurige, entbehrungsreiche Leben vorherbestimmt.«

Willow schnalzte mit der Zunge. »Oh, das würde Bannor niemals zulassen. Seine Kinder mögen ihn manchmal an den Rand der Verzweiflung treiben, aber ich würde wetten, dass er sein Leben dafür opfern würde, dass es ihnen im Leben einmal gut ergeht.«

Endlich drehte sich Netta zu ihr um und sah sie mit einem trübsinnigen Lächeln an. »Dann sollte sich die Kleine glücklich schätzen, dass sie einen solchen Vater hat.«

»Allerdings«, stimmte Willow ihr in Gedanken an ihren eigenen Vater mit leiser Stimme zu. »Das sollte sie.«

»Warum macht sie komische Geräusche?«, fragte Netta in überraschend sorgenvollem Ton. »Hat sie vielleicht Hunger? Oder tut ihr irgendetwas weh?«

»Höchstwahrscheinlich langweilt sie sich nur.« Willow streckte ein Bein aus, schaukelte das Körbchen mit dem Fuß – eine Fähigkeit, die sie im Umgang mit den Kindern ihrer Stiefmutter perfektioniert hatte –, und schon bald wurde das Wimmern des Babys durch fröhliches Glucksen ersetzt.

Nettas Anspannung schien sich zu legen, sie nahm am Fuß des Bettes Platz und sah Willow mit einer Mischung aus Müdigkeit und Neugier an. »Ehrlich gesagt, hätte ich niemals erwartet, Euch noch einmal auf meiner Schwelle zu sehen«, sagte sie.

»Und warum nicht? Der Trick mit dem Schilling war ein voller Erfolg.«

Netta riss erstaunt die Augen auf. »Tatsächlich?«, fragte sie. »Ich hätte gedacht, dass sich Bannor vor Lachen in die Hosen macht.«

Willow reagierte spröde. »Und warum hättet Ihr das gedacht?«

Als hätte sie zu spät gemerkt, dass sie etwas Falsches gesagt hatte, biss sich Netta auf die Unterlippe. Auch ihrem Schulterzucken fehlte die übliche Gleichgültigkeit. »Es war nichts als ein harmloser kleiner Scherz, Mylady. Ein unschuldiger Spaß.«

»Und ich nehme an, dass Ihr mit diesem Scherz meine Unschuld aufs Korn genommen habt. Oder vielleicht eher meine Unwissenheit? Habt Ihr vielleicht schon überall im Dorf herumerzählt, dass Lord Bannors Braut nicht nur verrückt, sondern obendrein noch schreiend dämlich ist?«

Willow ertrug den Gedanken nicht, dass vielleicht auch Bannor über sie gelacht hatte. Dass ihr zärtliches Zusammensein für ihn nichts anderes gewesen war als ein Scherz auf Kosten ihrer jungfräulichen Unwissenheit. Sie erhob sich von ihrem Hocker, riss ihren Umhang vom Boden und hüllte sich schützend darin ein.

Sie kämpfte um Gelassenheit, als sie einen samtenen Beutel aus ihrem Ärmel zog und neben Netta auf die Decke warf. »Ich hoffe, das wird ausreichen, um Euch für Eure Mühe mit dem Dorftrottel zu entschädigen«, sagte sie in mühsam ruhigem Ton, doch als sie sich zum Gehen wandte, eilte ihr Netta hinterher.

»Und was wird meine Strafe sein, dass ich mir einen Scherz erlaubt habe mit der großen Dame von Elsinore? Werdet Ihr mich teeren und federn lassen? Aus dem Dorf vertreiben? Steinigen?« Trotz ihrer höhnischen Worte spürte Willow Nettas Furcht.

Die Hand auf dem Türgriff blieb sie zögernd stehen. Sie war so lange machtlos gewesen, dass ihr nun, da sie plötzlich Macht besaß, nie auch nur der Gedanke gekommen war, dass sie die Gelegenheit zu kleinlicher, wenn auch vielleicht kurzfristig genugtuender Rache besaß. Sie erinnerte sich an all die Male, wenn Stefan und Reanna sie so grausam verspottet hatten, all die Male, wenn sie von Blanche für irgendein vermeintliches Vergehen bestraft worden war, all die Male, wenn sich ihr Vater von ihr abgewandt hatte, statt ihre flehenden Augen zu erkennen, und bedachte Netta mit einem kühlen, klaren Blick.

»Es wäre wohl kaum fair, Euch für meine Dummheit zu bestrafen, was meint Ihr?«

Ohne sich die Mühe zu machen, die Kapuze über den Kopf zu ziehen, trat Willow auf den Weg hinaus. Es war immer noch früh und es waren erst eine Hand voll Dorfbewohner unterwegs, deren neugierigen Blicken sie mit trotziger Miene begegnete.

Auf halbem Weg den Hügel in Richtung Burg hinauf wurde ihr plötzlich siedend heiß klar, dass sie die kleine Peg in der Hütte vergessen hatte. Sie wirbelte herum und fegte mit wehendem Umhang durch die gewundenen Gässchen zurück. Als sie in den Pfad vor Nettas Hütte bog, drang das schrille Weinen eines Babys an ihr Ohr. Willow hatte das Gefühl, als hätte sie nie zuvor etwas Schlimmeres gehört, als das Heulen ebenso abrupt endete, wie es zuvor erschollen war.

Die Tür der Hütte stand immer noch weit auf, und Willow stolperte ohne zu klopfen in den Raum. Ihre Furcht steigerte sich zu purem Entsetzen, als sie den leeren Korb neben dem Ofen stehen sah.

Hätte das Donnern ihres Herzens nicht für eine Sekunde vollkommen ausgesetzt, hätte sie das heisere Summen sicher nie gehört. So jedoch wirbelte sie herum und entdeckte Netta, die am Fußende des Bettes kauerte und auf das Bündel in ihren Armen sah. Ein Bündel, das zappelte, krähte und plötzlich ein Bäuerchen ausstieß, das dem Rülpsen eines Gewohnheitstrinkers ähnlich war.

Netta hob den Kopf und sah Willow mit einem ebenso gewinnenden Lächeln wie zuvor das Baby an. »Ich glaube, sie mag mich. Als ich angefangen habe zu singen, hat sie sich sofort beruhigt.«

Willow wankte zu dem Hocker, ließ sich erschöpft darauf sinken und wischte sich mit dem Ärmel den Schweiß von ihrer nassen Stirn. »Es freut mich zu sehen, dass Ihr Euch so gut versteht. Vielleicht können wir ja alle zusammen ein Lied singen, sobald ich wieder zu Atem gekommen bin.«

Netta riss ihre Augen vom Gesicht des Babys los, und ihr glückliches Lächeln erlosch, als sie sich erhob und Willow die Kleine in die Arme legte. »Verzeiht mir, Mylady. Ich habe mich vergessen. Ich hätte sie niemals mit diesen Händen anrühren dürfen.«

Willow runzelte verblüfft die Stirn. »Und warum bitte nicht? Schließlich sind sie sauber und kräftig, oder etwa nicht? Achtet nur darauf, dass Ihr eine Hand unter ihren Kopf legt und die andere unter ihr Hinterteil, sonst wackelt sie wie eine abgebrochene Speerspitze hin und her.«

Netta zögerte einen Moment, doch dann hob sie das Baby erneut an ihre Brust. Als sie Willow dann ansah, verriet ihr Blick, wenn auch widerwillig, Bewunderung. »Ich bin in meinem Leben schon vielen Damen begegnet, aber keine, die ihres Titels würdig gewesen wäre. Falls Ihr immer noch Interesse habt, bringe ich Euch gerne bei, wie Ihr Eurem teuren Lord Bannor am besten zu Gefallen seid.«

Willow sah sie mit einem nachdenklichen Lächeln an. »Ja, bringt mir bitte alles bei, was es in dieser Hinsicht zu wissen gibt.«

Bis zur Mittagszeit hatte sich der Morgennebel mit dem Versprechen eines frischen, sonnenhellen Nachmittags aufgelöst. Elsinores Bewohner strömten aus der Burg, begierig, die Zeit der Freiheit zu genießen, ehe der winterliche Schneefall sie bis zum Frühjahr hinter den hohen Steinmauern gefangen nahm.

Während man im Innenhof der Burg das laute Jauchzen

und Kreischen einer spielenden Kinderschar vernahm, war die Luft über dem Turnierplatz vom Krachen und Klirren gezückter Schwerter erfüllt. Selbst die Waschfrauen hatten ihre Zuber aus der feuchtkalten Waschküche in die Sonne gezerrt und tauschten über ihre Arbeit fröhlich Klatsch und Scherze aus.

Willow, Beatrix und Mary Margaret lehnten auf der Wiese hinter dem Gefechtsplatz eine Strohpuppe an einen Baum. Willow wusste, dass es vielleicht nicht unbedingt weise gewesen war, Mary Margarets beständigem Flehen nachzugeben, ihr beizubringen, wie man mit Pfeil und Bogen schoss, aber zumindest brächte sie auf diese Weise die endlosen Stunden bis Mitternacht herum. Ein süßer, erwartungsvoller Schauder rann ihr den Rücken hinab. Dank Nettas intensivem Unterricht würde sie heute Nacht das Turmzimmer ihres Gatten mit mehr als nur einem Lächeln und einem Schilling bewaffnet erobern, dachte sie.

»Du wirst ja plötzlich ganz rot.«

Willow fuhr zusammen, als der Vorwurf ihrer Stiefschwester durch ihre Träume drang. »Das liegt nur an der Hitze«, antwortete sie.«

Beatrix' skeptisches Schnauben bildete eine weiße Nebelwolke in der kühlen Luft. »Vielleicht an der Hitze deiner Tagträume.« Sie beugte sich vor und flüsterte verschwörerisch: »Oder vielleicht an der Hitze der Träume, die sich bereits verwirklicht haben, wenn man bedenkt, wie spät du letzte Nacht in unser Bett gekrochen kamst.«

Willow belohnte sie mit einem giftigen Blick. Es hatte eindeutig Nachteile, wenn man mit einer neugierigen Stiefschwester zusammen schlief. Vor allem, wenn diese Stiefschwester einen so gut kannte wie die vorlaute Beatrix.

Während Beatrix die Strohpuppe sicher befestigte, führte Willow Mary Margaret auf eine kleine Anhöhe. Der Bogen des Mädchens war noch kleiner als der von Desmond, und die gefederten Geschosse waren kaum größer als Wurfpfeile. Als Willow hinter der Kleinen in die Hocke ging, hoffte sie nur, dass die einzige Folge ihres Unterrichts eine Reihe durchlöcherter, kopf- und gliederloser Puppen sein würde.

»Meine Mama wurde von einem Pfeil getroffen und ist dann in den Himmel gekommen«, verkündete Mary Margaret, als Willow einen der Pfeile in den Bogen steckte und ihre kleinen Finger darum legte.

»Meine Mama ist auch im Himmel«, verriet Willow dem Kind traurig.

»Wurde sie auch von einem Pfeil getroffen?«

»Nein, kurz vor meiner Geburt wurde sie sehr krank.« Willow schmiegte ihre Wange an die des Mädchens und legte ihre Finger über seine Hand. »Vielleicht gucken uns unsere Mamas ja jetzt gemeinsam zu.«

»Oder sie kneifen eventuell entsetzt die Augen zu«, murmelte Beatrix und beäugte argwöhnisch die todbringende Pfeilspitze.

Zuversichtlich, dass das Kind die Waffe sicher in den Händen hielt, trat Willow einen Schritt zurück und nickte. »Siehst du das rote Herz auf der Brust der Strohpuppe? Ich möchte, dass du genau darauf zielst. Meinst du, dass du das schaffst?«

Mary Margaret kniff die Augen zu schmalen Schlitzen zusammen und zog den Bogen stramm. Willow hielt den Atem an und wartete auf das erlösende *Ping*.

»Aber was ist, wenn ich ihm in den Kopf schieße?«, platzte es plötzlich aus Mary Margaret heraus, wobei sie den Bogen in Willows Richtung schwenkte.

Beatrix duckte sich, während Willow die Hand ausstreckte und dem Kind vorsichtig die Waffe aus den Händen nahm. »Regel Nummer eins, meine kleine Fee. Du darfst dein Ziel niemals aus den Augen lassen.«

»Himmel«, murmelte Beatrix in dieser Sekunde und zupfte sich ein Herbstblatt aus dem Haar. »Wenn das da nicht Lord Bannor ist …«

»Wo?« Willow vergaß den Bogen, den sie in den Händen hielt, und wirbelte herum.

Erst dachte sie, ihre Stiefschwester hätte sich abermals einen Scherz mit ihr erlaubt, aber dann entdeckte sie den eleganten Hünen, der zusammen mit Sir Hollis über den Turnierplatz schlenderte. Er überragte alle Männer auf dem Platz, und als er seinen Kopf ein wenig neigte, schimmerten seine Haare in der Sonne rabenschwarz. Kell und Edward folgten ihm auf Schritt und Tritt und unterhielten sich ebenso ernst wie die beiden Erwachsenen. Als Bannor unvermittelt stehen blieb, um sich die Rüstung eines seiner Ritter anzusehen, krachte Edward von hinten gegen seine Beine, was ihm ein verzweifeltes Kopfschütteln eintrug.

Willow dachte, dass Bannor zu beschäftigt war, um sie zu sehen, hätte er ihr nicht auf einmal freundlich lächelnd zugenickt.

In diesem Augenblick erklang das leise *Ping*. Der Pfeil zischte vom Bogen, segelte über die Wiese und senkte sich in hohem Bogen über dem Turnierplatz ab.

Starr vor Entsetzen stand sie da, als Mary Margaret sie am Ärmel ihres Umhangs zog. »Oh, Willow, jetzt hast du meinen Papa erschossen. Meinst du, dass er jetzt wie meine Mama in den Himmel kommt?«

20

Das Letzte, was Willow erwartet hätte, war, dass Bannor den Pfeil ungerührt aus seiner Schulter zog, ihn mit einem verwunderten Blick musterte und dann achtlos über seine Schulter warf. Sicher, dachte sie, wäre es nur eine Frage von Sekunden, ehe er mit dem Gesicht nach unten in eine Lache seines eigenen Blutes fiel.

Sie riss sich aus ihrer Erstarrung, raffte ihre Röcke und stürmte los. Mit einem wenig eleganten Satz überwand sie eine herabhängende Latte des Zaunes, der die Wiese vom Turnierplatz trennte, ehe sie geradewegs in seine Arme hechtete.

Mit sich überschlagender Stimme haspelte sie: »Oh, Bannor, könnt Ihr mir das je verzeihen? Ich hatte vollkommen vergessen, dass ich den Bogen in den Händen hielt, und dann sah ich Euch, und Ihr habt mich angelächelt, und dabei hatte ich gerade erst Mary Margaret dafür getadelt, dass sie den Blick vom Ziel abgewendet hatte und, oh, ich hatte nie die Absicht, Euch zu treffen, das schwöre ich.«

Er umfasste ihren Ellbogen, damit sie nicht vornüberfiel. »Das war *Euer* Pfeil? Ich dachte, einer der Pagen hätte mal wieder sein Ziel verfehlt.«

Sie zupfte ihn am Arm. »Beeilt Euch, Mylord! Ihr müsst Euch irgendwo hinlegen, ehe Ihr zusammenbrecht!«

»Aber ich fühle mich hervorragend«, protestierte er.

»Das kann unmöglich sein! Der Schmerz und der Blutverlust haben einfach Euer Urteilsvermögen beeinträchtigt.«

Willow schlang ihm die Arme um den Hals und versuchte, ihn neben sich herabzuziehen. Allmählich trug ihnen ihr Ringen die Neugier von Bannors Männern ein.

»Also gut! Also gut!«, rief er schließlich und sank auf das mit Sand bestreute Gras. »Es besteht keine Notwendigkeit, mich zu erwürgen. Ich setze mich freiwillig hin.«

Während sich eine Gruppe Schaulustiger um sie beide versammelte, bettete Willow seinen Kopf in ihrem Schoß und strich ihm zärtlich die Haare aus der Stirn. »So ist's gut. Fühlt Ihr Euch schon besser?«

»Ich glaube ja«, murmelte er und rückte sich behaglich zurecht.

Hollis rollte mit den Augen. »Mylady, ich versichere Euch, es besteht kein Grund zur Besorgnis. Lord Bannor hat bereits wesentlich schlimmere Verwundungen gehabt.«

Bannor räusperte sich. »Vielleicht hat Lady Willow Recht.« Er klappte seine Augen zu. »Mir ist tatsächlich ein wenig schwindelig.«

In der Gegend seiner Lenden nahm Bannor allerdings ganz andere Dinge wahr. Niemals hätte er sich träumen lassen, in Gegenwart seiner Untergebenen lang ausgestreckt im Schoß einer Frau zu liegen und den Eindruck zu erwecken, dass er schwer verwundet war. Aber Willows wortloses Gemurmel klang süß und verführerisch wie der reinste Sirenengesang in seinen Ohren.

Er kannte sich mit Frauen aus, das andere Geschlecht hatte ihn stets verwöhnt. Aber bisher hatte er sich nie die Wärme weiblichen Trosts gegönnt, hatte sie immer mit einer Schwäche gleichgesetzt, die er sich nicht erlauben durfte.

Desmonds tonlose Stimme drang durch das behagliche Netz, das Willow um ihn gewoben hatte: »Was ist mit ihm passiert?«

»Willow hat auf ihn geschossen. Jetzt kommt er sicher in den Himmel.«

Bannor klappte vorsichtig ein Auge auf und stellte fest,

dass seine Tochter, die goldenen Locken im Licht der Sonne wie einen Heiligenschein um ihren schmalen Kopf, auf ihn heruntersah. »Würdest du mich vermissen, wenn ich sterben würde, Schatz?«

Mary Margaret dachte kurz darüber nach, ehe sie mit den Schultern zuckte und erwiderte: »Ich glaube nicht. Der Himmel kann nicht viel weiter weg als Frankreich sein.«

»Meinetwegen soll er geradewegs in die Hölle fahren.«

Willow rang nach Luft, und Bannor sperrte beide Augen auf. Desmond funkelte ihn trotzig an und Kell und Edward hielten sich die Hände vor die Münder, damit niemand ihr schockiertes Kichern vernahm. Die um sie versammelten Männer scharrten peinlich berührt mit den Füßen und warteten nervös auf den Ausbruch seines gerechten Zorns.

Bannor jedoch stieß einzig einen müden Seufzer aus. »Es tut mir wirklich Leid, dich zu enttäuschen, Junge, aber der einzige Ort, an den ich mich nun begeben werde, ist mein Bett.«

»Könnt Ihr gehen, Mylord?«, fragte Willow und bedachte Desmond mit einem bösen Blick. »Oder sollen Eure Männer eine Trage holen?«

»Ich glaube, bis zur Burg schaffe ich es noch.« Bannor blitzte sie mit seinen dichten, dunklen Wimpern an. »Das heißt, wenn Ihr mir helft.«

Sie umfasste vorsichtig seine Schultern, manövrierte ihn auf die Füße, und als sie sich schwankend in Bewegung setzten, riss sich Sir Darrin seinen Helm ab und kratzte sich am Kopf. »Wirklich seltsam, finde ich. Lord Bannor hat nicht einmal Hilfe gebraucht, als er in Poitiers mit einem Dutzend Pfeilen im Rücken aus einem Graben gekrochen kam.«

»Oder als er halb verhungert und halb zu Tode gefoltert aus dem Kerker in Calais entkommen ist«, fügte einer der Männer nachdenklich hinzu.

»Ich hoffe nur, dass er nicht plötzlich verweichlicht.« Sir Darrin schüttelte den Kopf.

Hollis mischte sich ein. »Ich versichere, dass Ihr Euch, solange Lady Willow in der Nähe ist, darüber keine Sorgen zu machen braucht.«

Willow hatte ihre Arme fest um Bannors Hüfte geschlungen, als sie ihn behutsam durch die breiten Gänge der Burg führte und Befehle brüllte, die die Dienstmädchen und Pagen auf der Suche nach Bandagen, heißem Wasser und einer Unzahl von Heilkräutern wie aufgeschreckte Hühner durch die Gegend laufen ließen.

Während sie sich die Wendeltreppe hinaufschoben, drehte sie den Kopf zur Seite und begegnete Bannors fragenden Augen. »Was ist los, Mylord?«

»Ich kann einfach nicht glauben, dass ich je gedacht habe, Ihr wärt eine zurückhaltende Person.«

Willow hätte ihn vielleicht für diesen Satz getadelt, hätte er nicht plötzlich nach seiner verletzten Schulter getastet und herzerweichend gestöhnt.

Erst nachdem sie ihn sicher in seinem Bett wusste, wagte sie, sich lange genug abzuwenden, um die Dinge zu sichten, die die Bediensteten auf ihre Anweisung hin herbeigeschleppt hatten.

Bannor lehnte gemütlich in einem dicken Kissenberg, während Willow die Verbände, die Schüssel dampfendes Wassers und die Schale frischer Kräuter auf einer Bank neben dem Bett zurechtrückte. »Wisst Ihr, Desmond hat es nicht so gemeint«, erklärte sie, ohne ihn dabei anzusehen.

Bannor schnaubte verächtlich auf. »Natürlich hat er es so gemeint. Der Junge kann mich nicht ausstehen.«

Willow zerkrümelte etwas Majoran über dem Wasser und schüttelte den Kopf. »Wenn er Euch nicht ausstehen könnte, wäre er nicht derart wütend, sondern gleichgültig.«

Bannor runzelte die Stirn. »Wie kommt es, dass Ihr Euch so gut in meinen Sohn hineinversetzen könnt?«

Sie konzentrierte sich ganz auf das Falten des Verbandes, ehe sie die Hälfte in das Wasser tauchte und vorsichtig auszuwringen begann. »Weil es eine Zeit in meinem Leben gab, in der ich ebenfalls alles getan hätte, nur damit mein Vater mir etwas Beachtung schenkt. Ich hätte ihm sogar gesagt, dass er zur Hölle fahren soll.« Sie musterte Bannor traurig. »Oder darauf bestanden, einen Mann zu heiraten, den ich nie auch nur gesehen hatte.«

Ein Schattern huschte über Bannors Gesicht. »Ein Akt der Rebellion, den Ihr inzwischen sicherlich bereut.«

Statt einer Erwiderung sagte Willow leichthin: »Was meint Ihr, vielleicht sehen wir uns besser erst einmal die Wunde an.«

Bannor fuhr zusammen, als sie seine Hand von seiner Schulter zog. Verdutzt tastete sie mit ihren Fingern über das makellose Leinen seines Hemdes und betrachtete mit zusammengekniffenen Augen den beinahe unsichtbaren Riss im Hemd auf der anderen Schulter.

Sofort platzierte Bannor die Hand auf die gegenüberliegende Seite. »Anscheinend hatte ich nur Phantomschmerzen. Ein wirklich ärgerliches Gefühl.«

»Wirklich ärgerlich«, murmelte Willow und musterte ihn stumm. Seine sonnengebräunte Haut wies nicht die geringste Blässe auf.

Weniger sanft als zuvor streifte sie das Hemd von seinem Arm, aber all ihr Mitgefühl und ihre Gewissensbisse kamen zurück, als sie den winzigen Kratzer an seiner Schulter entdeckte.

»Oh, Bannor, ich hätte niemals derart unvorsichtig sein

dürfen.« Sie wrang einen der Verbände aus und tupfte fachmännisch an einem spärlichen Blutfaden herum. »Könnt Ihr mir jemals verzeihen?«

Er stieß einen wohlwollenden Seufzer aus. »Glücklicherweise bin ich nicht nachtragend.«

Sie versuchte, sein Hemd weiter herunterzuziehen, aber der feste Stoff gab nicht so einfach nach. »Ich glaube, ich könnte die Wunde besser verbinden, wenn wir das hier auszögen.« Ohne auf seine Antwort zu warten, streifte sie ihm das Hemd über den Kopf.

»Das ist vielleicht keine so gute Idee«, stellte Bannor mit durch den Stoff gedämpfter Stimme fest.

Doch da war es bereits zu spät. Das Hemd lag zerknüllt in Willlows Händen, und sie starrte mit großen Augen auf seine nackte Brust. Gott hatte mit den mächtigen Muskeln und den weichen dunklen Haaren ein Meisterwerk kreiert, doch der Mensch hatte alles in seiner Macht Stehende getan und es weitest gehend zerstört.

Als sie ihn durch das Loch in der Wand des Turmzimmers beobachtet hatte, hatte ihr das flackernde Kerzenlicht seine schrecklichsten Geheimnisse nicht offenbart. Sprachlos streckte Willow eine bebende Hand aus und fuhr vorsichtig mit den Fingerspitzen über die gezackte Narbe, die vom Brustbein bis unterhalb des Brustkorbes verlief.

»Die stammt von meinem ersten Turnier«, erklärte Bannor leise, ohne sie anzusehen. »Es war ein Segen, dass ich von der Lanze nur gestreift wurde.«

Immer noch stumm fuhr sie über die Narbe, die seine linke Brustwarze durchtrennte und in einem Bogen um sein Herz herum verlief.

»Ein Dolch. König Philip von Frankreich hatte einen Mörder gedungen, der, während ich schlief, in mein Zelt gekrochen kam und mich in dem Glauben, ich wäre tot, dort liegen ließ.« Sein Mund wurde von einem gefährlichen Lächeln umspielt. »Der Mann war mehr als überrascht, als ich ihn am folgenden Tag in seinem Zelt aufsuchte und ihm die Waffe wiedergab.«

Sie strich über den pockennarbigen Kreis rechts von seinem Brustbein und über die identisch aussehenden Narben rechts und links von seinem Herzen.

»Ein Pfeil. Ein Pfeil. Und noch ein Pfeil«, informierte er mit einem Seufzer und rang verblüfft nach Luft, als sie ihre Finger tiefer gleiten ließ, über die vernarbte Fläche Fleisch, die seinen halben Unterleib bedeckte, ehe sie in seinem Hosenbund verschwand.

»Kochender Teer.« Er zuckte mit den Schultern. »Es war meine eigene Schuld. Ich habe mich einfach nicht schnell genug über die Mauer gerollt.«

Er wurde starr, aber protestierte nicht, als sie ihn nach vorne zog, um seinen Rücken anzusehen. Endlich fand sie ihre Stimme wieder und rang hörbar nach Luft.

Sein Rücken war mit noch zahlreicheren und noch leuchtenderen Pfeilnarben übersät als seine Brust. Doch es waren nicht diese Souvenirs gewonnener und verlorener Schlachten, die ihr die Tränen in die Augen trieben, sondern die bleichen Striemen, die den Rücken von seinen breiten Schultern bis hinab zu seinem Steißbein kreuz und quer verunzierten.

Als sie vorsichtig über eine dieser Striemen fuhr, spannte er sich merklich an. »Nur zwanzig Hiebe. Meine französischen Gefängniswärter waren höchst unglücklich, als ich einen von ihnen mit der Peitsche stranguliert habe, die er auf meinen Rücken niedersausen ließ.«

Von Gefühlen überwältigt, schlang Willow ihre Arme um seine Hüften, schmiegte ihre Wange an seinen zerschundenen Rücken und wünschte sich, der Balsam ihrer Tränen brächte seinen Wunden die von ihr ersehnte Linderung.

Bannor atmete erschaudernd aus. Er besaß eine beinahe übermenschliche körperliche Leidensfähigkeit, aber Willows Tränen riefen ungeahnte Schmerzen in ihm wach.

Er lachte bitter auf. »Ich kann es Euch nicht verdenken, wenn Ihr Euer Gesicht verbergt. Ich weiß, dass mein geschundener Leib ein grauenhafter Anblick ist. Jetzt wisst Ihr, weshalb ich immer nur im Dunkeln unter den Decken mit meinen Frauen ins Bett gegangen bin.«

Willows Lippen auf seinem Rücken riefen gleichermaßen Qual und Freude in ihm wach. »Eure Narben sind Zeichen der Ehre, Mylord. In meinen Augen sind sie wunderschön.«

Während sie jede einzelne Narbe mit einem hingebungsvollen Kuss bedeckte, atmete Bannor mühsam durch. »Ich hätte mir niemals träumen lassen, dass Ihr so grausam sein könntet, mir ein derartiges Geständnis abzupressen«, stellte er erschaudernd fest. »Also gut, ich gestehe. Mit Eurem Pfeil habt Ihr mir nicht mehr als einen harmlosen Kratzer zugefügt. Ich habe die Wunde einfach als Entschuldigung genutzt, um meinen Kindern zu entkommen und Euch vor Mitternacht ins Bett zu kriegen. Mir war nie schwindelig. Obgleich mir allmählich schwindelig wird«, fügte er murmelnd hinzu und schloss die Augen, als Willow mit den Lippen über die Muskelstränge unter seiner Kehle glitt.

Willow erinnerte sich an das erste Mal, als sie ihn gesehen hatte – daran, wie sehr sie sich danach gesehnt hatte, all seine möglichen Mängel aufzudecken, nur um zu beweisen, dass er sterblich wie jeder andere war. Im Vergleich zu ihm erkannte sie den Prinzen aus ihren Träumen als einen geputzten, zerbrechlichen Geist. Begierig pflanzte sie kleine Küsse über den verführerischen Schatten eines Bartes, der Bannors Kiefer stets verdunkelte und ebenso begierig sogen ihre Nasenflügel die wohlriechende Würze seines Körpers ein. Seine dichten Wimpern klappten wie zwei fedrig weiche

Fächer zu, und als sie seinen Mund mit einem leidenschaftlichen Kuss versiegelte, stieg aus seiner Kehle ein sehnsüchtiges Stöhnen auf.

Die Zähne ihres Prinzen waren makellos gewesen, was Bannors abgebrochenen Schneidezahn noch schöner werden ließ. Als sie mit ihrer Zunge über die unebene Kante fuhr, keuchte er guttural auf.

Ehe er den Kuss jedoch vertiefen konnte, glitt ihr Mund bereits an seinem Hals hinab.

Die Brust ihres Prinzen war haarlos gewesen und vollkommen glatt. Nun jedoch vergrub Willow ihre Fingernägel in einem Wirbel dunkler Haare, kämmte die drahtigen Locken mit den Fingern glatt und drückte ihren Mund auf die breite Narbe, die von seinem Brustbein bis hin zum unteren Ende seines Brustkorbes verlief.

Sie hoffte, dass der Schauer liebevoller Küsse, die sie auf ihn niederregnen ließ, endlich einmal Freude weckte, wo zuvor nur Schmerz gewesen war. Falls Bannors keuchender Atem ein Zeichen seines Empfindens war, hatte sie offenbar zumindest teilweise Erfolg. Sie tastete nach der schlecht verheilten Wunde des mörderischen Dolchs, und zitterte bei dem Gedanken, dass jemand versucht hatte, das pochende Herz für immer zum Verstummen zu bringen, das unter ihren Fingern schlug. Als sie ihre Zunge über die starre Brustwarze flattern ließ, die von der mörderischen Klinge gespalten worden war, vergrub Bannor seine Hand in ihrem Haar und stöhnte auf.

Ihre Lippen liebkosten jede Pfeilnarbe, ehe sie sie tiefer und tiefer bis zu der Verbrennung seines Unterleibes gleiten ließ.

Bannor hätte geschworen, dass er seit über zehn Jahren in der Region der Narbe bar jeder Empfindung war, aber allein der Anblick von Willows vollen Lippen auf seinem ruinierten Körper rief einen Schwindel der Sehnsucht in ihm wach.

Als ihr weicher Mund hinab zum Bund seiner Hose glitt, hielt er es vor Verlangen nicht mehr aus. Er packte sie bei den Schultern und zog sie an sich herauf. »Dies wäre vielleicht der geeignete Augenblick, um Euch zu warnen«, knurrte er. »Ich habe leider keinen Schilling dabei.«

Sie sah ihn schelmisch lächelnd an. »Den werdet Ihr auch nicht brauchen, Mylord, solange Ihr ihn nicht zwischen *Euren* Knien halten wollt.«

Schockiert verfolgte Bannor, wie sie erneut an ihm heruntergIitt und mit den Zähnen an den Bändern seiner Hose zog, bis der Stoff ein Stück an ihm herunterrutschte und ihr Blick auf seinen weißen Unterkörper fiel. Wieder senkte sie ihren Mund auf seinen Leib, und Bannor hätte schwören können, dass seine Haut in lichterlohen Flammen stand. Die glühende Spur von Willows Zunge rief gleichermaßen himmlisches Vergüngen und Höllenqualen in ihm wach, und als sie ihn durch den Stoff der Hose vorsichtig betastete, hätte er beinahe einen Sprung an die Decke gemacht.

»Ein wirklich beeindruckender Hosenbeutel, Mylord«, wisperte sie, wobei ihr Atem seinen Körper kitzelte.

»Ich trage keinen Hosenbeutel«, stieß er zwischen zusammengebissenen Zähnen atemlos hervor.

»Oh!« Ihre Stimme hatte einen überraschten und gleichzeitig unschuldigen Klang.

Bannor sank in die Kissen und hielt sich mit einem Arm die Augen zu.

Willow beschloss, sein heiseres Stöhnen als Zeichen der Unterwerfung anzusehen, und schob mit angehaltenem Atem seine Strumpfhose hinab. In ihrer Unschuld hätte sie niemals gewagt, den Prinzen ihrer Träume mit einem derart geheimnisvollen Prunkstück zu versehen.

Sie stieß einen ehrfürchtigen Seufzer aus. Nach all den Narben, derer sie in den letzten Minuten ansichtig geworden war, überwältigte sie der Anblick einer solchen Perfektion. Sie umfasste ihn mit beiden Händen, nahm beinahe schüchtern Maß, und ihr Verlangen wurde durch die kühnen Dimensionen noch verstärkt.

Bannor fuhr zusammen, als sie ihn zärtlich zwischen ihre Lippen nahm. Dies war ein Glück, das ihm weder Mary noch Margaret je gewährt hatten, und das zu erbeten er zu stolz gewesen war. Nun jedoch sah er mit aufgerissenen Augen zu, wie Willow seine Männlichkeit – nicht im Dunkeln oder im Schutz von einer Decke, sondern im hellen Licht der Sonne, das durch das Fenster strömte und ihre Haare silbrig dunkel schimmern ließ – mit ihrem Mund umschloss.

Unfähig zu entscheiden, ob seine Frau nun Teufel oder Engel war, vergrub er seine Finger in ihren seidigen Locken. Wenn er ehrlich war, war es ihm auch vollkommen egal. Er war dankbar für jede Minute in ihrem zarten Bann.

Er warf den Kopf in den Nacken und brüllte vor Ekstase auf, als ihn der wollüstige Pfeil der Liebe traf.

Immer noch erschaudernd zog er Willow an seiner Brust herauf und gab ihr einen langen, glühend heißen Kuss.

Sie beide fuhren schuldbewusst zusammen, als plötzlich ein ungeduldiges Klopfen an ihre Ohren drang, gefolgt von Mary Margarets Stimme, die geradezu herrisch fragte: »Willow, ist Papa jetzt im Himmel oder nicht?«

»Und ob ich im Himmel bin«, stellte Bannor leise lachend fest. »Und du, Engel, hast mir den Weg dorthin gezeigt.«

Pünklich zum Glockenschlag um Mitternacht schlüpfte Willow abermals durch Bannors Zimmertür. Sie stellte ihr

Tablett auf den Tisch und rückte Käse, Brot und einen Krug Glühwein zu einem hübschen Bild zurecht.

Anschließend nahm sie eine der in Teer getauchten Fackeln aus dem Eisenständer und entzündete die am frühen Abend von ihr im Kamin aufgeschichteten Holzscheite. Kurze Zeit später erfüllte ein prasselndes Feuer den Raum mit würzigem Piniendurft, und sie löschte die Fackeln in dem Eimer Wasser, der einzig zu diesem Zweck in einer Ecke stand. Ihr erschien das sanfte Flackern der Flammen gemütlicher.

Willow sah sich zufrieden um, doch als sie in Richtung des Bettes wanderte, wusste sie, dass die Wärme, das Essen und der gewürzte Wein nur ein Schatten der Freuden waren, die sie in dieser Nacht erwarteten. Ihr Atem beschleunigte sich, als sie sich an das Versprechen süßer Rache erinnerte, das Bannor ihr gegeben hatte, ehe er sie widerwillig aus seinen Armen entließ, damit sie Mary Margaret versicherte, dass ihr Papa doch nicht im Himmel war.

Die Decke war zerwühlt und die Matratze wies noch die Druckstellen von Bannors schwerem Körper auf. Unfähig, der Versuchung zu widerstehen, zog Willow die Schuhe aus, kletterte ins Bett, rollte sich in der von Bannor geschaffenen Senke zusammen und fühlte sich behaglich wie ein kleines Tier in seinem Bau.

Zum erneuten Läuten der Glocken wurde sie wieder wach. Einmal. Zweimal. Dreimal.

Sie setzte sich auf, rieb sich die Augen und sah sich verwundert um. Käse und Brot standen unberührt mitten auf dem Tisch und das Feuer war so weit heruntergebrannt, dass es nur noch ein paar unheimliche Schatten warf.

»Bannor?« Ihre furchtsame Frage verklang ungehört.

Ohne sich die Mühe zu machen, ihre Schuhe wieder anzuziehen, huschte Willow aus dem Zimmer, schlich lautlos die Treppe hinab und öffnete die erste Tür, die sich ihr bot.

Obgleich die Kinder mehrere Lagerstätten hatten, endeten sie für gewöhnlich immer alle in dem riesigen, baldachinbewehrten Bett, das eigentlich Desmond, Ennis, Kell und Edward vorbehalten war. Heute jedoch lag Desmond dort vollkommen allein. Inmitten des großen Lagers sah er unglaublich verloren aus, und mit dem geöffneten Mund und den auf den sommersprossigen Wangen ruhenden dichten Wimpern kam er Willow wie ein kleiner Junge vor. Sie zog ihm zärtlich die Decke bis zum Kinn und fragte sich, ob er sich wohl daran erinnerte, dass ihm eine solche Geste je durch eine eigene Mutter zuteil geworden war.

Anschließend schlich sie verwundert weiter die breite Steintreppe bis in den großen Saal hinab. Da es nicht ungewöhnlich war, dass betrunkene Schausteller und müde Reisende nach einem lustigen Abend dort Schutz vor der winterlichen Kälte suchten, überraschte es sie nicht, als sie einen Haufen Leiber vor dem Kamin vorfand.

Allerdings überraschte es sie, dass dieser Haufen aus dem Herrn der Burg und seiner Brut bestand.

Lächelnd stellte sie fest, dass ihnen der Kampf gegen die Uhr anscheinend nicht gelungen war.

Bannor lag wie ein von feinem Feenstaub in einen tiefen Schlaf versenkter Riese auf dem Boden, und Meg, Margery und Colm hatten ihre kleinen Köpfe an seine muskulösen Schenkel geschmiegt. Ennis und Mary lagen ausgestreckt auf den beiden Bänken links und rechts von ihrem Vater, während Hammish, Edward und Kell zusammengerollt wie kleine Welpen zu seinen Seiten schlummerten. Edward murmelte etwas im Schlaf und Hammish hatte seinen Mund an Kells Ohr gepresst. Willow konnte nur hoffen, dass er nicht träumte, er beiße in irgendeine zarte Köstlichkeit.

Bannor hatte Mary Margaret im Arm, und auch wenn die Kleine behauptet hatte, es wäre ihr egal, ob ihr Vater in Frankreich oder im Himmel wäre, hielt sie sein Wams so fest umklammert, als solle er nie wieder gehen. Als sie leise wimmerte, zog Bannor sie enger an seine Brust und hielt sie dort so schützend fest, das sich sicher jeder noch so grässliche Albtraum umgehend verflüchtigte.

Als die Glocken der Kapelle drei Stunden zuvor Mitternacht geschlagen hatten, hätte Willow geschworen, dass sie alles, was sie sich je gewünscht hatte, besaß. Als sie nun jedoch mit tränenverhangenen Augen auf den dunklen und den blonden Schopf von Vater und Tochter sah, stellte sie fest, dass sie selbst nicht besser als eins der habgierigen Kinder, dass sie nie mit dem, was sie besaß, zufrieden war.

Dass Bannor sie begehrte, reichte ihr nicht mehr. Sie wollte seine Liebe, musste sie sich eingestehen.

Er sollte sie lieben wie sie ihn.

Diese Erkenntnis rief ein bittersüßes Verlangen in ihr wach, das stärker als ihre Sehnsucht nach dem Prinzen ihrer Träume war.

Bis zu diesem Moment hatte sie nicht verstanden, weshalb Bannor Liebe als Krankheit bezeichnete. Als sie nun jedoch lautlos den Saal verließ, erschauerte sie in einem Fieber, von dem es keine Heilung gab.

21

Als Willow am nächsten Morgen erwachte, gab es zum Zittern allen Grund. Im Verlauf der Nacht war es so kalt geworden, dass das gläserne Fenster in ihrem Zimmer von glitzernden Eisblumen überzogen war.

Der bleierne Himmel über der Burg passte hervorragend zu ihrer Stimmung, und obgleich sie wusste, dass Beatrix auf Bedlington kaum je vor dem Mittagesesn aufgestanden war, verspürte sie das dringende Verlangen, dafür zu sorgen, dass das Mädchen sich ebenfalls aus den Federn erhob. Als sie Beatrix jedoch unsanft rüttelte, schmiegte sich diese unter Protestgemurmel enger an die Matratze und zog sich die Pelze über den Kopf. Willow stieß einen abgrundtiefen Seufzer aus und wünschte sich, sie könnte einfach genau dasselbe tun.

Stattdessen stieg sie in ein karminrotes, pelzgesäumtes Wollkleid und lief auf der Suche nach Wärme und fröhlichem Lärm eilig die Treppe in den großen Saal hinab. Ein mächtiges Holzscheit loderte in dem riesigen steinernen Kamin. Bannor, Sir Hollis und die Kinder saßen um den großen Tisch, und mehrere Ritter, Knappen und Waffenträger hockten an den langen auf Böcken ruhenden Platten, die im Saal verstreut waren.

Bannor unterbrach sein Gespräch mit Sir Hollis, als sie sich ihm näherte. »Guten Morgen, Mylady«, murmelte er und sah sie mit zusammengekniffenen Augen an. »Ich hoffe, dass Ihr gut geschlafen habt.«

»Sehr gut«, antwortete sie und fragte sich, ob es ihn enttäuscht hatte, als er schließlich in sein Turmzimmer gekommen und sie nicht mehr dort gewesen war.

Der Stuhl neben ihm war frei, aber sie setzte sich neben Hammish auf die Bank. Sollte Bannor ruhig denken, dass sie beleidigt war, weil er ihr mitternächtliches Stelldichein verpasst hatte. Besser, als wenn er die Wahrheit vermutete.

In seiner braunen Strumpfhose und dem gestärkten Wams aus smaragdgrünem Kammgarn sah Bannor nicht so aus, als hätte er die Hälfte der Nacht auf dem Steinboden vor dem Kamin verbracht. Er war frisch rasiert, und seine

Augen wiesen ihr gewöhnliches, fröhliches Blitzen auf. Seine Kinder jedoch wirkten wesentlich weniger erfrischt. Mary stocherte mit einem Finger an einem klebrigen Granatapfel herum, Ennis rührte ohne Begeisterung in seinem Feigenpudding, Kell und Edward hockten, das Kinn müde auf die Hände gestützt, zusammengesunken am Tisch, die dösende Mary Margaret schien Gefahr zu laufen, dass sie mit dem Gesicht in ihre Schüssel fiel, und selbst Hammish leckte seinen Teller bestenfalls halbherzig ab.

Desmond war der einzige, der mit grimmiger Entschlossenheit so viele gesüßte Granatäpfel und so viel Feigenpudding in sich hineinschaufelte, als habe er die Absicht, alle Vorräte der Burg zu vertilgen, selbst wenn er platzte.

Die Kinder erwachten aus ihrer Lethargie, als ein Knappe aus der Küche kam, der unter dem Gewicht der schweren Platte mit diversen Fleischgerichten schier zusammenbrach. Selbst Mary Margaret riss die Augen auf und zuckte wie ein Kaninchen mit den Nasenflügeln.

Bannor rieb sich erwartungsvoll die Hände, als der Knappe die Platte vor ihm auf den Tisch hievte. Willow bedachte ihn mit einem argwöhnischen Blick. Nie zuvor hatte sie erlebt, dass ihm vor dem Mittag an etwas Herzhafterem als braunem Brot und warmem Bier gelegen war.

Als er mit seinem Messer eine dicke Scheibe Schinken aufspießte, sie sich genüsslich zwischen die Zähne schob und begeistert zu kauen begann, folgten die Kinder mit offenen Mündern jeder seiner Bewegungen. »Hättet Ihr vielleicht gern auch etwas Schinken« – ihre Mienen hellten sich auf und verfinsterten sich wieder, als er höflich »Mylady« hinzufügte.

»Nein danke, Mylord.« Willow grinste innerlich. »Ich nehme dasselbe wie die Kinder«, antwortete sie.

»Du kannst meine Portion haben«, sagte Ennis und

schob ihr seine Schüssel hin. »Wenn ich auch nur eine weitere Schale Feigenpudding esse, wird mir sicher schlecht.«

Willow rührte mit noch geringerer Begeisterung als er mit ihrem Löffel in dem Pudding herum. Es schien, als hätte ihre unglückliche Krankheit ihr zu allem Überfluss auch noch den Appetit geraubt.

»Ich hätte gern etwas von dem köstlichen Fasan«, sagte Sir Hollis fröhlich und nahm sein Messer in die Hand.

Bannor schob ihm die volle Platte hin. Die Kinder leckten sich die Lippen, als sie sich nur Zentimeter vor ihren Nasen vorbeibewegte und beobachteten mit glasigen Augen, wie sich der Ritter eine Scheibe des mit würziger Pflaumensauce übergossenen gerösteten Vogels nahm. Desmond schob sich einen weiteren Löffel Feigenpudding in den Mund, den er, wenn auch unter hörbarer Anstrengung runterschluckte.

Während Bannor und Hollis das Festmahl genossen und nur lange genug im Essen innehielten, um festzustellen, dass der Koch und sämtliche Küchenangestellten sich selbst übertroffen hätten, kratzte sich Edward verstohlen an der Brust. »Dürfte ich heute vielleicht ein Bad nehmen? Allmählich juckt es mich überall.«

Stirnrunzelnd rückte Kell ein Stückchen von ihm ab. »Außerdem stinkst du wie ein Schwein.«

Bannor schob sich ein herzhaftes Stück Schweinebraten in den Mund. »Tut mir Leid, mein Sohn«, antwortete er, »aber entsprechend den Bedingungen unseres Waffenstillstandsabkommens bist du frühestens in vierzehn Tagen mit Baden an der Reihe.«

Kell hielt sich die Nase zu und schnaubte angewidert auf.

Edward stieß ihn mit dem Ellenbogen an. »Ich weiß gar nicht, warum du dich so anstellst. Du selbst riechst auch nicht gerade wie ein König.« Er kicherte vergnügt. »Oder vielleicht ja doch.«

In der Hoffnung, einem erneuten Faustkampf zwischen den beiden aus dem Weg zu gehen, tupfte sich Bannor den Mund mit einer Leinenserviette ab und stand auf. Ehe sich jedoch seine Kinder irgendwelche Hoffnungen machen konnten, winkte er dem in der Ecke stehenden Knappen, dass er mit dem Essen fertig war.

Als die Platte wieder in der Küche verschwunden war, sah er lächelnd in die betrübten Gesichter, von denen er umgeben war. »Und, was spielen wir heute? Wollen wir Ringe werfen? Oder vielleicht ein paar aufregende Runden Topfschlagen und Blindekuh?«

Desmond starrte finster in seine Schüssel, während die anderen ihren Vater lediglich müde anblinzelten und Mary Margaret ein Gähnen hinter ihrer Hand verbarg.

Bannor zuckte mit den Schultern, stieß einen traurigen Seufzer aus und schaffte es, beinahe so niedergeschlagen wie sonst Hammish, wenn er Hunger hatte, auszusehen. »Tja, wenn heute Morgen niemand mit mir spielen will, wandere ich wohl einfach auf den Turnierplatz und sehe, ob man mich dort eventuell braucht.« Mit einem Blinzeln in Willows Richtung, das ihr Herz einen Purzelbaum schlagen ließ, verließ er den Tisch.

»Vielleicht solltest du nach Windsor reiten. Könnte ja sein, dass jemand dem König den Arsch abwischen muss.«

Obgleich Desmond den Kopf gesenkt hatte, waren seine Worte klar und deutlich zu verstehen. Innerhalb einer Sekunde hatten sämtliche Anwesenden mit Sprechen und Kauen aufgehört. Einige von Bannors Männern glotzten den Jungen mit weit aufgerissenen Augen an, während andere plötzlich ein auffallendes Interesse an den von den Deckenbalken hängenden rotgoldenen Bannern entwickelten.

Bannor ballte die Fäuste und machte langsam auf dem Absatz kehrt. »Was war das, mein Sohn?«

Willow hielt den Atem an und wartete darauf, dass Desmond seine Worte leugnete, aber er schockierte sie alle, indem er wütend auf die Füße sprang. In dem Moment wurde ihr klar, dass die Röte auf seinen Wangen kein Zeichen von Verlegenheit, sondern von Zorn war.

Er ballte ebenfalls die Fäuste und starrte seinem Vater gerade in die Augen. »Bitte lass dich von mir nicht aufhalten, Vater. Begib dich besser schnell auf den Turnierplatz und zieh dein mächtiges Schwert, denn schließlich kann man nicht wissen, wann die Franzosen uns erneut den Krieg erklären. Und weißt du was? Ich bete, dass sie es bald tun! Denn dann musst du schließlich wieder umgehend dem König zu Hilfe eilen, stimmt's? Nur dass ich hoffe, dass du beim nächsten Mal nicht zurückkehren wirst. Außer vielleicht, nachdem man dich auf den Rücken deines Pferdes gebunden hat!«

Bannor blickte so versteinert und zugleich drohend auf seinen Sohn herab, als wäre sein Gesicht bereits ein Bildnis aus Granit. Willow umklammerte unter dem Tisch Hammishs zitternde Hand und wartete darauf, dass Bannor seinen Ältesten endlich in seine Schranken verwies. Wenn sie ehrlich war, musste sie zugeben, der Junge hätte es verdient.

Als Bannor schließlich sprach, war seine Stimme so gefährlich leise, dass sie alle die Ohren spitzen mussten, um seine Worte zu verstehen. »Wenn der König mich an seiner Seite braucht, mein Junge, dann werde ich seinem Befehl ganz sicher nachkommen. Aber ich habe nicht die Absicht, mich von einer französischen Klinge töten zu lassen. Noch nicht einmal, um dir damit einen Gefallen zu tun.«

Bannor straffte die Schultern und ging mit festen Schritten an den mit offenen Mündern in der Tür stehenden Pagen vorbei in den Hof.

»Bannor!« Der Schrei folgte ihm über die Wiese und schmerzte ihn stärker als die eisigen Schneeflocken, die ihm ins Gesicht trieben.

Er beschleunigte seine Schritte und zermalmte unter seinen Füßen das gefrorene Gras. Den Großteil seines Lebens hatte er mit Kriegen zugebracht, aber jetzt wünschte er sich nichts sehnlicher als einen Augenblick der Ruhe und des Friedens. Genau das versprach das träge Rauschen des Flusses, das an seine Ohren drang.

»Mylord!« Das Rufen klang eindringlicher und atemloser als zuvor.

»Lasst mich in Ruhe, Willow«, rief er, ohne sein Tempo zu verlangsamen, über die Schulter zurück. »Heute habe ich keine Wunde, die Ihr versorgen könnt.«

»Auch nicht die, die Euch Desmond zugefügt hat?«

Am Ufer des Flusses blieb Bannor fluchend stehen.

Er drehte sich auch dann nicht um, als er Willows röchelndes Keuchen hinter sich vernahm. Als sie schließlich mit schneebedeckten Haaren und schlammverkrusteten Röcken, als wäre sie im Verlauf der wilden Jagd mehr als einmal gestürzt, stolpernd neben ihm zum Stehen kam, wäre sie fast geradewegs ins Wasser gestürzt, hätte nicht eine seiner Hände nach ihr gegriffen.

Sobald sie wieder im Gleichgewicht war, ließ er sie los und wandte sich abermals zum Gehen. »Ihr könnt mich begleiten, wenn Ihr darauf besteht, aber ich wäre Euch dankbar, wenn Ihr mir ein Gespräch über meinen Sohn ersparen würdet«, sagte er.

»Wie sollte ich von etwas anderem sprechen?«, fragte sie japsend. »Er hat Euch absichtlich provoziert.«

»Ebenso wie Ihr?«

Sie fuhr fort, als hätte sie nichts gehört. »Der arme Junge hat geradezu darum gebettelt, dass Ihr ihn packt und schüttelt, wie er es verdient hätte. Als Ihr auf dem Absatz kehrtgemacht habt und einfach gegangen seid, dachte ich, er bräche vor Gott und aller Welt in Tränen aus. Und wenn er das getan hätte, hätte er Euch das sicher nie verziehen.«

Bannor blieb immer noch nicht stehen.

»Ich verstehe nicht, warum Ihr den Jungen derart verwildern lasst, statt ihn mit Euch und den Männern zusammen auf den Turnierplatz trainieren zu lassen.« Willows Stimme wurde schrill. »Und ich verstehe nicht, weshalb Lord Bannor, der Verwegene, Stolz der Engländer und Schrecken der Franzosen, Angst vor einem dreizehnjährigen Jungen hat.«

Mit blitzenden Augen fuhr Bannor zu ihr herum und brüllte: »Ich habe keine Angst vor ihm! Ich habe Angst vor mir!«

Willow blieb schwankend vor ihm stehen.

Bannor fuhr sich mit den Händen durch das Haar. »Wenn andere Männer die Beherrschung verlieren, brüllen sie herum, werfen Gegenstände an die Wand und stampfen mit den Füßen auf. Wenn ich jedoch die Beherrschung verliere, rollen Köpfe und wird jede Menge Blut vergossen. Dann sterben die, die mich gereizt haben.« Er ging zu ihr zurück und hielt ihr seine Hände hin. »Seht Euch diese Pranken an, Willow. Seht Euch an, wie groß sie sind.« Er ballte sie zu Fäusten. »Spürt, wie stark sie sind. Angenommen, ich erhöbe eine dieser Hände im Zorn gegen meinen Sohn? Oder gegen Mary Margaret? Himmel, mit weniger als einem unbeholfenen Fingerdruck hätte ich ihnen die Knochen gebrochen oder die Schädel eingedrückt.«

Willow verstand nicht, wie Bannor derart gefährlich und gleichzeitig derart hilflos aussehen konnte, aber sie wusste, hätte sie ihn nicht bereits vor diesem Moment geliebt, dann täte sie es jetzt.

Sie überwand den Abstand zwischen ihnen und nahm behutsam eine seiner geballten Fäuste in die Hand. »Ich weiß nur, dass diese Hände nicht nur kräftig, sondern zugleich über alle Maßen zärtlich sein können. Dass sie nicht nur Schmerz, sondern auch Freude zu bereiten in der Lage sind.«

Immer noch sah er sie verkniffen an. »Sie haben bereits mehr Menschen getötet, als Ihr Euch vorstellen könnt.«

Sie strich mit ihrem Daumen über die vernarbten Knöchel seiner Faust. »Dann habt Ihr also Eure Kinder während all der langen Monate nicht für ihre Missetaten bestraft, weil Ihr Angst hattet, Ihr könntet die Beherrschung verlieren?«, fragte sie verständisvoll. »Dann habt Ihr also Angst, Ihr könntet in einen Blutrausch verfallen, wie er Euch im Krieg bisher so nützlich war, und einen ihrer dickschädeligen Köpfe abreißen?«

Er sah sie müde an. »Vielleicht. Woher soll ich wissen, dass so etwas nicht passiert?«

»Jetzt seid Ihr wütend auf mich, stimmt's?«

»Wütender als je zuvor«, gestand er widerwillig ein.

Nach wie vor streichelte sie seine Faust, bis sie allmählich ihre Anspannung verlor. Da neigte sie den Kopf, bedeckte seine schwielige Handfläche mit einem sanften Kuss und sah ihn unter ihren dichten Wimpern hervor an. »Und bin ich deshalb in Gefahr?«

»Mehr als Ihr Euch vorstellen könnt.« Er hob seine andere Hand und schnippte ihr eine Schneeflocke vom Kopf.

»Trotzdem habe ich nicht die geringste Angst«, log sie in der Hoffnung, dass ihr zärtliches Lächeln das Ausmaß ihrer Furcht vor ihm verbarg. »Bannor von Elsinore, Ihr seid ein gütiger und ehrenwerter Mann. Ein Mann, der niemals einem Menschen, der schwächer oder hilfloser ist als er, auch nur ein Haar krümmen würde.«

»Aber Ihr seid alles andere als hilflos.« Er fuhr mit seinem Daumen über ihre volle Unterlippe, wodurch er sie beide an den zarten Bann erinnerte, in dem er am Vortag von ihr gehalten worden war. »Ganz im Gegenteil. Nie zuvor hat ein Feind mein Herz je derart in Gefahr gebracht.«

Als Bannor kurze Zeit später mit Willow im Gefolge über den Turnierplatz schritt, verriet sein Gesicht eine Entschlossenheit, wie sie seine Männer vom Schlachtfeld her kannten. Sofort fragten sie sich, ob Frankreich vielleicht tatsächlich den Waffenstillstand gebrochen hatte, so wie es von Desmond gewünscht worden war.

Einige seiner treuesten Ritter und Waffenträger griffen nach ihren Schwertern und setzten sich ebenso aus Gewohnheit wie aus Neugier hinter ihm in Trab. Ihre Prozession führte sie in den Innenhof der Burg, wo ein hämisch grinsender Desmond einige der jüngeren Pagen zu einem Würfelspiel gezwungen hatte, dessen Sieger von vornherein festzustehen schien.

»Wenn ich erst mal der Herr von Elsinore bin«, sagte er und wog die Würfel in seiner Hand, »dann wird der Priester unsere Zeit nicht länger mit Unterricht im Lesen und Schreiben vergeuden. Und außerdem werde ich dafür sorgen, dass diese arroganten Knappen ihre Stiefel selber putzen, sodass ihr das nicht mehr müsst. Und falls sich mir irgendjemand widersetzt, dann lasse ich ihn in den Kerker werfen, bis er auf Knien angekrochen kommt und um Gnade fleht.«

Desmond plapperte immer weiter, ohne zu merken, dass die Augen seiner Zuhörer immer größer und größer wurden, bis schließlich ein drohender Schatten auf ihn fiel. Er wirbelte herum und merkte, dass sein Vater, gefolgt von einem Dutzend grimmiger Krieger, hinter ihm stand. Während die Pagen hastig auf die Füße stolperten, fielen ihm die Würfel aus der Hand. Auch wenn er der nach oben weisenden Punktezahl zufolge eindeutig der Gewinner war, wusste Desmond, dass der Anschein trog.

Die Faust seines Vaters umfasste unsanft seine Tunika, und als Bannor ihn auf Augenhöhe zog, baumelten seine Füße mehrere Zentimeter über dem Boden.

Bannors Mund wurde von einem so diabolischen Lächeln umspielt, dass Desmond vor Furcht mit den Zähnen zu klappern begann. »Es tut mir wirklich Leid, all deine großartigen Pläne zerstören zu müssen, Junge, aber noch bist nicht du, sondern ich der Herr über die Burg.«

Als Desmond zu zappeln begann, warf Bannor ihn sich einfach über die Schulter und marschierte zurück über den Hof. Desmond sah sich verzweifelt nach einem Verbündeten zwischen den Zuschauern um, und schließlich machte er Willow aus.

»Willow!«, brüllte er, während er wild um sich trat. »Rette mich, Willow! Vater ist vollkommen übergeschnappt. Er führt sich auf wie ein Berserker! Bitte lass nicht zu, dass er mir den Kopf abreißt!«

Willow konnte ein amüsiertes Lächeln nicht ganz verbergen, als sie erwiderte: »Vor noch gar nicht langer Zeit hast du ihn angefleht, dass er dich vor mir retten soll. Scheint, als hättest du seither immer noch nichts dazugelernt.«

Als das Schaffott in Sichtweite kam, verstärkte sich Desmonds jämmerliches Geschrei. »Nicht noch mal den Pranger! Ich werde auch nie mehr fluchen, Vater. Das verspreche ich!«

Als Bannor ihn am Pranger vorbeitrug, bedachte Desmond den Galgen mit einem beinahe wehmütigen Blick. Sicher wäre es besser gewesen, gehängt zu werden, als das zu ertragen, was sein Vater mit ihm vorhatte.

Bannor schleppte ihn über den Hof durch die offene Tür der Stallungen. Als sie beide im Inneren des Gebäudes verschwanden, kamen einige der Stallburschen herausgerannt, als hätte der Teufel persönlich sie davongejagt.

Krachend fiel die Tür ins Schloss, und sämtliche Umstehenden erschauderten.

Kell kam mit vor Aufregung blitzenden Augen über den Hof gestürzt, zupfte Willow am Ärmel und fragte: »Hast du das gesehen? Jetzt kriegt er sicher richtig Ärger, meinst du nicht?«

Sie legte einen Arm um seine Schulter, zog ihn eng an sich und schaute zweifelnd in Richtung der Stallungen. »Ja, mein Junge, das befürchte ich auch.«

22

Bannor hievte seinen wild strampelnden Sohn auf einen Ballen frisches Heu. Er fürchtete, der Junge bräche vielleicht aus Furcht vor ihm in Tränen aus, aber Desmond sprang auf die Füße und verbarg das Zittern seiner Unterlippe hinter einem trotzig starren Blick.

Darüber war Bannor mehr als nur erfreut.

»Tja, nun mach schon«, schnauzte Desmond ihn verächtlich an. »Nun mach schon und schlag zu. Wir wissen beide, dass ich es verdient habe.«

»Ich habe durchaus die Absicht, dir den Hintern zu versohlen. Wenn *ich* es für richtig halte.«

Desmond warf sich rücklings in das Heu und verzog herablassend den Mund. »Und wann wird das sein, wenn ich fragen darf? Wenn du mit dem Training auf dem Turnierplatz fertig bist? Oder wenn du einer von Mary Margarets Puppen den Kopf angenäht hast? Oder wenn du deine Hand unter Willows –«

Mit einer hochgezogenen Braue bedeutete Bannor ihm wortlos, dass es gesünder für ihn wäre, hielte er seine Zunge im Zaum.

Desmond schob sich einen Strohhalm zwischen die Zähne und guckte uninteressiert in die Luft.

»Wie versessen du auf eine Tracht Prügel bist, war mir bisher nicht klar.« Bannor kreuzte die Arme vor der Brust.

Desmond zuckte mit den Schultern. »Ich dachte, du wärst derjenige, der es am liebsten möglichst schnell hinter sich bringt. Ich bin sicher, du hast wesentlich wichtigere Dinge zu erledigen.« Er senkte seine Stimme auf ein beleidigendes Flüstern herab. »Vielleicht braucht der König ja jemanden, der ihm den Nachttopf leert.«

Jetzt war es um Bannors Beherrschung endgültig geschehen. »Wenn du dich schon ständig über meine Treue dem König gegenüber lustig machst, denkst du gleichzeitig vielleicht auch daran, dass ich ohne ihn immer noch ein mittelloser Waffenträger und gezwungen wäre, mich in den Dienst des Meistbietenden zu stellen? Alles, was ich habe, alles, was *du* hast, ist meine Belohnung dafür, dass ich ihm stets treu gedient habe – mein Titel, diese Burg, das Essen in deinem Bauch, das Land unter deinen Füßen. Nun, sogar deine Mutter war ein Geschenk von ihm! Ein Bastard wie ich hätte niemals das Recht gehabt, auch nur den Saum von Marys Umhang zu berühren, ohne dass ihm zuvor der König seinen Segen gibt. So sehr es dich auch stören mag, bin ich ihm etwas schuldig. Ich hatte also keine andere Wahl, als mich während des Krieges auf seine Seite zu stellen.«

»Es besteht keine Notwendigkeit für dich so zu tun, als ob es ein großes Opfer für dich gewesen wäre.« Desmond schnaubte wütend. »Wir alle haben das Blitzen in deinen Augen gesehen, wenn du endlich wieder in die Schlacht ziehen konntest. Sowohl meine Mutter als auch Lady Margaret haben nach deinem Fortgehen tagelang geweint, aber ich bezweifle, dass du, wenn du erst wieder bei deinen Männern warst, überhaupt jemals auch nur einen Gedanken an sie oder uns verschwendet hast.«

Die Vorwürfe des Jungen trafen Bannor tief. Tiefer als bisher jeder Hieb aus Feindeshand, und am liebsten hätte er den Jungen aus reiner Notwehr attackiert. Stattdessen stapfte er einmal quer durch den ganzen Stall, ehe er wieder zu Desmond zurückkam. »Der Krieg war alles, was ich kannte. Das Einzige, worin ich je ein Meister war. Ich habe all die Jahre für euch alle an der Seite des Königs gekämpft – um dem Namen Elsinore Ehre und Ruhm zu verleihen, um euch stolz zu machen auf das, was euer Vater ist.«

Der Junge bedachte ihn mit einem resignierten Blick, der ihn um Jahre älter scheinen ließ. »War es unser Stolz, der dich auf dem Schlachtfeld zurückgehalten hat, Vater? Oder vielleicht dein eigener?«

Bannors Magen zog sich zusammen, als ihm klar wurde, dass all die ruhmreichen Siege, die er erlangt hatte, diesem Jungen, der ohne Vater aufgewachsen war, nicht das Geringste bedeuteten. Eher hätte er sich in sein eigenes Schwert gestürzt, als je einen der Männer unter seinem Kommando im Stich zu lassen. Aber seine Kinder hatte er im Stich gelassen. All seine Vorstellungen von Ehre und Pflicht und Treue gegenüber seinem König erschienen ihm plötzlich ebenso leer wie Desmonds Augen.

Er kehrte seinem Sohn den Rücken zu, als er erkannte, dass dies die erste wahre Niederlage seines Lebens war. »Es scheint, als hätte ich dir schlimmes Unrecht zugefügt. Du wolltest einen Vater, und ich habe dir stattdessen einen Helden geboten, sodass ich am Ende in deinen Augen sicher keins von beidem war.«

Als Desmond ihm antwortete, klang seine Stimme seltsam distanziert. »Einmal bin ich fortgelaufen, als ich noch ein kleiner Junge war. Nachdem Mama gestorben war. Ich habe eins der Schwerter genommen, die du bei deinem letzten Besuch zurückgelassen hattest. Es war beinahe doppelt so groß wie ich, aber trotzdem habe ich es bis zur Grenze von Elsinore geschleppt. Ich habe so lange für den Weg gebraucht, dass ich dachte, ich wäre sicher schon in Frankreich. Als einer der Dorfbewohner mich fand, habe ich versucht, das Schwert zu heben, und ihm erklärt, er solle mir aus dem Weg gehen, denn ich wäre der Sohn von Lord Bannor, dem Verwegenen, und ich wollte zu meinem Papa in die Schlacht.«

Bannor drehte sich langsam zu ihm um. »Und was hat er daraufhin getan?«

Desmond zuckte mit den Schultern. »Er nahm mir das Schwert ab, warf mich über seine Schulter und trug mich geradewegs zu Fiona zurück. Den ganzen Weg über habe ich um mich getreten und wie am Spieß gebrüllt.«

»Ich kann nicht sagen, dass mich das besonders überrascht.« Bannors reumütiges Lachen erstarb in seiner Kehle, als er die Tränen in den Augen seines Sohnes sah.

»Du warst mein Held«, flüsterte Desmond mit erstickter Stimme. »Ich wollte unbedingt so sein wie du.«

Mit zwei Schritten hatte Bannor seinen Sohn erreicht und zog ihn an seine Brust. »Eines Tages wirst du sicher ein hervorragender Krieger sein, und ein wesentlich besserer Vater, als ich es je gewesen bin. Und außerdem wirst du einmal Herr über diese Burg. Aber jetzt noch nicht. Jetzt brauchst du nichts anderes als mein Sohn zu sein.« Er strich dem Jungen über das kastanienbraune Haar. »Ich erinnere mich noch genau an den Tag, als deine Mutter dich mir zum ersten Mal in den Arm gelegt hat. Sie war so stolz darauf, mir einen Sohn geboren zu haben.«

»Jetzt wäre sie sicher nicht mehr allzu stolz auf mich, nicht wahr?«, murmelte Desmond und wischte sich die Nase mit dem Ärmel seiner Tunika.

Bannor nahm sein Kinn und zwang ihn sanft, ihm ins Gesicht zu sehen, als er erklärte: »Ganz im Gegenteil. Während all der Jahre, während der ich fort war, hast du deinen Geschwistern sowohl die Mutter als auch den Vater ersetzt. Deine Mutter wäre ganz sicher ebenso stolz auf dich wie ich.«

Der Junge sah ihn unsicher an. »Meinst du das wirklich?«

»Und ob ich das meine«, bekräftigte Bannor ihm im Brustton der Überzeugung. »Darauf würde ich sogar mein Leben verwetten.«

»Wetten«, wiederholte Desmond geistesabwesend, kratzte sich nachdenklich am Kopf, schnipste mit den Fingern, machte sich eilig aus den Armen seines Vaters los und rannte Richtung Tür.

»Wo willst du so plötzlich hin?«, fragte Bannor ihn in strengem Ton.

»Ich muss meinen Gewinn vom Würfelspielen holen, sonst machen sich die betrügerischen Pagen damit aus dem Staub.«

»Nicht so schnell, mein Junge.« Bannor hielt ihn mit einer Hand zurück. Als Desmond vorsichtig über seine Schulter blickte, sah Bannor ihn teuflisch grinsend an. »Wenn ich mich recht entsinne, habe ich dir noch nicht das Hinterteil versohlt.«

Während der Morgen in den Mittag überging und aus dem sich verdunkelnden Himmel immer dickere Schneeflocken fielen, tigerte Willow besorgt über den Hof. Was, wenn ihr ein schrecklicher Fehler unterlaufen war? Sie knabberte nervös an ihren Nägeln, geplagt von der Vision, wie Bannor, Desmonds Leichnam auf den Armen, die Augen brennend vor Hass auf die Frau, die ihn dazu verleitet hatte, seinen Sohn zu töten, aus den Stallungen kam.

Bannors Waffenträger und Ritter stahlen sich mit gemurmelten Entschuldigungen leise aus dem Hof. Wenn sie ehrlich waren, mussten sie sich eingestehen, dass sie den Anblick von Willows besorgter Miene und die Stille, die noch bedrohlicher als laute Entsetzensschreie oder leises Gnadengewinsel war, nicht länger aushielten.

Während sich sowohl Willows Furcht als auch der Schnee vermehrten, kamen die Kinder aus der Burg und sahen sie mit ernsten Gesichtern wortlos an. Noch nicht einmal Edward fiel irgendeine Aufmunterung ein.

Kurz nach elf ließ sich selbst Beatrix dazu herab und gesellte sich zu ihnen.

»Ich habe gehört, was er zu seinem Vater gesagt hat«, flüsterte sie Willow zu. »Wenn du mich fragst, hat er, was auch immer Lord Bannor mit ihm anstellt, es verdient.«

Vielleicht hätte Willow Beatrix wegen ihrer Gehässigkeit Vorwürfe gemacht, hätte sie nicht bemerkt, dass eine Reihe ihrer Fingernägel bis zu den Nagelbetten abgebissen war.

Als die Glocke der Kapelle schließlich Mittag schlug, sank Willow auf einen Heuballen, vergrub ihren Kopf zwischen den Händen und fühlte kaum, wie Hammish ihr tröstend die Haare tätschelte.

Ihr Kopf flog hoch, als sich quietschend die Tür des Stalles öffnete und vor dem von einer Fackel erleuchteten Inneren des Raumes eine riesige Gestalt erschien. Willow wischte sich den Schnee aus dem Gesicht und hielt furchtsam den Atem an. Doch sie sah kein schnaubendes, durch sein eigenes Temperament zerstörtes Ungeheuer, sondern einen fröhlich lächelnden Mann, der einen Arm um die Schultern seines strahlenden Sohnes gelegt hatte.

Desmond sah größer und irgendwie auch älter aus, als hätte sich zusammen mit der Hand seines Vaters auch der Mantel des Mannes, der er einmal würde, um ihn gelegt. Willow hatte bisher geglaubt, dass er mit seinen grünen Augen und den kastanienbraunen Haaren sicher das Abbild seiner toten Mutter war, aber jetzt machte sie in seinem stolz erhobenen Kopf, dem trotzig gereckten Kinn und dem sinnlich liebenswerten Grinsen zum ersten Mal das Erbe seines Vaters in ihm aus.

Die Kinder stürzten, dicht gefolgt von Beatrix, wie eine Horde junger Welpen auf ihren heldenhaften Bruder zu. Willow raffte ihre Röcke und rannte ihnen nach. Sie hatte ihren eigenen Helden zu beglückwünschen.

»Desmond!«, kreischten einstimmig die Zwillinge.

Meg schlang ihre kurzen Ärmchen um das Bein des Bruders, während Mary Margaret seine freie Hand ergriff und wie das Ende eines Springseils schwang. In letzter Sekunde blieb Beatrix, ganz damenhaft zurückhaltend, ein Stück hinter den anderen zurück.

»Wir hatten schon Angst, Papa würde dich umbringen«, stellte Mary Margaret wohlig schaudernd fest.

»Er hat mir auch eine ziemliche Tracht Prügel verpasst«, gab Desmond strahlend zu. »Es hätte nicht viel gefehlt, dann hätte er mich wirklich umgebracht.« Trotz der Behauptungen des Jungen nahm Willow nicht den kleinsten Kratzer an ihm wahr.

Bannor bemühte sich um ein strenges Gesicht. »Eine Tracht Prügel, die längst überfällig war.«

»Hat es wehgetan?« Hammish riss ehrfürchtig seine braunen Augen auf.

»Entsetzlich«, versicherte sein Bruder ihm.

Beatrix unterzog ihn einer herablassenden Musterung. »Es wundert mich, dass du nicht gekreischt hast wie ein Mädchen«, stellte sie bemüht verächtlich fest.

»Ich habe keinen Ton gesagt. Nicht einen einzigen.«

Bannor zog spöttisch eine Braue hoch, und Desmond senkte leicht beschämt den Kopf. »Oder vielleicht habe ich einmal ganz leise gestöhnt.«

Die zehnjährige Mary sah ihn respektvoll an. »Wie tapfer von dir. Ich bin fast sicher, dass ich geweint hätte.«

»Ich nicht«, behauptete Edward und stemmte die Hände in die Hüften, um auszusehen wie ein ganzer Kerl. »Denn ich bin ein Mann und Männer weinen nicht.«

Kell stupste ihn unsanft von der Seite an. »Aber du verströmst einen Gestank, der einem die Tränen in die Augen treibt.«

Ehe die Fäuste wieder fliegen konnten, trat Bannor zwischen die beiden Streithähne. »Euer Bruder und ich haben, nachdem ich ihm den Hintern versohlt habe, ein langes Gespräch geführt und sind dabei zu dem Schluss gekommen, dass wir einige der Waffenstillstandsbedingungen vielleicht neu verhandeln sollten. Was meint ihr?«

Desmond nickte, stolz darüber, dass er von seinem Vater ins Vertrauen gezogen worden war. »Das ist richtig. Wir werden nicht länger zu allen Mahlzeiten Granatäpfel und Feigenpudding essen, sondern gutes, festes Fleisch und frisches braunes Brot.«

»Und Gemüse?«, fragte Hammish in hoffnungsvollem Ton. »Selbst das, was schon ein bisschen angegammelt ist?«

»Jawohl«, erklärte Bannor ihm. »Und zwar dreimal am Tag.« Dann wandte er sich Edward zu. »Und du nimmst alle zwei Tage ein Bad. Egal, ob es nötig ist oder nicht. Und da wir alle ziemlich erschöpft sind, nachdem wir in den letzten Tagen immer erst um Mitternacht im Bett gelegen haben, machen wir heute alle ein ausgedehntes Nickerchen.«

Edward und Kell tauschten entsetzte Blicke aus. »Ein Nickerchen?«

»Jetzt?«

»Mitten am Tag?«

Bannor zerzauste Kell das weizenblonde Haar. »Guck nicht so entsetzt, mein Junge. Denk lieber dran, was für ein Vergnügen es sein wird, gemütlich in einem weichen, warmen Bett zu liegen und zu hören, wie im Kamin die Holzscheite prasseln, während draußen der Schnee vom Himmel fällt.« Der Blick, den er mit Willow austauschte, versprach, dass ein weiches, warmes Bett und ein knisterndes Feuer erst der Anfang des von ihm für sie geplanten Vergnügens sein würde.

»Beeilt euch, Kinder.« Eilig scheuchte sie die Jungen und Mädchen wie eine Schar Gänse in Richtung Burg. »Je eher ihr schlaft, umso eher könnt ihr wieder aufstehen und zusammen mit eurem Vater und mir eine herzhafte Mahlzeit mit Fleisch und Gemüse einnehmen.«

Sie hatten bereits fast den Eingang erreicht, als sie merkte, dass eins der Kinder hinter ihnen zurückgefallen war.

Mary Margaret hatte sich mitten in den Schnee gesetzt und die Arme vor der Brust gekreuzt. Das kleine Mädchen reckte trotzig das Kinn und starrte seinen Vater böse an. »Ich mache kein Nickerchen. Ich will nicht. Du kannst mich nicht dazu zwingen«, verkündete es ihm.

Desmond zog die Brauen hoch und blickte Bannor fragend an. Auch die anderen Kinder blieben stehen, um zu sehen, ob dieser offene Akt der Rebellion gemäß der neuen Waffenstillstandsbedingungen toleriert würde.

Bannor stieß einen abgrundtiefen Seufzer aus und bedachte Willow mit einem wehmütigen Blick. »Wenn sie sich weigert, ein Nickerchen zu machen, muss ich wohl ebenfalls darauf verzichten«, stellte er fest, rollte die Augen himmelwärts, warf sich seine Tochter über die Schulter und kehrte mit ihr zu den Stallungen zurück.

Anders als ihr Bruder war Mary Margaret nicht stolz genug, um schweigend zu ertragen, was ihr Vater mit ihr anstellte. Lange nachdem Willow die anderen Kinder in ihre gemütlichen Betten verfrachtet hatte, hallten die empörten Schreie der Kleinen durch die Burg, sodass sich jeder, der sie vernahm, bekreuzigte und sich anschließend die Finger in die Ohren steckte. Erst nachdem ihr schrilles Kreischen verstummte, wagte sich ein zitternder Vater Humphries über den Hof, öffnete vorsichtig die Stalltür und entdeckte einen erschöpften kleinen Teufel, der friedlich in den Armen seines Vaters schlief.

Bannor blickte auf, als der Priester in die Scheune geschlichen kam. »Pst«, flüsterte er und hob einen Finger an seine Lippen. »Sie ist gerade erst eingeschlafen.« Er strich seiner Tochter eine feuchte Locke von der tränennassen Wange und die harten Linien seines Gesichtes wurden weich vor Zärtlichkeit und Stolz. »Sieht sie nicht wie ein kleiner Engel aus?«

Vater Humphries blickte lächelnd auf das Kind, während er eilig sein Kruzifix und die Flasche Weihwasser in den Ärmel seiner Soutane schob, damit Bannor sie nicht sah. »Ja, Mylord. Sie sieht wirklich wie ein kleiner Engel aus.«

23

Jeder, der Lord Bannors Kinder an jenem Abend am Tisch im großen Saal gesehen hätte, hätte geschworen, dass ihnen von Vater Humphries der Teufel ausgetrieben worden war. Selbst die Ritter, die immer noch beleidigt murrten, weil sie von den Welpen ihres Herrn von ihren Ehrenplätzen vertrieben worden waren, mussten zugeben, dass sie nie zuvor eine Gruppe artigerer Kinder gesehen hatten.

Mit ihren vom Mittagsschlaf leuchtenden Augen, frisch gebadet und in feinste Samt- und Damastkleider gehüllt, fehlten ihnen nur noch Flügel und Heiligenscheine, sonst hätte man überlegt, ob man inmitten göttlicher Himmelswesen saß. Im flackernden Licht der Fackeln schimmerten ihre Haare, und ihre Haut verströmte den taufrischen Duft, der einzig Kindern vorbehalten war. Fiona hatte eine Decke vor den Herd gelegt und sogar die krabbelnde Peg und die glucksende Mags der fröhlichen Runde hinzugefügt.

Die Kinder ignorierten die Platten mit Süßwaren und Konfekt, die herumgereicht wurden, und häuften sich statt dessen ihre Teller mit knusprigem Hammel und fetten, mit Safran gewürzten Zwiebeln voll. Sie murmelten höflich »Bitte« und »Danke« und »Dürfte ich noch etwas haben«, und verblüfften die Ritter derart, dass diese einander ständig anstießen und dadurch dauernd Sauce auf die mit Leinendecken geschmückten Tische kleckerten.

Bannor lehnte sich auf seinem Stuhl am Kopfende des Tisches zurück, nahm einen Schluck Rotwein aus seinem Silberkelch und schüttelte den Kopf. Es schien, als hätten die Feen seine schlecht erzogene Brut geraubt und gegen diese wohlgelaunten, höflichen Kinder ausgetauscht.

Doch in Wahrheit verdienten nicht die Feen seinen Dank,

sondern eine temperamentvolle Elfe namens Willow, wusste er. Immer wieder wanderte sein Blick in Richtung der Treppe, über die sie kommen musste. Mary Margarets Wutanfall hatte ihn um mehr als ein bloßes Nickerchen gebracht. Er hatte ihm die wenigen kostbaren Stunden geraubt, die er in den Armen seiner Braut hätte verbringen können, dachte er. Wenn es nach ihm gegangen wäre, hätten sie beide auf den Schlummer verzichtet und wären nun auf die köstlichste Weise müder als zuvor.

Sämtliche Gedanken an Müdigkeit verflogen, als Willow endlich auf dem Treppenabsatz erschien. Sie trug ein Kleid aus fließender Seide und so blau wie der Bauch eines Finken. Ihre Locken wurden von einem dünnen Band geschmiedeten Goldes aus dem Gesicht gehalten, und die dunkle Haarpracht umrahmte wie eine schimmernde Wolke ihr Antlitz.

Als sie an den Tisch trat, hob er lächelnd seinen Kelch und zollte ihr den ihr gebührenden Tribut. »Mein Glückwunsch zu der gewonnenen Schlacht.« Er nickte in Richtung seiner Kinderschar. »Von nun an wird Euer Name die Lady der Badewanne sein.«

»Ich hatte schon Angst, ich müsste den König um Verstärkung bitten«, gestand sie lächelnd ein, als sie sich auf den Stuhl neben dem seinen gleiten ließ. »Mary Margaret hat sich zu dicht über die Kohlepfanne gebeugt und sich eine ihrer Locken versengt. Dann musste ich Edward dreimal dafür untertauchen, dass er Kell untergetaucht hat, und am Ende hat Hammish noch ein Stück Seife verschluckt.«

Bannor sah seinen Sohn grienend von der Seite an. »Angesichts seiner schmutzigen Zunge hätte ich Desmond vielleicht bereits vor langem eine ähnliche Behandlung zuteil werden lassen sollen«, sagte er.

»Oh, das ist nicht mehr erforderlich. Desmond wurde

bereits der Mund mit einem Seifenlappen ausgewaschen, nachdem Beatrix ihn dabei erwischt hatte, wie er in ihren Ausschnitt starrte, während sie ihm die Ohren wusch.«

Bannor stieß einen abgrundtiefen Seufzer aus. »Das überrascht mich nicht. Nachdem ich ihm heute Morgen den Hintern versohlt habe, hatten wir ein höchst interessantes Gespräch darüber, wie er Eure kleine Dienerin dazu bewegen könnte, dass sie sich noch mal auf ihn setzt. ›Abgesehen von ihrer furchtbar spitzen Zunge, Papa‹, hat er mir erklärt, ›ist sie himmlisch weich‹.«

Willow rollte mit den Augen. »Gütiger Himmel, steh uns bei. Er scheint ganz der Sohn seines Vaters zu sein. Ich nehme an, es ist nur eine Frage der Zeit, bis Ihr neben Eurer eigenen auch seine Nachkommen erzieht.«

Bannor stieß ein ungläubiges Schnauben aus. »Macht Euch nicht lächerlich. Er ist schließlich noch ein Kind.«

Willow flatterte mit den Lidern und bedachte ihn mit einem gespielt unschuldigen Blick. »Und wie alt wart Ihr, Mylord, als Ihr zum ersten Mal den Reizen einer jungen Maid erlegen seid?«

Bannor wurde kreidebleich und leerte den Rest seines Weines in einem Zug. »Also gut. Am besten sperre ich den Jungen noch heute Abend allein in sein Zimmer.«

»Und wie steht es mit Euch selbst?«

Er beugte sich zu ihr hinüber und pustete ihr seinen warmen Atem ins Gesicht. »Nur, wenn Ihr den Schlüssel zu meinem Zimmer habt.«

Als Willow ihn mit ihren rauchig grauen Augen musterte, war es, als seien sie beide plötzlich ganz allein in eine dichte Wolke aus Moschus und Jasmin gehüllt.

Allerdings zerstörten die Kinder diese Illusion durch plötzlichen begeisterten Applaus. Einer der Knappen brachte eine Platte mit einem gebratenen Pfau herein. Die

Federn des Vogels waren nach dem Rösten des Fleisches wieder sorgfältig um ihn herum dekoriert worden, sodass das Tier in seiner ursprünglichen Pracht auf der silbernen Platte ruhte.

Während Bannor seine vor Aufregung auf und nieder hüpfenden Kinder betrachtete, flüsterte er: »Vielleicht war die Idee mit dem Mittagsschläfchen doch nicht so gut. Ich fürchte, heute Nacht macht keiner von der Bande auch nur ein Auge zu.«

»Ebenso wenig wie Ihr, Mylord.«

Der kecke Blick, mit dem Willow ihn bedachte, bestärkte Bannor in seiner Entschlossenheit, ein Refugium zu finden, in dem er mit ihr vor den Kindern sicher war. Allmählich fühlte er sich wie ein verzweifelter Knappe, der versuchte, ein Dienstmädchen in eine dunkle Ecke zu locken, wo sie ihm hoffentlich, an eine Wand gelehnt, zu Willen war. Es ärgerte ihn, dass er selbst in einem schwer bewachten Kerker seine Ketten hatte abstreifen und von dort hatte fliehen können, einem Dutzend Kinder mit leuchtenden Augen jedoch anscheinend hilflos ausgeliefert war.

Am liebsten hätte er Willow einfach über seine Schulter geworfen, sein Schwert gezückt und jedem, der es gewagt hätte, sich ihnen in den Weg zu stellen, mit dem Tod gedroht. Doch glücklicherweise wurde er abgelenkt. Zur Freude der Kinder tauchte eine Gruppe Musikanten und Jongleure auf, die in der Halle Schutz vor der Kälte und der Dunkelheit gesucht und beschlossen hatten, ihr Abendessen zu verdienen, indem sie eine Kostprobe ihrer Kunst gaben. Zwei Akrobaten schlugen wilde Saltos quer durch den ganzen Raum, woraufhin zahlreiche Münzen und Beifallsrufe selbst der gelangweiltesten von Bannors Rittern auf sie niederregneten.

Einer der Musikanten sprang auf einen der Tische und

schlug mit zwei Stöcken auf die Lederbespannung seiner Trommel ein, während ein anderer eine Drehleier betätigte. Die hellen Klänge brachten einen schwarz-weiß-braun gescheckten Terrier dazu, dass er auf den Hinterbeinen durch die Halle lief, und Willow brach in fröhliches Gelächter aus, als der Hund ihr ein Stück von dem Pfau aus der Hand fraß und wie zum Dank eine muntere Pirouette drehte.

Ebenso von Willow gebannt wie sie von dem kleinen Hund, betrachtete Bannor versunken ihr Profil. Mit dem vergnügt im Takt der Musik wippenden Fuß und den vor Freude leuchtenden Augen erschien sie ihm kaum älter als Mary Margaret.

Spontan legte er ihr einen Arm um die Schulter und fragte zärtlich: »Der kleine Kerl hat wirklich Charme, nicht wahr, Prinzessin?«

Sie hielt im Wippen inne und musterte ihn mit einem seltsamen Gesichtsausdruck. Ihre grauen Augen waren plötzlich riesengroß und unergründlich tief. »Bannor, ich muss Euch etwas gestehen.« Sie senkte den Kopf und rang die Hände. »Ich… ich…«

Er beugte sich dichter zu ihr und bemühte sich angestrengt, trotz des lauten Juchzens der Zwillinge zu verstehen, was sie da stammelte. Ehe sie ihren Satz jedoch herausbringen konnte, klopfte es donnernd an die Außentür.

»Wahrscheinlich ein weiterer müder Reisender, der Schutz vor dem Schneesturm sucht«, beruhigte Bannor sie, als sie erschrocken zusammenfuhr. »Nun, was hattet Ihr mir beichten wollen? Irgendeine verruchte Sünde, die Ihr begangen habt?« Er senkte seine Stimme auf ein heiseres Flüstern herab. »Oder vielleicht eine Sünde, bei deren Begehung ich Euch helfen kann, falls wir ein paar Minuten für uns stehlen können?«

Bannors verruchtes Grinsen legte sich, als einer seiner Waffenträger mit grimmiger Miene den Saal betrat. Widerstrebend machte Bannor sich von seiner Gattin los und wandte sich dem Wachmann zu. Er nahm an, dass der Mann sich ihm mit dem, was er zu sagen hätte, nähern würde, aber der achtete sorgsam darauf, dass er gar nicht erst in Richtung seines Herrn sah. Stattdessen ging er in Richtung des Kamins, beugte sich über Fiona und flüsterte ihr etwas ins Ohr.

Die Alte runzelte die Stirn, ehe sie sich langsam erhob, Mags und Peg der Obhut einer das Gesicht verziehenden Beatrix überließ und ihm nach draußen folgte. Die Kälte, die plötzlich in Bannor hochkroch, hatte nichts mit dem eisigen Zug zu tun, der mit dem Auffliegen der Tür eingedrungen war.

Und seine Furcht erwies sich als begründet, als Fiona ein paar Minuten später, ein zerlumptes Bündel an die Brust gedrückt, erneut den Saal betrat. Als sie auf ihn zuschlurfte, senkte sich bedrückte Stille über den Raum. Die Akrobaten setzten sich auf ihre Bänke und selbst die Kinder wurden stumm. Bannor sank der Mut, als ihm bewusst wurde, dass sämtliche Anwesenden nicht länger seinem Blick auswichen, sondern dem seiner Frau.

Sogar er selbst traute sich nicht, sie anzusehen. Doch er spürte, dass sie zitternd um Atem rang, und maß bange die Zeit, bis sie wieder ausatmete.

Fiona hielt ihm ungerührt das Bündel hin. »Das hier hat einer der Wachmänner draußen vor dem Tor gefunden. Das arme Ding ist vor Kälte schon ganz blau.«

Vorsichtig hob Bannor einen Zipfel der Decke, die so fadenscheinig war, dass man sie bestenfalls als Lumpen bezeichnen konnte. Das darunter verborgene Wesen war so winzig, dass es kaum wie ein Mensch aussah. Seine Haut lag faltig über seinen Knochen, es war zu schwach, um lauter zu piepsen als ein halb verhungertes Kätzchen, und seine rauchigblauen Augen verrieten Bannor, dass es wahrscheinlich erst in dieser Nacht geboren worden war. Es ist ein Jammer, dachte er vergrämt, dass das Kind auf eine derart kalte, gnadenlose Welt gekommen war.

»Es ist auch eine Nachricht dabei«, erklärte die Alte ihm, doch da er bereits das Bündel in den Armen hielt, drückte sie das zerknitterte Stück Pergament Sir Hollis in die Hand.

Der Ritter kniff die Augen zusammen und räusperte sich zweimal, ehe er krächzend vorlas: »Kümmert Euch um ihn, Mylord. Er ist Euer Sohn.«

Bannor wandte sich entsetzt an Willow, die ihrerseits reglos an ihm vorbei ins Leere sah.

Also wandte er seine Aufmerksamkeit wieder dem hilflosen Wesen in seinen Armen zu. Das Kind war sogar zu schwach, um den Finger zu umklammern, mit dem Bannor über seine winzige Handfläche strich.

»Natürlich ist er das«, sagte er entschieden, ehe er das Baby wieder Fiona in die Arme drückte. »Am besten wärmt Ihr das arme Kerlchen vor dem Feuer auf, bevor ihm die Nase abfällt«, sagte er. »Und dann schickt Bea los, damit sie Mags Amme holt. Die Frau hat sicher genug Milch für zwei Babys.«

Anschließend bedachte er sämtliche Anwesenden mit demselben durchdringenden Blick, mit dem er bereits zahlreiche Feinde in die Flucht geschlagen hatte, fragte: »Weshalb guckt ihr alle so ernst?«, und schenkte sich frischen Wein in seinen Kelch. »Schließlich passiert es nicht jeden Tag, dass euer Herr einen neuen Sohn auf Elsinore begrüßt!«

Folgsam hoben seine Männer ihre eigenen Kelche und brachen in, wenn auch zunächst gedämpfte, Jubelrufe aus.

Die Musikanten spielten wieder auf, die Kinder sprangen von ihren Plätzen und drängten sich um Fiona, um sich ihren neuen Bruder anzusehen.

Ein rotwangiger junger Ritter schlug Bannor mit einer Vertraulichkeit auf den Rücken, die er vor wenigen Minuten niemals gewagt hätte. »Der Krieg mag vorüber sein, Mylord, aber es ist gut zu wissen, dass Eure Lanze nichts von Ihrer Kraft verloren hat.«

»Bitte hört nicht auf diesen tolldreisten Welpen«, stellte Sir Darrin grinsend fest. »Ich habe gehört, dass er so versessen darauf ist, mit seiner eigenen Lanze ins Schwarze zu treffen, dass er sein Ziel meistens verpasst.«

»Besser so als eine Lanze ohne Kraft«, erwiderte der Ritter und wurde puterrot.

Die übrigen Männer brachen in dröhnendes Gelächter aus und drängten sich, ebenfalls Scherze über die legendäre Manneskraft ihres Herrn auf den Lippen, um den großen Tisch. Es dauerte ein paar Minuten, ehe Bannor dem Treiben entkam, doch als er sich endlich befreit hatte, war Willow bereits verschwunden.

Sie lag bewegungslos auf ihrem Bett, beobachtete die fedrigen Schneeflocken, die am Fenster vorübersegelten, und hörte, wie die Glocke der Kapelle zwölfmal schlug. Beinahe wäre sie bei jedem ihrer Schläge zusammengezuckt. Es war, als höre das Läuten einfach nicht mehr auf, doch zugleich verstummte es zu schnell, sodass einzig das wenig dezente Schnarchen ihrer Stiefschwester die folgende bleischwere Stille in ihrem Schlafzimmer durchbrach. Willow fragte sich, ob Bannor wohl in seinem Turmzimmer auf sie wartete.

Sie wandte Beatrix den Rücken zu und faltete ihre eiskalten Hände. Als Beatrix ins Bett gekrochen war, hatte sie getan, als schliefe sie, denn das endlose Geplapper über die dramatische Ankunft von Lord Bannors unehelichem Baby hätte sie vollends um den Verstand gebracht.

Sie nahm an, sie sollte dankbar dafür sein, dass das Baby aufgetaucht war, ehe sie sich vollkommen lächerlich gemacht hatte. Ehe sie die drei Worte hatte sagen können, die ihr Herz wehrlos gegen jeden möglichen folgenden Hieb gemacht hätten.

Willow kniff ihre Augen fest zusammen, als sie sich an Bannors voll tönende, zärtliche und zugleich amüsierte Stimme erinnerte. »Der kleine Kerl hat wirklich Charme, nicht wahr, Prinzessin?«, hatte er gefragt.

Vielleicht hätte sie der süßen Verführung durch seine Umarmung, durch den Anblick der strahlenden Gesichter seiner Kinder und durch das Gefühl, zum ersten Mal in ihrem Leben Teil einer Familie zu sein, widerstehen können. Aber bei diesen liebevollen Worten war es um sie geschehen. Sie hatten sie erneut zu dem glücklichen kleinen Mädchen gemacht, das sich nicht vorstellen konnte, dass es jemanden gab, der sie nicht liebte. Bei diesen Worten hatte sie plötzlich eine aus schimmernden goldenen und silbernen Fäden gewobene Zukunft für sich gesehen. Eine Zukunft mit Elsinore als dem Heim, das sie sich immer erträumt hatte.

In der Sekunde, in der Fiona mit dem von Bannor gezeugten Baby in den Saal getreten war, war das Gewebe dieses Traums zerstoben. Willow hatte erkannt, dass das Heim, von dem sie gedacht hatte, sie hätte es endlich gefunden, nichts anderes als ein auf Wolken schwebendes Trugbild war.

Sie vergrub ihr Gesicht in ihrem tränenfeuchten Kissen und schalt sich, dass sie eine unverbesserliche Närrin war. Lange Zeit blieb sie vollkommen reglos liegen und rührte sich nicht einmal, als sie einen einzelnen, melancholisch dunklen Glockenschlag vernahm.

Der Klang des Schlages war noch nicht verhallt, als plötzlich die Tür ihres Zimmers aufgerissen wurde, sie sich erschrocken aufrappelte und dem flammenden Blick ihres Gatten begegnete.

24

Kreischend setzte sich Beatrix ebenfalls kerzengerade auf. Bis zu diesem Moment hatte Willow nie wirklich Mitleid mit Bannors Feinden gehabt, doch angesichts seiner grimmig zusammengepressten Lippen und seiner düsteren Miene rann ihr ein eisiger Schauer den Rücken hinab. Seine Augen blitzten sie wild entschlossen an und warnten sie davor, dass er sich weder durch eine Barrikade noch durch kochenden Teer davon abhalten lassen würde, heute Nacht mit ihr zusammen zu sein.

Sie war beinahe erleichtert, als er seine glühenden Augen auf Beatrix richtete. »Raus«, sagte er, und der tonlose Befehl war wesentlich erschreckender, als hätte er sie angebrüllt.

»A-aber, Mylord«, stammelte Beatrix und zog sich ohne auch nur eine Spur ihrer gewöhnlichen Koketterie die Bettdecke bis unter das Kinn. »Ich bin vollkommen nackt.«

Bannor machte einen Schritt in Richtung des Bettes, als hätte er die Absicht, sie erforderlichenfalls an den Haaren unter den Pelzen hervorzuziehen. Entgeistert schnappte Beatrix eine der Decken, sprang an Willow vorbei auf der Bannor gegenüberliegenden Seite aus dem Bett und huschte mit einem Aufblitzen ihres nackten Hinterteils an ihm vorbei zur Tür hinaus. Als das hastige Klatschen ihrer nackten

Fußsohlen verklungen war, drückte Bannor die Tür so vorsichtig ins Schloss, dass ihm deutlich anzumerken war, wie gern er sie zugedonnert hätte.

Aus irgendeinem Grund gab dieses Aufflackern heißen Gefühls unter der eisigen Oberfläche Willow neuen Mut. Falls er erwartete, dass sie sich schamhaft stammelnd wie zuvor Beatrix unter der Decke verkroch, dann sollte er sich besser auf eine Enttäuschung gefasst machen.

Sie warf den Pelz zurück und trat neben das Bett. Sie hatte nichts am Leib außer dem durchscheinenden Nachthemd, das sie an ihrem ersten Abend auf Elsinore im Schrank entdeckt hatte. Jenem Abend, an dem sie gefürchtet hatte, ihr Ehemann wäre vielleicht nichts weiter als ein lüsterner Satyr, der sie als Lustsklavin betrachtete.

Als Bannors eisiger Blick so langsam an ihr entlangwanderte, dass sie eine Gänsehaut bekam, musste sie zugeben, dass es zwischen ihm und einem solchen Wesen durchaus Ähnlichkeiten gab. Sein Hemd war am Hals geöffnet, und seine Haare waren wirr, als hätte er sie sich stundenlang gerauft. Da Willow nichts dagegen tun konnte, dass der dünne Stoff ihres Gewandes an ihren rosigen Brustwarzen und zwischen ihren Schenkeln festzukleben schien, unterließ sie von vornherein jeden Versuch des Verdeckens.

Wie von ihr erwartet, hielt sich Bannor nicht erst mit höflichen Vorreden auf. »Was hätte ich Eurer Meinung nach tun sollen, Willow? Hättet Ihr gewollt, dass ich das Kind wieder in den Schnee zurückwerfe?«

»Natürlich nicht! Haltet Ihr mich für eine derart hartherzige Frau?«

»Ich wünschte beinahe, ich täte es.« Er stapfte ans Fenster, machte kehrt und fuhr sich mit den Händen durchs Haar. »Dann wäre nämlich alles viel einfacher, nicht wahr? Dann könnte ich mich darüber wundern, wie ein derartiger

Eisklumpen von einem Herzen in einem derart warmen, süßen Körper schlagen kann. Dann könnte ich meine eigenen Sünden durch Eure Sünden rechtfertigen.« Seine heisere Stimme strafte seine Worte Lügen, als er mit einem »Vielleicht könnte ich sogar lernen, Euch zu hassen« endete.

»Tut mir leid, Euch zu enttäuschen, Mylord, aber es war nicht Eure Mildtätigkeit gegenüber dem unglücklichen Kind, die mir ins Herz geschnitten hat. Es war das Mitleid in den Gesichtern von Sir Hollis, Fiona und all den anderen.« Ihre Stimme senkte sich auf ein raues Flüstern herab, und sie kämpfte verzweifelt gegen den Kloß in ihrem Hals. »Selbst Eure Kinder haben mich voller Bedauern angesehen.«

Er schüttelte den Kopf. »Es war niemals meine Absicht, Euch zum Gegenstand des Mitleids oder Gespötts auch nur eines einzigen Menschen zu machen«, versicherte er ihr. »Hätte ich die Möglichkeit gehabt, dann hätte ich Euch diese Situation sicherlich erspart.«

»Und wie hättet Ihr das machen wollen? Vielleicht, indem Ihr das Kind verleugnet hättet?«, fragte sie aufgebracht. »Ein Kind, das Ihr mit einer anderen gezeugt habt, während Ihr mir gleichzeitig unmissverständlich klargemacht habt, dass Ihr mich ganz sicherlich nicht schwängern wollt.«

Willow hatte diese Worte nicht sagen wollen, aber nun waren sie heraus und lagen wie ein Fehdehandschuh zwischen ihnen.

Statt die Herausforderung anzunehmen, kehrte Bannor mit zwei Schritten vom Fenster zurück und funkelte sie an. »Ich dachte, in dieser Beziehung hätte zwischen uns beiden Einigkeit geherrscht, Mylady. Falls ich mich damit geirrt habe, dann lasst mich Euch versichern, dass ich mehr als bereit bin, meine Pflichten als Ehemann zu erfüllen und Euch ein eigenes Kind zu schenken, falls es das ist, was Ihr wünscht. Das erste von einer ganzen Reihe von Kindern, das kann ich Euch versichern.« Kaum hatte er ausgesprochen, nestelte er bereits an der Kette aus geschmiedetem Silber, die um seine Hüften lag.

In einem Anflug von Panik griff Willow nach seiner Hand. Eigentlich hatte sie ihn nur davon abhalten wollen, dass er sich seines Gürtels entledigte, aber als ihre Finger über den dünnen Stoff seiner Hose fuhren, merkte sie, dass er nicht nur willens, sondern auch in der Lage wäre, ihr sofort das Kind zu machen, nach dem es sie in seinen Augen zu verlangen schien.

Sein Blick verriet nicht die geringste Scham. Sie war diejenige, die bis unter die Haarwurzeln errötete.

Sie riss ihre Hand zurück, umklammerte den Bettpfosten, damit er nicht merkte, wie sie zitterte, und reckte herausfordernd das Kinn. »Ich bin keiner Eurer Ritter, Mylord. Die Größe und Festigkeit Eurer Lanze beeindruckt mich nicht. Und ebenso wenig bin ich eine Eurer zahlreichen Geliebten, die sich durch eine flüchtige Umarmung und jedes Jahr ein neues Kind so einfach zufrieden stellen lässt.«

Er brach in hilfloses Gelächter aus. »Euch muss doch sicher klar sein, dass das Baby, das heute Nacht vor der Burg ausgesetzt wurde, Monate, ehe ich auch nur eine neue Heirat in Erwägung gezogen hatte, gezeugt wurde.« Bannor strich mit den Fingerspitzen über ihre Wange, und seine Stimme wurde sanft. »Monate, bevor ich Euch zum ersten Mal gesehen habe«, fügte er hinzu.

Willow sah ihn wortlos an. Hoffentlich zerbräche unter seiner Zärtlichkeit nicht noch der Rest ihres Stolzes. »Könnt Ihr mir versprechen, dass so etwas nie wieder vorkommen wird? Könnt Ihr schwören, dass, wenn wir erst einmal neun Monate verheiratet sein werden, keine weiteren Babys mehr vor Eurer Schwelle abgelegt werden?«

Bannors Blick wurde trübe. Er wandte sich langsam von ihr ab. »Ich kann unmöglich ein Versprechen geben, von dem ich nicht weiß, ob ich es halten kann«, antwortete er.

Willow presste ihre Wange an den Bettpfosten und vergoss stumme Tränen. »Dann fürchte ich, dass ich die Freiheit fordern muss, die Ihr mir so großzügig angeboten habt.«

Bannor fuhr zu ihr herum, und seine Augen blitzten zornig auf. »Und wo wollt Ihr hin, Mylady? Wollt Ihr auf die Burg Eures Vaters zurückkehren?« Er nahm ihre Fäuste, bog sie auseinander und strich mit seinen Daumen über die Schwielen in ihren Handflächen. Es bedurfte mehr als ein paar Wochen eines angenehmeren Lebens, um die Spuren jahrelanger harter Arbeit zu verwischen. »Ist meine Frau zu sein schlimmer, als wenn man schlechter als die geringste Magd behandelt wird?«

Willow versuchte, sich ihm zu entziehen, doch er hielt sie fest. »Ich brauche ja nicht nach Bedlington zurückzukehren«, antwortete sie. »Wart nicht Ihr selbst derjenige, der vorgeschlagen hat, ich sollte in ein Kloster gehen?«

Bannors Lachen war bar jeden Humors. »Und Ihr habt mir die bittersten Vorwürfe gemacht dafür, dass ich Euch irgendwo einsperren wollte, wo Ihr als vertrocknete alte Jungfer enden müsst.« Er umfasste ihr Gesicht und sah sie fragend an. »Ist es das, was Ihr wollt, Willow? Wollt Ihr allnächtlich wach auf einer harten, schmalen Pritsche liegen und von mir träumen? Von dem träumen, was zwischen uns beiden möglich ist?«

Hätte er ihre Lippen ebenso rau umschlossen wie ihre Finger, hätte sie ihm vielleicht widerstehen können. Aber seine Lippen legten sich so sanft auf ihren Mund, dass sie fürchtete, es wäre vielleicht nur ein Traum. Ein derart liebevoller Kuss brach sicher jeden Bann, erfüllte sicher jeden Wunsch, führte sicher jede noch so traurige Geschichte zu einem guten Schluss. Während er die feuchte Wärme zwischen ihren Lippen sanft mit seiner Zunge ertastete, erkannte Willow mit Bestimmtheit, wie grausam das Leben einer alten, vertrockneten Jungfer für sie sein würde. Wenn sie nächtens auf ihrer schmalen, harten Pritsche in einer Klosterzelle liegen würde, dächte sie stets an diesen Augenblick zurück und sie würde um ihn weinen, so wie jetzt.

Bannor zog sie eng an seine Brust und legte seine Wange auf ihr weiches dunkles Haar. »Bleib bei mir, Willow«, bat er heiser. »Bleib meine Frau. Ich schwöre, dass es dir nie an irgendetwas fehlen wird.«

Noch während sie sich an ihn klammerte, war Willow klar, dass sie keine Wahl hatte, außer zu gehen. Bliebe sie, verlöre sie das Einzige, was für sie lebenswichtig wäre – ihren Stolz.

Durch einen Tränenschleier flüsterte sie: »Falls Ihr keine Verwendung für mein Herz habt, bleibt mir keine andere Wahl, als es dem zu bieten, der es vielleicht will, dem lieben Gott. Werdet Ihr mir also meine Freiheit gewähren, oder werdet Ihr mich gegen meinen Willen als Eure Frau hier festhalten?«

Nie zuvor hatte Willow eine derartige Kälte verspürt wie in dem Moment, in dem Bannor seine Arme sinken ließ und einen Schritt zurücktrat. Er bewegte sich mit einer ungewohnten Schwere und seine Miene war verschlossen. »Ich habe Euch bereits erklärt, dass ich nie ein Versprechen gebe, das ich nicht halten kann. Wenn ich Euch also Eure Freiheit zugesagt habe, dann werdet Ihr sie auch bekommen«, sagte er. »Hollis wird Euch morgen früh zur Abtei von Wayborne begleiten, wenn Ihr wollt. Da unsere Ehe nie vollzogen wurde, sollte eine Annullierung nicht weiter problematisch sein.« Bannor wandte sich zum Gehen, doch in der Tür blieb er noch einmal stehen. »Ich würde es zu schätzen wissen, wenn Ihr fort wärt, ehe die Kinder aufstehen. Ich möchte ihnen den Schmerz ersparen, sich von einer dritten Mutter verabschieden zu müssen«, erklärte er voller Verbitterung.

Als er gegangen war, taumelte Willow ans Fenster zurück und drückte ihre Stirn an das vereiste Glas. Tränen brannten hinter ihren Augen. Sie wollte ihn hassen, aber alles, was sie empfand, war Verachtung für sich selbst. Sie war von Bedlington geflohen, um dem Geist des glücklichen kleinen Mädchens zu entfliehen, das sie dort früher einmal gewesen war, aber es war das tränenüberströmte Gesicht dieses dann verlassenen Kindes, das sie im Spiegelbild des Fensters sah.

Immer noch war sie das kleine Mädchen, das seinen Vater Blanche ohne zu kämpfen überlassen hatte, dachte sie. Und nun, da sie endlich einen Mann gefunden hatte, für den zu kämpfen ihr durchaus lohnenswert erschien, gab sie sich abermals geschlagen, ohne dass sie zuvor auch nur zu einer Waffe griff.

Wütend wischte sie sich die Tränen von den Wangen und beobachtete, wie das Bild des Mädchens verschwand und an seiner Stelle plötzlich eine Frau erschien, deren graue Augen sie resolut anblitzten.

Entschlossen, den Menschen zu finden, der ihr vielleicht das Antlitz des Feindes offenbaren könnte, zog Willow Kleid und Schuhe an, riss ihren Umhang vom Haken an der Tür und verließ im Sturmschritt die Burg.

»Wer ist sie?«

Netta riss erschreckt die Augen auf, als Lady von Elsinore gleich einem Racheengel in ihre Hütte platzte und sich den Schnee aus den Kleidern schüttelte. Netta lugte über die schmächtige Schulter des betrunkenen Ritters, der zwischen ihren Beinen lag, und musste Willows Mut bewundern. Bannors Frau wurde beim Anblick des nackten Hinterteils des Mannes, das sich stetig, zwar weniger rhythmisch, dafür aber mit großen Enthusiasmus auf und ab bewegte, noch nicht mal rot.

»Wer ist sie?«, wiederholte Willow, als wären sie beide ganz allein.

Netta schlug dem Ritter auf den Arm. »Runter von mir, du Hornochse. Wir haben Gesellschaft.«

»Aber ich bin noch nicht fertig«, jammerte er und kniff weiterhin die Augen zu. »Ich habe dich bezahlt. Der Kerl soll warten, bis er an der Reihe ist.«

»Es ist kein Kerl, sondern eine Dame, du Idiot«, zischte sie ihm ins Ohr.

Stöhnend wälzte er sich von ihr herunter, und Netta zog ihm eilig die Decke bis zum Bauch, damit Willow eine weitere peinliche Aussicht erspart bliebe. Sie selbst brauchte sich nur das Kleid über die Knie zu zupfen, da sie sich für den Hohlkopf nicht einmal die Mühe gemacht hatte, sich ihrer Garderobe zu entledigen.

Der Ritter blinzelte in Richtung der Besucherin und fuhr sich mit der Zunge über die Lippen, als er die schlanke Gestalt unter dem Umhang betrachtete. »Und was haben wir hier? Ein kleines verlorenes Lamm, das einen Schäfer sucht?«

»Raus«, befahl Willow, und ihre Stimme klang eisiger als der Wind, der durch den Schornstein pfiff.

Er legte seine Arme hinter seinen Kopf und sah sie mit einem herablassenden Lächeln an. »Nicht so schnell, mein Herz. Ich versichere dir, dass meine Lanze kraftvoll genug ist, um euch beide glücklich zu machen.«

Netta schaubte verächtlich auf. »Sie ist kaum kräftig genug, um auch nur eine von uns zufrieden zu stellen«, stellte sie nüchtern fest.

Willow erkannte den Kerl als den kecken jungen Ritter, der am Vorabend Bannors Männlichkeit gerühmt hatte, und nahm mit einem verächtlichen Feixen die Kapuze ihres Umhangs ab.

Der Ritter riss entsetzt die Augen auf, zog sich die Decke bis zum Kinn und zitterte so heftig, dass das ganze Bett zu beben begann. »M-mylady, bitte verzeiht. Ich hatte keine Ahnung, dass Ihr es seid.«

Sie wies in Richtung Tür. »Raus!«

Mit einem hilflosen Blick in Nettas Richtung stolperte er aus dem Bett, wobei er sich das Laken vor die Lenden hielt. Er war derart damit beschäftigt, sich vor Willow zu verbeugen, dass er kaum lang genug ein Bein anheben konnte, um in seine Hose zu steigen.

»Ihr werdet doch Lord Bannor nichts davon erzählen, nein?«, flehte er in jämmerlichem Ton. »Ich bin sicher, dass er mir dafür den Kopf abreißen würde.«

Willow musterte ihn liebenswürdig. »Angesichts der amourösen Natur Eures Angebotes, Sir, bezweifle ich, dass er Euch ausgerechnet den Kopf abschneiden würde.«

Leise fluchend griff der Ritter nach seinem Schwert und flüchtete in die Dunkelheit, nachdem er voller Panik die Tür hinter sich zugeknallt hatte.

Nicht in der Stimmung, unnötige Worte zu verlieren, wandte sich Willow wieder Netta zu. »Wie haltet Ihr das nur aus? Ich kann mir nicht vorstellen, einem anderen als dem Mann, den ich liebe, zu gestatten, dass er mich in dieser Weise berührt.«

»Nicht jede Frau kann es sich leisten, derart wählerisch zu sein, Mylady.« Netta zuckte mit den Schultern, während sie ihre üppigen Brüste wieder im Oberteil ihres Kleides verstaute. »Außerdem macht es kaum noch einen Unterschied, wenn nach einem Dutzend Männer noch einer oder sogar hundert andere kommen.« Sie schaute Willow an. »Das hat zumindest meine Mutter gesagt, um mich zu trösten, nachdem sie mich zum ersten Mal an einen Mann verscherbelt hat. Sie war so erleichtert, nicht ganz allein einem ganzen Regiment des Königs zu Diensten sein zu müssen, dass sie mich sogar das verdiente Geld behalten ließ.«

In der Hoffnung, dem prüfenden Blick der Hure zu entgehen, zog Willow ihren Umhang aus und warf ihn über den Hocker vor dem Herd. »Ich nehme an, Ihr habt bereits gehört, was heute Abend auf Elsinore geschehen ist.«

Netta wedelte in Richtung der Tür. »Als Sir Schlappschwanz reinkam, hat er es mir sofort erzählt. Obgleich ich nicht verstehe, weshalb die Ankunft eines weiteren Bastards auf Lord Bannors Türschwelle eine solche Aufregung verursacht haben soll. Schließlich kommt so etwas regelmäßig vor.«

Willow wurde starr. Es schien, als fordere Netta sie heraus. »Ich will wissen, wer die Mutter dieses Kindes ist. Ich will wissen, wer die Mütter aller dieser Kinder sind.«

Netta schüttelte ihre zerzauste Mähne und sah sie spöttisch an. »Und was dann, werte Lady? Werdet Ihr sie teeren und federn lassen? Aus dem Dorf vertreiben? Steinigen?«

Willow reckte kampflustig das Kinn. »Vielleicht.«

»Und wenn ich mich weigere, es Euch zu sagen? Lasst Ihr dann vielleicht mich steinigen?«

»Nein.« Ehe Nettas geringschätziges Lächeln sich noch ausbreiten konnte, fügte Willow tonlos hinzu: »Dann werde ich Euch in den Kerker werfen lassen, bis Ihr Euch darauf besinnt, Eure lästerliche Zunge zu Besserem zu nutzen, als Bannors Männern gefällig zu sein.«

Netta legte den Kopf auf die Seite und bedachte Willow mit dem gleichen Blick wie eine Bulldogge ein harmlos aussehendes Kätzchen, das ihm unvermutet die Nase blutig gekratzt hatte. Als sie sich von ihrem Bett erhob, wirkte ihr Lächeln weniger spöttisch als vielmehr nachdenklich.

»Nehmt Platz, Mylady«, sagte sie, schenkte warmes Bier in einen angeschlagenen tönernen Krug und drückte ihn Willow in die Hand. »Dann erzähle ich Euch alles, was Ihr über diese Frau wissen wollt, die das Herz Eures Gatten gefangen hält.«

Mit klammem Herzen sank Willow auf den Hocker, und obwohl sie selten etwas Stärkeres als Glühwein trank, nahm sie einen großen Schluck des tröstlich wärmenden Bieres.

Netta hockte sich auf die Kante des Bettes und trank unmittelbar aus dem Krug. »Sie kam in einer verschneiten Nacht nach Elsinore. Der Wind blies von den Bergen und war so kalt, dass er die Spucke eines Mannes hätte gefrieren lassen, bevor sie auf den Boden traf. Es war Dreikönigsabend, und über die Mauern der Burg hinweg hörte sie Gelächter und Musik. Ängstlich umklammerte sie die Hand ihres kleinen Sohnes, aber sie wusste, wenn sie nicht den Mut fände, die mächtige Festung zu stürmen, stürbe er. Sie war bereits gezwungen gewesen, sich zu verkaufen, damit er nicht verhungerte. Aber da sie auch ihre Essensration stets an ihn weitergegeben hatte, war sie frühzeitig gewelkt.«

Nettas Blick schweifte in die Ferne ab. »Stille senkte sich über den großen Saal, als sie ihn betrat. Der Herr der Burg saß am Kopfende des Tisches, flankiert von seiner Frau und seiner wohlgenährten Kinderschar. Sie zog ihren Sohn in seine Richtung, überwand den Rest von ihrem Stolz und flüsterte: ›Er ist Euer Sohn, Mylord. Ich bete, dass es in Eurem Haus und Eurem Herzen ein Plätzchen für ihn gibt‹.«

Der Burgherr unterzog den Jungen einer eingehenden

Musterung. Obschon er höchstens sechs oder sieben Jahre alt war, stemmte er die Beine in den Boden und hielt der Musterung des Mannes stand, von dem ihm gesagt worden war, dass er sein Vater sei.

Dann zerzauste der Burgherr ihm das Haar und brach in dröhendes Gelächter aus. ›Weshalb sollte ich den Bastard einer Hure als eigenen Sohn anerkennen, wenn ich doch so viele eigene wunderbare Kinder habe?‹, fragte er die Umsitzenden.«

Willow stellte ihren Bierkrug ab, da sie wegen des Klapperns ihrer Zähne keinen Schluck mehr herunterbekam.

»Auf das Zeichen ihres Herrn packten seine Waffenträger die Frau, zerrten sie aus dem Saal und warfen sie und ihr Kind lachend und spottend in den Schnee zurück. Zu beschämt, um in einer der umliegenden Hütten Schutz zu suchen, nahm sie ihr Kind an der Hand und machte sich wieder auf den Weg zurück in Richtung ihres Dorfs. Aber der Schnee fiel derart dicht, dass er sie in die Irre führte und sie im Kreis liefen. Sie dachte, wenn sie sich nur kurz setzen und ihre zitternden Beine ausruhen könnte, fände sie die Kraft, um weiterzugehen. Also zog sie ihren Sohn an ihre Brust und sank erschöpft in den Schnee.«

Netta blickte Willow an, und ihre Augen waren ebenso leer wie eine schneebedeckte Einöde. »Der Junge war gesund und kräftig. Sie hingegen krank und schwach. Als man die beiden am nächsten Morgen fand, klammerte er sich immer noch an ihr fest und weinte so bitterlich, dass man hätte meinen können, er hätte versucht, mit seinen Tränen den Schnee zu schmelzen, der an ihrem steifen Körper festgefroren war. Es bedurfte dreier starker Männer, um ihn von ihr fortzuziehen.«

Mit tränenüberströmten Wangen sprang Willow auf. »Ihr lügt! Ich kenne Bannor! Ich weiß, was für eine Art Mann er ist. Er würde niemals so grausam und herzlos sein, eine Frau und ihr Kind in einen Schneesturm hinauszujagen!«

Netta sah sie mit funkelnden Augen an. »Natürlich würde er das niemals tun, du kleine Närrin. Aber sein Vater hat etwas Derartiges getan.«

Willow sank auf ihren Platz zurück, denn ihre Knie wurden weich. *Was hätte ich Eurer Meinung nach tun sollen? Hättet Ihr gewollt, dass ich das Kind wieder in den Schnee zurückwerfe?*, hatte Bannor sie zornig gefragt.

Mit denselben Augen, die mit angesehen hatten, wie seine Mutter starb. Die glühende Tränen des Schmerzes über ihrem erstarrten Leichnam vergossen hatten. Die voller Wärme und Mitgefühl das winzige, halb erfrorene Wesen angesehen hatten, das am Vorabend seiner Obhut übergeben worden war.

Eine hilflose Woge des Elends wallte in ihr auf. »Die Babys?«, flüsterte sie, hob ihr tränennasses Gesicht und blickte Netta fragend an. »Sie sind nicht von ihm, nicht wahr?«

»Nein«, kam die tonlose Erwiderung. »Sie sind von mir.«

25

Netta richtete sich auf, und in ihren Augen leuchtete starrsinniger Stolz. »Die beiden Jüngsten stammen nicht von mir, aber Meg, die Zwillinge, das Baby, das Ihr an jenem Morgen mit in die Hütte gebracht habt – sie alle habe ich auf die Welt gebracht.«

Willow erinnerte sich daran, wie Netta Peg in den Armen gehalten hatte – wie zärtlich sie sie gewiegt, wie bewundernd sie sie betrachtet hatte. Sie wäre nicht einmal im

Traum darauf gekommen, dass die Frau in das Gesicht ihrer eigenen Tochter sah.

Als sie das, was Netta gesagt hatte, langsam begriff, runzelte sie verwirrt die Stirn. »Wenn Mags und das Baby, das gestern Abend vor dem Tor der Burg ausgesetzt wurde, nicht von Euch sind, von wem sind sie dann?«

»Die Kleine, die Ihr Mags nennt, ist von einer Frau, die bereits zwölf Mäuler zu stopfen hat. Und das andere Baby wurde gestern Abend von einem zwölfjährigen Mädchen auf die Welt gebracht, das den süßen Lügen eines hübschen jungen Troubadours aufgesessen ist, der vor neun Monaten in unserem Dorf erschien.«

Willow schüttelte den Kopf. »Ich verstehe einfach nicht, wie sie einfach ihre Baby aufgeben konnten.«

»Aufgeben?« Nettas Augen verdunkelten sich zornig. »Annies Vater hat gedroht, das Baby in einem Eimer Wasser zu ertränken, falls sie es nicht selbst verschwinden lässt. Sie war von der Geburt derart geschwächt, dass sie es höchstens auf allen vieren bis zu den Toren der Burg geschafft hätte. Aber sie wäre bis dorthin gekrochen, hätte ich ihr nicht versprochen, dass ich das Baby zu Lord Bannor bringe, wo es sicher ist.« Netta trat vor den Herd, ließ Willow jedoch nicht aus den Augen. »Was für ein Schicksal hättet Ihr für Euer Kind gewählt, Mylady? Hättet Ihr es so aufwachsen lassen wie mich, als Tochter der Dorfhure?« Sie wies auf das zerwühlte Bett mit den fleckigen Laken und dem unverkennbaren Moschusgeruch. »Damit jeder Mann im Dorf erwartet, dass sie Euren Platz in diesem Bett einnimmt, wenn Ihr zu alt oder von der Syphilis verzehrt werdet?« Ihre Stimme wurde sanft. »Oder hättet Ihr ihm nicht auch eher ein Leben als verhätscheltes Kind eines edlen Herrn gewünscht, dem es außer an der Liebe seiner Mutter nie an etwas fehlt?«

Willow senkte tief beschämt den Kopf. »Warum hat er es mir nur nicht erzählt? Warum hat er mich das Schlimmste glauben lassen?«, fragte sie erstickt.

»Weil er mir geschworen hat, dass niemals jemand erfahren würde, dass es nicht seine Babys sind. Ich habe ihm das Versprechen abgenommen, dafür zu sorgen, dass sie niemals die gemeinen Blicke, das hässliche Flüstern, die Schande würden ertragen müssen, die missratenen Bastarde der Dorfhure zu sein.«

Willow schwankte zwischen Lachen und Weinen. Um die ihm anvertrauten Kinder zu beschützen, war Bannor bereit gewesen, sie glauben zu lassen, dass er nichts war als ein geiler Hengst, bereit, jede Stute zu besteigen, deren Duft ihm in die Nase stieg. Bereit, sie noch an diesem Morgen in Begleitung von Sir Hollis gehen zu lassen und sie nie wieder zu sehen.

Sie lachte zynisch auf. »Er hat mir erklärt, dass er nie etwas verspricht, was er nicht hält.«

»Das stimmt«, pflichtete Netta ihr unumwunden bei, während sie sich an den Rand des Herdes lehnte. »Er war ein wahrer Ehrenmann. Als ich an einem kalten Novemberabend das erste Baby vor den Toren der Burg aussetzte, hätte ich mir niemals träumen lassen, dass er es als eines seiner Kinder anerkennt. Ich konnte nur beten, dass eine der Waschfrauen oder eins der Dienstmädchen sich seiner erbarmt.« Sie erschauderte. »Als am nächsten Tag zwei seiner Waffenträger auf meiner Schwelle erschienen, um mich auf die Burg zu bringen, war ich außer mir vor Angst, dass er mich in den Kerker werfen oder an den Pranger stellen würde, um alle Welt wissen zu lassen, was für ein schreckliches Verbrechen ich begangen hatte.«

Bei der Erinnerung daran, wie widerstrebend Bannor seinen rebellischen Sohn für seine Missetaten zur Rechenschaft gezogen hatte, wurde Willows Mund von einem Lächeln umspielt.

»Ich zitterte wie Espenlaub, als ich zu ihm gebracht wurde.« Obgleich Willow geschworen hätte, dass es unmöglich war, wurden die Wangen der Frau schamhaft rot, als sie gesenkten Hauptes weitersprach. »Als er die Wachen entließ und sich abwandte, um sich etwas Honigwein einzuschenken, begann ich mich zu entkleiden, da ich dachte, dass er im Tausch gegen seine Gnade gewisse Dienste von mir erwartete.«

Willow zog lächelnd eine Braue hoch. »Das muss ein ziemlicher Schock für ihn gewesen sein.«

»Das war es tatsächlich«, versicherte Netta ihr. »Zuerst dachte ich, dass er aus dem Zimmer rennen würde. Aber dann sah er, dass meine Knie vor Furcht zitterten. Er riss einen der Wandbehänge herunter, hüllte mich fürsorglich darin ein und bat mich, vor dem Kamin Platz zu nehmen, ehe ich zusammenbrach. Dann hat er mir von seiner Mutter erzählt und mir versprochen, dass, solange er Herr über Elsinore wäre, jedes Kind dort ein Zuhause finden würde.«

Willow erkannte die Glut in Nettas Blick. Sie hatte sie vor gar nicht langer Zeit in ihren eigenen Augen gesehen.

»Tja, und aus diesem Grund seid Ihr ein wenig in ihn verliebt, habe ich Recht?« Sofort taten Willow diese Worte Leid, denn sie spürte, dass nichts Netta hätte stärker treffen können, und das tat ihr ehrlich Leid.

Netta sah sie mit einem wehmütigen Lächeln an und machte sich noch nicht einmal die Mühe, die Tränen zu unterdrücken. »Wie sollte ich das nicht, Mylady?«, kam die beinahe nüchterne Erwiderung.

»Das stimmt«, murmelte Willow und umfasste Nettas knochige Hand. »Wie solltet Ihr das nicht?«

Willow huschte durch die dunklen Korridore von Elsinore. Es dämmerte noch nicht, und außer dem Rascheln ihres Umhangs auf den Steinen vernahm sie nicht das leiseste Geräusch. Es war beinahe, als wären sämtliche Bewohner in denselben Schlaf verfallen wie die schneebedeckte Welt, die außerhalb der dicken Mauern lag.

Als sie den zweiten Stock erreichte, entdeckte sie eine halb offene Tür.

Ihr Herz zog sich schmerzlich zusammen, als sie sah, dass Bannors Kinder ihre alte Angewohnheit wieder aufgenommen hatten und alle zusammen in dem riesigen, baldachinbedachten Bett lagen. Was ihnen an einem kalten Morgen wie diesem sicher nicht zu verdenken war. Das Feuer im Kamin war nicht mehr als eine zaghafte Glut, und Willows Seufzer schwebte wie eine kleine Wolke durch die Luft. Desmonds Krähe döste auf einer Stange nahe dem Fenster und hatte den Kopf dicht an ihrer Brust unter die Federn gesteckt. Der gelbe Kater des Jungen lag zusammengerollt am Fußende des Betts, und als Willow sich ihm näherte, machte er eins seiner goldenen Augen auf und blinzelte sie müde an.

Dicht neben Desmonds kastanienbraunem Haar lag ein zerzauster blonder Schopf. Nachdem sie aus ihrem eigenen Bett vertrieben worden war, hatte Beatrix bei den anderen Kindern Zuflucht gefunden. Willow fragte sich, was Desmond tun würde, wenn er erwachte und das, abgesehen von dem Pelz, splitternackte Mädchen neben sich fände. Willow lächelte. Er hätte Glück, wenn er nicht vor lauter Entsetzen aus dem Bett purzelte.

Als sie nach Elsinore gekommen war, hatte sie die Kinder als Haufen gesichtsloser Gören angesehen, aber als sie jetzt ihre schlummernden Gesichter zärtlich betrachtete, wurde ihr klar, dass sie sie inzwischen besser kannte als je ihre eigenen Brüder und Schwestern in Bedlington.

Den schlaksigen Ennis, die Stimme der Vernunft, die ernste kleine Mary, die dauernd die Schattenseite aller Dinge sah, den großzügigen, gutherzigen Hammish, Edward, die Plaudertasche, Kell mit dem sonnengelben Haar, dem stets eine sarkastische Bemerkung auf den Lippen lag, die eigensinnige Mary Margaret, Meg und die Zwillinge, die mit ihren gepolsterten Gliedern und den Grübchen in den Wangen aussahen wie kleine Engel – und Desmond, immer noch ein Junge, aber auf der Schwelle zum Erwachsensein, der mit seinem ausgeprägten Beschützerinstinkt gegenüber seinen Geschwistern und seiner Liebe zu herrenlosen Tieren seinem Vater geradezu erschreckend ähnlich war.

Vielleicht wäre Willow achtlos an dem Kinderzimmer vorübergegangen, hätte sie nicht Fionas rasselndes Schnarchen durch die Tür gehört. Die alte Frau lag zusammengerollt auf einem schmalen Bett am Fußende einer Holzwiege, in der Peg und Mags, in ihren dicken Decken wie zwei wohlgenährte Wollschäfchen aussehend, nebeneinander schlummerten. Willow strich den beiden zärtlich über die weichen Wangen, ehe sie weiterschlich.

Sie hatte beinahe die Tür erreicht, als sie ein Geräusch – halb Wimmern, halb Glucksen – vernahm und sich noch einmal umdrehte. Auf dem Ofen stand ein kleiner Weidenkorb, in dem das neugeborene Baby lag. Ein Baby, das bald zu einem kräftigen kleinen Jungen heranwachsen würde, dachte Willow, einem Jungen, der niemals Hunger leiden würde und der niemals zitternd im Schnee kauern und mit ansehen müsste, wie seine Mutter starb.

Von einer plötzlichen, unerklärlichen Eile angetrieben, steckte Willow die Decke fester um das Kind und schlüpfte lautlos aus dem Raum. Sobald sie außer Hörweite des Kinderzimmers war, fing sie an zu rennen, stürzte atemlos die Treppe zu Bannors Turmzimmer hinauf und öffnete ohne anzuklopfen die Tür. Das Zimmer war verlassen, kein Feuer brannte im Kamin, die weiche Matratze wirkte unberührt, und ein Becher lag umgefallen auf dem Tisch, als hätte ihn jemand in einem Wutanfall dort hingeworfen.

Willow flog die Treppe hinunter in den großen Saal. Obwohl bereits der Hefeduft frisch gebackenen Brotes aus der Küche wehte, schliefen die meisten der Menschen, die Schutz vor dem Schneesturm gesucht hatten, immer noch den Rausch aus, der ihre Schädel dank des zur Feier der Ankunft von Lord Bannors jüngstem Sohn großzügig ausgeschenkten Biers hämmern ließ. Als Willow über einen der Akrobaten stolperte, hüllte sich dieser leise fluchend fester in seinen dünnen Umhang ein.

Sie stürmte in den menschenleeren Hof und wirbelte suchend herum. In diesem Augenblick erhob sich die Sonne am östlichen Horizont, sodass die plötzliche Helligkeit des Schnees sie blendete. Erst als Willow ihre Augen gegen das weiße Blitzen abschirmte, entdeckte sie die einsame Gestalt mit dem vom Wind ins Gesicht gepeitschten dunklen Haar, die reglos hoch oben auf der Brustwehr stand.

Als Willow endlich die Stufen erklommen hatte, schlug ihr, auch wenn ihr Atem wieder langsam ging, das Herz bis in den Hals.

Bannor hatte seine Hände auf die Steinmauer gestützt und blickte auf die verschneite Ebene hinaus. Er drehte sich nicht mal um, als das Knirschen ihrer Schuhe auf der Schneekruste an seine Ohren drang. »Ist Euch noch nicht der Gedanke gekommen«, fragte er, und seine Stimme war so hart wie die glitzernden Eiskristalle, die man auf den Ästen der Bäume sah, »dass ich mir vielleicht ebenfalls den Schmerz ersparen möchte, mich von einer dritten Frau zu verabschieden?«

Trotz der Kälte seiner Stimme wärmten Bannors Worte

sie. Nie zuvor hatte er sie seine Frau genannt. »Und ist Euch noch nicht der Gedanke gekommen, Mylord«, antwortete sie, »dass ich Euch diesen Schmerz vielleicht ebenfalls ersparen will?«

»Offen gestanden nein.«

»Ich komme gerade aus dem Kinderzimmer.« Trotz seiner Abwehr trat sie dichter an ihn heran. »Euer jüngster Sohn hat inzwischen wieder Farbe im Gesicht. Dank Eurer großzügigen Aufnahme wird er sicher noch vor Ende des Tages mit der kleinen Mags darum wetteifern, wer die meiste Milch bekommt.«

»Es freut mich, dass das Baby überleben wird, aber ich bin nicht in der Stimmung, mich loben zu lassen für meine Großzügigkeit. Nicht, wenn ich einen derart hohen Preis dafür bezahlen muss.«

Willow bohrte die Spitze ihres Schuhs in den Schnee und sagte möglichst beiläufig: »Oh, ich bin nicht gekommen, weil ich Euch für Euren Großmut rühmen will, sondern um Euch zu schelten für Euren falschen Stolz.«

Er schnaubte verächtlich. »Das ist das zweite Mal in zwei Tagen, dass mir diese Sünde vorgeworfen wird. Könnte es sein, dass Ihr Euch mit Desmond unterhalten habt?«

»Nein, nicht mit Desmond, sondern mit einer Freundin.« Willow war dankbar, dass er ihre reuige Miene nicht sah. »Mit einer Freundin, die Euch treuer ergeben ist, als Ihr vielleicht denkt.«

»Offenbar ergeben genug, um mich als arroganten Narren zu bezeichnen«, antwortete er erbost.

»Ihr mögt durchaus arrogant sein, aber ein Narr seid Ihr ganz sicher nicht.« Sie stieß einen spöttischen Seufzer aus. »Wenn ich ein mächtiger Krieger wäre, so gefürchtet, dass meine Feinde meinen Namen höchstens flüsternd aussprechen, da hätte ich es vielleicht auch recht gern, dass jeder meinen Samen für ebenso kraftvoll hält wie meine Faust. Sicher wäre es Eurem Ruf abträglich, wenn es sich herumspräche, dass Ihr zu weichherzig seid, um je ein Kind zurückzuweisen.« Sie stellte sich auf Zehenspitzen und fügte im Flüsterton hinzu: »Noch nicht mal ein Kind, das nicht von Euch gezeugt wurde.«

Bannor nahm seine Hände von der Brüstung und wandte sich ihr langsam zu. »Klatsch und Tratsch, Mylady, aus der verräterischen Kehle eines Menschen, der nicht zu meinen Freunden, sondern wohl eher zu meinen Feinden zählt.«

Trotz der Ablehnung in seinem Blick wandte Willow sich nicht ab. »Und ist es ebenfalls nur ein Gerücht, dass vor Jahren eine Frau nicht weit von hier auf einer Wiese erfroren ist? Dass sie erfror, nachdem Euer Vater sie als Hure gebrandmarkt und seinen Männern befohlen hatte, sie und ihr unschuldiges Kind hinauszuwerfen, obwohl ein fürchterlicher Schneesturm wütete?«

Hätte nicht seine Wange unmerklich gezuckt, hätte man meinen können, Bannor wäre eine Statue aus Eis. »Es war kein unschuldiges Kind, Mylady«, antwortete er. »Es hatte bereits zahllose Nächte draußen in der Kälte vor der Tür der Hütte seiner Mutter zugebracht, während diese mit einer Unzahl stöhnender, stinkender Fremder im Bett gewesen war. Trotzdem ihm davon übel wurde, hatte er gelernt, jeden Bissen angeschimmeltes Brot hinunterzuwürgen, den sie ihm gab, da er wusste, wie teuer sie dafür bezahlt hatte.«

Bannor blickte wieder auf die Ebene hinaus, und sein Profil wirkte ebenso harsch wie die schneebedeckten Gipfel der entfernten Bergkette. »Als sie starb, schwor ich, dass eines Tages all das hier mir gehören würde. Ich wünschte nur, mein Vater hätte lange genug gelebt, um diesen Tag mitzuerleben«, stellte er tonlos fest.

Willow strich ihm sanft über den angespannten Unterarm. »Wenn er diesen Tag miterlebt hätte, hättet Ihr vielleicht nicht all die Jahre Krieg gegen ihn geführt. Sagt mir, Bannor, habt Ihr je einen Feind niedergemacht, der nicht sein lüsternes Gesicht hatte?«

Bannors leises Lachen war bar jeden Humors. »Es ist nicht sein Gesicht, das mich verfolgt, sondern ihres. Sie ist diejenige, der ich beim besten Willen nicht verzeihen kann.«

In dieser Minute erkannte Willow, dass Netta ihr den schrecklichsten Teil der Geschichte nicht erzählt hatte. »Sie hat ihn geliebt, nicht wahr?«, brachte sie erstickt hervor.

»Sie hat ihn angebetet. Sie war erst fünfzehn, als er sie verführte, und sie hat nie aufgehört zu glauben, dass er eines Tages zu ihr zurückkäme. Sie hat niemals akzeptiert, dass er im weiten Umkreis von Elsinore in jedem Dorf ein Mädchen wie sie hatte.« Verbittert fuhr er fort: »Sie hat mir immer wieder erzählt, was für ein feiner Mann mein Vater sei. Wie großzügig! Wie edelmütig! Wie gutherzig! Als sie schließlich gezwungen war, für Geld mit Männern ins Bett zu gehen, hat sie nicht geweint, weil sie ihren Körper und ihre Seele gegen einen Kanten Brot tauschen musste, sondern weil sie fürchtete, seiner nicht länger würdig zu sein.« Bannor bedachte Willow mit einem flehenden und gleichzeitig warnenden Blick. »Ihre Liebe war eine Krankheit des Herzens. Und am Ende hat sie sie umgebracht.«

Voller Trauer erkannte Willow, dass er im Verlauf der Jahre all die tödlichen Waffen, die schimmernden Schilde gesammelt hatte, um unverwundbar zu werden durch den vergifteten Pfeil der Liebe, von dem seine Mutter getötet worden war. Er hatte all die Jahre nach ihrem Tod damit verbracht, sein Herz zu wappnen gegen diese Gefahr.

Eine Gefahr, die auch in Gestalt von ihr selbst gegeben war.

Nun war die Reihe an ihr, die Brüstung zu umklammern

und auf die karge Schönheit der schneebedeckten Wiesen hinabzublicken, während ihr der Wind die Locken aus den brennenden Augen peitschte. »Ich kann wirklich gut verstehen, dass Ihr keine weiteren eigenen Kinder haben wollt«, setzte sie leise an. »Falls es sich weiter herumspricht, dass der mächtige Lord von Elsinore jedes Kind, das er auf seiner Schwelle findet, als eigenes anerkennt, werden wir von den kleinen Zwergen sicher bald vollkommen überrannt.«

»Wir?«, wiederholte Bannor so leise, als fürchte er, er hätte sich verhört.

Die Wärme seines Körpers hinter ihrem Rücken war so spürbar, als hätte er sie berührt. Bis zu diesem Moment hatte sie gar nicht gemerkt, wie eisig kalt ihr war.

Es hatte eine Zeit gegeben, in der war Willow arrogant genug gewesen, Bannors erste beiden Frauen zu bedauern, weil sie sich mit weniger zufrieden gegeben hatten als mit seiner Liebe – nun jedoch fühlte sie sich den beiden mit einem Mal sehr nah.

Sie drehte sich zu ihm herum. »Ihr seid ein Ehrenmann, Bannor von Elsinore. Ihr seid weder ein Choleriker noch ein Trinker, noch flucht Ihr übermäßig viel. Mehr als das kann eine Frau von ihrem Mann wohl kaum erwarten. Und wenn Ihr mir nicht mehr als ein paar Krumen Eurer Zuneigung zu geben habt, dann werde ich mich damit begnügen, so wie ich mich bisher mit allem begnügt habe.«

»Ist das alles, was ich Euch Eurer Meinung nach zu bieten habe? *Krumen?*« Bannor legte eine Hand an ihre Wange und bedachte sie mit einem vor Verlangen dunklen Blick. »Ganz im Gegenteil, Mylady. Ich verspreche Euch ein Festmahl, wie es Euch bisher noch nie zuteil geworden ist.«

Willow hielt den Atem an, als er seinen Mund auf ihre Lippen legte, seine warme Zunge zwischen ihre Zähne schob und ihr statt eines Schlückchens süßen Nektars einen Vorgeschmack des Himmels bot. Sie schlang ihre Arme um seinen Nacken und klammerte sich willenlos an ihn.

Ohne von ihren Lippen abzulassen, hob Bannor sie in seine Arme, trug sie die schmale Wendeltreppe zu ihrem Zimmer hinunter, trat blind die Tür hinter sich zu, stellte sie auf die Füße, streifte ihr den Umhang von den Schultern und rupfte an ihrem Kleid. Erst als er es über ihren Kopf zerrte, war er gezwungen, seinen Mund von ihr zu lösen, woraufhin ihm ein schmerzliches Stöhnen entfuhr.

In ihrem dünnen Nachthemd hätte Willow frieren sollen, aber sie war vollkommen immun gegen die Kälte in dem ungeheizten Raum. Als Bannor sie gegen den Bettpfosten drückte, erbebte sein starker Leib in demselben hitzigen Verlangen, dem auch sie bereits erlegen war.

»Ich ertrage es nicht, dich weinen zu sehen«, murmelte er und küsste ihr die Tränen fort.

»Noch nicht einmal, wenn es Tränen des Verlangens nach deiner Berührung sind?«, flüsterte Willow kühn an seinem Ohr.

Dass Bannor vor ihr auf die Knie sinken, ihr das Hemd über die Hüften und die perlenschimmernden Tropfen ihrer Sehnsucht kosten würde, hätte sich Willow jedoch noch nicht einmal in ihrer verwegensten Phantasie erträumt.

Als er mit seiner samtigen Zunge durch die Weichheit ihrer schwarzen Locken fuhr, rang sie erstickt nach Luft und schloss instinktiv die Beine, damit keiner von ihnen beiden eine Sünde begehen könnte, die in ihrer schockierenden Köstlichkeit ganz sicher tödlich war.

»Bitte, Willow…«, stöhnte er mit vor Verlangen rauer Stimme und legte seine Wange auf ihre sahnig weiße Haut.

Willow wusste, dass er normalerweise nie um etwas bat. Und dass er normalerweise außer vor dem König vor niemandem jemals auf die Knie sank. Doch indem er sich vor ihr erniedrigte und ihr eine solche Macht über ihn bot, nahm er ihr die Fähigkeit, ihm auch nur die kleinste Bitte abzuschlagen. Also vergrub sie ihre Hände in seinem Haar, ließ ihn ihre Schenkel spreizen und kniff, zu schüchtern, um die Schönheit seines dunklen Schopfes zwischen ihren Beinen zu betrachten, fest die Augen zu.

Bei Bannors erstem Schluck aus ihrem Kelch wurde Willow schwindelig vor Lust. Sie ballte die Finger in seinem Haar zu Fäusten und keuchte mit jedem Atemzug verlangend seinen Namen, als er ihren nackten Hintern in die Hände nahm und ihr dadurch deutlich machte, dass all ihr Winden, all ihr Flehen vollkommen vergeblich war. Den steifen Bettpfosten im Rücken und seinen heißen Mund an ihrem Unterleib, gab es für sie kein Entfliehen vor der verruchten Hitze seiner Gier.

Wie auf der Suche nach dem kostbaren Schatz flatterte seine Zunge über die zarte Hülle ihres Fleisches, und als er die rosig schimmernde Perle ihrer Weiblichkeit entdeckte, saugte er so intensiv daran, dass Willows Beine nachgaben und Schauer glühender Ekstase durch ihren Körper rannen.

Wie eine Ertrinkende klammerte sich Willow an seiner Schulter fest. Sie hatte Recht gehabt mit ihrer Angst vor der Todsünde, dachte sie. Nun war sie in seinem Arm gestorben, und er hatte ihr neben dem Herzen auch die Seele für alle Zeiten geraubt.

»Das reicht noch nicht«, flüsterte Bannor an ihrem bebenden Bauch. »Lass mich dir zeigen, wie es weitergeht.«

Er zog ihr das Nachthemd über den Kopf, drückte sie rücklings auf die Matratze des Bettes und entledigte sich seines Hemdes. Unfähig, der Lockung seiner im Kampf vernarbten Brust zu widerstehen, streckte Willow ihre Hände nach ihm aus. Er streifte eilig seine Stiefel von den Füßen, stürzte sich wie ein Verhungernder auf ihren Leib und sog begierig an ihren Lippen, ihrer Kehle, ihren harten Brustwarzen.

Ehe sie auch nur zu Atem kommen konnte, tasteten seine Finger durch die feuchten Locken zwischen ihren Schenkeln und glitten durch den warmen Honig, der von seiner Zunge in ihr erzeugt worden war.

Er tauchte seinen Mittelfinger in die jungfräuliche Höhle, rief ein erwartungsvolles Zittern in ihr wach, und ehe Willow auch nur merkte, was sie tat, nahmen ihre Hüften den uralten Paarungsrhythmus auf, lockten, dass er tiefer kam, flehten, dass er sie kraftvoller und heftiger nahm.

Bannor schien genau zu wissen, was sie brauchte, denn während ihr die sinnliche Zärtlichkeit seiner Lippen an ihrem Mund die Tränen in die Augen trieb, schob er einen zweiten Finger in ihre Weiblichkeit und strich mit der schwieligen Kuppe seines Daumens über die Perle ihrer Lust. Aus ihrer Kehle stieg ein Schluchzen, als sie plötzlich den Gipfel ihrer Leidenschaft erklomm und glücklich, aber seltsam unbefriedigt in sich zusammensank.

Sie wandte den Kopf und sah, dass Bannor, einen Arm über den Augen, neben ihr auf dem Rücken lag. »Bannor?«

Ohne den Arm von den Augen zu nehmen, stöhnte er leise auf.

Willow rollte sich auf die Seite, streichelte seine breite Brust und dachte, wie seltsam es war, dass sie nackt neben ihm lag, ohne dass sie dabei auch nur eine Spur von Scham empfand. »Ich weiß, wie sehr du derartige Gespräche hasst, aber wenn wir beide verheiratet bleiben wollen, ohne weitere Kinder zu bekommen, erklärst du mir vielleicht, wie du es geschafft hast zu vermeiden, dass auch nur eine der Frauen, mit denen du nicht verheiratet warst, von dir schwanger geworden ist.«

»Das war nie ein Problem. Ich wäre niemals bereit gewesen, das Risiko einzugehen, dass es irgendwo in England auch nur einen von mir gezeugten Bastard gibt. Ich wollte keine Kinder, die ich nicht kenne und die wild aufwachsen und mich wegen meines verantwortungslosen Tuns verabscheuen.«

Willow erstarrte. »Willst du damit etwa sagen, dass du, als du Mary geheiratet hast, noch –«

Bannor nahm seinen Arm von seinen Augen und funkelte sie zornig an. »Wenn du jetzt lachst, werde ich unsere Ehe annullieren lassen. *Nachdem* ich dich erwürgt habe.«

Aber Willows Lächeln verriet lediglich nachdenkliche Verwunderung. »Und in den Jahren nach Margarets Tod hast du niemals …?«

»Nicht ein einziges Mal. Obgleich ich es weiß Gott gewollt hätte.« Er runzelte die Stirn. »Vor allen, nachdem du hier auf der Burg aufgetaucht bist.«

Bei diesem Geständnis schmolz Willow das Herz. Ihre Hand glitt zärtlich über seinen Bauch und rief erwartungsvolle Schauder in ihm wach. »Netta hat mir einen weiteren Trick verraten, den wir ausprobieren könnten«, sagte sie.

Er zog fragend eine Braue hoch. »Meinst du wirklich, es wäre vernünftig, auf den Rat einer Frau zu hören, die selbst bereits vier Kinder bekommen hat?«

Sie beugte sich über ihn und flüsterte ihm etwas ins Ohr. Eine Weile lag er vollkommen reglos da, doch dann sprang er aus dem Bett und nestelte an dem Knoten in seinem Hosenband.

Angesichts seiner plötzlichen Begeisterung riss Willow leicht erschrocken die Augen auf. »Natürlich sollte ich vielleicht noch hinzufügen, dass es nur einen ganz sicheren Weg gibt, damit eine Frau keine Kinder bekommt.«

»Und der wäre?« Bannor zerrte so ungeduldig an dem Band, dass es zerriss.

Als ihm die Hose über die Knie rutschte, wandte sich Willow plötzlich schüchtern ab. »Völlige Enthaltsamkeit.«

Bannor schleuderte seine Hose in die Ecke, umfasste Willows Gesicht und zwang sie sanft, ihn anzusehen. »Das überlasse ich natürlich dir. Möchtest du völlige Enthaltsamkeit?« Gleichzeitig schob er sich über sie und machte es sich zwischen ihren gespreizten Schenkeln bequem. »Oder vielleicht doch lieber mich?«

»Dich«, wisperte Willow, von dem verruchten Blitzen seiner dicht bewimperten Augen unvermittelt wie betäubt.

Sie starrte immer noch in seine Augen, als er sich in sie hineinschob und das »versprochene Festmahl« endlich begann. Noch während ihr Körper mit seiner Größe kämpfte, stieg aus ihrer Kehle ein halb glückliches, halb schmerzerfülltes Stöhnen auf. Der Schmerz war kurz und stechend, aber das Glück erschien ihr endlos und schwoll mit jedem Herzschlag weiter an.

Bannor küsste ihr die Tränen von den Wangen und bewegte seine honigsüße Lanze mit einer derart lähmenden Zärtlichkeit in ihrem Leib, dass jeder seiner Rückzüge für sie beinahe unerträglich schmerzlich war. Er war so viel größer, so viel kraftvoller als sie, und trotzdem war nicht zu verkennen, dass er sein Verlangen ebenso bezähmte wie zuvor den Jähzorn, als er gefürchtet hatte, er könne seinen Kindern in seiner Wut etwas zu Leide tun.

»Bannor, bitte … oh, gütiger Himmel, bitte …« Sie klammerte sich an seine breiten Schultern und warf rastlos den Kopf von einer Seite auf die andere.

Er missverstand ihr Flehen als Bitte um Befreiung, doch als er sich von ihr herunterrollen wollte, schlang Willow ihre Arme um seine Hüften, rollte mit ihm herum und richtete sich auf wie eine wilde Reiterin. Bannor sank auf das Kissen und stieß ein abgrundtiefes Stöhnen aus, als hätte nicht sie, sondern ihn der plötzliche Liebesstoß ereilt.

Willow schüttelte sich die Haare aus den Augen und nahm voller Verblüffung die Kraft und Stärke ihres schmalen Körpers wahr. Und ihre Kräfte steigerten sich noch, als sie mit jeder Bewegung ihrer Hüften das Verlangen in Bannors dunklen Augen leuchten sah. Er umfasste ihre Taille, reckte sich ihr entgegen und drängte, dass sie ihn, obgleich sie hätte schwören können, jeden Augenblick zu zerbersten, noch tiefer in sich aufnahm.

Ohne von ihr abzulassen, rollte er sich abermals herum, nahm sie unter sich gefangen und steigerte das Tempo seiner Bewegungen. Seine Zunge drang in ihren Mund und versprach ihr ohne Worte, dass es dieses Mal kein vorzeitiges Ende ihres Glückes gab. Er wäre ihr nicht eher gnädig, als bis sie den letzten Rest ihrer Selbstbeherrschung seiner leidenschaftlichen Herrschaft unterwarf.

Willow hatte keine Wahl. Als er sein steifes Glied noch heftiger in sie versenkte, breitete sich plötzlich ein blutroter Schleier über ihre Augen, und es schien, dass mit einem Mal die Welt in lichterlohen Flammen stand.

Als ihr Unterleib in köstlichen Zuckungen erschauderte, verkrampfte sich auf einmal auch Bannors hünenhafter Leib, und Willow streckte blind die Hände nach ihm aus, als er sich aus ihr zurückzog und brüllend seinen Samen auf ihrem weichen Bauch ergoss.

26

Sir Hollis verhandelte gerade mit einem wandernden Kesselflicker über den Preis für ein Fass Wein, als das Brüllen seines Herrn die Burg erschütterte. Vielleicht wäre er weniger heftig zusammengefahren, hätte Bannor nicht *seinen* Namen gebellt. So jedoch murmelte er eine Entschuldigung gegenüber dem krummbeinigen kleinen Mann und zog sich möglichst gemessenen Schrittes aus der Vorratskammer zurück. Sobald er jedoch die Ecke erreicht hatte, warf er jede Würde über Bord und stob, das Schlimmste fürchtend, die Treppe zum Nordturm hinauf. Als sein Herr ihn das letzte Mal derart ohrenbetäubend zu sich zitiert hatte, hatte er Bannor in seinem Zimmer eingesperrt vorgefunden, wo er den Friedensvertrag mit Frankreich und die Tatsache verflucht hatte, dass er ein Gefangener seiner eigenen Kinder war.

Dieses Mal fiel durch die weit geöffnete Tür des Turmzimmers goldener Sonnenschein in den düsteren Korridor. Als Hollis in den Raum gehechelt kam, wandte sich Bannor vom offenen Fenster ab und sah ihm gelassen entgegen.

»Ihr habt nach mir gebellt, Mylord?«, röchelte Hollis atemlos.

»Es bestand kein Grund zu derartiger Eile. Es brennt weder mein Zimmer noch mein Bart.« Bannor strich sich über die frisch gewaschenen Haare an seinem Kinn.

Mit einem Gefühl, sich ein wenig lächerlich gemacht zu haben, fuhr Hollis mit den Händen über sein Wams, trat neben Bannor und blickte in den Hof hinaus. »Die Macht der Gewohnheit, Mylord. Wie hätte ich wissen sollen, dass Euch nicht irgendein Franzose ein Messer an die Kehle hält oder dass nicht Mary Margaret auf Euch herumhüpft wie auf einer Federmatratze?«, fragte er gekränkt.

Bannor lachte vergnügt auf. »Früher einmal hätte ich einen Franzosen meiner Tochter vorgezogen, aber heute wüsste ich das nicht mehr so genau.«

Als plötzlich aus dem Hof fröhliches Kreischen an seine Ohren drang, verzog er grinsend statt schmerzlich das Gesicht. Es war ein kalter, aber sonniger Tag, und nach beinahe zweimonatigem, nur von gelegentlichem Eisregen unterbrochenem Schneefall waren die Kinder wie ein Schwarm eifriger Honigbienen aus der Burg geströmt.

Zur Zeit spielten sie gerade Wer-ist-der-Angreifer. Als Ennis nach einem Freiwilligen fragte, bohrte Hammish die Hand in die Luft und hüpfte vor Eifer auf und ab. Nachdem ihm ein Sack über den Kopf gestülpt worden war, schlugen ihm die Kinder der Reihe nach mit einem Knüppel auf den Kopf. Da er unter ihren halbherzigen Schlägen jedoch nicht aufschrie, sondern beinahe hysterisch kicherte und auch niemanden erriet, wandten sie sich bald gelangweilt ab und entschieden sich auf Desmonds Vorschlag hin für eine Runde Blindekuh.

Eine widerstrebende Bea ließ sich als erste den Sack über die blonde Mähne ziehen und tastete, während die anderen Kinder vor ihr tänzelten, mit ausgestreckten Händen in der Luft herum.

Bannor schüttelte den Kopf. »Ich verstehe nach wie vor nicht, was Willow an dem Mädchen so gefällt. Bisher habe ich noch nicht einmal gesehen, dass die Kleine auch nur einen Finger rührt.«

Während er und Hollis die Kinder beobachteten, packte Desmond plötzlich einen von Beas flachsblonden Zöpfen und zupfte spielerisch daran herum.

Bea riss sich den Sack vom Kopf und wirbelte mit vor Empörung blitzenden Augen zu ihrem Angreifer herum. Als er kichernd davonrannte, raffte sie ihre Röcke und nahm die Verfolgung auf. Mit den fliegenden Zöpfen wirkte sie tatsächlich wie das kleine Mädchen, das sie war, und nicht wie die Frau, als die sie sich so gerne gab.

»Der Junge ist doch viel zu schnell für sie.« Hollis schüttelte den Kopf.

»Oh, sie wird ihn ganz sicher kriegen.« Bannor lächelte amüsiert. »Ich wette, dass er dafür sorgen wird.«

Noch während er beobachtete, wie die beiden über den Turnierplatz zur Scheune flitzten, wanderte Hollis' Blick zum eisernen Tor am anderen Ende des Hofs, wo gerade eine Frau, die pummelige kleine Peg auf ihrer Hüfte blancierend, aus dem Kräutergarten kam. Die Finger des Babys zerrten an ihrem ordentlichen Knoten, so dass ihre dichte honigbraune Mähne in wirren Strähnen über ihre Schultern fiel, statt jedoch das Baby zu schelten, drückte sie ihm einen Kuss auf die Wange und sah es selig lächelnd an.

Bannor folgte Hollis' Blick. »Sie ist wirklich eine hübsche Person, nicht wahr?«

»Und gleichzeitig stur wie ein Maulesel«, antwortete Hollis, ohne auf Bannors Frage einzugehen.

»Das ist mir durchaus bewusst. Anfangs hat sie sich sogar geweigert, Willows Einladung anzunehmen, zu uns auf die Burg zu ziehen und Fiona beim Betreuen der Kinder zur Hand zu gehen. Sie hat erst nachgegeben, als ich ihr gedroht habe, sie mit dem ersten Mann zu verheiraten, der bereit ist, sie zu nehmen«, pflichtete Bannor grienend bei.

Hollis hoffte, dass er nicht errötete. »Am Anfang war Fiona etwas eifersüchtig, weil es plötzlich eine zweite Mutter für ihre Welpen gab, nicht wahr?«

Bannor zuckte mit den Schultern. »Sie hat ein paar Tage lang geschmollt, aber es hat nicht lange gedauert, bis sie erkannte, dass Netta im Grunde selbst noch ein verlorenes Kind ist, das es zu bemuttern gilt.«

Netta war nicht das einzige verlorene Kind, das in den vergangenen zwei Monaten zu ihnen auf die Burg gezogen war. Auf Willows Drängen hin arbeitete die junge Annie, deren Vater gedroht hatte, ihr Baby in einem Eimer zu ertränken, inzwischen bei ihnen als Dienstmädchen. Und nach dem Besuch des Burgherrn bei ihrem Vater hatte den Gerüchten zufolge der Schmied des Dorfes sechs Stunden gebraucht, um den Schädel des Mannes aus dem Toiletteneimer zu befreien.

Hollis riss seine Augen von Netta los. »Ich bezweifle, dass Ihr mich hierher gerufen habt, damit ich Eure Kinder oder ihre neue Kinderfrau, wie hübsch sie auch immer sei, bewundere.«

Bannor legte ihm eine Hand auf die Schulter und führte ihn in Richtung Tisch. »Da habt Ihr vollkommen Recht, Hollis. Ich habe Euch gerufen, weil Ihr nicht gerade auf den Kopf gefallen seid und weil ich Eure Hilfe brauche beim Entwurf eines wichtigen Schlachtplanes.«

Früher einmal hätte Hollis bei Bannors Worten freudige Aufregung verspürt. Jetzt jedoch senkte er enttäuscht den Kopf. Das einsame Leben eines Soldaten reizte ihn nicht mehr. »Habt Ihr eine Nachricht vom König erhalten?«, fragte er denn auch betrübt. »Sollen wir wieder nach Frankreich zurückkehren? Falls er Euch zu sich gerufen hat, wäre es vielleicht das Beste, ich bliebe hier auf Elsinore. Schließlich muss sich weiter jemand um die Burg kümmern. Ich würde es wirklich hassen, mit ansehen zu müssen, wie alles im Chaos versinkt.«

Bannor drückte seinen Verwalter sanft auf einen Stuhl. »Ich brauche Eure Hilfe nicht, um Krieg zu führen, alter Freund, sondern um zu heiraten.«

»Zu heiraten?«, wiederholte Hollis. Am liebsten hätte er vor Verzweiflung den Kopf auf die Tischplatte gelegt.

»Genau. Ich möchte, dass Ihr mir bei der Planung helft. Ich möchte, dass es eine Hochzeit wird, wie es sie auf Elsinore noch nie gegeben hat.« Bannors Mund wurde von einem zärtlichen Lächeln umspielt. »Ich möchte Willow heiraten.«

Hollis schüttelte verblüfft den Kopf. »Aber Ihr seid doch bereits mit ihr verheiratet. Ich sollte es wissen. Schließlich war ich dabei.«

»Genau. Aber ich nicht. Dieses Mal möchte ich persönlich vor dem Priester stehen und ihr die Treue schwören. Ich möchte ihr all meine weltlichen Besitztümer zu Füßen legen.« Bannors Stimme und Gesichtsausdruck wurden weich, als er in Richtung des zerwühlten Bettes sah. »Ich möchte ihr versprechen, dass ich sie bis an mein Lebensende anbete.«

»Eine Aufgabe, die Ihr sicher bereits tatkräftig in Angriff genommen habt.«

Ohne auf Hollis' Spott einzugehen, schob ihm Bannor ein Stück Pergament über den Tisch. »Am besten fangen wir mit der Einladung an ihre Familie an.«

Hollis' Belustigung wandelte sich in Unglauben. »Seid Ihr verrückt geworden, Mylord? Sie haben in ihr nichts weiter als eine Sklavin gesehen, die sie dem Meistbietenden verkauft haben.«

Bannors Miene verdüsterte sich. »Genau das ist der Grund, weshalb ich möchte, dass sie kommen und ihren Triumph miterleben. Weshalb ich die Absicht habe, sie vor ihr auf den Knien rutschen zu lassen, wenn ich sie mit all der verdienten Pracht und Ehre zu meiner Frau mache. Tja, ich kann es kaum erwarten, ihr verblüfftes Gesicht zu sehen, wenn sie kommen, um ihr endlich die ihr gebührende Ehre zu erweisen«, stellte er zufrieden fest.

Hollis schluckte. »Willow weiß nichts von dieser Einladung?«

Bannor blickte ihn erstaunt an. »Natürlich nicht. Ich möchte, dass es eine Überraschung für sie wird. Genau wie die Hochzeit selbst.«

Um ein Haar hätte Hollis laut gestöhnt. »Glaubt Ihr wirklich, es ist vernünftig, eine Hochzeit anzusetzen, ohne dass die Braut zuvor ihre Zustimmung gegeben hat?«

»Was sollte sie schon dagegen einzuwenden haben? Schließlich leben wir bereits seit über drei Monaten als Mann und Frau.«

»Ich bezweifle, dass Willow etwas dagegen hat, Eure Verbindung zweimal segnen zu lassen. Aber ich habe die Erfahrung gemacht, dass Frauen gerne glauben, sie hätten in diesen Dingen etwas mitzureden, egal, ob es wirklich so ist oder nicht.«

Bannor winkte unbekümmert ab. »Ich möchte Euch wirklich nicht zu nahe treten, lieber Freund, aber Willow hat mich mehr über Frauen gelehrt, als ich vorher in zweiunddreißig Jahren über sie gelernt habe. Oh, ich wusste alles darüber, wie man eine Frau im Bett zufrieden stellt, aber wie man sie glücklich macht, wusste ich nicht. Ich wusste, dass sie zarte Körper haben, aber dass auch ihre Seelen zart sind, war mir völlig neu.« Ein Schatten lief über sein Gesicht. »Wenn ich es gewusst hätte, wäre ich Mary und Margaret sicher ein wesentlich besserer Mann gewesen, als ich es war.«

»Nach allem, was ich mitbekommen habe, Mylord, haben die beiden edlen Damen, Gott sei ihren Seelen gnädig, kaum jemals Grund zur Beschwerde gehabt.«

Bannor sah ihn mit einem dankbaren Lächeln an. »Falls es nach mir geht, sollte Willow überhaupt keinen Grund dazu haben.«

»Es freut mich zu sehen, dass Ihr Euch wie ein liebeskranker Bauernbursche benehmt«, stellte Hollis mit einem vergnügten Grinsen fest.

Bannors Lächeln schwand. »Macht Euch nicht lächerlich«, sagte er steif. »Ich bin kein liebeskranker Bauernbursche, sondern einfach ein Mann, der den Wert einer guten Frau zu schätzen weiß.«

»Ebenso wie ein gutes Schwert. Und einen guten Sattel. Und ein gutes Pferd«, fügte Hollis spöttisch hinzu.

Bannor starrte ihn finster an. »Und einen Verwalter, der weiß, wann er besser seine Zunge in Zaum hält, statt über Dinge zu schwatzen, von denen er nichts versteht.«

Angesichts dieser Warnung widmete Hollis seine gesamte Aufmerksamkeit der frisch gespitzten Feder, die er in den Händen hielt.

»Wir müssen uns beeilen«, sagte Bannor und tigerte hinter ihm im Zimmer auf und ab. »Wir wissen nicht, wie lange das gute Wetter hält.«

Als Bannor anfing zu diktieren, wünschte sich Hollis, es wäre ihm möglich, die Spur von Sarkasmus einzufangen, die in seiner Stimme lag. Er brauchte nicht lange für die höfliche oder besser gesagt, auffallend wenig höfliche Einladung.

»Hiermit lade ich Euch ein…« Bannor machte eine Pause, und seine Augen blitzten boshaft auf. »Nein, schreibt besser, bestelle ich Euch ein. Hiermit bestelle ich Euch ein zu meiner Hochzeit mit Eurer geschätzten Tochter, und zwar genau heute in zwei Wochen, am…«

»Desmond?«, wisperte Beatrix, während sie durch die menschenleere Scheune schlich.

Es schien, als hätte der Kerl sich einfach in Luft aufgelöst und sie allein in dem dunklen Gebäude wäre. Schmale Strahlen winterlicher Sonne fielen durch die Spalten in den Wänden und vergoldeten die durch die Luft schwirrenden Staubkörnchen. Mit den dicken Balken und der hohen Decke kam ihr die Scheune so still und ehrwürdig wie eine

Kathedrale vor. Beatrix erschauderte. Sie hatte schon immer etwas gegen Kirchen gehabt. Sie hatte einfach zu viele verruchte Gedanken und bei der Überlegung, dass sie diese eines Tages sämtlich würde sühnen müssen, stieg ehrliche Verzweiflung in ihr auf.

»Desmond?« Dieses Mal wurde ihr Rufen von einem gedämpften Wiehern und kurzem Hufescharren beantwortet. Die meisten Pferde und sämtliche Stallburschen hatten das plötzliche gute Wetter ausgenutzt und tollten draußen herum.

Beinahe hätte sie wegen des ihr in die Nase steigenden Heugeruchs geniest, doch dann erstarrte sie. Sie hätte schwören können, dass sie über ihrem Kopf ein Rascheln gehört hatte. Sie legte den Kopf auf die Seite – nichts. Wahrscheinlich hatte sie einfach ein harmloses Mäuschen aufgeschreckt, sagte sie sich.

»Oder eine Fledermaus«, flüsterte sie und schob sich rückwärts Richtung Tür. Auch wenn eine Fledermaus im Grunde nichts weiter als eine Maus mit rasiermesserscharfen Zähnen war ... die jedoch sicher jede Sekunde von einem der Dachbalken heruntergesegelt käme und sich dann in einem ihrer Zöpfe verfing.

Fluchtbereit wirbelte sie herum, als sie aus den Augenwinkeln einen großen Schatten näher kommen sah. Sie schrie entgeistert auf, als das Furcht einflößende Geschöpf seine Flügel um sie schlang und sie auf einen der Strohballen warf.

Beatrix schrie immer noch, als ihr klar wurde, dass das Ding, das sich so unvermittelt auf sie gestürzt hatte, keine Fledermaus, sondern der gesuchte Desmond war, der sich vor Lachen schüttelte.

»Runter von mir, du widerlicher Kerl!«, kreischte sie und versuchte, sich zappelnd zu befreien.

Doch all ihr Strampeln nützte nichts. Früher einmal hätte sie ihn sicher ohne jede Mühe abgeworfen, aber in den letzten beiden Monaten schien sich die Breite seiner Schultern ebenso wie die Länge seiner Beine verdoppelt zu haben, und wenn der Bengel nicht bald im Wachstum innehielt, könnte er sicher bald auf sie heruntersehen.

Seine grünen Augen blitzten boshaft auf. »Vielleicht hätte ich dich besser einfach weiter durch die Scheune wandern lassen sollen, auch wenn du geblökt hast wie ein verloren gegangenes Schaf.«

»Vielleicht habe ich geblökt, aber du wirst gleich *bluten*, wenn du mich nicht auf der Stelle gehen lässt.« Beatrix nahm eins seiner Ohrläppchen zwischen Daumen und Zeigefinger und drehte es herum.

Desmond rührte sich nicht vom Fleck. »Hör auf, mir das Ohr zu verdrehen, Weib, oder ich schwöre, ich werde … ich werde …« Noch während er nach einer möglichst fürchterlichen Drohung suchte, fiel sein Blick auf ihren vollen Mund. »Tja, dann werde ich dich küssen!«

Sofort beendete Beatrix ihre peinigende Gegenwehr. »Das würdest du nicht wagen.«

Desmond zuckte eine Braue hoch und sah dadurch noch verruchter als sein Vater aus. »Ach nein?«

Beatrix war nicht gefasst auf die Röte, die ihr plötzlich in die Wangen schoss.

Ebenso wenig wie Desmond, dem vor Überraschung die Kinnlade herunterfiel. »Du bist noch nie geküsst worden, nicht wahr?«

Beatrix nutzte seine Überraschung aus, schob ihn von sich herunter, setzte sich eilig auf und zupfte sich das Stroh von ihrem Kleid. »Mach dich nicht lächerlich. Ich hatte schon hunderte von Verehrern, und mindestens ein Dutzend von ihnen wollten mich sogar heiraten.«

»Aber keiner von ihnen hat dich je geküsst«, wiederholte er, dieses Mal mit einer derartigen Selbstzufriedenheit, dass sie ihm am liebsten eine Kopfnuss versetzt hätte.

»Und ob«, antwortete sie und krabbelte hastig durch das Heu davon.

»O nein.« Als sie mit dem Po gegen einen Strohballen stieß, schlang Desmond einen Arm um seine Knie, schüttelte den Kopf und lachte auf. »Stell sich das mal einer vor! Die süße Bea stolziert wie ein Pfau in der Gegend herum, reckt ihre Brüste in die Luft, wackelt mit dem hübschen runden Hintern und macht sämtliche Knappen vollkommen verrückt. Dabei ist sie bisher kein einziges Mal geküsst worden.«

Sie jaulte wütend auf. »Also gut! Dann bin ich also noch nie geküsst worden! Mach dich ruhig über mich lustig, wenn du willst, aber falls du je einem Menschen, vor allem Willow, etwas davon erzählst, versinke ich vor Scham im Boden. Oder besser noch, dann werfe ich mich in den Fluss.« Sie stieß ein jämmerliches Schluchzen aus. »Wenn du ein Mann von Ehre wärst, würdest du mir versprechen, dass du niemandem davon erzählst.«

Desmond fixierte sie lange. »Bisher hast du mich nie einen Mann genannt. Aber ich höre das wirklich gern.« Er senkte den Kopf, als er unvermittelt, wie zuvor Beatrix, bis unter die Haarwurzeln errötete. »Tja, ich könnte niemandem erzählen, du wärst noch nie geküsst worden«, unter seinem dichten Pony hinweg sah er sie an, »wenn du es wärst.«

Hätten Desmonds Augen auch nur leicht boshaft geblitzt, hätte Beatrix ganz sicher nicht auf seine Worte reagiert. Doch sein Blick war ungewöhnlich ernst und verriet dieselbe atemlose Unsicherheit, die auch sie empfand. Sie war derart verwirrt, dass sie noch nicht mal protestierte, als er einen ihrer blonden Zöpfe um seine Finger wickelte und sie daran näher zog.

Ihre Lider fielen flatternd über die Augen, und es hätte sie nicht weiter überrascht, wenn er versucht hätte, ihr seine Zunge in den Mund zu schieben, so wie es ihr von ihren älteren Schwestern voller Abscheu berichtet worden war. Doch er berührte ihre Lippen mit federleichter Zärtlichkeit, und so verharrten sie beide, solange sie es wagten – einzig verbunden durch einen unschuldigen, sanften Kuss. Beatrix atmete schnuppernd durch die Nase ein und fragte sich, wie es sein konnte, dass er mitten im Winter roch wie der hellste sommerliche Sonnenschein.

Als er sich schließlich von ihr löste, brauchte sie einen Moment, bis sie es wagte, die Augen zu öffnen und ihn wieder anzusehen. Falls er lachte, würde sie die Mistgabel nehmen, die neben ihr an der Wand lehnte, und ihn damit aufspießen.

Sie öffnete die Augen und Desmond lächelte sie an. Allerdings ohne jeden Spott, sondern mit einem schiefen, verlegenen Grinsen, das ebenso an ihrem Herzen zog wie zuvor seine Hand an ihrem Zopf.

»Da du sicher nicht willst, dass jemand erfährt, dass du bisher erst einmal geküsst worden bist, empfinde ich es als meine Pflicht, dich in aller Ehre ein zweites Mal zu küssen«, murmelte er so heiser, dass sie erschauderte.

»Wirklich galant.« Beatrix beugte sich ein wenig vor und spitzte ihre Lippen auf eine Weise, die für sie ebenso natürlich war wie das Luftholen. Desmonds Lippen waren höchstens einen Hauch von ihrem Mund entfernt, als sie flüsterte: »Aber erst musst du mich fangen«, lachend auf die Füße sprang und in Richtung der Scheunentür hechtete.

»Du hinterhältiges Weibsbild!« Nachdem ihm ihr Zopf wie Seide aus der Hand geglitten war, nahm er zornig die

Verfolgung auf, aber schon als er aus der Tür rannte, lachte er ebenso vergnügt wie sie.

Willow stand an einem schmalen Bogenfenster im zweiten Stock der Burg und blinzelte ungläubig in den schneebedeckten Garten. Seit nunmehr fünf Minuten jagte Desmond Beatrix um eine steinerne Bank, und seine atemlose Forderung, dass sie sich ihm ergab, wurde von ihrem schrillen Kreischen übertönt. Das überraschte Willow nicht, denn die beiden brachten fast jede Minute des Tages mit Streitereien zu.

Was sie überraschte, war, dass Desmond plötzlich einen Satz über die Bank machte und Bea in die Arme nahm, ohne dass sie ihm, wie erwartet, eine Kopfnuss, gab. Stattdessen legte sie den Kopf auf die Seite und sah ihn mit einem für sie vollkommen untypischen, geradezu schüchternen Lächeln an.

Willow klappte vor Überraschung die Kinnlade herunter, als Desmond Beatrix' Kinn umfasste und sie, wenn auch unbeholfen, zwang, ihn anzusehen, ehe sich ihr warmer Atem mischte und sich ihre Lipppen in einem derart unschuldigen, sanften Kuss begegneten, dass ihr die Tränen vor Rührung in die Augen stiegen und sie eilig verschämt die Läden ihres Fensters schloss.

Sie war doch sicher nicht so missgünstig, neidisch auf das Glück ihrer Stiefschwester zu sein? Wie könnte sie Beatrix die Anbetung durch einen liebeskranken Jungen missgönnen, während sie doch selbst so glücklich war?

Sie hatte ein Heim. Eine Familie. Sie brauchte sich nicht länger von morgens bis abends abzurackern in der vergeblichen Hoffnung, einer Herrin zu gefallen, die sowieso niemals zufrieden war.

Und sie hatte Bannor, einen wunderbaren Mann.

Als sich Willow gegen den Fensterrahmen lehnte, wurde ihr Mund von einem zärtlichen Lächeln umspielt. Ihr Gatte war in der Tat ein wahrer Ehrenmann. Er hatte ihr ein Festmahl versprochen, und allnächtlich machte er dieses Versprechen wahr. Immer wieder suchte er nach neuen Wegen, sie glücklich zu machen, ohne dass sie schwanger wurde, und jeder Versuch war köstlicher als der Vorhergegangene.

Erst letzte Nacht hatte er sie zu einem Schachspiel herausgefordert, in dem sie nicht nur ihre gefangenen Figuren, sondern mit jeder der Figuren auch ein Kleidungsstück hatten abgeben müssen. Und wider Erwarten hatte sie gesiegt, denn der Anblick ihrer von dem flackernden Schein des prasselnden Feuers beleuchteten nackten Brüste hatte Bannor um den Verstand gebracht. Als er schließlich knurrend das Schachbrett vom Tisch gefegt und sie gepackt hatte, hatte sie der Versuchung nicht widerstehen können, »schachmatt« zu murmeln, ehe sie von ihm auf den Wolfspelz vor dem Kamin gezogen worden war.

Erst als sie in dem schützend warmen Kokon seiner Arme gelegen und auf sein eigenartig beruhigendes Schnarchen gelauscht hatte, hatte sie eine schwache Melancholie erfasst. Bannor mochte der Prinz aus ihren Träumen sein, aber niemals würde er die drei magischen Worte über die Lippen bringen, durch die sie seine Prinzessin würde.

Willow war nicht so naiv zu glauben, dass die meisten Ehen auf Liebe gründeten. Ganz im Gegenteil wurden fast sämtliche Ehen bereits arrangiert, wenn die beiden Beteiligten noch zu jung waren, um die Bedeutung des Wortes zu verstehen. Ihr eigener Papa hatte Blanche ganz sicher nicht aus Liebe, sondern wegen der großzügigen Mitgift des Königs geheiratet.

Willow konnte sich noch genau an den Blick ihres Vaters

erinnern, als er ihr erklärt hatte, nie wieder würde er eine Frau lieben wie ihre Mutter.

Sie schüttelte den Kopf und wandte sich vom Fenster ab. Egal, wie freundlich Bannor ihr gegenüber sein mochte, bliebe sie, irgendwo tief in ihrem Inneren, sicher für alle Zeit das linkische kleine Mädchen, das nach der Hand seines Papas gegriffen hatte, nur damit er sie ihr entzog.

27

Sir Rufus' Hände zitterten, als er die silberne Flasche entkorkte und an seine Lippen hob. Genau in diesem Moment machte die Kutsche einen Ruck, sodass ihm der Wein am Kinn herunterrann. Mit dem Gefühl, ein wahrhaft alter Mann zu sein, wischte er das Rinnsal fort, hob die Flasche abermals an seinen Mund und trank einen möglichst großen Schluck.

Das süß-würzige Gebräu rann tröstlich durch seine Kehle, aber noch nicht einmal seine angenehme Wärme konnte die Schrille des Gelächters seiner Frau oder das selbstgefällige Grinsen seines Stiefsohns verwischen, das ihm derartige Kopfschmerzen bereitete. Blanche und Stefan hatten fast die ganze Reise über getuschelt und gelacht, hatten sich eher wie zwei Liebende benommen denn wie Mutter und Sohn.

Es ließ sich nicht leugnen, dass sein strammer blonder Stiefsohn noch selbstzufriedener aussah als sonst. Er hatte sich neben Blanche auf dem gepolsterten Sitz zurückgelehnt, und seine langen, muskulösen Beine brauchten mehr als den ihnen zustehenden Raum. Als die Kutsche abermals durch ein Schlagloch rumpelte, stieß eins der Knie des Jungen derart heftig gegen Rufus' von Gicht geplagte Knochen, dass er vor Schmerz zusammenfuhr.

»Tut mir Leid.« Stefan bedachte ihn mit einem Grinsen, in dem nicht eine Spur ehrlichen Bedauerns lag, ehe er ein Stück Pergament aus dem Satinbeutel an seinem Gürtel zog und auseinander faltete.

Das Papier war so vergilbt und zerknittert, als hätte er es bereits zahllose Male geöffnet, gelesen und liebevoll wieder zusammengelegt. Das zerbrochene Siegel war nicht zu erkennen, und obwohl Rufus den Hals reckte, konnte er nicht lesen, was auf dem Zettel stand.

»Hättest du vielleicht gern ein Kissen, mein Lieber?«, fragte Blanche und versperrte ihm die Sicht mit einem der dicken Kissen, die sie mit ihren bleichen, schlanken Händen bestickt hatte.

Rufus schaute seine Frau an. Sie war immer so freundlich. So begütigend. So auf seine Bequemlichkeit bedacht. Trotzdem konnte er sich des Gedankens nicht erwehren, dass sie ihm das Kissen am liebsten vor das Gesicht gedrückt hätte.

»Nein, danke«, sagte er und lehnte sich zurück. »Sicher ist es nicht mehr weit bis zu dieser gottverlassenen Burg. Das heißt, hoffentlich kommen wir noch vor Beginn des Schneesturms an.« Er zog den Samtvorhang zurück und starrte in Richtung der Wolken, die sich über der feindseligen Landschaft auftürmten. »Findest du es nicht auch seltsam, dass Lord Bannor uns wie Lakaien zu seiner Hochzeit zitiert? Schließlich ist er bereits mit Willow verheiratet. Zu meiner Zeit hat eine Eheschließung vollkommen genügt.«

Stefan und Blanche sahen ihn an wie zwei Katzen, die sich gerade eine besonders köstliche fette Maus geteilt hatten.

»Vielleicht will Lord Bannor Willow ganz einfach eine Hochzeit zuteil werden lassen, wie sie ihrer würdig ist.« Blanche bedachte Rufus mit einem unschuldigen Blick.

»Das würden wir ihr schließlich alle wünschen, oder etwa nicht?«, murmelte Stefan und schob das Pergament in den Beutel zurück. »Schließlich soll sie bekommen, was sie verdient.«

Beunruhigt von dem gierigen Blitzen in den Augen des Stiefsohns, wandte sich Rufus wieder an seine Frau. »Zumindest bekommst du auf diese Weise die Möglichkeit, deine rebellische Tochter wieder nach Hause zurückzuholen«, meinte er.

Wieder tauschten Stefan und seine Mutter rätselhafte Blicke aus. »Vielleicht bleibt Beatrix ja lieber weiterhin auf Elsinore. In ihrem letzten Brief hat sie mir versichert, dass Lord Bannor durchaus Gefallen an ihr gefunden hat.«

»Zum Glück haben wir die anderen Kinder zu Hause gelassen«, murmelte Rufus. »Vielleicht hätte er an ihnen ebenfalls Gefallen gefunden und beschlossen, dass er sie alle behält.«

Seine Hände zitterten, als er den Vorhang wieder sinken ließ. Er hatte keine Ahnung, weshalb die Aussicht auf ein Wiedersehen mit seiner Tochter ihn vor Freude und gleichzeitiger Furcht erbeben ließ.

Er konnte sich genau daran erinnern, wie er sie zum letzten Mal gesehen hatte – vor dem Priester in der Kapelle von Bedlington, bleich, aber gefasst. Ihre Stimme hatte nicht geschwankt, noch nicht einmal, als sie einem Fremden die Treue geschworen hatte, der sie bald an einen weiteren Fremden abträte.

Ich verkaufe meine Tochter nicht!

Und warum nicht, Papa? Schließlich wäre es nicht das erste Mal!

Die Erinnerung an ihre vorwurfsvollen Worte riefen Zorn und Bedauern in ihm wach. Das Mädchen hatte nicht das Recht gehabt, ihm Vorwürfe zu machen! Er hatte immer sein Bestes im Sinn gehabt! Schließlich wusste jeder, dass ein kleines Mädchen eine Mutter brauchte, oder etwa nicht? Es wäre nicht gegangen, es einfach wie eine wilde, kleine Elfe auf den Wiesen von Bedlington herumlaufen zu lassen, ohne dass jemand es erzog.

Und hatte Blanche ihm nicht versichert, dass sie, nachdem sie sechs eigene Kinder geboren hatte, durchaus wüsste, wie mit einem willensstarken kleinen Mädchen umzugehen war? Hatte sie nicht versprochen, Willows natürlichen Übermut in jungfräuliche Zurückhaltung zu wandeln? Wann immer Rufus gesagt hatte, sie wäre dem Kind gegenüber vielleicht etwas zu hart, hatte sie ihn mit ihren sanften Worten und ihren honigsüßen Lippen milde gestimmt. Wie hätte er gegen ihre harte Hand gegenüber seinem Kinde protestieren sollen, wenn dieselbe Hand ihm gegenüber stets derart zärtlich war? Wie hätte er etwas gegen die Schärfe der Zunge sagen sollen, während dieselbe Zunge in der Ungestörtheit ihres Schlafgemachs derart köstlich war?

Vielleicht hatte sich das Leuchten in Willows Augen gelegt, und vielleicht war ihr perlendes Lachen nach ein paar Monaten verstummt, aber Blanche hatte ihm versichert, dies wäre der Preis, den es für die Freuden der Frauwerdung zu zahlen galt.

Rufus nahm einen erneuten Schluck von seinem Wein und verzog, da er plötzlich weniger süß als vielmehr unerträglich bitter mundete, angewidert das Gesicht.

Während die Kutsche einen steilen Hügel hinaufschwankte, hüllte er sich fester in seinen alten Umhang ein. Auch wenn der Wein seine düstere Vorahnung und das Zittern seiner Hände nicht zu beruhigen vermocht hatte, hatte er ihn zumindest müde gemacht, sodass er die Augen schloss und träumte, sie hätten Elsinore bereits erreicht.

Träumte, er stiege mit der Leichtigkeit des Mannes, der er vor dem Krieg und ehe Blanche ihn seines Stolzes beraubt hatte, gewesen war, aus der Kutsche, und ein kleines Mädchen mit wippenden dunklen Locken und blitzenden grauen Augen käme juchzend über den Hof gerannt, schmiegte sich an seine Brust und bedeckte seinen Bart mit wilden Küssen, die zeigten, wie glücklich sie über das Wiedersehen war.

Tatsächlich rannte Willow eilig über den Hof. Allerdings nicht aus Freude über die Ankunft ihres Vaters, sondern auf der Jagd nach dem Schwein, das Mary Margaret aus den Fängen des wütenden Schlachters befreit hatte.

»Ennis!«, quietschte sie atemlos. »Es kommt direkt auf dich zu!«

Laut lachend beobachtete sie, wie das Geschöpf zwischen Ennis' Beinen hindurchflitzte, kehrtmachte und erst Margery und dann Colm umrannte. Allerdings wurde ihr Lachen bald durch schmerzhaftes Stöhnen abgelöst, als Mary auf sie zurannte und in dem verzweifelten Versuch, der wütenden Bestie zu entkommen, wie an einem Baum an ihr hochzuklettern begann.

Als Edward und Kell von zwei Seiten an das Tier heranschlichen, quiekte es empört auf. Beide Jungen stürzten sich gleichzeitig auf ihr Opfer, doch verpassten sie es um Haaresbreite, sodass ihre Schädel so dröhnend gegeneinander krachten, dass Willow vor Mitgefühl aufkeuchte.

Schließlich tauche Hammish aus dem Kräutergarten auf, und plötzlich verlangsamte das Schwein seinen Galopp. Mit ausgestreckten Händen kroch der Junge ihm entgegen: »Hier, mein kleines, dickes Schweinchen«, schmeichelte er mit leiser Stimme. »Ich habe etwas ganz Besonderes für dich.«

Das Schwein reckte den Hals, ehe es, wenn auch zögernd,

seine Schnauze in Hammishs Hand vergrub und selig die dort versteckten Bucheckern verschlang.

»Braves Schweinchen«, flötete Hammish und kraulte das Tier hinter dem Ohr. »Süßes Schweinchen.«

»Köstliches Schweinchen«, murmelte Ennis und schnaubte genervt, während er an den Schlammflecken an seiner Hose herumklopfte.

»Das arme Vieh hat keinen blassen Schimmer«, stellte Mary, auf Willows Schultern thronend, fest, und wies auf ihren Bruder: »Zwischen ihm und dem Schlachter gibt es wirklich keinen Unterschied.«

»Meinst du wirklich, für Hammish gibt es zwischen Schwein und Schlachter keinen Unterschied?«, fragte Edward und rappelte sich mühsam auf.

»Wenn er hungrig genug wäre, würde er den sicher auch vierteilen und fressen«, antwortete Kell und rieb sich den schmerzenden Kopf.

Ehe Mary die beiden Jungen darüber aufklären konnte, dass sie nicht über ihren Bruder gesprochen hatte, sondern über das in die Falle gegangene Borstenvieh, kam Mary Margaret wie eine Pygmäenprinzessin in den Hof stolziert. »Ach, da bist du ja, du ungezogenes Schwein. Ich hatte mich schon gefragt, wo du geblieben bist.« Sie legte ein lavendelfarbenes Band um den Hals des Tieres und führte es, ohne das Durcheinander zu bemerken, das von ihr verursacht worden war, im Hof herum.

Willow nahm die Spitze von Marys Pantoffel aus ihrem linken Ohr und setzte die Kleine vorsichtig auf dem Boden ab. »So, mein Schatz. Ich glaube, dass du jetzt wieder sicher bist.«

Während das Kind davonrannte, um sich die plötzlich zahme Bestie aus der Nähe anzusehen, untersuchte Willow ihr mitgenommenes Erscheinungsbild. Die warme purpurrote Wolle ihres Rocks und der Damast des Oberteils waren von schmutzigen Hand- und Fußabdrücken übersät, selbst die Diamantknöpfe wiesen, da sie sich auf der Flucht vor dem zornigen Schwein bäuchlings in den Dreck geworfen hatte, schwarze Flecken auf, ihre Strümpfe waren voller Löcher und einer ihrer Pantoffeln lag irgendwo im Schlamm.

Unbeeindruckt nahm Willow ihre Schärpe ab und band sich mit dem breiten Stück Stoff die wirren Haare aus der Stirn. Wenn sie sich schon aufführte wie eine Schweinehirtin, konnte sie ebenso gut auch so aussehen.

Der eisig kalte Wind trieb ihr die Röte ins Gesicht. Falls die schwarzen Wolken etwas zu bedeuten hatten, wäre es mit dem schönen Wetter bald wieder vorbei.

Sie kroch unter einen Holzkarren, wurde für die Mühe jedoch nicht mit ihrem Schuh, sondern lediglich mit einem neuen Schmutzfleck im Gesicht belohnt, und als sie mühsam wieder auftauchte, kamen ausgerechnet Bannor und Sir Hollis auf sie zu.

Mit seinem frisch gestutzten Bart, der elfenbeinfarbenen Hose und dem saphirblauen Wams war er so elegant, dass sein Anblick Willow den Atem verschlug.

Willow raffte ihre Röcke, machte einen tiefen Knicks, zeigte ihre zerfetzten Strümpfe und wackelte schamlos mit den Zehen ihres unbeschuhten Fußes vor ihrem Mann herum. »Guten Tag, Mylord. Und, gefällt Euch meine neue Aufmachung?«

Bannor gab ihr einen geistesabwesenden Kuss und murmelte: »Wirklich reizend, meine Liebe«, ehe er weiter in Richtung des Wachhauses neben der Zugbrücke ging.

Willow ließ ihre Röcke wieder sinken und starrte ihm verwundert hinterher. Er hatte sich schon den ganzen Tag sehr eigenartig aufgeführt – war nervös im großen Saal herumgelaufen oder hatte sich auf einen Stuhl geworfen, mit den Fingern auf der Armlehne getrommelt zum Zeichen einer ihr nicht einleuchtenden Ungeduld.

Jetzt wanderte sein unruhiger Blick zwischen der gewundenen Straße und den rabenschwarzen Wolken über den Bergen hin und her. Er schien nicht mal zu bemerken, dass seine Tochter ein ausgewachsenes Schwein an einem lavendelfarbenen Band über den Hof führte.

Nun, zumindest Sir Hollis' finsteres Gebaren leuchtete Willow durchaus ein. Zweifelsohne litt Bannors Verwalter unter der Kälte, mit der Netta sämtlichen seiner Annäherungsversuche begegnete. Trotz der beständigen Freundlichkeit und Wärme, mit der er ihr täglich gegenübertrat, taute der eisige Stolz der Frau nicht auf.

»Hör auf, ständig hinter mir herzulaufen, du dummer, kleiner Junge, wenn du nicht was hinter die Ohren kriegen willst.« Willow drehte sich um und beobachtete, wie Bea aus dem Kräutergarten kam und entschieden das Tor hinter sich schloss.

Desmond überwand das Hindernis mit einem mühelosen Satz und landete geschmeidig direkt neben Bea. »Lieber ein dummer, kleiner Junge als ein arrogantes, großes Mädchen, das ständig seine Nase in die Luft reckt, als wäre es etwas Besonderes«, entgegnete er ungerührt.

Sie beide unternahmen den beinahe komischen Versuch, weiter so zu tun, als ob sie einander verachteten. Doch ihr ständiges Geplänkel stand in einem derartigen Gegensatz zu dem sehnsüchtigen Schmachten, mit denen sie einander bedachten, dass Willow amüsiert auflachte.

Als Desmond betont lässig in Richtung der anderen Kinder schlenderte, hinkte Willow in der Absicht, die Stiefschwester in die Suche nach ihrem Pantoffel einzuspannen, auf Bea zu.

Plötzlich erscholl hinter ihr ein ohrenbetäubender Fanfarenklang, und eine Woge der Erregung schwappte über den Hof. Besucher mitten im Winter waren eine Seltenheit, vor allem Besucher, die bedeutsam genug waren, dass man sie vom Wachturm meldete.

Willow drehte sich um und blickte zum Tor.

Eine einzelne, von drei schäbig gekleideten, in den Sätteln ihrer Pferde zusammengesunkenen Waffenträgern begleitete Kutsche kämpfte sich den Berg herauf.

Selbst aus der Entfernung entdeckte Willow das von den cremefarbenen Kutschenrädern abblätternde Gold. Statt sechs schneeweißer Hengste zogen zwei farblich nicht zueinander passende Ackergäule das Gefährt, aber das Läuten der in ihre Mähnen geflochtenen Glöckchen weckte in Willow eine unschöne Erinnerung.

Das misstönende Klingeln machte sie für alles taub, außer für das atemlose Flüstern ihrer Schwester.

»Mama?«, hauchte Beatrix erstickt.

Mit jeder Drehung der Kutschenräder kehrte Willow weiter in die düstere Vergangenheit zurück, und während das Gefährt mit jedem Meter, den es sich ihnen näherte, größer wurde, spürte Willow, wie sie selbst in sich zusammensank. Beinahe hätte sie gewünscht, sie könnte so weit schrumpfen, bis sie vollkommen verschwand.

Die Augen auf den Weg geheftet, berührte sie das Tuch, das ihre Locken zurückhielt, und strich sich, halb in der Erwartung, eine Reihe unbeholfen gestickter Rosen dort zu finden, über das Oberteil ihres Kleides.

Sie bemerkte nicht, dass Bannor strahlend aus dem Wachhaus kam, Hollis auf die Schulter klopfte und murmelte: »Seht Ihr, wie überrascht sie ist?«, worauf Hollis erwiderte: »Wenn Ihr mich fragt, sieht sie aus, als ob sie gleich vor Schreck in Ohnmacht fällt.«

Sie bemerkte nur die Kutsche, die über die Zugbrücke gerumpelt kam, unter dem Torbogen hindurchrollte und keine sechs Meter vor ihr stehen blieb.

Einer von Bannors Knappen rannte eilig los, öffnete die Tür, und alle hielten erwartungsvoll den Atem an, als eine elegante, in jungfräuliches Weiß gehüllte Hand den Arm des plötzlich puterroten Mannes nahm. Blanches blonde Haare mochten inzwischen von silbrigen Strähnen durchzogen sein, aber ihr Lächeln war so charmant wie eh und je.

Der perlenbestickte Gürtel, der ihre schmalen Hüften vorteilhaft betonte, hatte einst Willows Mutter gehört.

Ihr Blick wanderte über den Hof, blieb kurz an Willow hängen, und sie rief voller Freude: »Oh, geliebte Tochter, wie hast du mir gefehlt!«

Als sie mit ausgebreiteten Armen in Willows Richtung lief, runzelte Bannor überrascht die Stirn. »Sir Hollis, wäre es vielleicht möglich, dass Ihr diese Frau vollkommen falsch beurteilt habt?«

Doch genau in dieser Sekunde schwebte Blanche an Bannors Frau vorbei und schlang ihre Arme um eine vor Entsetzen kreidebleiche Beatrix.

28

Beatrix hing verlegen in den Armen ihrer Mutter und wirkte so verwirrt und elend wie ein Fuchs, der mit der Pfote in der Falle festsaß. Blanche sah sie hingebungsvoll lächelnd an, Bannor runzelte die Stirn, und Desmond bedachte Beatrix mit einem Ausdruck, der ihr verriet, dass er sie als Verräterin betrachtete. Willow ihrerseits verfolgte alles durch den Schleier eines Schocks.

Dieser Schleier löste sich nicht eher, als bis ihr Papa unbeholfen, den schwachen Arm an seine Brust gepresst, ebenfalls aus der Kutsche kletterte.

»Papa?«, flüsterte sie erstickt und trat unwillkürlich auf ihn zu.

Er wandte sich ihr zu und lächelte sie strahlend an. Ehe Willow jedoch einen weiteren Schritt in seine Richtung machen konnte, stieg auch Stefan aus dem unansehnlichen Gefährt. Sie beide erstarrten, als Stefan an Sir Rufus vorbeistolzierte, Willow bei den Schultern packte und ihr einen wenig brüderlichen Kuss auf die Lippen drückte.

Er hielt sie auf Armeslänge von sich fort und musterte sie gespielt sorgenvoll. »Sei nicht länger traurig, weil dieser herzlose Kerl beschlossen hat, dich zu verstoßen, meine liebe Schwester«, dröhnte er. »Solange ich Herr von Bedlington bin«, erklärte er, ohne auf das empörte Schnauben seines Stiefvaters zu achten, »wirst du dort immer ein Zuhause haben.« Er drückte seine Lippen an ihre Schläfe und senkte seine Stimme auf ein heiseres, nur für sie bestimmtes Flüstern herab. »Und natürlich auch ein Bett.«

Ehe Willow sich den besitzergreifenden Händen ihres Stiefbruders entziehen konnte, kam der herzlose Schurke, die Hand an seinem Schwert und ein mörderisches Blitzen in den Augen, auf Stefan zumaschiert. Als sich Blanche gewandt zwischen die beiden Männer schob, gelang Beatrix die Flucht hinter den Rücken von Willow, während Stefan, wenn auch mit triumphieredem Grinsen, Willow losließ.

»Ich verlange eine Erklärung, Frau!«, donnerte Bannor, wobei er immer noch Stefan anstarrte. »Was hat das alles zu bedeuten?«

Blanche raffte ihren pelzgesäumten Umhang und versank in einem tiefen Knicks. »Ah, Ihr müsst Lord Bannor sein.

Erlaubt mir, mich vorzustellen. Ich bin Blanche von Bedlington.«

»Verdammt, ich weiß genau, wer Ihr seid.« Bannor zeigte mit einem Finger auf Beatrix, die kreidebleich und mit riesigen Augen furchtsam über die rechte Schulter von Willow lugte. »Ich will wissen, wer dieses Mädchen ist.«

Blanche musterte ihn verwundert, doch sofort hatte sie sich wieder in der Gewalt und klimperte Bannor mit einem verführerischen Augenaufschlag an. »Sicher erlaubt Ihr Euch einen Scherz mit mir, Mylord. Sie ist meine Tochter und Eure Verlobte, oder etwa nicht?«

Sir Rufus rang nach Luft, aber Bannor war zu verblüfft, um auf diese Feststellung auch nur zu antworten.

Blanche streifte Willow mit einem mitleidigen Lippenkräuseln. »Ich muss gestehen, dass es mich nicht sonderlich überrascht hat zu erfahren, dass Willow einfach nicht die Richtige für Euch ist. Ich hoffe, Ihr macht uns keine Vorwürfe, weil wir Euch das unglückliche Geschöpf aufgehalst haben. Wir hätten so etwas niemals getan, aber Euer Verwalter bestand einfach darauf.« Sie vergrub ihre Fingernägel im Arm ihrer Tochter und zerrte Beatrix wieder nach vorn. »Seid versichert, dass Euch meine Tochter eine wunderbare Gattin sein wird«, sagte sie.

»Bist du jetzt vollkommen verrückt geworden, Weib?«, donnerte Sir Rufus außer sich vor Zorn. »Lord Bannor hat bereits eine Frau, und zwar *meine* Tochter.«

Endlich fand Bannor seine Stimme wieder. »Ihr, Mylady, seid diejenige, die in Rätseln spricht. Im Gegensatz zu dem, was Ihr offenbar glaubt, habe ich nicht die Absicht, dieses – dieses Kind zu heiraten.«

Stefans Grinsen legte sich und Blanches Lächeln wurde kühl. »Ich verstehe nicht, Mylord. Ihr wart derjenige, der uns zur Hochzeit unserer geliebten Tochter eingeladen hat.

Ihr wart derjenige, der darauf bestand, dass wir anlässlich dieses Ereignisses hierher nach Elsinore kommen.«

»Du?« Obwohl sie im Flüsterton gesprochen hatte, hatte ihre Stimme eine derart kristallene Klarheit, dass alle zu Willow herumfuhren.

Obgleich sich Bannor in seinem ganzen Leben noch jedem Kampf gestellt hatte, hätte er angesichts des verletzten Ausdrucks in den Augen seiner Frau am liebsten die Beine in die Hand genommen und wäre Hals über Kopf davongerannt.

»Du?«, wiederholte sie ebenso leise wie zuvor. »Du hast das getan? Du hast sie hierher eingeladen, ohne zu fragen, ob ich damit einverstanden bin? Ohne mir auch nur die Höflichkeit zuteil werden zu lassen, mich davor zu warnen, dass sie hier auftauchen? Du warst derjenige, der mich zum Gegenstand dieses grausamen Scherzes gemacht hat?«

Bannor bedachte Hollis mit einem verzweifelten Blick, der dem Verwalter zeigte, dass er sich wünschte, er wäre auf irgendeinem französischen Schlachtfeld, wo eine Unzahl feindlicher Pfeile auf ihn herabregneten. Oder aber er säße in irgendeinem rabenschwarzen Verließ, mit Ratten und Skeletten als einzigen Gesellschaft. Hollis jedoch zuckte mit den Schultern, als wolle er sagen, dass Bannor diesen Kampf allein ausfechten musste.

Bannor streckte eine Hand aus und verlieh seiner Stimme denselben Klang wie damals, als er eine französische Spionin, die sich als Hure ausgegeben hatte, dazu gebracht hatte, statt ihn auszuhorchen, ihm ihre eigenen Geheimnisse anzuvertrauen, ehe sie von ihm aus seinem Bett geworfen worden war. »Ich habe sie hierher bestellt, damit sie dir die dir gebührende Ehre erweisen, meine Liebe. Und zwar im Rahmen der prachtvollsten Hochzeit, die diese Burg jemals gesehen hat.«

»Und dachtest du vielleicht, dass ich unsere Gäste in einem solchen Aufzug hätte begrüßen wollen?« Sie zeigte auf ihre schlammbespritzten Kleider und ihre Stimme wurde schrill. »Sieh mich doch nur einmal an, Bannor!«

Bannor konnte kaum glauben, dass diese fauchende Wildkatze dasselbe Geschöpf war wie das schnurrende Kätzchen, das letzte Nacht in seine Arme geschmiegt selig lächelnd eingeschlummert war. Er unterzog sie einer eingehenden Musterung, betrachtete voller Wohlgefallen ihre glitzernden grauen Augen, die von der Kälte geröteten Wangen und die Reihe pummeliger rosiger Zehen, die aus ihrem zerrissenen Strumpf herausragten, und schüttelte ehrlich überrascht den Kopf.

»Ich wüsste nicht, dass du je schöner gewesen wärest als in diesem Augenblick.« Bei diesem Geständnis stöhnte sie laut auf. »Ich hatte nie die Absicht, dir gegenüber auch nur in geringstem Maße unhöflich zu sein. Ich hatte es einfach als Überraschung für dich geplant.«

»Was dir durchaus gelungen ist. Und was für eine Überraschung! Beinahe so angenehm wie ein unerwarteter Besuch der königlichen Steuereintreiber. Oder wie ein Ausbruch der Pest.«

Jetzt war die Reihe an Blanche, sie wütend anzusehen. »Nun, ich muss sagen, du bist nicht gerade gastfreundlich.«

Als sich Willow zu ihr herumdrehte, senkte sich eine geradezu unheimliche Ruhe über sie. Sie war nicht länger ein Kind, sondern eine erwachsene, selbstständige Frau. Sie brauchte nicht länger das bittere Gift zu schlucken, das ihre Stiefmutter ihr einzuflößen trachtete. »Was wisst Ihr schon von Gastfreundschaft, Blanche? Immerhin habt Ihr mir dreizehn Jahre lang das Gefühl gegeben, in meinem eigenen Heim nicht willkommen zu sein.«

Blanche stapfte mit einem ihrer zarten Füßchen auf. »Wie

kannst du es wagen, mir gegenüber derart respektlos zu sein? Das lasse ich nicht zu!«

»Und was wollt Ihr tun, um mich daran zu hindern?« Willow riss sich die breite Schärpe von ihren kurzen Locken, woraufhin Stefan ein ersticktes Stöhnen entfuhr. »Wollt Ihr mir vielleicht die Haare abrasieren? Mir den Hintern versohlen? Papa zwingen, mich ohne Abendessen ins Bett zu schicken?«

Wie von Willows Worten inspiriert, wirbelte Blanche zu ihrem Ehemann herum. »Sie ist *deine* Tochter. *Du* solltest derjenige sein, der sie für ihre Aufsässigkeit zur Rede stellt. Das heißt, wenn du Manns genug wärst, um so etwas zu tun.«

»Nun, i-ich…« Sir Rufus zog ein Tuch aus seiner Tasche und betupfte sich die Stirn, als ihn angesichts des Zornes seiner Gattin wie stets der Mut verließ. »Vielleicht solltet Ihr beide euch einfach etwas mehr Mühe geben…«

Als der Mann, den sie einst angebetet hatte, derart zwischen ihr und seiner Frau gefangen war, wünschte sich Willow geradezu verzweifelt, etwas anderes für ihn empfinden zu können als eine dumpfe Mischung aus Mitleid und Verachtung.

Trotzdem tätschelte sie ihm begütigend die Schulter. »Mach dir keine Sorgen, Papa. Wir werden versuchen, uns zu einigen.«

Dann wandte sie sich, immer noch mit blitzenden Augen, abermals an ihre Stiefmutter. »Verzeiht, Mylady. Ich habe meine Worte nicht bedacht.«

Blanches eisiger Blick besagte, dass diese Entschuldigung ihr ebenso wenig bedeutete wie Willow selbst. Doch angesichts von Willows Großmut weitete sich Bannors Herz. Er legte die Hände auf ihre Schultern und musterte Blanche, Beatrix und den Rest der unseligen Sippschaft mit strengem

Blick. »Ich weiß nicht, was Ihr und Eure *Tochter* Euch eingebildet habt, aber Willow ist diejenige, die meine Frau ist und für alle Zeiten bleiben wird. Sie ist die Frau, die ich ... die Frau, die ich ...« Während Bannor die sanfte Rundung von Willows Schulter nachzeichnete, schnürte ihm die Zärtlichkeit, die er für sie empfand, die Kehle zu.

Willow sah ihn mit großen Augen an. Nicht einmal während der Höhepunkte ihrer körperlichen Vereinigungen hatte er eine derartige Verletzlichkeit in ihren grauen Tiefen ausgemacht.

Es schien, als hielte sie furchtsam den Atem an, während er merkwürdigerweise noch Luft bekam. Er wusste instinktiv, dass er die Macht besaß, jede Sünde wieder gutzumachen, die von der Menschheit begangen worden war, seit Adam mit dem Finger auf Eva gewiesen und sie bezichtigt hatte, durch Anbieten des Apfels schuld an allem Elend zu sein.

Als er endlich seine Stimme wieder fand, beendete er hastig seinen Satz: »Sie ist die Frau, die ich heute Abend zum zweiten Mal heiraten will.«

Hollis warf sich stöhnend die Hände vors Gesicht, und Stefans Augen blitzten unverhohlen wütend auf.

Willow machte sich mit einer eisigen Gelassenheit von Bannor los, die ihm das Blut in den Adern gefrieren ließ. »Ich glaube nicht, Mylord«, stellte sie fest. »Denn hätte ich gewusst, was für ein ungehobelter Klotz Ihr seid, hätte ich Euch bereits beim ersten Mal nicht geheiratet.« Sie griff nach Bea und schob sie unsanft Bannor hin. »Ich hoffe, dass ihr beiden glücklich miteinander werdet«, stellte sie zynisch fest und kehrte hoch erhobenen Hauptes in die Burg zurück.

Beatrix flüchtete schluchzend in die Scheune, aus der ihr lautes Weinen über den ganzen Hof tönte.

Bannor blickte versteinert seiner Gattin hinterher, und seine leeren Hände verharrten hilflos in der Luft, als Hollis sich ihm näherte. »Es ist wirklich ein Glück, dass Ihr ein solcher Experte für Frauen seid, meint Ihr nicht auch? Ein weniger erfahrener Mann hätte die Situation sicher hoffnungslos verpatzt.«

Desmond fand Bea in der Scheune, wo sie auf demselben Heuhaufen kauerte, auf dem er sie zum ersten Mal geküsst hatte. Als er sich ihr näherte, schlang sie ihre Arme um die Knie, hob die tränennassen Wimpern und sah ihn elend an. »Falls du gekommen bist, um mir irgendwelche Vorwürfe zu machen, lass mich dir sagen, dass ich dazu wirklich nicht in der Stimmung bin.«

»Kannst du es mir vielleicht verdenken, dass ich wütend auf dich bin? Du hast mich glauben lassen, dass du nichts als ein gewöhnliches Dienstmädchen bist, obwohl du eine… eine…«, er verzog angewidert das Gesicht, »eine echte *Lady* bist.«

»Es war Willows Idee, mich als ihr Dienstmädchen auszugeben. Sie hatte Angst, Lord Bannor würde mich, wenn er erführe, dass ich von zu Hause fortgelaufen bin, auf der Stelle zurückschicken.« Beatrix wischte sich mit dem Handrücken die Nase ab. »Und jetzt hasst Willow mich, und Lord Bannor schickt mich wahrscheinlich trotzdem wieder zurück.«

Desmond fuhr zu ihr herum und starrte sie erschrocken an. An diese Möglichkeit hatte er noch gar nicht gedacht. »Nein, das wird er nicht«, erklärte er mit einer Arroganz, die ihm sicher zupass käme, wäre er eines Tages Herr über die Burg. »Das werde ich nicht zulassen.«

»Weshalb sollte dich wohl interessieren, was mit mir geschieht?«, warf sie ihm zornig vor. »Du benimmst dich schließlich ebenfalls, als würdest du mich hassen.«

Desmond stampfte durch die Scheune und fuhr sich mit den Händen über die spärlichen Stoppeln an seinem Kinn, als wären sie ein ausgewachsener Bart. »Solange du ein einfaches Dienstmädchen warst, konnte ich mit dir poussieren, wie es mir gefiel. Ich konnte dich durch den Garten jagen und dir so viele Küsse rauben, wie ich wollte.« Er fuhr herum und funkelte sie böse an. »Aber nun, da du eine edle Dame bist, kann ich dich schwerlich einfach rücklings ins Heu werfen und mich mit dir vergnügen, wie es mir beliebt. Dazu muss ich dich wohl erst einmal heiraten!«

Hinter Beatrix' großen blauen Augen stiegen Freudentränen auf. »Ich glaube, das ist der netteste Antrag, den ich je bekommen habe«, flüsterte sie.

Desmonds Augen leuchteten gleichermaßen zärtlich und entschlossen, als er ihr eine seiner Hände reichte und sie auf die Füße zog. »Falls es nach mir geht, Lady Beatrix von Bedlington, wird es gleichzeitig der letzte sein.«

Als Bannor am frühen Abend am oberen Ende der Treppe ankam, fand er vor der Tür von Willows Schlafzimmer zehn Kinder, deren gedämpften Stimmen den Ernst ihrer Wache verdeutlichten. Desmond und Beatrix saßen auf der obersten Stufe, und ihre verschränkten Finger waren trotz der ausgebreiteten Falten ihres Kleides deutlich zu sehen. Als Bannor vor ihnen auftauchte, zuckten sie schuldbewusst zusammen und machten sich errötend voneinander los.

Aha, dachte Bannor wehmütig amüsiert, als er an den beiden vorüberging. Obgleich er sich nicht gerade darauf freute, mit der habgierigen Mutter des Mädchens einen Ehevertrag aushandeln zu müssen, brauchte er sich zumindest keine Sorgen darüber zu machen, dass sein Sohn und Erbe das faulste Dienstmädchen ganz Englands umwarb.

Mit grimmiger Miene schaute er durch eins der Fenster in

den Hof. Falls der Schnee weiter wie in den letzten Stunden vom Himmel fiele, hätte er sicher mehr als genügend Zeit für die Vertragsverhandlungen. Bei dem Gedanken, zusammen mit den Schlangen, die sich als Willows Familie bezeichneten, bis zum Frühjahr auf der Burg gefangen zu sein, rann ihm ein Schauder den Rücken hinab. Ihr Vater hatte sich bereits sinnlos betrunken, und ihrem Stiefbruder hätte Bannor das widerliche Grinsen am liebsten mit einem Fausthieb aus dem feisten Gesicht gewischt.

Das Heulen des Windes war das einzige Geräusch, das er vernahm. Gedämpftes Schluchzen, empörtes Kreischen oder das Krachen von zerschlagenem Geschirr hinter der Tür von Willows Schlafzimmer hätten ihn wesentlich weniger nervös gemacht als die unheimliche Stille. Er schloss kurz die Augen und verfluchte sich und sämtliche seiner männlichen Vorfahren für ihre verdammte Dickschädeligkeit. Hätte er auf Hollis' Rat gehört, dann läge er jetzt vielleicht mit seiner Frau im Bett, statt mit leeren Händen wie ein Bettler vor ihrer Zimmertür zu stehen.

Als er klopfen wollte, sahen seine Kinder ihn mit halb betrübten und halb mitleidigen Blicken an.

»Sie wird dich nicht hereinlassen«, prophezeite Mary, und ihre Miene war noch trauriger als sonst.

»Wie kannst du da so sicher sein?«

»Bist du der letzte Mann auf Erden?«, fragte Mary Margaret und zupfte ihn am Hosenbein.

»Ich glaube nicht.«

Das kleine Mädchen dachte eine Weile nach, ehe es mit den Schultern zuckte und sagte: »Tja, und selbst wenn du es wärst, ließe Willow dich nicht rein.«

»Oder bliebe mit dir verheiratet«, murmelte Ennis.

»Oder würfe dir ein Seil zu, wenn du kopfüber in einen Brunnen fallen würdest«, fügte Edward gut gelaunt hinzu.

»Woher wisst ihr das?«, fragte Bannor seine Kinder.

Hammish senkte mitfühlend den Kopf. »Sie hat es Fiona und Fiona hat es uns erzählt.«

Bannor atmete vorsichtig aus. Es schien, als würde alles noch komplizierter als befürchtet.

Trotzdem klopfte er schließlich leise an die Tür. »Willow? Schatz? Dürfte ich vielleicht kurz mit dir reden?«

Auch wenn er es für unmöglich gehalten hatte, verstärkte sich die Stille noch. Er legte hoffnungsvoll ein Ohr gegen die Tür, als er aus dem Zimmer ein leises Rascheln vernahm, und als sich die Tür einen Spaltbreit öffnete, machte sein Herz einen erwartungsvollen Satz.

Doch zog es sich sofort wieder zusammen, als Fionas runzliges Gesicht im Türrahmen erschien und sie betreten den Kopf schüttelte. »Am besten gehst du wieder, Junge«, sagte sie. »Sie will dich momentan nicht sehen.«

Immer noch kopfschüttelnd wollte Fiona die Tür wieder schließen, als Bannor blitzschnell einen seiner Stiefel dazwischen stellte: »Wartet, Fiona! Sagt ihr …«

Was sollte sie ihr sagen? Dass seine Arme vor Leere wehtaten, wenn sie sie nicht halten konnten? Dass er ein starrsinniger Trottel war, stolz, aber ohne großen Mut?

Als er Fionas erwartungsvolle Miene sah, schüttelte er langsam den Kopf. »Sagt ihr nur, wie Leid mir alles tut.«

Nickend schloss Fiona behutsam die Tür.

Früher einmal hätte Bannor vielleicht nach einem Rammbock gerufen, um sich Zugang zu verschaffen zu Willows Schlafzimmer. Aber falls ihn seine Gattin während der letzten Monate etwas gelehrt hatte, dann, dass er durch derart tolldreistes Gebaren den Preis, den er gewinnen wollte, eher verlor.

Willow hatte das Gefühl, als könnte sie nie wieder mit Weinen aufhören. Es war, als hätten all die Tränen, die sie, seit sie sechs Jahre alt gewesen war, mühsam unterdrückt hatte, beschlossen, in einem einzigen, bitteren Fluss aus ihr herauszuströmen. Am liebsten hätte sie gewütet, getobt und mit dem Fuß gestampft wie die kleine Mary Margaret. Aber sie hatte allzu viele Jahre lautlos in ihr Kissen geweint, um dazu in der Lage zu sein.

Jedes Mal, wenn die salzige Flut ein wenig abebbte, dachte sie an die Szene im Hof, an die schmerzliche Verwirrung ihres Papas, die eisige Verachtung ihrer Stiefmutter, das arrogante Grinsen ihres Stiefbruders angesichts ihrer erneuten Erniedrigung.

Am schlimmsten war die nackte Panik in Bannors Blick gewesen, seine Unfähigkeit, das eine Wort über die Lippen zu bringen, durch das ihr Stolz gerettet worden wäre. Ihr bebender Schluckauf entwickelte sich wieder zu leisem Wimmern, das leise Wimmern zu lautem Schniefen und schließlich das laute Schniefen zu jämmerlichem Schluchzen, sodass Fiona ihr abermals begütigend den Rücken tätschelte und besänftigende Worte in einer Sprache murmelte, die Willow nicht verstand. Obgleich sie wegen des abermaligen Schneetreibens und der hereinbrechenden Dunkelheit kaum noch etwas sehen konnte, zog sie die Düsternis dem warmen Licht einer Kerze vor.

»Oh, Fiona«, murmelte sie halb erstickt. »Ich glaube, ich hasse ihn.«

»Natürlich, meine Liebe. Er ist eine widerliche Kröte. Das sind alle Männer«, antwortete die alte Kinderfrau verständnisvoll.

Willow hielt lange genug im Weinen inne, um Fiona mit tränennassen Augen anzusehen. »Aber er ist alles andere als widerlich. Er ist freundlich und stark und zugleich ungeheuer sanft.« Wieder warf sie sich bäuchling auf das Bett. »Oh, Gott, und genau deshalb hasse ich ihn noch viel mehr. Wie haben Mary und Margaret es nur ertragen? Wahrscheinlich sind sie froh, dass sie nicht mehr am Leben sind. Ich wünschte, ich wäre ebenfalls tot!« Dieser Gedanke erfüllte sie mit einer wilden Zufriedenheit. »Vielleicht weine ich mich einfach zu Tode, und dann tut es ihm Leid, dass er mich nie geliebt hat«, schluchzte sie.

Fiona strich ihr zärtlich übers Haar. »Ganz ruhig, Mädchen. Reg dich lieber nicht so auf. Schließlich ist es nur natürlich, dass du zur Zeit derart empfindlich bist.« Sie lachte leise auf. »Tja, als ich zum ersten Mal ein Kind erwartet habe, habe ich oft derart bitter geschluchzt, dass mein armer Liam um ein Haar ebenfalls in Tränen ausgebrochen wäre, weil er einfach nicht wusste, wie ich zu beruhigen war.«

29

Wie durch Zauberhand versiegten Willows Tränen, sie richtete sich auf und sah Fiona an, als wäre sie plötzlich der Teufel in Person. »Als Ihr ein Kind erwartet habt?«

Fiona tätschelte Willows straffen, schlanken Bauch. »Das wird dich doch schwerlich überraschen, liebes Mädchen«, sagte sie. »Nicht, nachdem du beinahe zwei Monate lang allnächtlich mit Lord Bannor im Bett gewesen bist.«

»M-macht Euch nicht lächerlich«, stammelte Willow entgeistert. »Ich kann unmöglich schwanger sein. Bannor will keine weiteren Kinder. Und wir haben stets aufgepasst –« Errötend beugte sie sich vor und flüsterte der alten Frau etwas ins Ohr.

Quietschend vor Lachen lehnte sich Fiona derart weit zurück, dass sie beinahe vom Bett gefallen wäre. »So was funktioniert vielleicht bei einem weniger potenten Mann. Aber ich würde wetten, wenn du auf einer Seite des Burggraben stündest und Bannor auf der anderen, fände er immer noch einen Weg, eins seiner Babys in deinen Bauch zu pflanzen«, prustete sie vergnügt.

Willow wischte sich die letzten Tränen von den Wangen, erhob sich von ihrem Bett und tigerte nervös im Zimmer auf und ab. »Meine Periode war letzten Monat ungewöhnlich leicht, aber mir war nie auch nur im Geringsten schwindelig oder schlecht. Ganz im Gegenteil, ich habe Hunger wie ein Pferd! Ihr habt mich gestern Abend beim Essen gesehen. Ich habe drei Rebhuhnpasteten, einen ganzen Pudding, eine Schale Austern und drei riesige …« Angesichts von Fionas wissendem Lächeln verstummte sie abrupt. »Oh«, flüsterte sie und tastete blind nach einem Hocker. »Ich glaube, ich setze mich besser hin. Jetzt ist mir plötzlich doch ein bisschen schwindelig.«

»Du wirst dich bald daran gewöhnen, dass du in der einen Minute fröhlich lachst und in der nächsten vor lauter Unglück in Tränen ausbrichst.« Fiona kicherte. »Es ist ein Wunder, dass auch ein Mann neun Monate derartigen Treibens überlebt.«

Willow legte ihre zitternde Hand auf ihren Bauch und sah Fiona an. »Woher habt Ihr es gewusst?«

Fiona verzog beinahe verächtlich das Gesicht. »Als ich das letzte Mal Austern und Pudding zusammen gegessen habe, erwartete ich meine Zwillinge.«

Willow musterte ihren Bauch und wunderte sich darüber, dass ein Leben darin zu entstehen schien. »Ich hätte nie gedacht, dass ich ein eigenes Baby will«, sagte sie nachdenklich. »Aber schließlich ist es ein Teil von mir, nicht wahr?«

Fiona nickte zustimmend. »Und ein Teil von ihm. Der Allerbeste, wenn ich das so sagen darf.«

Willow wusste, jetzt sollte sie wirklich unglücklich sein, doch stattdessen wallte in ihrem Herzen eine ungeahnte, heiße Freude auf. »Wie kann ich etwas anderes tun, als es zu lieben?« Sie hob den Kopf und reckte stolz und zugleich starrsinnig das Kinn. »Wenn Bannor mich schon nicht liebt, liebt mich vielleicht zumindest dieses Kind.«

Fiona legte den Kopf auf die Seite und schaute Willow prüfend an. »Was meinst du eigentlich, was Liebe ist, mein Kind? Mein Liam und ich waren siebenundvierzig Jahre verheiratet, und der starrsinnige alte Esel hat nicht ein einziges Mal gesagt, dass er mich liebt. Aber in all den Jahren verging kein Tag, an dem er nicht meine Hand ergriffen oder mich in den Arm genommen hat. Liebe zeigt sich nicht in lauten Fanfarenklängen und weißen Tauben, die vom Himmel geflogen kommen, sondern in einer Tasse Tee, die man an einem kalten Winterabend zusammen trinkt, im Blick deines Mannes, wenn du ihm dein erstes Kind in die Arme legst, in dem Schmerz in deinem Herzen, wenn du das Licht in seinen Augen erlöschen siehst und weißt, dass ein Teil von dir zusammen mit ihm von dieser Welt gegangen ist.« In Fionas Stimme klang Wehmut, und Willow merkte erst, dass sie schon wieder weinte, als ihr die erste Träne auf die Finger fiel.

Fiona ergriff behutsam ihre Hand. »Es gibt einen Grund, weshalb Mary und Margaret ihre Hochzeit mit Bannor nie bereut haben. Auch wenn er es selbst nicht wusste, wussten sie in ihren Herzen, welche Liebe er für sie empfand.«

Die alte Frau drückte Willow begütigend die Hand, ehe sie sich erhob und in Richtung Tür schlurfte.

Willow erhob sich ebenfalls, wischte sich die neuen Tränen fort und sagte in, wie sie hoffte, würdevollem Ton: »Ihr könnt meinem Gatten sagen, dass ich ihn zu sehen wünsche.«

»Mit dem größten Vergnügen, Mylady.« Fiona machte einen Knicks und sah Willow zufrieden lächelnd an.

Während Willow auf Bannors Ankunft wartete, wühlte sie wie eine Besessene in ihrem Schrank und warf Kleider, Handschuhe, Strümpfe und Hemden durch die Luft.

Sie erwartete ein Baby. Einen Quälgeist, der ständig zappeln, jammern und sie mit seinen klebrigen, kleinen Fingern begrapschen würde, der, wenn sie ihn an ihre Schulter schmiegte, in ihr Ohr rülpsen und ihr säuerliche Milch auf den Rücken spucken würde. Nie wieder in ihrem Leben fände sie einen Augenblick vollkommenen Seelenfriedens, denn immer würde sie in Sorge sein, dass er in einen Toilettenschacht fiele, mit dem Kopf in einem Fenstergitter hängen bliebe oder sich, wenn er größer wäre, in jemanden verlieben würde, der allzu gerne Kohl aß, beim Essen schmatzte oder zu viel trank.

Schließlich entschied sie sich für ein aus feinstem Kammgarn gewobenes Kleid mit fließenden Ärmeln und einem eleganten Pelzbesatz. Sie sank auf den Hocker, zog ein Paar frische Strümpfe und Strumpfhalter hervor und schob ihre Füße in die weichen Hirschlederpantoffeln, die eins von Bannors Hochzeitsgeschenken gewesen waren.

Früher einmal hätte sie sich vielleicht davor gefürchtet, Bannor zu offenbaren, dass sie von ihm schwanger war. Früher einmal hätte sie vielleicht gefürchtet, dass sein Herz ihr gegenüber kalt würde wie zuvor das ihres Papas. Das Mädchen, das sie vor ihrer Ankunft auf Elsinore gewesen war, wäre vielleicht sogar davongerannt, ohne ihm etwas zu sagen, nur um kein Risiko einzugehen.

Aber Willow war nicht länger das kleine Mädchen. Sie

war eine Frau – eine Frau, die bald Mutter des Kindes des Mannes sein würde, den sie liebte. Und der vielleicht nicht nur ihre Liebe, sondern endlich auch ihr Vertrauen verdient hatte.

Als Willow den Spiegel vor ihr Gesicht schob, um sich zu betrachten, waren ihre Hände ruhig und ihre Augen klar. Sicher würde sie noch nicht einmal von ihrer eigenen Familie wieder erkannt. Sie hatte sich das Gesicht geschrubbt und ihre schulterlangen Locken gebürstet, bis sie seidig schimmerten. Auf der Suche nach der von Schwangeren verströmten leuchtenden Ausstrahlung drehte sie den Spiegel hin und her, und erst, als sie ihn auf der Suche nach einer schwachen Wölbung vor ihren Bauch hielt, wurde ihr bewusst, wie lächerlich ihr Gebaren war. Wenn sie nicht bald aufhörte, sich derart zu benehmen, wäre sie bald ein eitler Fratz wie Beatrix!

Als es endlich klopfte, sprang Willow glücklich auf, warf den Spiegel auf den Tisch, strich sich ihre Röcke glatt, schob sich eine vorwitzige Locke aus der Stirn und atmete tief durch.

Allerdings hatte sie ihr Zimmer höchstens halb durchquert, als die aufgesetzte Würde sie verließ, sie den restlichen Weg zur Tür rannte, sie glücklich lächelnd öffnete und beim Anblick des gegen die Wand gelehnten Besuchers versteinerte.

Bannor rannte im Sturmschritt die Treppe zu ihrem Schlafzimmer hinauf. Willows Einladung hatte ihn im Wachhaus erreicht, wohin er vor ihrer Familie geflohen war. Als er vor wenigen Minuten durch den großen Saal geschlichen war, hatte er zwar ihren widerlichen Stiefbruder nirgendwo gesehen, aber ihr Wrack von einem Vater hatte immer noch dem Bier zugesprochen, während Lady Blanche ihn kreischend dafür gescholten hatte, dass er Willow nicht gezüchtigt hatte, als sie von ihr beleidigt worden war.

Bei ihren Worten hatte Bannor grimmig das Gesicht verzogen. Hätte es der Mann gewagt und Willow auch nur einen leichten Schlag versetzt, dann hätte er inzwischen zwei statt eines kranken Arms.

Bannor verlangsamte sein Tempo, als er sich der Tür ihres Zimmers näherte. Er zog an seinem Wams, strich sich sorgfältig die Haare aus der Stirn und versuchte sich zu beruhigen. Besser, wenn er nicht völlig atemlos vor ihr erschien. Seine Zunge mochte stolpern, wenn er Willow um Verzeihung bäte, doch er hoffte, dass sie sich durch seine Eloquenz im Bett dazu bewegen lassen würde, ihm seine Missetaten zu verzeihen.

Bannor hatte die Hand bereits zum Klopfen angehoben, als er merkte, dass die Tür schon offen war.

»Willow?« Langsam schob er sie weiter auf.

Der stetig vom Himmel rieselnde Schnee tauchte das Zimmer in ein gespenstisches Halbdunkel. Trotzdem war der Umriss des Bettes ebenso deutlich zu erkennen wie die Schatten der überall ähnlich Opfern eines tragischen Gefechts verstreuten Kleider, Strümpfe und Handschuhe. Irgendein Instinkt brachte Bannor dazu, dass er sich so vorsichtig bewegte, als nähere er sich einem unbekannten Feind.

Ob der Stille, die über dem menschenleeren Zimmer lag, kroch blanke Furcht in Bannor hoch. Dies war dieselbe Stille wie nach dem Tod von Mary und von Margaret. Eine Stille, die weniger aus dem Fehlen von Geräuschen als vielmehr aus dem lautlosen Seufzer eines Menschen zu bestehen schien, der für alle Zeiten gegangen war. Er hatte vergessen, wie entsetzlich diese Stille war, denn Willow hatte durch ihr heiseres Lachen, ihr zärtliches Lächeln, ihre liebevollen Berührungen seine Ängste vor dieser Stille gebannt.

Bannor wirbelte herum und betrachtete das Zimmer wie einen feindlichen Hinterhalt. Nicht wegen der überall verteilten Kleider rann ihm ein eisiger Schauder den Rücken hinab, sondern wegen des einzelnen Hirschlederpantoffels direkt neben der Tür. Vielleicht hätte er den Pantoffel übersehen, wären nicht plötzlich alle seine Sinne überwach gewesen.

Ein zarter Jasminduft stieg ihm in die Nase, als er auf der Suche nach dem zweiten Schuh die Kleider durch die Gegend warf, auf Händen und Knien über den Boden kroch, unter dem Bett nachsah, sämtliche Decken von der Matratze zerrte und auf die Erde schleuderte und dann mit einer einzigen Handbewegung den gesamten Kleiderschrank ausleerte.

Schließlich stand er keuchend inmitten des durchsuchten Zimmers und hatte den zweiten Pantoffel immer noch nicht gefunden. Einen einzelnen Hirschlederschuh, so weich, dass er sich mit einer Hand zu Staub zerdrücken ließ.

Als Bannor aus dem Zimmer stürzte, schwoll das Heulen des Windes derart warnend an, dass ihn abermals ein Schauder des Entsetzens überkam.

»Fiona!«

Bannors Bellen donnerte durch die Burg, erschütterte die Deckenbalken und ließ jeden Pagen, Knappen und Waffenträger in Hörweite des großen Saals furchtsam den Kopf heben. Hätte Fiona nicht bereits vor langer Zeit gelernt, dass Bannors Bellen selten etwas Schlimmeres als milde Schelte und eine anschließende Entschuldigung zur Folge hatte, hätte sie vielleicht das Baby vor Schreck fallen lassen, das auf ihren Knien lag. Infolge ihrer Erfahrung hätte sie ihn wahrscheinlich völlig ignoriert, hätte sie nicht, als er die Treppe heruntergeschossen kam, zufällig seinen Gesichtsausdruck registriert.

So jedoch gab sie das Baby an die junge Annie weiter, humpelte ihm entgegen und fragte beunruhigt: »Mylord, was ist passiert? Ihr seht aus, als hättet Ihr einen Geist gesehen.«

Bannors Augen funkelten wie zwei glühende Kohlenstücke. »Falls das ein Scherz ist, dann ist er nicht besonders lustig«, fauchte er.

»Ich weiß nicht, wovon Ihr sprecht.«

Er drückte ihr den Pantoffel in die Hand. »Hiervon. Falls meine Frau mich strafen will, indem sie mich derartig in Panik versetzt, dann wäre ich Euch dankbar, wenn Ihr mir sagen würdet, wo sie sich versteckt.«

»Ich habe sie in ihrem Schlafzimmer zurückgelassen, wo sie auf Euch warten wollte.«

»Tja, aber jetzt ist sie dort nicht mehr. Ich habe bereits die gesamte Burg nach ihr durchsucht. Die Kinder haben sie nirgendwo gesehen, und ich finde nicht mal die geringste Spur.«

Als schnuppere sie plötzlich Blut, kam Lady Blanche mit bebenden Nasenflügeln durch den Saal. »Macht Euch keine Sorgen, Mylord«, sagte sie gehässig. »Wahrscheinlich sitzt Willow irgendwo und schmollt. Das war schon immer eine unglückliche Angewohnheit von ihr, nicht wahr, Rufus? Zu jammern, zu schmollen oder einen Wutanfall zu bekommen, wenn es nicht nach ihrem Willen geht.«

Als Willows Vater lediglich etwas Unverständliches brabbelte und abermals seinen Bierkrug an die Lippen hob, wurde Blanches Lächeln starr. »Meine Beatrix hingegen war stets folgsam wie ein Lamm. Sie hat nie auch nur die leiseste Klage über die Lippen gebracht.«

Bannor schoss der Frau einen Blick zu, der eindeutig besagte, dass er sie für irre hielt, und wandte sich erneut Fiona zu. »Denkt nach, Fiona«, drängte er. »Denkt um Himmels willen nach. Hat Willow irgendeinen Hinweis gegeben, hat sie irgendwas gesagt, woraus sich schließen ließe, wo sie ist?«

Fiona schüttelte den Kopf und murmelte, weniger an ihn als vielmehr an sich selbst gewandt: »Vielleicht hätte ich dem Mädchen nichts von dem Baby sagen sollen. Aber ich dachte, sie wüsste es bereits. Ich hätte mir niemals träumen lassen, dass es sie derart unglücklich macht.«

»Ist irgendetwas mit einem der Babys? Mit welchem?« Bannor sah sich verzweifelt in der Halle um. »Peg? Mags? Ihm da?« Er wies auf das Kind in Annies Armen, denn vor lauter Sorge fiel ihm der Name nicht mehr ein.

Fiona sah ihn blinzelnd an, und hinter ihren wässrig blauen Augen stiegen heiße Tränen auf. »Mit Eurem Baby, Mylord. Dem, das sie unter ihrem Herzen trägt.«

Blanche entfuhr ein wenig damenhafter Fluch. »Dann können wir ebenso gut packen und wieder heimfahren, Rufus. Jetzt gewährt ihnen die Kirche sicher keine Annullierung mehr.«

»Willow erwartet ein Kind von mir?«, wisperte Bannor schwindelig.

Fiona nickte traurig mit dem Kopf. »Sie war mindestens ebenso überrascht wie Ihr, Mylord, als sie es erfuhr. Tja, aber zumindest hat sie sofort mit dem Weinen aufgehört. Ihre Augen wurden groß wie zwei silbrige Monde, und sie hat gesagt…« Die Alte biss sich auf die Unterlippe, als wünschte sie, geschwiegen zu haben.

Bannor packte ihren Arm. »Was? Was hat sie gesagt?«

Fiona senkte matt den Kopf. »Sie hat gesagt: ›Macht Euch doch nicht lächerlich! Bannor will keine weiteren Kinder‹.«

Bannor stöhnte gequält auf. »Großer Gott, was habe ich getan? Hatte sie Angst, ich könnte wütend auf sie sein? Hat sie gedroht davonzulaufen? Sie wäre doch sicher nicht so dumm, nur, um mir zu entkommen, während eines derartigen Schneesturms zu flüchten?«

Als hätten seine Worte den Zorn des Unwetters geweckt, krachte plötzlich die Tür am Ende des großen Saals auf und ließ den heulenden Wind und eine Wolke blendend weißen Schnees herein. Zwischen Hoffnung und Verzweiflung machte Bannor zwei lange Schritte durch den Raum, doch die Gestalt, die stolpernd durch die Eiswolke kam, war nicht Willow, sondern Beatrix.

Sie hatte einen Arm um Desmonds Taille gelegt, und ihr Gesicht war vor Entsetzen und Erschöpfung derart bleich, dass das leuchtend rote Blut, das aus der Braue ihres Freundes rann, geradezu unnatürlich grell erschien.

Bannor fing die beiden auf, ehe sie umfielen.

Beatrix umklammerte sein Wams, sah ihn mit gehetzten Augen an und röchelte: »Willow ist verschwunden. Er hat sie entführt.«

30

Es bedurfte dreier Knappen, damit sich die Tür gegen die Wucht des Sturmes wieder schließen ließ. Nachdem er sich vergewissert hatte, dass sein Sohn lediglich eine Platzwunde hatte, überließ er ihn Fiona, die ihn auf eine der Bänke setzte und ihm mit einem Taschentuch das Blut von der Braue zu tupfen begann. Dann riss er einen der Wandbehänge von den Wänden und hüllte Bea darin ein. Die Zähne des Mädchens klapperten so heftig, dass er es, als es sprach, kaum verstand.

»Was ist passiert, Bea?«, fragte Bannor und bemühte sich trotz seiner zunehmenden Panik um einen sanften Ton. »Wer hat Willow entführt?«

»S-s-s-stefan. Desmond und ich waren in der Scheune und haben uns im Heu versteckt, als er auf der Suche nach einem Pferd hereingestürzt ist. Er hat Willow einen D-d-dolch an die Kehle gehalten und sie gezwungen aufzusteigen. Als Desmond merkte, was passiert, ist er von dem Heuballen gesprungen und hat Stefan befohlen, dass er sich ergeben soll. Um ein Haar hätte Stefan ihn erstochen.«

Bannor sah seinen Sohn mit blitzenden Augen an. »Das war sehr dumm von dir, mein Junge«, knurrte er. »Und gleichzeitig sehr kühn.«

Desmond hob zitternd die Hand zu einem Salut. Seine halbherzigen Versuche, Fionas liebevoller Fürsorge zu entgehen, fanden ein Ende, als sie ihn kurzerhand am Ohr festhielt.

Blanche fuchtelte mit einem ihrer langen, eleganten Finger vor Beatrix herum. »Und was genau hast du allein mit diesem… diesem… *Jungen* in der Scheune zu suchen gehabt? Ich sage Euch, Mylord, falls Euer Sohn meine Tochter in irgendeiner Weise kompromittiert haben sollte, bestehen ihr Stiefvater und ich auf einem Ehevertrag.« Sie setzte ein frommes Lächeln auf. »Oder aber zumindest auf einer großzügigen Entschädigung für den Verlust ihrer Jungfräulichkeit.«

Bannor zwang sich, weder auf das unverschämte Geplapper der Frau noch auf die Röte in den Wangen ihrer Tochter einzugehen, als er Letztere vorsichtig bei den Schultern nahm und sie zwang, ihn anzusehen. »Warum, Bea? Ich verstehe das ganz einfach nicht. Weshalb sollte Stefan glauben, dass er irgendein Recht auf Willow hat?«

Beatrix' Stimme senkte sich auf ein verlegenes Flüstern

herab, als sie zögernd erwiderte: »Das ist alles meine Schuld. Stefan hat mich hierher geschickt, damit ich Euch verführe und er Willow für sich behalten kann. Dann habt Ihr und Willow gestritten, und sie hat gesagt, dass sie Euch gerne mir überlässt. Also habe ich ihm einen Brief geschrieben und ihm mitgeteilt, dass alles nach Plan verläuft und ich sicher bald nach ihm schicken würde. Ehrlich gesagt hatte ich den Brief vollkommen vergessen, aber als Stefan Eure Einladung erhielt, muss er gedacht haben, dass unser Plan erfolgreich war. Er ist nicht nach Elsinore gekommen, um bei Willows Hochzeit dabei zu sein …«

»Sondern, weil er sie für sich haben wollte«, beendete Bannor grimmig ihren Satz und wirbelte derart erbost zu Blanche herum, dass diese erschrocken einen Schritt nach hinten tat. »Wusstet Ihr vom Plan Eures Sohnes, meine Braut zu entführen, Mylady?«, fragte er so gefährlich, dass alle erstarrten.

Eine von Blanches bleichen Händen fuhr an ihren Hals. »Natürlich nicht. Aber Stefan war von klein auf ein eigensinniger Junge. Er hat es nicht gern, wenn er nicht seinen Willen bekommt.«

Bannor ging auf die jetzt gar nicht mehr hochmütige Frau zu, wobei er sie mit jedem seiner Schritte in die Enge trieb. »Ich warne Euch. Ich habe es ebenfalls nicht gern, wenn ich nicht meinen Willen bekomme. Falls Euer Sohn meiner Frau auch nur ein Haar krümmt, fordere ich als Entschädigung Euren Kopf auf einem silbernen Tablett.«

Blanche stolperte weiter rückwärts und landete schließlich im Schoß ihres Ehemanns. »Willst du etwa zulassen, dass er mir gegenüber derart unfreundlich ist, Rufus?«

Willows Vater sprang so plötzlich auf die Füße, dass seine Gattin unsanft auf den Boden fiel. Obgleich er nicht ganz sicher auf den Beinen war, schaffte er es, den Kelch an seinen

Mund zu heben, ohne dass auch nur ein einziger Tropfen Bier verloren ging. »Und warum nicht? Hätte ich bereits vor langer Zeit den Mut gehabt, so mit dir zu sprechen, dann hätte dein missratener Sohn nicht mein kleines Mädchen entführt.«

Mit dem Gedanken, wie bedauerlich es war, dass Willow diesen Wortwechsel nicht mit anhören konnte, kehrte Bannor zu Beatrix zurück, packte sie abermals bei den Schultern und schüttelte sie unsanft. »Ich muss wissen, in welche Richtung sie geritten sind. Wenn sie die Straße genommen haben, kann ich sie innerhalb von einer Stunde einholen.«

»Richtung Norden«, murmelte Desmond, während er sich mühsam von der Bank erhob. »Sie sind Richtung Norden geritten. Über die Wiesen.«

Bannor war bekannt dafür, dass er selbst den härtesten Schlag einsteckte, ohne dass er auch nur mit der Wimper zuckte, aber die Worte seines Sohnes trafen ihn stärker als jeder Hieb. Er sank auf die unterste Treppenstufe und raufte sich das Haar.

Willow war irgendwo dort draußen. In der Kälte. Im Schnee. Ohne ihren Schuh. Ohne ihn. Während der Zeit, die Beatrix und Desmond gebraucht hatten, um sich über den Hof zu schleppen, hatte der tosende Sturm sämtliche ihrer Spuren verwischt.

Bannor konnte sie deutlich vor sich sehen – ihre perlweißen Zähne, die vor Kälte klapperten, ihre warme rosige Haut, die starr und blau wurde. Sicher zitterte sie so heftig, dass sie meinte, ihre Knochen schlügen aufeinander. Und eisige Klingen stächen in ihre Finger und in ihre Zehen.

Dann würde das Zittern aufhören. Der Schmerz würde sich legen. Die bläuliche Verfärbung würde in ihre Lider, ihre Fingerspitzen, ihre Lippen kriechen. Die Frostperlen auf ihrer Haut würden zu einer so harten Eiskruste, dass sie

sie noch nicht einmal durch alle Tränen dieser Welt zum Schmelzen bringen ließ. Statt mit einem Kind in ihrem Arm zu sterben, wie es seine Mutter getan hatte, stürbe sie mit seinem Kind im Bauch.

Sie würde sterben, ohne je zu wissen, welch tiefe Liebe er für sie und dieses Kind empfand.

Bannor ließ den Kopf zwischen die Hände sinken. Irgendwo in der dunkelsten Ecke seiner Seele hatte er geglaubt, wenn es ihm irgendwie gelänge aufzuhören, Willow zu lieben, dann wäre sie in Sicherheit. Wenn er die drei Worte niemals spräche, würde er von ihr niemals verlassen, wie er zuvor von seiner Mutter verlassen worden war.

Eine sanfte Hand fuhr ihm durchs wirre Haar. Während eines verrückten Augenblickes dachte Bannor, es könnte vielleicht Willow sein, aber dann hob er den Kopf und sah, dass Beatrix vor ihm in die Knie gegangen war.

Tränen strömten über ihr Gesicht. »Es ist alles meine Schuld, Mylord. Dabei habe ich ihr nie etwas Böses gewünscht. Schließlich ist sie die einzig wahre Mutter, die ich je gekannt habe.«

Ohne auf Blanches empörtes Schnauben einzugehen, nahm Bannor das Mädchen in die Arme und dämpfte ihr Schluchzen an seiner breiten Brust. »Weine nicht, mein Kind«, sagte er streng. »Ich werde sie finden. Gott ist mein Zeuge, ich schwöre es, ich werde sie finden und hierher zurückbringen.«

Als er die Augen zusammenkniff, konnte Bannor nur beten, dass Gott nicht zuließe, dass er ein solches Versprechen brach.

»Hört nur!«, schrie Desmond und sprang abermals auf.

Bannor legte den Kopf auf die Seite, aber alles, was er hörte, war Beas leises Schluchzen. Er stand auf, drückte das Mädchen sanft Fiona in die Arme, aber immer noch brauchte er ein paar Sekunden, um zu erkennen, was sein Sohn gemeint hatte.

Ruhe.

Der Wind hatte sein grausiges Heulen eingestellt und eine Stille zurückgelassen, die so süß und klar war wie die Schläge der Kapellenglocke. Bannor rannte zur Tür und riss sie auf. Auch der Schneefall hatte unvermittelt aufgehört, und der schimmernde Vollmond blinzelte durch die sich verflüchtigenden Wolken und tauchte die weiße Landschaft in silbrig helles Licht.

Bannor wäre an Ort und Stelle auf die Knie gefallen, wäre er nicht entschlossen gewesen, den Segen zu nutzen, der ihm so plötzlich durch Gott zuteil geworden war.

Bannor der Verwegene marschierte in voller Rüstung durch den großen Saal von Elsinore. Über der safrangelben Tunika mit dem Wappen der Familie trug er ein Kettenhemd und einen Brustpanzer aus Stahl. Die Scheide mit dem riesigen Schwert schlug dumpf gegen die eisernen Panzer an seinen Beinen, und die Sporen an seinen Stiefeln klingelten. An der anderen Seite seiner Hüften hing ebenfalls eine juwelenbesetzte Scheide, bestückt mit einem todbringenden Dolch.

Seine Miene war grimmig, und das Glitzern seiner Augen beängstigender als je zuvor. Dieses Mal zöge er nicht in eine Schlacht, um sein Land oder eine Ehre zu verteidigen, sondern eines Preises wegen, der kostbarer war als alles, was der König ihm zu bieten hatte.

Hollis brach, um nicht hinter ihm zurückzufallen, in einen regelrechten Laufschritt aus. »Ich wünschte, Ihr würdet mich mitnehmen. Ich finde es nicht richtig, dass Ihr in ein derart bedeutendes Gefecht ohne mich zieht.«

»Das kann ich durchaus verstehen«, pflichtete Bannor ihm mit ernster Miene bei. »Aber ich brauche Euch hier auf

Elsinore. Falls der Schneesturm wieder ausbricht, müsst Ihr Euch hier um alles kümmern, bis«, er zögerte eine schmerzlich lange Sekunde, »ich wieder nach Hause kommen kann. Die Kinder brauchen jemanden, der ein Auge auf sie hat.«

»Fiona und Netta können sich um die Kinder kümmern. Hier herumzusitzen gibt mir ein Gefühl von Hilflosigkeit. Ich muss doch irgendetwas tun können, um Euch dabei zu helfen, Willow aus den Händen dieses Schurken zu befreien.«

»Das könnt Ihr auch, mein Freund.« Bannor legte seinem Verwalter die Hand auf die Schulter und sah ihn reglos an. »Geht in die Kapelle und betet, dass ihr nichts geschieht.«

Mit diesen Worten riss Bannor in der Erwartung, dass seine Knappen sein Pferd bereits gesattelt hatten, die Tür des großen Saales auf. Und er wurde nicht enttäuscht. Das weiße Schlachtross, dessen Atem wie eine weiße Wolke in den dunklen Himmel stieg, schnaubte wie ein todbringender Drachen. Bannor nahm dem Stallburschen die Zügel aus der Hand, schwang sich in den Sattel, hob grüßend die Hand, wendete das Tier und stellte fest, dass der Weg über die Zugbrücke belagert war.

31

Desmond, Ennis, Mary, Hammish, Edward, Kell und Mary Margaret hatten ihre Pferde so sorgfältig nebeneinander aufgereiht, wie sie selbst alle vor Monaten in ebendiesem Hof gestanden hatten, als ihre neue Mutter nach Elsinore gekommen war. Bannor nahm an, er sollte dafür dankbar sein, dass Mary Margaret wenigstens auf einem Pony saß und nicht auf einem Schwein. Den winzigen Bogen, mit dem Willow auf ihn geschossen hatte, hatte sie sich zusammen mit einem Köcher voller winziger Pfeile über die Schulter gehängt.

Sie hatten sich mit einem wilden Sortiment aus Kochtöpfen, Tellern, Pelzgamaschen und mottenzerfressener Pelze für das Gefecht bereit gemacht. Edward sah aus, als hätte er sich in ein ganzes Bärenfell gehüllt, während Hammish statt eines Helms einen eisernen Kessel auf dem Schädel trug. Bewaffnet waren sie mit einer drohenden Sammlung aus Heugabeln, Sicheln, Ahlen und Knüppeln, ähnlich wie an jenem Abend, an dem von ihnen die Wand von Bannors Turmzimmer durchbrochen worden war. Dem Abend, an dem er Willows Lippen zum ersten Mal gekostet hatte, dachte er. In Erwartung seines Kommandos saßen sie schweigend da.

»Macht den Weg frei«, brüllte er denn auch. »Oder ich lasse Euch allesamt von meinen Männern in den Kerker werfen.«

Desmond schob sich auf seiner grauen Stute ein Stück vor die anderen. Bannor wusste nicht, ob es der Kontrast zwischen dem leuchtend weißen Stirnband und seinen kastanienbraunen Haaren oder aber das wunderschöne blonde Mädchen auf dem Pferd neben ihm war, das seinem Sohn eine überraschende Aura von Reife verlieh.

»Wir wollen dich begleiten, Vater, denn Willow ist ebenso unsere Mutter wie deine Frau.«

»Da hast du natürlich Recht. Aber es ist bereits schlimm genug für mich zu wissen, dass meine Frau in den Händen dieses Verrückten ist. Da setze ich bestimmt nicht auch noch die Leben meiner Kinder freiwillig aufs Spiel.«

»Dieser Verrückte ist mein Bruder«, erinnerte ihn Beatrix. »Vielleicht schaffe ich es ja, ihn zur Vernunft zu bringen.«

Bannor zog skeptisch eine Braue hoch. »Und wenn nicht?«

Das Mädchen bedachte sein Schwert mit einem bedeutungsvollen Blick. »Dann überlasse ich ihn Euch.«

Bannor lehnte sich in seinem Sattel zurück und unterzog die Kinder einer eingehenden Musterung. Er wusste allzu gut, was für Furcht einflößende Gegner sie sein konnten. Sie besaßen Schläue und Entschlossenheit, Eigenschaften, ohne die das Leben eines Kriegers völlig wertlos war.

»Bitte, Vater.« Desmonds grüne Augen drückten ehrliche Verzweiflung aus. »Lass uns nicht schon wieder zurück. Wir wollen nur helfen, den Schurken zu finden, der Willow entführt hat.«

Ein Lächeln huschte über Bannors Gesicht. »Gott steh ihm bei, wenn er von uns gefunden wird.«

Er führte seinen Hengst zwischen den Reihen der Kinder hindurch, setzte sich an die Spitze des Zuges, und Mary Margaret stieß einen lauten Juchzer aus, als sie alle zusammen die Zugbrücke hinunterritten und der Schnee unter den Hufen ihrer Tiere in einer glitzernden Wolke wie Sternenstaub zerbarst.

Hollis fand Netta in der Kapelle, wo sie vor dem Eichenaltar kniete. Mit ihren geschlossenen Augen und dem vom weichen Kerzenlicht beleuchteten Gesicht erschien sie ihm so schön wie die marmorne Madonna, die vom Ende des Kirchenschiffs auf sie herabblickte. Er wandte seine Augen himmelwärts und betete, dass Gott einen solchen Vergleich nicht als Blasphemie bewertete.

Als sie seine leisen Schritte vernahm, rappelte sich Netta eilig auf. Sie wurde rot, als hätte man sie beim Plündern des Altars erwischt, doch als sie ihn erkannte, setzte sie die ihm bereits vertraute kühle Maske auf.

»Ich habe für unsere Herrin gebetet«, sagte sie und sah ihn trotzig an. »Obgleich ich nicht denke, dass Gott auf die Gebete einer Hure hört.«

»Ganz im Gegenteil. Schließlich steht schon in der Bibel, dass Christus nach seiner Auferstehung als erstem Menschen Maria Magdalena, einer Frau von zweifelhaftem Ruf, erschienen ist.«

»Das mag stimmen, aber ich habe festgestellt, dass seine Anhänger eher den ersten Stein werfen, als je auch nur eine eigene Verfehlung zu gestehen.«

»Offenbar denkt Ihr über Lady Willow anders, sonst würdet Ihr bestimmt nicht dafür beten, dass sie sicher wieder nach Hause kommt.«

Netta zuckte mit den Schultern, aber ihre gesenkten Augenlider verrieten, wie unglücklich sie war. »Sie war mir gegenüber immer freundlich. Genau wie Lord Bannor. Ich hoffe, dass keinem der beiden je ein Unglück widerfährt. Wenn Ihr mich jetzt bitte entschuldigen würdet, Sir, dann lasse ich Euch allein, damit Ihr Euer eigenes Gewissen in Ruhe erforschen könnt.«

»Geht nicht«, bat Hollis, denn er war ihre ewigen Wortgefechte leid.

Sie schob sich an ihm vorbei. »Falls Ihr meine Gesellschaft wünscht, kostet das einen Schilling. Zwei Schilling, wenn Ihr –«

Ehe sie ihren Satz beenden konnte, packte er sie fest am Arm. Es war das erste Mal, dass er sie berührte. Das erste Mal, dass er ihr gegenüber seine Zurückhaltung verlor. »Glaubt Ihr wirklich, Ihr seid nicht mehr wert als die Münzen, die ein Mann dafür zu zahlen bereit ist, dass er mit Euch schlafen darf? Ist Euch noch nie der Gedanke gekommen, dass ein Mann vielleicht einfach mit Euch plaudern oder ruhig neben Euch sitzen möchte?«

Sie warf ihren Kopf zurück und spitzte die Lippen wie zu einem Kuss. »Ihr könnt ja wohl kaum so tun, als wäre Euer Interesse an mir rein freundschaftlicher Natur. Ich habe die Blicke bemerkt, mit denen Ihr mich dauernd verfolgt. Diese Art von Blicken habe ich bereits in den Augen zahlloser Männer gesehen.«

Hollis ließ eilig von ihr ab, trat einen Schritt zurück und wünschte sich, er könnte sie verachten für ihre Grausamkeit. »Ich werde nicht leugnen, dass ich gerne mit Euch schlafen würde«, antwortete er. »Ich werde nicht so tun, als läge ich nicht nachts in meinem Bett, zitternd vor Verlangen, vor Sehnsucht nach Euch.« Seine Stimme wurde sanft. »Aber ich würde mich durchaus damit bescheiden, Euch für den Rest meines Lebens aus der Ferne anzubeten, wenn Ihr mir das erlaubt. Wie viel würde mich das kosten, Netta? Falls meine unsterbliche Ergebenheit nicht reicht, genügt ja vielleicht das hier.« Er riss einen Samtbeutel von seinem Gürtel und warf ihn vor ihr auf den Boden.

Da er wusste, dass er es nicht ertragen würde zu erleben, wie sie nach den Münzen griff, machte er eilig kehrt.

»Sir?«

Entschlossen ging Hollis weiter Richtung Tür.

»Hollis?« Dieses Mal war Nettas Stimme nur ein Flüstern, aber sie brachte ihn zum Stehen.

Langsam drehte er sich um. Nettas Hand war Richtung Boden ausgestreckt, aber den Beutel hatte sie nicht angerührt.

Hollis sah sie an, ebenso gebannt von dem Zittern ihrer Hand wie von den Tränen, die in ihren Augen glänzten. »Würdet Ihr vielleicht gern mit mir zusammen beten?«, fragte sie. »Vielleicht erreichen wir ja gemeinsam besser Gottes Ohr.«

Hollis kehrte eilends zu ihr zurück, ergriff zärtlich ihre

Hand, ging, ohne sie loszulassen, neben ihr in die Knie, und nebeneinander senkten sie die Köpfe und flehten zu Gott, ihrem Herrn und ihrer Herrin in seiner unendlichen Gnade beizustehen.

Willow zwang sich, eins ihrer zitternden Beine vor das andere zu setzen und sich auf den Weg zu konzentrieren, obwohl sie sich einzig danach sehnte, in den pudrig weißen Schnee zu sinken und sich ein paar Minuten auszuruhen.

Falls sie jedoch der Versuchung nachgäbe, das wusste sie, dann stünde sie nie wieder auf. Immer wenn der Sirenengesang der Müdigkeit in ihrem Kopf lockte, nahm sie gleichzeitig die Stimme von Bannors Mutter wahr, die flehte, dass sie weiterging, dass sie sich bewegte, dass sie die Hoffnung nicht verlor. Doch vielleicht war die Stimme nur der Wind, der klagte, dass ihr Traum für alle Zeiten gestorben war?

Sie hüllte sich fester in ihren dünnen Umhang ein, aber der Druck ihrer Arme war zu schwach, um ihrem Zittern Einhalt zu gebieten, und so gab sie die Bemühung wieder auf. Sie sehnte sich nach Bannor. Nach der Wärme seiner Arme, der Schwindel erregenden Süße seiner Küsse, dem fiebrigen Druck seines Körpers gegen ihren.

Die Kälte drang ihr bis in die Knochen, nagte an ihrem Fleisch und ließ ihre Zähne klappern wie die Räder einer Kutsche während schneller Fahrt. Als ihre Strümpfe einfroren, wurden ihre zuvor prickelnden Füße taub.

Erst nach einer dunklen Ewigkeit erkannte sie, dass der Wind nicht länger stechende Nadeln kalten Schnees in ihre Augen trieb. Stolpernd blieb sie am Fuße eines Hügels stehen, hob den Kopf und blickte mit kindlicher Verwunderung über die glitzernde Einöde. Vereinzelte Schneeflocken tanzten wie Feenstaub im weichen Licht des Mondes und waren selbst in ihrer Grausamkeit betörend schön.

Etwas schlug ihr in den Rücken, sodass sie auf die Knie fiel. Ohne das plötzlich in ihr aufwallende Gefühl kochenden Zorns hätte Willow möglicherweise einfach so verharrt, hätte sie einfach matt den Kopf gesenkt. So jedoch fand sie die Kraft, sich wieder aufzurappeln und sich zu ihrem Peiniger herumzudrehen.

»Es besteht keine Notwendigkeit, mich derart giftig anzuglotzen«, fauchte Stefan, dessen Lippen ebenso blau wie seine Augen waren. »Wenn du das Pferd nicht erschreckt hättest, hätten wir inzwischen die schottische Grenze erreicht.«

»Wenn ich das Pferd nicht erschreckt hätte«, stieß Willow zwischen klappernden Zähnen hervor, »dann lägen wir inzwischen auf dem Grund des Flusses, weil du Idiot es beinahe über den Rand der Klippen gelenkt hättest.«

»Nur, weil du mir die Augen zugehalten hättest.«

»Ich bitte vielmals um Verzeihung. Eigentlich hätte ich dir auch lieber dein Schandmaul stopfen wollen.«

Er sah sie mit einem schmierigen Grinsen an. »Du kannst so herablassend sein, wie du willst, Willow, aber du bist noch lange keine Dame, nur weil du dir den Dreck aus dem Gesicht gewaschen und dir elegante Kleider angezogen hast. Ebenso wenig wie du eine Dame geworden bist, nur weil du mit einem edlen Herrn geschlafen hast.« Stefan berührte Willows Wange, und ihr wurde auf der Stelle schlecht. »Ich wollte der Erste sein«, flüsterte er erstickt, und sein Atem schlug wie Feuer auf ihre kalte Haut. »Ich wollte derjenige sein, der dich bluten lässt.«

Nicht nur vor Kälte zitternd, schlug Willow seine Hände fort. »Du wirst derjenige sein, der blutet, wenn Bannor uns ausfindig macht.«

Stefan schnaubte verächtlich. »Wahrscheinlich ist er froh, dich endlich los zu sein. Nun, da du aus dem Weg bist, kann er Beatrix heiraten, so wie er es gleich zu Anfang hätte tun sollen.«

Willow richtete sich auf. O nein, Stefan reizte sie nicht mehr. »Ich bezweifle, dass er froh sein wird, die Mutter seines Kindes los zu werden«, antwortete sie kühl.

Als Stefans Blick auf ihre schützend auf dem Bauch liegenden Hände fiel, wallten herrlich angenehme Furcht und wunderbare Abscheu in seinen Augen auf. »Willst du damit etwa sagen, dass du bereits das Balg von diesem Kerl unter dem Herzen trägst?«

Sie reckte stolz den Kopf. »Du hast es erfasst. Und ich kann dir versichern, dass Bannor dich bis ans Ende der Welt verfolgen wird, wenn du seinem Baby etwas tust.«

Stefan legte den Kopf schräg und grummelte: »Das würde er wahrscheinlich wirklich tun.«

Als ihr Stiefbruder langsam ein Seil von seinem Gürtel löste, trat Willow erschrocken einen Schritt zurück. Zu spät wurde ihr klar, dass sie das Ausmaß seiner Verdorbenheit tatsächlich noch unterschätzt hatte. »Was hast du vor?«

Stefan zuckte mit den Schultern. »Scheint, als müsste ich verschwinden, wenn ich die geringste Chance haben will, dem Zorn deines Mannes zu entfliehen.« Er packte sie am Arm. »Ebenso wie du.«

Ehe Willow ihre tauben Gliedmaßen auch nur bewegen konnte, hatte Stefan ihr bereits das Seil um die Handgelenke geschlungen, festgezogen, zusammengeknotet, und ein zweites Seil blitzartig um ihre Fußknöchel gezurrt.

Mühsam unterdrückte Willow ihre aufkommende Panik, als sie sagte: »Das kannst du nicht machen Stefan. Wenn ich mich nicht bewege, erfriere ich.«

»Keine Sorge, Schwesterherz«, antwortete er hämisch grinsend, zog ein letztes Mal an ihren Fesseln und warf Willow schließlich in den Schnee. »Ich bin sicher, dass dein dich liebender Gatte dich finden wird. Wenn der Schnee im Frühjahr taut.«

»Stefan«, rief sie, als ihr Stiefbruder, ohne sich auch nur noch einmal umzudrehen, ungerührt weitermarschierte.

Willow schrie, bis sie vollkommen heiser war, wälzte sich wie eine auf dem Rücken liegende Schildkröte im Schnee, und betete, dass ihr Zorn und ihre Frustration das Blut weiter durch ihre Adern pumpen würde, bis endlich Rettung kam.

Als ihre Kräfte sie verließen, blickte sie zornig in das unbeeindruckte Gesicht des Mondes und fluchte über die Ungerechtigkeit der Welt. Sie hatte so hart darum gekämpft, auf den Beinen zu bleiben, sich weiterzubewegen, daran zu glauben, dass Bannor sie finden würde, egal, was auch geschah. Aber es hatte alles nichts genützt. Er würde nie erfahren, wie tapfer sie gewesen war oder wie vehement sie um ihr Kind gekämpft hatte. Während sie an ihren Fesseln zerrte, rannen ihr bittere Tränen über das Gesicht, die, eh sie trocknen oder zu Boden tropfen konnten, bereits vereist waren.

Sie rollte sich zusammen, um das Kind zu schützen vor dem beißend kalten Wind. Als der Schneefall wieder stärker wurde und sie in eine weiße, federweiche Decke hüllte, empfand sie mit einem Mal eine geradezu wunderbare Lethargie. Sie war müde, müder als jemals zuvor. Wenn sie nur ganz kurz die Augen schloss, wenn sie nur ein ganz klein wenig schlief … Vielleicht träumte sie dann ein allerletztes Mal von ihrem Prinzen und seiner wunderbaren Zärtlichkeit.

Sie brauchte sich sein Gesicht nicht länger einzubilden. Sie hatte jeden Zentimeter seiner rauen Schönheit in ihren Fingerspitzen und auf ihren Lippen bewahrt. Mit einem wehmütigen Lächeln schloss sie die Augen, schmiegte ihre Wange auf das weiche Kissen frischen Schnees und wartete darauf, dass ihr Prinz erschien.

32

Als Bannor und die Kinder einen steilen Hügel zu erklimmen begannen, trieb er sein Schlachtross zu einem schweißtreibenden Galopp. Seit sie die wirren Spuren im Schnee gefunden hatten, hatten sich neben seiner Hoffnung auch die Eile, seine Frau und ihren Peiniger zu finden, verstärkt. Es hatte ihn nur wenig überrascht, dass Willows idiotischem Stiefbruder das Pferd davongelaufen war. Wahrscheinlich war das Tier geradewegs nach Elsinore zurückgekehrt und knabberte längst wieder im warmen Stall an einem Büschel Heu.

Ein Teil der Spuren war so durcheinander, dass er kaum an menschliche Abdrücke erinnerte. Trotzdem wallte bei ihrer Entdeckung Freude in Bannors Herzen auf. Ihre zittrige Unbeholfenheit konnte nur bedeuten, dass Willow noch am Leben war.

Er trieb sein Ross den Berg hinauf, um die Spuren zu verfolgen, ehe der wieder erwachte Sturm sie auswischte. Auch der Schneefall hatte wieder eingesetzt, und als Bannor die Kuppe des Hügels erreicht hatte, hüllten dichte Wolken das unter ihm liegende Tal in undurchdringliche Dunkelheit.

Bannor brachte seinen Hengst zum Stehen und wartete auf die Kinder, die ihn kurz darauf erreicht hatten.

Sie stießen ungeduldige Atemwolken aus und warteten darauf, dass sich der Schleier vor dem Mond abermals lüftete und das Tal erneut in seinen silbrigen Glanz tauchte.

Bannors schlimmste Befürchtungen hatten sich bewahrheitet. Der jetzt durch das Tal heulende Wind hatte die Spuren mit einem jungfräulichen Teppich frischen Schnees bedeckt.

»Sieh nur, Papa!« rief plötzlich Mary Margaret, wobei sie zum Fuß des Hügels wies.

Sein Griff um die Zügel des Rosses verstärkte sich. Obgleich es ihn bis ins Mark erschütterte, sich vorzustellen, dass Willow ohne ihren Umhang durch die Kälte lief, betete Bannor, dass ihr das Stück einfach von den Schultern geglitten und dass Stefan entweder zu blöd oder zu grausam gewesen war, um zu erlauben, dass sie sich danach bückte.

»Wartet hier«, befahl er seinen Kindern und rutschte von seinem Pferd.

Zum ersten Mal in ihrem Leben kamen sie seinen Worten ohne Widerrede nach.

Bannor rannte den Hügel hinunter, doch unten angekommen, zögerte er.

Als der Mond sich vollends hinter einer dichten Wolkenwand versteckte, griff er nach dem sich im Wind blähenden Stück Stoff. Er freute sich bereits auf den Moment, wenn er es aus dem Schnee ziehen, erleichtert auflachen und in die Luft halten würde, um seinen Kindern zu zeigen, dass es kein Gegenstand zum Fürchten war.

Der Mond tauchte wieder auf und beleuchtete die Szene mit einer beinahe bewussten Grausamkeit.

Eine einzelne dunkle, zu Eis erstarrte Locke, ein winziges Stückchen marmorkaltes Fleisch, ein schlanker Fuß, der warm und sicher in dem Hirschlederschuh stecken sollte, den er in einem Beutel nahe seinem Herzen trug.

Bannor sank taumelnd auf die Knie und scharrte wie wahnsinnig den harten Schnee zur Seite. Als er Willow endlich in seine Arme zog, erscholl auf der Kuppe des Hügels ein gellender, seinen eigenen Schmerz spiegelnder Schrei. Durch einen Schleier der Verzweiflung sah er, dass Beatrix sich in Bewegung setzte, doch dass Desmond sie zurückhielt und ihr Gesicht an seine Schulter zog.

Bannor zerrte die Fesseln von Willows Handgelenken und strich ihr aufschluchzend den Schnee aus dem Gesicht. Die Zeit lief plötzlich rückwärts, sodass er nicht mehr Bannor, Herr von Elsinore, sondern ein furchtsamer, sechsjähriger Junge war, der nicht verstand, weshalb seine Mama trotz seines Flehens nicht aufwachte. Als er Willows für ewig in süßer Ruhe erstarrtes Gesicht betrachtete, verstand er nach all den langen Jahren, dass seine Mutter nicht an ihrer Liebe, sondern an einem Mangel an Liebe gestorben war.

»Oh, Herr im Himmel, verzeih mir«, flüsterte er erstickt, zog Willow gramerfüllt an seine Brust, vergrub sein Gesicht in ihren kalten, steifen Locken und wiegte sie verzweifelt hin und her. »Ich liebe dich, Willow«, wisperte er und Tränen des Elends rannen über sein Gesicht. »Ich habe dich von der Sekunde an geliebt, in der ich dich zum ersten Mal gesehen habe, und ich werde dich lieben, bis ich sterbe.«

Bannor bedeckte ihre starren Lippen mit einem sanften Kuss, und seine Tränen tropften wie warmer Frühlingsregen auf ihre kalte Haut. Er war derart betäubt von seiner Trauer, dass er zuerst nicht bemerkte, dass sie seinen Kuss erwiderte.

Dann jedoch schrie er auf und stolperte so entgeistert rückwärts, dass er sie beinahe fallen ließ. »Gütiger Himmel, ich dachte, du wärst –«

»Tot?« Willow unterdrückte ein Gähnen und befahl sich, die Augen zu öffnen. »Mach dich doch bitte nicht lächerlich. Ich habe mich nur ein wenig ausgeruht.« Ein Schauer rann durch ihren Körper. »Es war so entsetzlich kalt, aber dann hat mich der Schnee zugedeckt und mich gewärmt. Ich wusste, wenn ich einschliefe, kämst du zu mir.« Sie sah ihn mit einem übermütigen Feixen an. »Du bist mir bereits im Traum erschienen, als ich noch ein kleines Mädchen war.«

Immer noch beunruhigt über ihre Auferstehung, strich Bannor ihr die steifen Locken aus der Stirn. »Und wer meinst du, dass ich bin?«

Sie sah ihn strahlend an. »Du bist mein Prinz. Mein Gatte, der Mann, den ich liebe. Und der Vater meines Kindes.« Mit einem seligen Lächeln legte sie seine Hand auf ihren Bauch.

Bannor betrachtete sie ehrfürchtig. In ihrem Leib wuchs ein kostbares neues Leben heran. Ein Leben, das Willows Haut wärmte, das ihre Wangen rötete, das wie süßer Nektar durch ihre Adern rann.

Als er sie in tiefer Dankbarkeit noch fester in seine Arme zog und tausend Küsse auf sie niederregnen ließ, hallten die Freudenjuchzer seiner Kinder wie Musik in seinen Ohren. Mit seiner Einschätzung von Willow hatte er von Beginn an gleichermaßen Recht gehabt und sich geirrt. Ihr Name passte hervorragend zu ihr. Aber nicht, weil sie so zart war, dass sie bei der leichtesten Brise zerbrach, sondern weil sie stark und biegsam war und sich, statt zu zerbrechen, beugte. Sie trotzte dem schlimmsten Sturm, und ihr Mut und ihre Schönheit würden jede Mauer bezwingen.

Ganz gleich, ob Willow nun von seinen Worten, seinen Tränen oder seinen Küssen aus dem tödlichen Schlaf zurückgerufen worden war – Bannor wusste nun, dass schließlich die Liebe nicht seine Zerstörung, sondern sein Heil gewesen war.

»Ich liebe dich«, flüsterte er und gab ihr einen bewegten Kuss.

Willow umfasste sein Gesicht, und ihre Augen leuchteten vor Zärtlichkeit, als sie erwiderte: »Ich weiß.«

Epilog

Bannors zitternde Hand schwankte zwischen seinem Turm und seiner Königin, als der schrille Schrei einer Frau die Stille auf der Burg zerriss.

»Himmel!«, fluchte er und schlug so kraftvoll auf den Tisch, dass sowohl das Schachbrett als auch sämtliche Figuren durch den Raum flogen.

Hollis sah ihn gekränkt an. »Ich glaube, heute hätte ich vielleicht tatsächlich mal gewonnen.«

Bannor sprang von seinem Stuhl und fuhr sich mit den Händen durch das bereits zerzauste Haar: »Wie könnt Ihr von mir erwarten, dass ich mich auf ein idiotisches Schachspiel konzentriere, wenn meine Gattin Höllenqualen zu erleiden hat?«

Hollis zuckte mit den Schultern. »Als Mary und Margaret ihre Kinder auf die Welt brachten, hat Euch das wenig gestört.«

»Damals war ich schließlich auch in Frankreich, du Idiot. Und außerdem«, fügte Bannor, während er wie ein verwundetes Raubtier durch sein Zimmer tigerte, hinzu, »hatte ich bisher keine Ahnung davon, was für eine Folter das Gebären von Kindern ist. Ich dachte, die Babys kämen einfach so herausgeschossen«, er wedelte mit der Hand, »ähnlich wie Steine aus einem Katapult.«

Hollis rollte mit den Augen. »Vielleicht reden wir besser über etwas anderes.« Er dachte kurz über ein passenderes Thema nach. »Was macht überhaupt ihr Stiefbruder?«

Jetzt war Bannor derjenige, der mit den Augen rollte. »Er weigert sich nach wie vor den Kerker zu verlassen. Er hat panische Angst, dass ich ihn abermals den Kindern ausliefere.«

Hollis prustete fröhlich. »Den Abend werde ich nie vergessen, an dem sie ihn hierhier auf die Burg zurückgezerrt haben. Über und über mit winzigen Pfeilen gespickt wie ein Spanferkel mit Knoblauch.«

Bannor sah ihn grinsend an. »Als er Hammish auf die Nase gehauen hat, hat er bestimmt nicht erwartet, dass der Junge ihm im Gegenzug kichernd den Schädel in den Bauch rammen würde. Was natürlich weniger schmerzhaft gewesen wäre, hätte Hammish in dem Moment nicht den Eisenkessel auf dem Kopf gehabt.«

»Aber total am Ende war er, als er Edward in dem mottenzerfressenen Bärenfell gesehen hat. Stefan dachte tatsächlich, er hätte es mit einem echten Bären zu tun.«

Beide Männer brüllten vor Lachen, als ein erneuter Schrei durchs Fenster drang, und zwar noch gellender als der vorherige.

Bannor zögerte nur kurz, ehe er zur Tür stürzte. Doch Hollis hatte sie noch vor ihm erreicht, und auch wenn es dreier Anläufe bedurfte, hatte er schließlich die Bank davor geschoben und sich selbst vor seinem Freund und Herren aufgebaut. »Fiona hat gedroht, mir den Kopf abzureißen, wenn ich Euch aus diesem Zimmer lasse. Ihr habt sie gehört. Das Geburtszimmer ist kein Ort für einen Mann.«

»So wie es klingt«, knurrte Bannor erbost, »ist es auch kein Ort für eine Frau.«

»Wart nicht Ihr derjenige mit der geradezu übernatürlichen körperlichen Leidensfähigkeit?«

»Wenn *mir* etwas wehtut, aber nicht ihr.« Bannor riss eins der Schwerter von der Wand, drückte seine Spitze unter Hollis' zitternden Adamsapfel und stellte drohend fest: »Ich würde niemals einen meiner Männer allein in die Schlacht ziehen lassen, oder etwa doch? Vor allem nicht, wenn ich derjenige war, der zuvor den Befehl zum Angriff gegeben hat.«

Vernünftig genug, um zu erkennen, wann er einem Manne unterlegen war, hob Hollis seufzend die Hände, und rasch schob Bannor die Bank zur Seite und öffnete die Tür.

»Ich habe Fiona geraten, wir sollten Euch am besten in den Kerker werfen«, murmelte er, während er hinter seinem Herrn den Raum verließ.

»O nein, Ihr bleibt schön draußen!« Netta baute sich vor der Tür des südlichen Turmzimmers auf, als Bannor die Treppe hinaufgeschossen kam. »Ihr könnt dort nicht hinein, Mylord. Das wäre unziemlich.«

Da Bannor schwerlich einer im sechsten Monat schwangeren Frau ein Schwert an die Kehle halten konnte, wirbelte er zu seinem Verwalter herum. »Sie ist *Eure* Gattin. Seht zu, dass sie Vernunft annimmt.«

»Sie ist eine Frau«, stichelte Hollis und zwinkerte Netta fröhlich zu. »Frauen sind von Natur aus nicht vernunftbegabt.«

Statt dass Bannor, wie erwartet, weitere Drohungen ausgestoßen hätte, ging er plötzlich vor Netta in die Knie und griff nach ihrer Hand.

»He!« Hollis tippte ihn von hinten an. »Wie Ihr selbst eben gerade so richtig bemerkt habt, sie ist *meine* Frau!«

»Und zugleich das freundlichste und mitfühlendste Wesen, das es in ganz England gibt.« Bannor bedachte Netta mit einem Blick, der selbst den Teufel zum Beten gebracht hätte. »Was gleichzeitig der Grund ist, weshalb ich weiß, dass sie nicht so grausam sein würde, einer Frau den Trost ihres Gatten zu verwehren, während sie derartige Höllenqualen zu erleiden hat.«

Hollis malmte mit den Zähnen, denn er kannte die Schwäche seiner Frau für seinen Herrn.

»Tja, ich nehme an, es würde nichts schaden, wenn ich Euch gestatten würde, sie ganz kurz zu sehen«, raunte Netta, wobei sich eine hübsche Röte auf ihre Wangen stahl. »Solange Ihr versprecht Fiona nicht zu sagen, dass ich diejenige gewesen bin, die Euch hereingelassen hat.«

Bannor hob ihre Hand an seine Lippen. »Darauf gebe ich Euch mein Wort. Ich werde ihr sagen, Hollis hätte es getan.«

Ehe Hollis protestieren konnte, hatte Bannor bereits die Tür geöffnet – und konnte gerade noch einem tönernen Krug ausweichen, der gegen den Türrahmen krachte und dort zerbarst. Alle zogen alarmiert die Köpfe ein, als die dazugehörige Schale ebenfalls in Richtung Tür geflogen kam und Willows empörtes Kreischen an ihre Ohren drang.

Bannor und Hollis tauschten unsichere Blicke aus. »Soll ich wieder gehen, Schatz?«, fragte er und streckte schüchtern den Kopf durch die Türöffnung.

»Nein«, jammerte Willow und streckte verlangend die Arme nach ihm aus. »Ich möchte, dass du bleibst.«

»Sie will, dass ich bleibe«, wisperte er und schlich, ein dankbares Lächeln auf den Lippen, auf Zehenspitzen in den Raum.

Eine blutigere und erschöpfendere Schlacht hatte Bannor niemals gefochten. Als endlich alles vorüber war und Fiona seiner Frau das Bündel in die Arme legte, fühlte er denn auch einen größeren Triumph als nach irgendeinem seiner vergangenen Kämpfe.

Er strich Willow die verschwitzten Haare aus der Stirn und sah voller Bewunderung mit ihr zusammen das zornrote Gesichtchen ihrer Tochter an. »Ehe du in mein Leben getreten bist«, erklärte er, »dachte ich, Gott hätte mich verlassen. Jetzt aber weiß ich, dass er mich reich gesegnet hat.«

Wie um seine Worte zu bestätigen, öffnete Netta die Schlafzimmertür und ließ seine anderen Kinder nacheinander ein.

»Dürften wir sie sehen?«, fragte Desmond schüchtern, als er zusammen mit Beatrix den Raum betrat.

»Ich will mit ihr spielen«, verlangte Mary Margaret und drückte eine kopflose Puppe an ihre Brust.

»Gebt sie bloß nicht Hammish in die Arme«, warnte Kell. »Vielleicht ist er trotz des Mittagessens noch nicht satt.«

Während die Kinder erleichtert und fröhlich plapperten, betrat ein weiterer Mann verlegen das Schlafzimmer. Sir Rufus von Bedlington hatte trotz der schrillen Proteste seiner Frau anlässlich der Geburt seines ersten Enkelkindes abermals die Reise nach Elsinore gemacht. Er senkte den Kopf und sah Willow gleichzeitig unsicher und fragend an.

Bannor bedachte ihn mit einem argwöhnischen Blick, aber Willow griff lächelnd nach seiner Hand. »Hallo, Papa. Ich bin wirklich froh, dass du gekommen bist.«

»Ich hatte gehofft, dass du mir starrsinnigem alten Narren vielleicht die Chance geben würdest zu beweisen, dass ich zwar ein schlechter Vater, aber ein guter Großvater sein kann. Und auch wenn ich es ganz sicher nicht verdient habe, hoffe ich doch, dass du mir einen großen Gefallen tust.«

Er beugte sich vor, flüsterte Willow etwas ins Ohr und

sein Gesicht wurde, als sie zustimmend nickte, von einem seligen Lächeln erhellt.

Willow ließ von ihrem Vater ab und griff nach Bannors Hand. »Papa möchte, dass wir unsere Tochter nach meiner Mutter nennen. Hättest du etwas dagegen?«

»Nur, wenn sie Mary oder Margaret hieß.«

»Red doch kein Unsinn. Meine Mutter war Französin.« Mit funkelnden Augen winkte Willow ihren Gatten näher an sich heran, und als Bannor hörte, was sie flüsterte, stöhnte er leise auf.

Dann jedoch richtete er sich wieder auf, atmete tief ein, ließ sich von Willow das Baby in die Arme legen und wandte sich seinen anderen Kindern zu.

»Jungen und Mädchen«, begann er. »Ich möchte euch eure neue Schwester vorstellen. Sie heißt«, er rollte mit den Augen, »Marie Marguerite.«

Als sich die Kinder glucksend, aber sehr, sehr vorsichtig um das Baby versammelten, wurde Bannors Herz von Stolz und Liebe erfüllt. Nie zuvor hatte er etwas derart Winziges in den Armen gehalten. Etwas derart Zerbrechliches. Derart Zappeliges. Derart Blutiges.

Als sie seine plötzlich bleiche Miene sah, nahm Fiona Bannor das Baby eilig aus dem Arm.

Und zwar genau im rechten Augenblick.

Denn kaum hatte Hollis ihm einen Hocker untergeschoben, als Lord Bannor der Verwegene, Stolz der Engländer und Schrecken der Franzosen, lautlos zusammenbrach.

Danksagung

Irwyn Applebaum, wegen seines unerschütterlichen Glaubens an seine Schriftstellerinnen und seinen unermüdlichen Einsatz für Frauenprosa.

Mr. Meriweather, Ms. Silvey, Ms.Truitt, Ms. Warren, Ms. Brown, Ms. Sharon, Mr. Wade Holder, Miss Alma Ferguson, Mr. Fielder, Mr. Johnson, Mr. Jent, Ms. Brenda Watson, Ms. Pat Mickel, Mr. Darvis Snodgrass, Mr. Ted Parrish, Miss Mary Hart Finley, Ms. Amanda White, Mr. Robert Adkins, Ms. Lisa Di-Pasquale, Ms. Becky Griffin, Mr. David Schuermer, Ms. Patricia Ramsden, Melissa Bregenzer und all den Lehrern und Lehrerinnen, die sich darum bemühen, ihren Schülern und Schülerinnen eine Liebe zum Lernen und zum Lesen zu vermitteln, vor allem Mr. Ernie Davis, der mir einmal, obgleich ich eine Vier verdient hätte, eine Drei in Trigonometrie gegeben hat, nur, weil ich ihm versprochen habe, mich nie wieder mit Trigonometrie zu beschäftigen, und der die unsterblichen Worte gesprochen hat: »Es gibt kein schlechtes Buch. Es sind nur einige besser als andere.«

Für Michael. Gott hat mich in diesem Leben reich beschenkt, aber nie so sehr wie in dem Augenblick, in dem du mir deine Liebe gegeben hast.

Die Autorin

Von Bestsellerautorin Teresa Medeiros wurden bereits über dreieinhalb Millionen Bücher gedruckt. Vor kurzem wurde sie von der Zeitschrift *Affaire de Cœur* zu einer der zehn beliebtesten Liebesromanautorinnen gekürt und erhielt den Kritikerpreis der *Romantic Times* für den besten historischen Liebes- und Unterhaltungsroman.

Nach Verfassen ihres ersten Romans im Alter von einundzwanzig Jahren eroberte die Soldatentochter und ehemalige Krankenschwester die Herzen von Kritikern und Leserinnen im Sturm. Zusammen mit ihrem Mann Michael und vier liebenswerten, neurotischen Katzen lebt Teresa in Kentucky. In ihren Liebesromanen drückt sie ihren unerschütterlichen Glauben an Treue, Hoffnung und die dauerhafte Kraft der Liebe aus, die stets alles zu einem guten Ende bringt.